특성
없는
남자 2

Der Mann ohne
Eigenschaften

Robert Musil

특성 없는 남자

2

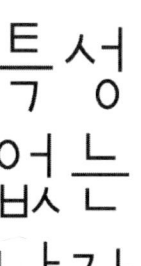

로베르트 무질
안병률 옮김

북인더갭
BOOKintheGAP

차례

2부 그렇고 그런 일이 벌어지다(1권에서 계속)

46. 이상과 도덕은 영혼이라 불리는 거대한 구멍을 채우기 위한 가장 좋은 수단이다 009
47. 모든 쪼개진 것들은 아른하임이라는 한 인간 속에 들어 있다 013
48. 아른하임이 명성을 얻은 세가지 이유와 전체성의 비밀 018
49. 구외교와 신외교 사이의 대립이 시작되다 025
50. 사태의 진전. 투치 국장은 아른하임을 더 알아가기로 결심했다 033
51. 피셸의 집 040
52. 투치 국장은 자기의 부서업무에서 한가지 결점을 찾아낸다 050
53. 모오스브루거가 다른 감옥으로 이송되다 055
54. 울리히는 대화에서 발터, 클라리세에게 반발했다 058
55. 졸리만과 아른하임 070

56. 평행운동 위원회에서의 활발한 활동. 클라리세가
경애하는 백작 각하에게 편지를 보내 '니체의 해'를 제안한다 076

57. 거대한 도약.
디오티마는 위대한 사상들에 관해 이상한 체험을 한다 082

58. 평행운동이 의구심을 불러일으키다.
그러나 인류역사에서 자발적으로 후퇴하는 경우는 없다 090

59. 모오스브루거는 깊이 생각한다 096

60. 논리적이고 윤리적인 영토로 떠나는 소풍 109

61. 세가지 논문의 이상 또는 정확한 삶의 유토피아 113

62. 지구는 물론이지만,
특히 울리히가 에세이즘의 유토피아에 경의를 표한다 119

63. 보나데아가 비전을 품는다 137

64. 슈툼 장군이 디오티마를 방문하다 154

65. 아른하임과 디오티마의 대화에서 157

66. 울리히와 아른하임 사이에서 몇가지 문제가 생기다 161

67. 디오티마와 울리히 170

68. 하나의 여담: 인간은 육체와 일치해야만 하는가? 183

69. 디오티마와 울리히, 이어서 187

70. 클라리세가 이야기를 나누러 울리히를 방문하다 196

71. 위원회가 황제의 70주년 기념행사와 관련한
주요 안건을 논의하기 위해 첫번째 회의를 열었다 205

72. 수염 속에서 미소짓는 과학, 또는 악과의 정식 첫 만남 213

73. 레오 피셸의 딸 게르다 224

74. 기원전 4세기 vs 1797년.
울리히가 아버지에게서 또 한통의 편지를 받는다 239

75. 슈툼 폰 보르트베어는 디오티마에게 찾아간 것을
그의 직무에서 하나의 기쁜 전환이라고 생각했다 246

76. 라인스도르프 백작이 의심을 품다 250

77. 언론의 친구 아른하임 255

78. 디오티마의 변신 260

79. 졸리만이 사랑에 빠지다 273

80. 갑자기 위원회에 들이닥친 슈툼 장군을 알게 되다 281

81. 라인스도르프 백작이 현실정치를 표방하다.
울리히는 협회를 조성하다 292

82. 클라리세가 울리히의 해를 요청하다 300

83. 그렇고 그런 일이 벌어지다.
또는 왜 우리는 역사를 고안하지 못하는가? 312

옮긴이의 말 322

46.
이상과 도덕은 영혼이라 불리는
거대한 구멍을 채우기 위한 가장 좋은 수단이다

아른하임은 그 주술을 떨쳐낸 첫번째 인물이었다. 어리석고 공허하며 둔감한 음침함에 빠지지 않거나 확고한 사상이나 생각을, 단지 그것을 왜곡시킬 뿐인 신앙심으로 돌리지 않으면서 그런 상태에 오래 머무는 것은 그가 생각하기엔 불가능해 보였다.
 이런 수단이 영혼을 파괴하는 것은 분명하지만, 작은 통조림처럼 널리 애용되면서 보관돼온 것도 사실이다. 그것은 이성, 사유, 실용적인 행위와 결부돼왔다. 모든 종교·도덕·철학이 성공적으로 그래왔듯이 말이다. 이미 이야기한바, 신이라면 영혼이 무엇인지는 알고 있을 것이다! 영혼에 복종하려는 불타는 욕망만이 무궁무진한 활동과 진정한 무정부상태를 허용한다는 데에는 의심의 여지가 있을 수 없다. 화학적으로 순수한 영혼이 실제 범행을 저질렀다는 사례도 있다. 그에 비해 한 영혼이 도덕을 소유하거나 종교, 철학, 심오한 부르주아적 교양이나 의무와 미의 영역에 관한 사상을 소유하자마자 그 영혼에는 규정, 전제조건, 행위수칙 들의 체계가 주어지고 이런 것들이 가치있는 것인지 미처 생각하기도 전에 영혼은 그 규정들을 감당해야 한다. 그리고 그 열정은 마치 용광로에서처럼 아름다운 사각형의 모래 위로 떨어져내린다. 그러면 근본적으로 남는 것이라곤 행위가 어떤 명령에 따랐느냐를 따지는 논리적인 해석뿐이다. 그리고 영혼은 전투가 끝난 들판의 고요한 풍광을 간직하는데, 그곳에서는 시체가 누워 있고 몇몇 조각의 삶이 아직 신음하거나 움직이는 모습을 볼 수 있다. 이것이 바로 우리가 이 통로를 그렇게 빨리 건너가야 하는 이유이다. 젊은 시절에 흔히 그러했듯이 우리에게 믿음의 회의가 찾아오면 우리는 곧장 무신론자들을 따라다니며, 사랑의 혼란이 찾아오면 재빨리 사랑을 버리고 결혼해버린다. 그리고 어떤 영감에 압도될 때는 타오르는 불길 속에서 계속 살아간다는 게 어차피 불가능한 만큼 그곳을 떠나게 되고, 떠난 후에는 결국 그 불길을 갈망하며 사는 삶이 시작된다. 그러니까 우리는 어떤 의미와 자극이 필요한 매순간의 삶을 이상적인 상황에 두는 대신에 그 이상적인 상황을 만들기 위한 일들, 다시 말해 목표를 달성하는 수단들, 방해물들, 소란들로 채우기 마련이다. 그런 것들이란 정말 추구할 가치라곤 없는 것들인데도 말이다. 그러므로 오직 바보들이나 광신자, 정신이상자들만이 그 불길 속을 견뎌낼 수 있다. 건강한 사람은 단지 이러한 신비로운 삶의 불길조차 없다면 삶이란 가치가 없다고 설명하는 데 만족해야만 한다.

아른하임이란 존재는 활동력으로 가득 차 있었다. 그는 현실적인 남자였으며 호의 넘치는 미소와 적지 않은 호감을 가지고 그 옛적 오스트리아의 사회활동들, 가령 회의 때 말해지곤 했던바, 프란츠 요제프 황제의 수프 진흥원이나 의무감과 군대행진 사이의 연관성 같은 것들을 경청했다. 그는 그런 말에서 즐거움을 얻는 데는 울리히만큼이나 취미가 없는 사람이었다. 왜냐하면 그는 위대한 사상을 좇는 일이 잘 차려입은 평범하고 어리석은 사람들에게서 이상주의의 감동적인 핵심을 찾아내는 일에 비해 훨씬 덜 용기가 필요하고 덜 탁월한 일임을 알고 있었기 때문이다.

하지만 그 가운데서 고대적인 미인이자 빈 출신이라는 미덕까지 갖춘 디오티마가 '세계의 오스트리아'라는 말을 내뱉을 때, 뜨겁고 거의 이해하기 힘든 말에는 마치 불꽃처럼 그의 마음을 사로잡는 무엇이 있었다.

사람들은 그에 대해 수군거렸다. 그의 베를린 자택에는 바로크와 고딕 양식의 조각으로 가득 찬 방이 있다는 것이었다. 요즘 가톨릭 교회—아른하임이 무척 좋아하는—는 성인들과 선행에 앞장선 기수들을 대부분 행복에 빠진, 심지어 황홀경에 빠진 모습으로 그려낸다. 그러나 그 방의 조각에서 성인들은 별의별 자세로 죽어 있으며 그 육신에서 영혼이 튀쳐나와 있는 모습은 마치 물을 억지로 짜낸 빨래 같았다. 그들의 팔은 기병도(騎兵刀)처럼 엇갈리고 목은 뒤틀렸는데 마치 원래의 장소를 잃고 낯선 곳에 떨어진 듯한, 긴장증 환자들이 수용된 정신병원에 온 듯한 인상을 던져주었다. 그 예술품들은 아주 진귀한 것이어서 여러 예술학자들이 아른하임을 찾아와 지적인 대화를 나누기도 했다. 때로 아른하임은 혼자 조용히 그 방에 앉아 있곤 했는데, 그럴 때면 완전히 다른 기분을, 그러니까 마치 반쯤 미친 세계를 볼 때와 같은 공포에 휩싸인 경악이 그 안에 찾아오는 느낌을 받았다. 그는 도덕 깊숙한 곳에서 말로 표현하기 어려운 불꽃이 타오르는 느낌을 받았는데 그 순간엔 그처럼 이성적인 사람들도 그저 꺼져가는 재를 응시하는 수밖에 별 도리가 없었다. 모든 종교와 신화가 계명은 원래 신에게서 온 선물이라는 이야기로 표현하곤 하는 이 어두운 현시, 그리고 영혼의 원시상태에서 비롯된 예감은—기묘하긴 하지만 신들에게는 사랑스러웠을—다른 때 같으면 확장된 사유로 흡족함을 주었겠지만 이번에는 이상한 불편함의 경계를 만들어냈다. 또한 아른하임은 정원사를 두고 있었는데, 그는 단순하면서도 깊은 생각을 지닌 사람이었다. 그래서 학자보다는 그런 사람에게서 배우는 게 더 많기 때문에 아른하임은 그와 꽃의 생태에 관해 이야기를 나누기도 했다. 어느날 정원사가 그의 조각상을 훔쳐간 사실을 알기 전까지는 말이다. 그자는 아마도 궁핍함에 지쳐 수입이라도 보존해보려고 손에 닿는 대로 물건을 훔쳐냈을 것이다. 도둑질이 밤낮 그를 사로잡은 단 하나의 생각이었다. 어느날 작은 조각상이 사라졌을 때 달려온 경찰에 의해 모든 것이 밝혀졌다. 그 사실을 듣고 아른하임은 그자를 불러다

밤새도록 그의 욕망을 파멸로 이끈 잘못된 행위를 비난했다. 그자는 스스로에게 매우 화가 났다고 말하면서 그 컴컴한 접견실에서 때때로 거의 울 뻔하기도 했다. 아른하임은 어떤 알 수 없는 이유로 이 사람을 시샘했고 다음날 아침 경찰에게 남자를 넘겼다.

　이 이야기는 아른하임의 친구에게서 나온 것이다. 최근 디오티마와 단둘이 있을 때, 아른하임은 마치 그 일을 겪었을 때처럼 소리없는 세계의 불꽃이 사면의 벽을 타고 오르는 느낌을 받곤 했다.

47.
모든 쪼개진 것들은
아른하임이라는 한 인간 속에 들어 있다

　그 다음주에 디오티마의 살롱은 대단히 고무적인 일을 맞게 되었다. 사람들은 평행운동의 새로운 소식들을 듣기 위해, 그리고 새로운 회원을 보기 위해 모여들었다. 디오티마의 소개에 의하면 그 새로운 남자는 독일 갑부이고 부유한 유대인인데다 시를 쓰는 기인이기도 하며 석탄 가격을 매기는 사람이고 독일 황제와 개인적인 친분이 있는 사람이라고 했다. 때문에 라인스도르프 백작 부근의 신사숙녀들과 외교가의 사람들뿐 아니라 경제계나 문화계를 이끄는 중산층들도 높은 관심을 가지고 모여들었다. 또한 에베족 언어의 전문가들과 서로의 음악을 한번도 들어본 적이 없는 작곡가들이 떡장수와 엿장수가 장터에서 마주치듯이 우연히 마주쳤고 '코스'라고 하면 보통 경주 코스나 주식 코스 또는 세미나 코스를 떠올리는 사람들도 여기저기 눈에 띄었다.

그리고 마침내 그 유례없는 남자가 나타났다. 그는 모든 사람과 그 사람의 언어로 대화를 나눌 수 있었다. 그는 바로 아른하임이었다.

사람들과 첫번째 만남에서 겪은 황당함 때문에 아른하임은 공식적인 자리를 멀리하고 있었다. 그는 또한 자주 그 도시를 비웠기 때문에 항상 모임에 참석하는 것도 아니었다. 수석비서관 자리에 대해서는 물론 아무말도 하지 않았다. 그는 이 생각이 상대편에 받아들여질 수 없을 거라고 디오티마에게 설명했고 그녀는 아른하임의 판단에 동의하면서도 울리히를 볼 때마다 찬탈자로 생각할 수밖에 없었다. 그는 동분서주했다. 3~5일이 번개처럼 흘러가는 동안 그는 파리, 로마, 베를린을 다녀왔다. 디오티마에게 벌어지는 일이란 그의 전체 삶에 견주어보면 작은 부분에 불과했다. 하지만 그는 그 일에 호감을 가졌고 온 힘을 다해 참여했다.

아른하임이 대기업가와 산업에 대해 이야기를 나누거나 은행가와 경제에 관해 토론하는 것은 당연해 보였다. 그러나 그는 분자물리학, 신비론, 비둘기 사냥에 관해서도 거침없이 떠들어댈 수 있었다. 그는 굉장한 달변가였다. 마치 책 속에 씌어진 것들을 모두 읽지 않고서는 책을 덮지 않는 사람처럼 그는 말을 한번 시작했다 하면 멈추는 법이 없었다. 그는 고요하면서도 품위있고 유창한 화법을 구사했는데 그 화법은 어두운 숲 속을 흐르는 샘물처럼 거의 슬픔을 자아내는 것이었고 모든 말에 어떤 절박함을 심어주었다. 확실히 그의 기억력과 독서량에는 굉장한 데가 있었다. 그는 전문가들에게 각자의 해당영역에 속하는 용어의 미묘한 차이까지 말해줄 수 있었고, 영국·프랑스·일본 귀족사회의 모든 중요한 인물들을 알고 있었으며 유럽뿐 아니라 미국이나 호주의 경마와 골프 코스까지 꿰뚫고 있었다. 그래서 심지어는 영양 사냥꾼, 경주 챔피언, 황제극장의 권투선수들까지 이 엄청난 부자 유대인(그들 나름대로는 조금 다르게 호칭하겠지만)을 보기 위해 몰려와서는 존경스런 마음에 고개를 끄덕이기도 했다.

언젠가 백작은 울리히를 따로 불러 이렇게 말한 적이 있었다. "당신도 알다시피 우리 귀족 가문은 지난 100년간 가정교사를 두었소. 예전에는 그 가정교사들 중 많은 사람들이 백과사전에 오르기도 했고, 이들은 또한 음악과 미술 선생을 데리고 와서 고대예술이라고 불리는 것을 창작해내는 감수성을 보여주기도 했었죠. 하지만 새로운 일반학교들이 등장했고, 미안한 말이지만 내 주위에 학위를 취득한 자들이란 가정교사들보다 질이 떨어집니다. 물론 우리 젊은이들이 꿩이나 멧돼지 사냥을 나가고, 말을 타며, 예쁜 여자들의 집을 기웃거리는 것은 당연합니다. 젊은 사람들에게 그런 일들을 못하게 할 수는 없는 것이지요. 그러나 예전의 가정교사들은 젊은이들에게 꿩사냥에 몰두하는 것만큼 정신과 예술에도 몰두해야 한다면서 그들의 힘을 나누어 쓰도록 해주었죠." 그런 일들은 으레 문득문득 떠오르게 마련이어서, 이것도 백작의 머릿속을 스쳐간 생각 중의 하나였다. 갑자기 백작은 울리히에게 돌아서더니 결론을 내렸다. "보시오, 이것이 그 운명적인 1848년의 일(보수적인 빈체제에 맞서 전유럽에서 일어난 1848년 혁명을 가리킴—옮긴이)이고, 그 일이 시민계급과 귀족을 별 이득없이 갈라놓았던 것이오." 그는 근심스러운 눈으로 돌아가는 세상을 바라보았다. 그는 의회의 반대편 연설가가 시민계급의 예술을 뽐낼 때마다 부아가 치밀었다. 그에게 진실한 시민예술이란 귀족에게서 발견돼야 하는 것처럼 보였다. 그러나 가련한 귀족은 시민예술에 아무것도 기여한 게 없었다. 시민예술은 귀족을 가격할 수 있는 보이지 않는 무기였다. 그리고 이 과정에서 귀족이 점점 힘을 잃어왔기 때문에 결국은 이렇게 디오티마를 찾아와 돌아가는 형편을 살피고 있었던 것이다. 그래서 라인스도르프 백작은 이런 혼란을 목격할 때 자주 우려를 금치 못했다. 그는 이 고문단에 봉사할 기회를 내려준 정부가 사람들의 진정한 주목을 받기를 바랐다. "백작 각하, 옛 귀족들에게 가정교사가 있었듯이 요즘 시민계급에는 지식인들이 있습니다." 울리히가 그를 위로해보려고 말을 꺼냈다. "지식인들이란 시민에게는 낯선 사람들이지요. 보세요, 이 많은 사람들이 아른하임 박사를 보고 놀라지 않습니까."

그러나 라인스도르프 백작은 꼼짝도 하지 않고 아른하임만을 쳐다보고 있었다. "그것을 더이상 정신이라고 할 수는 없습니다." 울리히는 이 놀라운 사람에 대해 말했다. "그것은 우리가 발을 딛고 볼 수 있고 정확하게 느낄 수 있는 무지개와 같은 현상입니다. 그는 사랑과 경제, 화학과 카약경기에 관해 말하고 학자인데다가 토지소유자이기도 하며 주식거래인이기도 하죠. 한마디로 그는 우리 모두에게 조각조각 나뉘어 존재하는 것을 전부 가지고 있는 사람이며 그점이 우리를 감탄하게 하는 것입니다. 당신도 고개를 끄덕이시는군요. 하지만 나는 아무도 그 안을 들여다볼 수 없는 이른바 요즘 시대의 진보라는 구름이 그를 우리 가운데의 평범한 관람석으로 끌어내릴 것을 확신합니다."

"나는 당신의 의견에 찬성하지 않아요." 백작이 해명했다. "나는 아른하임 박사에 대해 생각하고 있었소. 무엇보다, 그가 흥미로운 사람이라는 것은 누구나 인정해야 할 겁니다."

48.
아른하임이 명성을 얻은
세가지 이유와 전체성의 비밀

하지만 그 모든 것은 아른하임 박사가 끼치는 평범한 영향일 뿐이었다.

그는 그릇이 큰 사람이었다.

그의 업무는 지식과 함께 대륙을 넘어 확장되었다. 그는 모든 것을 알았다. 철학, 경제, 음악, 세계, 스포츠. 또한 5개국어를 유창하게 구사했다. 세계에서 가장 유명한 예술가들이 그의 친구였고 유명한 예술작품을 아직 가격이 오르기 전 싱싱한 상태에서 사들였다. 그는 황제 사저와도 교류가 있어서 그 직원들과도 이야기를 나누곤 했다. 모든 현대건축 잡지에서 기사화된 현대적인 별장을 소유했고 초라한 귀족이 주인이었던 변방의 다 무너져가는 고성(古城)도 하나 구입했는데, 그 성은 마치 프로이센 사상의 썩은 요람처럼 보였다.

그런 폭넓은 교류와 관심사를 한 사람의 지도자에게서 찾아보기란 쉬운 일이 아니다. 그러나 아른하임은 예외였다. 그는 1년에도 한두 차례는 시골 영지로 내려가 차분하게 그의 지적인 삶에서 얻은 경험을 저술했다. 지금까지 써온 많은 책과 논문들은 인기가 꽤 있었고 여러 쇄를 인쇄했으며 여러 나라에서 번역되었다. 아픈 의사의 말은 신뢰가 떨어지겠지만, 스스로 한 말을 잘 이해하는데다 행할 줄 아는 사람한테는 무언가 진실이 있어 보이게 마련이다. 이것이 그가 유명한 첫번째 이유였다.

  두번째는 학문의 본질에서 연유한다. 학문은 높은 존경을 불러일으키고 또 당연히 그럴 만한 것이다. 그러나 인생을 다 바쳐서 학문을 연마했다고 해서, 가령 신장(腎臟) 연구에 평생을 공헌한 사람에게도 인간적인 순간이, 그러니까 신장과 나라 전체의 관계를 고민하는 그런 순간은 찾아오는 법이다. 그것이 바로 독일에서 괴테가 자주 입에 오르내리는 이유다. 만약 한 학자가 박식함뿐 아니라 미래에 관한 활발한 관심도 있음을 보여주려 한다면, 그는 글에서 신뢰를 주어야 할 뿐 아니라 신뢰를 약속할 수 있어야 한다. 마치 오를 주식을 찍어주는 문건 같아야 한다는 것인데, 그 분야에서 아른하임의 조언은 큰 호평을 받고 있었다. 그의 일반적인 견해를 지지하기 위해 씌어진, 학문 영역으로의 나들이 같은 저술들은 사실 항상 엄정한 수준을 보여주지는 못했다. 그 책들은 방대한 독서에서 비롯된 자유자재의 박식을 드러내주긴 했지만 전문가들은 적지 않은 오류와 착각들을 발견해냈고 그래서 마치 집에서 지은 옷이 의상실에서 나온 것과 다르게 봉합선에 문제가 있는 것처럼, 그의 작업에도 아마추어 냄새가 나는 것을 쉽게 알아챌 수 있었다. 그러나 이 사실 때문에 전문가들이 아른하임에게 보내는 경의가 방해받을 것이라고 믿어서는 안된다. 그들은 만족스러운 미소를 띨 뿐이었다. 그들은 그의 완전히 새로운 시대상에 입을 다물지 못했으며 모든 잡지들이 그에 관한 이야기에 감탄했다. 그는 경제의 왕이었고 그의 지도력은 옛 왕들의 정신적인 지도력에 비유되었으며 이는 정말 놀라운 일이었다. 또한 자신의 고유영역에서 그와 구별되는 점을 말할 기회가 있어도 그들은 그를 천재적인 사람이거나 매우 현명한 사람, 또는 아주 간단하게 세계보편적인 사람이라고 추켜세움으로써 감사를 표할 뿐이었는데, 이는 마치 한 여자를 놓고 그녀야말로 여성들의 이상을 담은 미인이라고 칭송해 마지않는 것과 비슷했다.

아른하임이 유명한 세번째 이유는 경제 때문이었다. 그는 나이들고 노련한 산업계의 선장들과 관계가 좋았다. 그들과 큰 계약이라도 맺을라치면 그는 그들 중 가장 교활한 자를 능가할 정도였다. 그들은 그를 단순한 상인으로 보지 않았고 그의 아버지와 구별하기 위해 '왕관을 쓴 왕자'라 부르곤 했다. 그의 아버지는 짧고 두꺼운 혀 때문에 대화가 서툰 사람이었지만 광범위한 시각과 날렵한 후각으로 사업이 될 만한 것을 찾아내는 사람이기도 했다. 이들 사업가들은 그의 부친을 존경하는 한편 두려워하기도 했다. 그런데 이 '왕관을 쓴 왕자'가 그들을 대신해 사업의 철학적 정당성을 강의하고 게다가 가장 사실적인 분야까지 끌어들여 말할 때 그들은 냉소를 보낼 수밖에 없었다. 그는 실무회의 때조차 시인을 인용하는 것으로, 그리고 경제가 다른 인간활동과 구별될 수 없으며 국가나 정신, 심지어는 내면의 삶 같은 모든 문제와 긴밀하게 연관돼야 한다는 주장으로 악명이 높았다. 그러나 이러한 냉소에도 불구하고 그들이 간과할 수 없던 사실은 이 아른하임가의 아들이 사업에 다른 요소를 추가함으로써 공개석상에서 더 많은 주목을 받게 되었다는 사실이다. 그에 관한 소식은 때로는 경제영역에서, 때로는 정치나 문화영역에서 나라의 거의 모든 주요 지면에 실렸다. 그것이 그의 저술에 관한 평가든지 중요한 연설에 관한 소식이든지 군주나 예술협회에서 주관하는 만찬에의 참석이든 지간에 늘 고요하기만 한데다 이중으로 잠긴 문 안에서 거주하는 영향력있는 기업인들 중에서 그처럼 기업의 내부에 대해 많이 발언하는 사람은 없었다. 이 모든 사장, 의장, 지배인과 은행장, 협동조합과 광산, 조선소 들은 그것들의 핵심을 들여다볼 때 사람들이 흔히 생각하는 것처럼 절대 사악한 조종자들은 아니었다. 그들의 매우 발전된 가족주의와는 별도로, 그들의 내면세계는 돈에 의해 좌우된다고 할 수 있으며 그러한 사유는 건강한 이빨이나 단순한 식욕과도 잘 어울리는 것이다. 그들 모두는 자유로운 수요와 공급에—무장선이나 무기, 황제나 경제에 대해서는 눈곱만치도 모르는 외교관 대신에—세상을 맡겨놓으면 세계가 지금보다 훨씬 좋아질 것으로 확신했다. 그러나 세상은 여전히 공중의 선보다 자기이익을 먼저 챙기는 인생을 혐오하며—편견에 의해서—개인기업보다는 기사도나 공중

정신, 공중의 의무를 더 선호하는 경향이 있다. 그들은 아마도 이러한 세상의 편견을 염두에 두지 않는 세상의 마지막 부류들로, 무장한 군대가 뒤를 봐주는 관세협상이나 군사적인 파업진압에 의해 제공되는 공공의 이익을 악착같이 이용해먹는 자들이었다. 이러한 도정에서는 그러나 사업이 철학을 이끌어나간다. 오늘날 철학 없이 다른 사람을 감히 해치는 자는 범죄자들뿐이며 그래서 아른하임 2세 같은 사람은 흔히 사업가들의 법정대리인으로 간주되곤 한다. 그들이 그의 성향을 고려할 태세가 돼 있다는 그 모든 역설에도 불구하고 그들은 자신들의 업무를 마치 사회학 모임을 개최하듯 주교회의에서 다룰 줄 아는 그의 모습에 환호를 보냈다. 그렇다. 그는 마치 아름답고 교양있는 부인인 듯 그들에게 영향을 끼쳤다. 그런 종류의 부인은 남편의 끝없는 무료함은 질책하면서도 사업 덕분에 많은 사람들에게 받는 칭송은 꽤 쓸모있다고 생각한다. 이제 사람들은 때로는 파리, 때로는 페테르부르크나 케이프타운의 산업회의나 대표자회의에 아버지의 외교사절로 나타나서는 끝까지 자리를 뜨지 않는 아른하임의 존재가 얼마나 억압적일지를 가늠하면서 석탄가격이나 카르텔 정치에 적용된 메테를링크와 베르그송의 철학적 효과나 상상하면 그만이었다. 그가 사업에서 거둔 성공은 거의 신비해 보일 정도로 인상깊었고, 그 모든 성공 덕분에 그가 남다른 재능을 소유한 행운의 손이라는 유명한 소문들이 생겨났다.

아른하임의 성공에 관해서는 할 이야기가 무궁무진하다. 가령 사업과 친근한 분야는 아니지만 외교관들을 대할 때만큼은 신뢰하기 어려운 코끼리를 다루듯 세심한 주의를 기울여야 하는데 아른하임은 그런 코끼리를 타고난 조련사인 듯 태연하게 다루곤 했다. 예술가들로 말하자면, 아른하임이 그들에게 해준 것이 아무것도 없음에도 불구하고 아주 자연스럽게 그들은 아른하임을 후원자로 여기곤 했다. 마지막으로 언론인들. 그들은 맨 처음 아른하임을 세상의 영웅으로 소개한 자들로, 이들이야말로 첫번째로 언급해야 할 자들이다. 비록 기사를 쓰면서도 그것이 얼마나 아른하임과 연관성이 있는지는 자신들조차 몰랐지만 말이다. 어쨌든 사람들은 그들의 기사에 온통 마음을 빼앗겼고, 기자들은 시대의 풀이 무럭무럭 자라는 소리를 들었다고 믿었다. 그가 거둔 성공의 근본적인 모습은 어디서나 똑같았다. 그의 부와 그에 대한 소문의 후광에 휩싸여 그는 늘 어떤 영역에서나 그보다 뛰어난 사람들과 교류했다. 하지만 이방인인 그는 그들의 영역에 관한 엄청난 지식으로 마음을 사로잡았고 그들의 전문영역을 다른 세계—그들이 잘 모르게 마련인—와 연결하는 개인적인 끈을 내세움으로써 그들을 위협하기까지 했다. 그래서 전문가 사회에 대항하여 전체적인 것과 전체적인 인간을 내세우는 일은 그에게 자연스러운 것이 되었다. 때때로 그의 머릿속에는 산업과 무역의 황금기였던 바이마르나 플로렌스 시대가 떠올랐다. 그때는 강한 개성을 소유한

리더십이 새로운 번영을 구가했고 그런 지도자들은 개인의 성취를 기술이나 과학, 예술과 접목시키고 더 높은 경지에서 이끌어갈 수 있어야 했다. 그는 스스로 그런 능력을 감지하고 있었다. 그의 재능은 어떤 증명 가능하거나 특정된 분야에서 발휘되는 것이 아니었고 오히려 어떤 유동적인, 매순간 새롭게 갱신되는 균형감각을 통해 모든 상황을 휘어잡는 것이었다. 그것은 아마도 정치인에게 어울리는 재능이었겠지만, 아른하임은 그것을 깊이있는 신비로 생각하기도 했다. 그는 그것을 '전체의 신비'라고 불렀다. 왜냐하면 한 사람이 아름답다고 하는 것조차도 어떤 특수하거나 증명할 수 있는 부분 때문이 아니라 신비한 것, 말하자면 작은 오점마저도 쓸모있게 하는 그런 신비함에 있는 것이기 때문이다. 그리고 그것은 심오한 사랑이나 선, 품격이나 고귀함 같은 것들이 행위와 떨어질 수 없으며 그 행위를 돋보이게 하는 능력 그 자체와 다름없다는 사실과 마찬가지다. 그렇듯 신비한 방식으로 전체는 삶에서 개별적인 것에 앞서나간다. 보통 사람들이 덕이나 과오를 제일 중요시하며 살아가듯이, 위대한 인간은 본인의 특성을 제일로 치는 법이다. 만약 그가 성공한 비밀이 그의 성취나 특성으로 제대로 이해될 수 없다면, 그것보다 더 강력한 힘은 삶의 모든 위대함이 그 위에서 쉬고 있는 신비에 있을 것이다. 아른하임은 자신의 책에 그런 내용을 썼고, 그것을 쓸 때 그는 외투의 주름에 생긴 초월적인 것을 붙잡았다고 생각했으며 그것을 내용에 그대로 반영했다.

49.
구외교와 신외교 사이의 대립이 시작되다

아른하임의 교류는 특별한 세습귀족이라고 해서 예외를 두지 않았다. 그는 자신의 우수한 점에 관해서는 입을 다물고, 자신의 장점과 한계를 잘 아는 지적인 귀족으로 자신을 겸손하게 드러냄으로써 어느 시간이 지난 후에 그 높은 신분의 귀족이 마치 무거운 짐 아래서 등을 숙이는 일꾼처럼 고개를 숙이게 만들었다. 이런 과정을 누구보다도 날카롭게 눈치챈 사람은 디오티마였다. 그녀는 더 나은 성취들을 제외시킴으로써 자신의 꿈을 실현하는 예술가의 눈으로 전체의 비밀을 알아냈다. 그녀는 다시금 완전히 그녀의 살롱에 만족했다. 아른하임은 형식적인 기구들을 과대평가하지 말라고 충고했다. 단순한 물질적인 관심은 순수한 의도를 무력화한다는 것이었다. 그는 살롱 그 자체를 더 높게 평가했다.

이에 대해 투치 국장은 이대로 가다가는 언어의 타락에서 벗어나지 못할 거라고 걱정했다.

국장은 다리를 꼬고 앉아서 그 위에 심하게 정맥이 불거져나온 마르고 검은 손을 겹쳐놓고 있었다. 부드러운 감촉의 흠잡을 데 없는 양복을 입고 바르게 앉아 있는 아른하임 곁에서 짧은 콧수염과 남부 사람 특유의 눈을 한 투치 국장은 마치 브레

멘의 점잖은 상인 옆을 기웃거리는 근동지방의 소매치기 같은 인상을 주었다. 바로 두 고상한 인물들이 충돌하는 이곳에서 여러모로 고상한 취미를 지닌 그 오스트리아인은 종종 천박하게 돌진하는 경향이 있긴 했지만 결코 자신이 열등하다고는 생각지 않았다. 투치 국장은 마치 자기 집에서 무슨 일이 벌어지는지를 직접 알 필요가 없다는 듯이 상냥하게 평행운동의 진척을 묻곤 했다. "우리는 당신들의 계획을 될 수 있는 한 빨리 알았으면 좋겠군요." 그는 친절한 미소를 띤 채 아른하임과 그의 부인을 바라보며 이렇게 말했고 그 말 속에는 자신이 직접적인 참여자가 아니라는 은근한 암시가 들어 있었다. 그러고는 그의 부인과 라인스도르프 백작이 벌이는 합동사업에 정부는 심각한 우려를 품고 있다고 설명했다. 황제폐하가 참석한 최근 보고회에서 외무장관은 그 기념일을 맞아 과연 어떤 종류의 군중집회가 치러져야 황제폐하에게 걸맞을지를 은근히 떠보았다는 것이다. 다시 말해, 새시대의 흐름을 따라잡아 세계 평행운동의 선봉에 서기 위해 황제폐하가 과연 어느 정도까지 그 계획에 관여해야겠느냐는 것이다. 그리고 투치 국장은 그것이 라인스도르프 백작이 말하는 세계의 오스트리아라는 생각을 정치적으로 해석하는 유일한 길이 될 거라고 설명했다. 그러나 양심적이고 신중하기로 세계에서도 소문난 황제폐하는 그 열정적인 제안을 곧 물리치면서 '아, 이렇게 세상의 이목 속으로 끌려가기는 싫네'라고 말했다고 투치는 덧붙였다. 이 말을 가지고는 아무도 황제폐하가 제안을 받아들인 것인지 물리친 것인지를 알아차리지 못했다.

이런 방식이—좀더 큰 비밀을 다룰 줄 안다는 남자가 그렇듯이—투치 국장이 자기 업무의 작은 비밀을 다루는 신중하면서도 다른 한편으로는 경솔한 방법이기도 했다. 그는 우리의 상황이 파악되지 않고 있지만 다른 곳의 확실한 출발점을 알아야 하므로 외교대표부들이 이제 다른 황실의 분위기를 전해줄 때가 됐다며 말을 마쳤다. 종국에는 기술적으로 여러 가능성이 있을 것이다. 평범한 평화회의를 소집한다든지, 20개국 군주 합동회의라든지, 아니면 헤이그 궁전을 오스트리아 예술가들이 벽화로 장식하거나 헤이그 국내의 아이들과 고아들을 위한 기금을 조성한다는 따위 들이었다. 투치는 프로이센 왕실에서 기념해를 어떻게 생각하고 있는지를 궁금해했다. 아른하임은 그것에 관해서는 전해들은 바가 없다고 대답했다. 그는 오스트리아식 냉소에 싫증을 냈다. 우아하게 농담을 할 줄도 아는 그였지만 투치의 모임에서는 이렇듯 마음을 터놓지 않았는데 그의 이런 태도는 국가적인 일에 관해서는 냉정하고 신중하기를 원하는 듯한 인상을 주었다. 이렇듯 국가와 인생관이 다른, 지극히 대비되는 두 신사 사이에서 디오티마를 사이에 둔 연적관계의 긴장감도 종종 드러나곤 했다. 그 모습은 마치 발바리 곁의 그레이하운드, 포플러나무 옆의 버드나무, 잘 갈아놓은 땅 위의 와인 한잔, 돛단배 위에 걸린 초상화 같았다. 말하자면 아주 민감하고 특이한 두가지 삶이 짝을 이루어 그 둘 사이에 공허한 권력, 다툼, 밑도 끝도 없이 음흉한 웃음거리가 생겨난 것이다. 디오티마는 눈과 귀를 통해 이해하지 않고서도 이런 것들을 느꼈지만, 평행운동을 통해 정신적으로 위대한 것을 추구하려고 하며, 오직 진실로 현대적인 사람만이 조직을 이끌 필요가 있다고 남편에게 강력하게 주장함으로써 그들의 대화를 허겁지겁 무마시켰다.

아른하임은 자신의 사유에 다시 존엄성을 부여해준 디오티마에게 고마워했다. 특히 그것은 그가 때때로 추락하는 자신을 방어해야만 했기 때문이었다. 그는 마치 물에 빠진 사람이 구명대를 무시할 수 없는 것처럼, 디오티마와 이미 확고하게 맺어진 그 사건들을 함부로 대할 수 없었다. 하지만 그는 스스로 놀라면서—약간은 주저하는 목소리로—디오티마에게 과연 그녀가 평행운동의 정신적인 지도그룹으로 누구를 선택하려고 하는지를 물어보기까지 했다.

당연히 디오티마는 이 질문에 확실한 대답을 마련하지 못했다. 아른하임과 함께한 시간 덕분에 그녀는 수많은 제안과 사상을 받아들였지만 정확히 무엇을 선택해야 할지는 아직 몰랐던 것이다. 비록 아른하임이 여러 차례 위원회의 민주성보다는 강력하고 통찰력있는 사람이 필요하다고 그녀에게 언질을 주었지만 그것은 그녀에게 단지 '당신과 나'라는 느낌을 주긴 했으나 확고한 결정이나 통찰에는 여전히 미치지 못했다. 이것은 아마도 그녀가 아른하임의 목소리에 담긴 회의주의를 기억해 낸 탓일 듯했다. 그녀가 이렇게 대답했으니 말이다. "오늘날 대체 우리가 온힘을 기울여야 할 만큼 아주 중요하고 위대한 일이 있을까요?"

"지금 시대의 현상은 좀더 건강했던 시대의 그 내적인 확실성을 상실했음을 보여줍니다." 아른하임이 대답했다. "그래서 이 시대에서 가장 중요하고 위대한 것을 뽑아내기가 어려운 것이죠."

투치 국장은 시선을 자기 바지에 묻은 먼지로 내리깔았고, 그래서 그의 미소는 그 의견에 찬성하고 있는 것처럼 보였다.

"실제로 그것은 무엇이 돼야 할까요?" 아른하임이 망설이면서 계속 말했다.

"종교일까요?" 이번에 투치 국장은 미소를 그대로 드러내었다. 아른하임은 이번에는 그 말을 백작 각하와 있을 때처럼 단호하고 인상깊게 하지는 않았지만 여전히 부드러운 진지함을 간직하고 있었다.

디오티마는 남편의 웃음에 반대하며 끼어들었다. "왜 안된다는 거죠? 종교일 수도 있어요!"

"물론이지. 하지만 우리는 현실적인 결정을 내려야 해. 당신은 요즘 세태에 맞는 과업을 이루기 위해 수도사를 선택하리라고 상상이나 하겠소? 신은 근본적으로 현대적이지 못해. 우리는 신이 정장을 입고 매끈하게 면도를 한 채 가르마를 깔끔하게 탄 모습을 상상할 수 없지. 신은 옛날 주교 같은 모습으로나 그려질 거야. 종교 말고는 무엇이 있을까? 민족? 국가?"

이때 디오티마는 투치가 국가를 여자와는 토의하지 못할 남성적인 주제로 다루고 있는 데 만족해했다. 그는 입을 다물었지만, 그의 눈 속에는 아직 다하지 못한 말이 남아 있는 듯했다.

"과학은 어떨까요?" 아른하임이 계속 말했다. "예술에 담겨 있는 문화는요? 솔직히 예술이야말로 존재의 일체와 그 내적 질서를 반영해내야 하는 첫번째 것이지요. 하지만 우리는 요즘의 그림이 보여주는 세계를 알고 있습니다. 어느것 할 것 없이 파편화돼 있어요. 종합적인 것은 없고 극단적이기만 하죠. 스탕달, 발자크, 플로베르가 새롭고 기계화된 사회와 내면을 만들어내는 동안 도스토예프스키, 스트린드베리, 프로이트는 인간 내면의 악마성을 폭로했습니다. 오늘날 모든 현대인들은 우리를 위해 할일이 남아 있지 않다는 깊은 공감을 가지고 있지요."

이때 투치 국장이 끼어들어서는 자신은 무엇인가 순수한 것을 읽고 싶을 때면 호머나 페터 로제거(Peter Rosegger, 19세기 오스트리아 향토소설가─옮긴이)를 꺼내 본다고 말했다.

아른하임이 자기 의견을 내놓았다. "거기에 성경을 포함시켜야 합니다. 성경을 통해서 호머나 로제거, 또는 로이터(F. Reuter, 19세기 독일 향토소설가─옮긴이)까지도 다룰 수 있으니까요. 또한 성경에는 우리의 가장 내적인 문제들까지 포함돼 있습니다. 만약 우리에게 새로운 호머가 나타난다면 어떨까요? 솔직히 우리한테 그에게 귀기울일 만한 능력이 남아 있을까요? 나는 절대로 그렇지 않다고 믿습니다. 그를 필요로 하지 않기 때문에 우리는 그를 받아들이지 않을 겁니다." 아른하임은 이제 말안장에 앉아 달리는 듯했다. "만약 호머가 필요하다면, 우리는 그를 받아들일 겁니다. 종국에는 세계역사에 어떤 부정적인 일도 일어나지 않았습니다. 우리가 모든 위대한 것과 본질적인 것을 과거에 묻어두었다는 것은 무슨 말이겠습니까? 호모나 그리스도는 다시 도달될 수도, 더더욱 능가될 수도 없다는 말입니다. 세상에 솔로몬의 노래보다 아름다운 노래는 없습니다. 고딕이나 르네상스는 마치 평원으로 향하는 문턱 앞의 산악지대처럼 현대 앞에 서 있었습니다. 오늘날 위대한 통치자는 어디에 있다는 말입니까?! 나폴레옹은 파라오에 비해, 칸트는 부처에 비해, 그리고 괴테는 호머에 비해 얼마나 짧은 순간 나타났다 사라진 것입니까? 하지만 우리는 여기에 살고 있고 또한 무엇인가를 위해 살아가야만 합니다. 이것들을 통해 우리는 무슨 결론을 내려야만 할까요? 그것은 단지—." 여기서 아른하임은 말을 멈추면서 이 말을 하기가 꺼려진다고 털어놓았다. 왜냐하면 결국 남은 결론이란 우리가 중요하다거나 위대하다고 생각하는 모든 것들은 우리 삶의 가장 내적인 힘과는 아무 연관도 없기 때문이라고 말했다.

"과연 그럴까요?" 투치 국장이 물었다. 그는 그 모든 것들이 우리 삶에 별 영향을 주지 못했다는 데는 이의를 달지 않았다.

"오늘날 누구도 그것을 알 수 없습니다." 아른하임이 대답했다. "문명의 문제는 마음으로 풀어야 합니다. 그리고 새로운 인간의 출현과 내적인 변화, 그리고 순수한 의지로 풀어야 합니다. 이성은 그 위대한 과거를 자유주의로 축소하는 일밖에 할 수 없습니다. 그러나 아마도 우리는 넓게 보지 못하고, 너무 작은 잣대로 세상을 재고 있는지도 모릅니다. 모든 순간은 세계 변화의 순간이 될 수 있습니다!"

디오티마는 이 말이 평행운동을 위한 어떤 여지도 남겨두지 않는다는 점에서 반대하려고 했다. 그러나 그녀는 아른하임의 어두운 표정에 마음을 빼앗기고 있었다. 아마도 최근의 책과 그림을 읽고 볼 때마다 그녀를 억눌렀던 '과중한 숙제'라는 찌꺼기가 그녀의 내면에 있었을 것이다. 예술에 대한 회의주의는 그녀 마음에 전혀 들지 않는 많은 미(美)로부터 그녀를 해방시켜주었다. 마찬가지로 학문에 대한 회의 역시 문명이나 지식인, 그리고 영향력있는 사람들에서 받는 부담을 덜어주었다. 그래서 현대에 희망이 없다는 아른하임의 진단은 그녀가 갑자기 깨닫게 된 하나의 구원과도 같았다. 그리고 그 생각은 기분 좋게 그녀의 가슴을 타고 내려갔고 아른하임의 멜랑콜리와 그녀는 어떤 식으로든 관계를 맺어나가고 있었다.

50.
사태의 진전.
투치 국장은 아른하임을 더 알아가기로 결심했다

디오티마의 추측이 옳았다. 이 완벽한 여성이 그의 책을 영혼으로 읽고 어떤 힘에 고양돼 깊이 감동한 걸 알아챈 이후로 아른하임은 이전에는 없던 어떤 의기소침에 빠졌음이 확실했다. 그것을 간명하게 그 자신의 의식 속에서 설명하자면 한 도덕가의 의기소침인데, 천상에서 갑자기 지상을 만난 자의 의기소침이라고나 할까. 그런 감정에 동감하고자 한다면 단지 고요하고 푸른 웅덩이에 부드럽고 흰 깃털뭉치가 떠다니는 것을 상상하기만 하면 된다.

그렇듯 도덕적인 인간은 그 자체로 우스꽝스러웠고 불쾌해 보였다. 마치 도덕 이외에 아무것도 내세울 것이 없는 가난뱅이들에게 나는 냄새가 그러하듯이 말이다. 도덕은 스스로 의미를 뽑아내야 하는 위대한 임무를 부여받았고 그래서 아른하임은 이 세계현상, 세계역사에 참여하고 그의 행위를 이데올로기적으로 관철함으로써 항상 도덕으로 정향된 자신의 본성을 보완해나갔다. 사유를 권력의 장에 끌어들이고 사업을 정신적인 질문과 연결시키는 이런 일이야말로 그가 즐겨하는 사고방식이었다. 그는 역사에서 비유를 끌어내는 것을 좋아했는데, 이는 역사를 새로운 삶으로 채우기 위한 것이었다. 오늘날 금융의 역할이란 그가 보기에 가톨릭교회의 역할과 비슷했다. 배후에서 영향력을 행사하면서 지배권력에 순종했다 반항했다 한다는 점에서 말이다. 아른하임은 종종 자신의 역할이 주교와 비슷함을 목격하곤 했다. 그러나 이번 여행은 즉흥적인 것이 아니었다. 비록 그가 목적없이 충동적인 여행은 하지 않는다고 하더라도, 그에게는 이번 여행의 계획과 애초에 품었던 중요한 목적이 도무지 떠오르지 않았다. 이 여행은 의외의 착상과 갑작스런 결정으로 시작되었고 그것은 아마도 자유로운 분위기에 둘러싸인 이 작은 곳이 의미하는바, 독일어를 쓰는 먼 도시로의 여행이 봄베이로의 출장만큼이나 이국적이었기 때문일 것이다. 그가 평행운동에서 중추가 될 것이라는 생각은 프로이센에서라면 거의 불가능했을 것이며 여기서 벌어진 일들은 마치 꿈과 같이 환상적이고 비논리적이었다. 그는 실용적인 영리함으로 그 어리석음을 금세 알아챘지만, 마술의 열정을 차마 깨뜨릴 수는 없었다. 그는 여기 온 목적을 훨씬 더 간단하고 직접적인 방법으로 성취할 수도 있었을 것이다. 그러나 그는 이 여행을 언제나 제자리로 돌아오는 이성의 휴가 정도로 여겼으며 그러한 동화 속 여행이라는 이유로, 모든 것에 회색을 칠했어야 하는데 검은 칠을 하고 다녔다는 점에서 그의 사업감각에 의해 징계를 받았다.

이와 같은 어둠 속에서의 깊은 고찰은 투치 국장이 있을 때

만큼은 두번 다시 일어나지 않았다. 왜냐하면 투치 국장은 보통 순간순간 모습을 드러낼 뿐이었고, 아른하임은 이 아름다운 나라에서 놀랄 만큼 남의 이야기를 잘 받아들이는 여러 부류의 사람들과 이야기를 나눠야 했기 때문이다. 백작 각하가 있을 때 그는 비평은 쓸모없으며 요즘 세대는 신을 잃어버렸다고 말함으로써 그런 부정적인 존재가 구원받는 일은 오로지 마음을 통해서만 가능함을 다시금 이해시켰고, 디오티마에게는 오로지 문화적으로 풍부한 독일 남쪽의 이 지역만이 독일적인 본질과 아마도 세계적인 본질일지도 모를 이성만능주의와 세계만능주의를 해방시킬 가능성이 있다고 덧붙였다. 부인들에게 둘러싸인 채 그는 인류를 군비경쟁과 영혼상실에서 구원하기 위해서는 내면의 부드러움을 찾아내야 한다고 말했다. 그는 전문직 종사자들에게는 횔덜린의 말을 인용하여 독일에는 인간이 없고 오로지 직업만이 남았다고 설명했다. "모든 사람이 직업에서 어떤 더 높은 목적을 추구하는데 그곳이 바로 금융가입니다."

  사람들은 그의 말에 귀기울이는 것을 좋아했는데, 한 남자가 생각이 많으면서 돈까지 많다는 게 훌륭해 보였기 때문이다. 또한 그와 얘기해본 사람들은 모두, 평행운동 같은 사업은 매우 의심스러운 일이며 아주 위험한 정신적 모순으로 가득 찬 사업이라는 인상을 받았고, 결국 이런 이유로 다른 어떤 사람보다 그가 이 모험을 더 잘 수행하리라는 인상을 강하게 심어주기도 했다.

그의 집에 깊이 스며든 아른하임의 존재를 알아채지 못함으로 인해, 오로지 투치 국장만이 고요한 성품에 묻힌 채 그 나라의 뛰어난 외교관으로 성장하지 못하고 있었다. 그는 도대체 무슨 일이 벌어지는지를 알 수 없었다. 그렇지만 그런 내색은 하지 않았는데, 원래 외교관이란 자기 생각을 절대로 내보이지 않기 때문이었다. 개인적으로, 또한 근본적으로 이 낯선 이방인이 투치에게는 아주 불쾌했다. 그리고 아른하임이 투치 부인의 살롱을 비밀목적을 위한 실행의 장으로 사용할 때 투치는 이를 도발로 받아들였다. 그는 그 부자가 도나우 강변에 위치한 황제의 수도를 자주 찾는 이유가 오래된 문화에서 정신적인 편안함을 느끼기 때문이라는 디오티마의 해명을 믿지 않았다. 그에게 남은 과제는 꼬투리를 잡을 근거가 부족하다는 것이었는데, 관료세계에 익숙한 그로서는 아른하임과 같은 인물을 거의 마주칠 기회가 없었기 때문이다.

디오티마가 아른하임을 평행운동의 지도적인 자리에 앉힌다는 계획을 밝히자 투치 국장은 이에 반대했고 그녀가 불만을 쏟아내자 적잖이 당황했다. 투치 국장은 평행운동이나 라인스도르프 백작에 관해서라면 그리 중요하게 생각하지 않았지만 그의 부인의 견해에 대해서는 정치적으로 굉장히 무례하다고 여겼으며 최근에는 오랫동안 남편으로서 쏟아온 정성—그가 우쭐해도 좋을 법한—이 마치 종이카드로 만든 집처럼 허물어지는 듯한 느낌이 들었다. 속으로는 이런 이미지를 떠올리면서도 투치 국장은 절대로 이를 발설하지는 않았는데 그것은 그 이미지가 너무 문학적인데다 사회적으로도 저급한 행위의 냄새가 났기 때문이다. 아무튼 최근 그는 굉장히 동요되고 있었다.

디오티마는 완고하게 모든 면에서 자신의 지위를 높여나갔다. 그녀는 부드러운 공격성을 띠게 되었고 새로운 종류의 사람들, 말하자면 세계은행의 정신적인 책임을 더이상 직업적인 지도자들에게 무책임하게 내맡겨두지 않으려는 사람들에 관해 말했다. 그러고는 여성의 재능에 관해 이야기했는데, 가령 여성들에게는 종종 예언을 하거나 일상적인 직업세계와 동떨어진 먼 곳까지 조망하는 시야가 있다는 것이었다. 마지막으로 그녀는 아른하임은 유럽인이며, 전체 유럽이 인정하는 저명한 지성인이라면서 유럽에서 국가의 운명은 너무나 유럽적이지 않은데다 정신적으로 빈약하고 그 옛날 오스트리아 문화가 여러 언어에서 갈라져나온 줄기들을 근본적으로 휘감았을 때처럼 오스트리아 정신이—세계를 관망하는—관심을 쏟기 전에는 세계 평화를 기대하기 어렵다고 말했다. 디오티마는 전에 한번도 이렇듯 남편의 뜻을 거스르려 한 적이 없었다. 그러나 투치 국장은 이런 상황을 대수롭지 않게 받아들였는데, 이는 그녀의 노력을 재단사의 봉사만큼도 중요하게 생각하지 않았기 때문이다. 그는 다른 이들이 그녀를 칭송하면 기분이 좋았고 돌아가는 일들을 마치 색에 심취한 여인이 가지각색의 리본을 고르는 것처럼 다소 관대하게 바라볼 뿐이었다. 특별한 위치에 있는 사람과의 친분이 여러모로 이득이 된다는 점을 인정하면서도 그는 최대한 예의를 갖춰서 오스트리아의 앞날을 결정하는 남자들의 사무에 프로이센 남자를 끌어들일 수는 없다는 원칙을 되풀이했다. 그렇다고 이런 이유 때문에 그녀의 모임에 아른하임이 모습을 드러내는 것을 불편해한다고 생각한다면 그건 오해라고 못을 박았다. 그는 조만간 이 모임을 통해 그 이방인을 함정에 빠뜨릴 기회를 찾고 있었던 것이다.

전에 투치는 단지 아른하임이 도처에서 성공을 거두는 것을 볼 때만 디오티마가 이 남자와 너무 밀접해졌다는 생각이 떠올랐지만 최근에는 새삼 남편의 의중을 거스르고 논쟁을 벌이며 그의 근심을 망상이라고 비판하는 그녀를 목격하곤 했다. 그는 여성의 말에 발끈해 싸우기보다는 때를 기다릴 줄 아는 남자로서 언젠가는 자신의 말이 옳았음을 입증하겠다고 결심했다. 오래 기다릴 것도 없이 때마침 적절한 기회가 그에게 찾아왔다. 어느날 밤, 아주 멀리서 들리는 울음소리 같은 것이 그의 잠을 깨웠다. 그것은 처음에는 아주 희미해서 무엇인지 알 수 없었다. 그러나 그 영혼의 거리는 시간이 흐름에 따라 건너뛰듯 줄어들더니 갑자기 위협적인 불안이 그의 귀에까지 이르렀다. 그는 갑자기 잠에서 깨어 침대에 앉았다. 디오티마는 그의 반대편으로 돌아누운 채 깬 기색이 없었지만 그에게는 깬 것처럼 느껴졌다. 그는 낮게 그녀의 이름을 부르고 여러번 다시 불러보다가 부드럽게 그녀의 어깨를 손가락으로 눌러보았다. 그러나 그가 그녀를 돌아눕히자 어둠속에서 어깨 위로 그녀의 얼굴이 드러났고 그 얼굴은 사납게 그를 노려보았으며 어떤 반항을 품고 오래전부터 흐느낀 기색이 뚜렷했다. 그러나 유감스럽게도 잠에 깊게 취했던 투치는 다시 졸음이 쏟아져 속절없이 베개에 얼굴을 묻었고 디오티마의 얼굴은 그가 도저히 알아볼 수 없이 고통스럽게 일그러진 모양으로 환하게 떠다니고 있었다. "무슨 일이오?"라고 그는 잠에 취한 낮은 목소리로 중얼거렸고 순간 아주 명료하고 격앙되었으며 불쾌한 느낌의 대답이 귓속을 파고들었는데, 그 대답은 그의 잠을 뚫고 들어와 마치 물속에 반짝이는 동전처럼 머물러 있었다. "당신이 잠을 험하게 자서 같이 잘 수가 없어요!" 디오티마는 이렇게 격하게, 그리고 또렷하게 말했다. 그의 귀는 그것을 알아들었지만 이미 잠에 곯아떨어진 뒤라 뭐라 방어할 말을 찾지 못했다.

뭔가 불편하고 부당한 일이 있었다는 명백한 느낌이 들었다. 그가 보기에 조용히 자는 것은, 모든 성공한 사람들에게도 그러하듯이, 외교관의 주요 덕목이었다. 그 문제를 함부로 건드려선 안될 것이기에 그는 디오티마의 말을 매우 심각하게 받아들였다. 그는 디오티마의 마음이 변했음을 알아차렸다.

잠을 자는 순간조차 자기의 부인이 부정을 저지른다는 의심을 전혀 하지 않는 그였지만, 그의 내면에 도사린 어떤 불쾌함은 아른하임과 연관된 것이 분명했다. 그는 화가 난 채로 아침까지 잠을 잤고 그가 할 수 있는 한 이 거추장스러운 남자의 모든 것을 캐내보겠다고 굳게 다짐하며 잠에서 깨어났다.

51.
피셸의 집

로이트 은행장 피셸은, 더 정확히 말하자면 은행장 직함을 내건 지배인에 불과한 피셸은 라인스도르프 백작의 초대를 어떤 알 수 없는 이유로 까맣게 잊어버린 후로 다시는 초대를 받지 못했다. 또한 그가 처음 초대받은 것도 순전히 그의 부인인 클레멘티네(Klementine) 덕분이었다. 클레멘티네 피셸은 정통 관료집안 출신이었다. 그녀의 아버지는 정부 회계부처의 수장이었고 할아버지는 재무관료였으며 세 남자형제들 역시 정부 각처에서 높은 자리를 차지하고 있었다. 그녀는 24년 전, 두가지 이유로 레오와 결혼했다. 하나는 높은 관료집안에 시집을 가게 되면 많은 아이를 낳아야 하기 때문에 그것을 피하느라 평범한 은행원을 택했다. 다른 하나는 좀더 낭만적인 것으로서 자기 집안의 극도로 절제된 엄격함에 비해 은행원들은 좀더 자유롭고 현대적으로 보였기 때문이고, 19세기의 교양있는 사람으로서 유대인이거나 가톨릭이거나 타인을 동등하게 대해야 했기 때문이었다. 사실 당시 분위기가 그랬듯이, 보통 민중들이 유대인에게 품기 마련인 적대적인 편견을 벗어나는 것이 그녀에게는 왠지 교양있는 것처럼 느껴졌다.

나중에 그 불쌍한 여자는 전유럽에서 민족주의 정신이 일어나는 것을 보게 된다. 또한 민족주의와 함께 반유대감정이 고조돼 그야말로 그녀의 마음속 깊이 존경받던 남편의 자유로운 정신이 떠돌이 민족의 썩은 정신으로 변하는 것도 체험했다. 처음에 그녀는 반유대주의에 '위대하게 사유하는' 분노를 품고 대항했지만 세월이 가면서 그녀는 그 단순하고 잔인하며 주위를 조여오는 적대감에 기운이 다 빠져버렸고 보편화된 편견에 겁을 집어먹었다. 실제로 그녀는 자신과 남편의 차이점들이 점점 더 심해짐에 따라—그때 남편은 정확히 알 수 없는 어떤 이유들 때문에 지배인 이상의 자리로 승진하지 못했고 언젠가는 지점장이 될 수 있다는 모든 가능성마저 잃어버렸다—비록 겉으로는 젊은 시절 세웠던 규칙을 저버리지 않았을지라도 그녀에게 상처를 입힌 모든 것이 어깨를 움츠리게 하면서 결국 레오의 성격이 그녀에겐 낯선 것이었음을 그녀 스스로 정당화시키고 있었다.

이 차이점은, 근본적으로 이해의 부족에 지나지 않았다. 많은 부부들이 그렇듯이 그들이 현혹된 기쁨에서 벗어나자마자 자연스런 불행이 표면에 떠오르게 된 것이다. 레오의 인생이 증권거래소의 책상에 꽂힌 채 머뭇거리게 된 이후, 클레멘티네는 더이상 그가 유리처럼 조용한 오래된 청사의 사무실이 아닌, '붕붕거리는 현대의 직조기' 앞에 앉아 있는 것을 참작해 줄 수는 없었다. 또한 이런 괴테 시대의 인용 때문에 그녀가 결혼을 포기했을지도 모른다는 점을 누가 알겠는가! 코 한가운데 걸린 안경과 함께 한때 그녀에게 영국 귀족을 떠올리게 한 그의 구레나룻은 이제 증권거래인을 상상하게 했고, 그의 행동과 말투에서 드러나는 습관들은 그녀를 견딜 수 없는 지경에까지 이르게 했다. 클레멘티네도 처음에는 남편을 개선시켜보려고 했다. 하지만 그녀는 엄청난 어려움에 부딪히게 되었는데, 구레나룻이 정확하게 어떻게 귀족과 증권거래인을 구별해주는지, 코안경이 코의 어디쯤 걸려 있어야 하는지, 아니면 열광과 회의를 표현하는 손짓이 어떠해야 하는지를 규정해주는 표준이 세상 어디에도 없었기 때문이다. 게다가 레오 피셀이라는 사람 자체가 스스로를 바꿔보려는 사람도 아니었다. 그는 기독교적이고 게르만적인 정부관리의 이상을 들먹이며 그를 변화시켜보려는 잔소리를 떠도는 헛소리로 치부했고 그런 말들이 이성적인 남자에게는 부적합하다며 거부했다. 그의 부인이 세부적인 것들을 공격하면 할수록 그는 이성의 거대한 원칙들을 더욱 강조했다. 그리하여 피셀의 집은 날이 갈수록 두 세계관이 대결하는 싸움판으로 변해갔다.

로이트 은행장 피셀은 철학 하기를 좋아했지만 그것도 하루에 10분 정도일 뿐이었다. 그는 인간 존재가 이성적으로 성립되었다는 생각을 좋아했다. 그는 자신이 거대은행의 잘 정비된 질서에 맞게 사유함으로써 지적으로 보상을 받는다고 믿었고, 매일매일 신문에 등장하는 새로운 진보를 읽고는 흡족해했다. 이러한 이성과 진보의 흔들리지 않는 원칙에 대한 믿음은 늘 어깨를 으쓱거리거나 말허리를 자르며 잔소리를 늘어놓는 피셸 부인에게서 그를 멀리 떨어지게 만들었다. 그러나 결혼생활이 진행되면서 시대의 분위기는 레오가 즐겨왔던 자유주의의 규칙들―자유정신의 위대한 이상, 인간의 존엄성, 자유로운 거래―에서 멀어져갔고 서양세계의 이성과 진보는 인종주의와 거리의 구호로 대체되는 불행한 운명을 맞았으며 그 역시 시대적 분위기에 영향을 받지 않을 수 없었다. 라인스도르프 백작이 이러한 현상을 '공적인 영역에서의 불쾌한 현상'이라며 부정한 것처럼, 그도 처음에는 강하게 부정했다. 그는 이런 일들이 스스로 소멸되기를 기다렸고 그런 기다림은 처음에는 원칙을 지키는 인간에게 삶이 가하는 거의 감지되지 못하는 분노에 찬 고문 같은 것으로 다가왔다. 그 다음에는 보통 그렇게 불리듯 '독약' 같은 것으로 다가왔다. 그 독약은 도덕, 예술, 정치, 가정, 신문, 책, 사회생활에서 한방울 두방울씩 떨어지는 새로운 현상이었고 다시 돌아갈 수 없다는 처절한 느낌과 이미 벌어진 것들을 인정하지 않을 수 없다는 격노를 함께 불러일으켰다. 지배인 피셸에게도 3차, 4차의 상황이 다가왔는데, 그때는 몇방울씩 드문드문 떨어지던 새로운 물방울이 장마로 변하던 때였고, 이쯤 되면 그것은 하루에 단 10분씩 철학을 하는 남자가 경험할 수 있는 가장 끔찍한 고통으로 다가올 만했다.

레오 피셀은 얼마나 많은 문제들에 대해 사람들이 서로 다른 의견을 가지는지를 알게 되었다. 옳게 살려는 욕구, 인간의 존엄성과 거의 같은 의미를 띤 그 욕구는 피셸의 집에서 탈선으로 받아들여지기 시작했다. 이 욕구는 수천년 동안 엄청난 숫자의 뛰어난 철학과 예술작품과 저작들과 행동, 당파들을 만들어냈다. 그리고 인간의 본성에서 나온 뛰어날뿐더러 맹목적이고 무시무시하기까지 한 이 욕구가 10분 동안의 생활철학 또는 가정생활에서의 근본적인 문제에 관한 말싸움에서 만족을 얻을 때, 그는 마치 한방울의 달아오른 납덩어리처럼 셀 수 없는 날카로운 조각들 속으로 터져 들어가는 고통스러운 상처를 입고 말았다. 그는 하녀가 해고된 것인지 아닌지, 이쑤시개가 탁자 위에 있는 것인지 아닌지 같은 질문 속으로 빠져들어갔다. 그러나 그는 무슨 질문이든지간에 그것을 즉시 두개의 무한정하게 상세한 세계관으로 완전하게 만들어낼 수 있었다.

지배인 피셸이 사무실에 있는 낮 동안 이런 일은 잘 진행되었다. 그러나 밤이 오면 그는 남들과 똑같은 한 사람일 뿐이었고, 이것은 그와 클레멘티네의 관계를 심각하게 악화시켰다. 오늘날 모든 것이 복잡화된 가운데 한 사람은 단지 하나의 분야만을 잘 알 수 있는데 그에게 그 분야란 대출과 증권이었으므로 그는 밤 시간에는 양보하는 편이었다. 반면 클레멘티네는 여전히 날카로운데다 물러서지 않았는데, 이것은 그녀가 의무를 중요시하는 엄격한 관료집안에서 자랐기 때문이었다. 게다가 그녀의 계급의식은 안 그래도 좁은 집을 더 좁게 만들 수 있다는 이유로 남편과 각방 쓰는 것을 허락하지 않았다. 그러나 한방에서 불이 꺼지면 남자들은 보이지 않는 일등관람석을 향해 연기를 펼쳐야 하는 배우인 셈인데, 그 역할이란 이미 한물 간 영웅이 되어 씩씩거리는 사자를 연기하는 것이다. 지난 몇 년 동안 어두운 관람석에서는 아주 작은 찬성이라든가 조금이라도 거부하는 기색이 전혀 흘러나오지 않았고, 이것은 확실히 강력한 긴장을 쫓아버리는 데 기여했다고 할 수도 있을 것이다. 존귀한 관습에 따라 그들이 함께하는 아침식사 시간에 클레멘티네는 마치 얼어붙은 시체처럼 뻣뻣했고 레오는 민감함 때문에 움찔했다. 그들의 딸인 게르다조차도 매번 이런 순간을 눈치챘고 그때마다 섬뜩함과 쓰디쓴 반감에 찬 결혼생활이 한밤중의 고양이 싸움과 같다고 상상해보곤 했다.

 게르다는 스물세살이었고 양가 가문의 훌륭한 점을 물려받았다. 레오 피셀은 이제 그녀를 위해 좋은 혼처를 고려해봐야 할 때가 왔다고 생각했다. 그러나 게르다는 "아빠는 구식이에요"라고 말했다. 게르다는 같은 또래의 기독교-게르만민족주의 성향의 무리들 속에서 친구를 선택했고, 그들 중 누구도 가족을 부양하는 데 조금의 존경심도 품지 않았으며 대신 자본을 혐오했고 지금까지 어떤 유대인도 위대한 인간의 상징으로 봉사할 만한 능력을 보여주지 못했다고 떠들어댔다. 레오 피셸은 그것은 반유대주의 구호라고 일컬었고 그들이 집에 오는 것을 금지시켰다. 그러나 게르다는 말했다. "아빠는 그걸 몰라요. 그건 단지 상징일 뿐이라고요." 그녀는 워낙 예민한데다 빈혈까지 있어서 주의깊은 보살핌을 받지 못하면 금방 화를 내버리곤 했다. 때문에 피셸은 마치 오디세우스가 페넬로페의 청혼자를 집안에 들이기를 허용한 것처럼 그들의 교류를 허락했는데, 그것은 게르다야말로 그의 인생의 빛이었기 때문이다. 하지만 그는 천성이 그런 탓에 입을 다물고 있지만은 않았다. 그는 스스로 무엇이 도덕이며 무엇이 위대한 이상인지를 안다고 믿었고 게르다에게 좋은 영향을 주기 위한 기회가 올 때마다 그것을 주입했다. 또한 게르다는 매번 "그래요, 아빠 말이 절대적으로 옳아요. 만약 이 문제를 아빠가 집착하는 것과 전혀 다른 시각에서 볼 수 있다는 것을 인정하지 않는다면 말이에요." 게르다가 이렇게 말할 때 클레멘티네는 무엇을 하고 있었을까? 아무것도 하지 않았다. 비록 체념한 표정을 짓고 있긴 했지만 레오는 그녀가 그의 등뒤에서 마치 그 상징이란 게 무엇인지를 알겠다는 표정으로 게르다 편을 들고 있을 거라고 확신했다. 레오 피셸은 그의 우수한 유대계 두뇌가 자기 부인보다 뛰어나다는 여러 증거들을 가지고 있었기에 그녀가 게르다의 광기를 이용해 이득을 보려 할 때 가장 화가 치밀었다. 왜 다른 사람도 아닌 그가 더이상 현대적으로 사유할 수 없게 되었을까?

그것은 시스템이었다. 그는 지난 밤을 기억해냈다. 그것은 더 이상 비방이 아니었다. 그것은 자존심을 뿌리째 파내는 것이었다. 밤에 사람들은 잠옷을 걸친다. 그리고 바로 잠옷 속으로 인격이 머문다. 어떤 전문적인 생각이나 기술도 그를 보호해주지 못한다. 여기서 인간은 다름아닌 그의 전체 인생을 건다. 그러니 대화가 기독교-게르만적인 개념으로 옮겨갈 때마다 클레멘티네가 마치 피셀이 야생동물이라도 된 것 같은 표정을 짓는다는 게 무슨 뜻이겠는가?

   요즘 사람들은 마치 휴지가 빗물을 거의 담아내지 못하듯이 오해를 견디지 못한다. 클레멘티네에게 더이상 레오가 매력있어 보이지 않자 그녀는 그를 견뎌내지 못했고, 클레멘티네에게 의혹을 받고 있다는 예감이 들자 레오는 모든 순간마다 음모를 포착해내곤 했다. 그 당시 클레멘티네와 레오는 관습과 문학에 의해 길들여진 모든 사람들이 그렇듯이 열정이나 인격, 운명과 실천을 통해 서로 의지할 것이라는 헛된 믿음을 가지고 있었다. 그러나 사실상 인간의 반 이상은 행동이 아니라 논문으로, 스스로 만들어낸 견해로, 한편으론 이렇고 다른 편으론 저런 것으로, 그리고 들어서 알게 된, 산더미처럼 쌓인 비인간적인 요소들로 채워져 있다. 이 부부의 운명은 거의 대부분 그들 자신이 아니라 공적인 견해에 속한 그 불투명하고 완강한데다 무질서한 생각의 층에 달려 있었고, 그런 생각에 저항 한번 해보지 못한 채 그것에 끌려다닐 처지에 놓여 있었다. 이런 비인간적인 의존성에 비할 때 그 둘의 인간적인 의존성이란 그저 눈곱만한 일부, 또는 엉뚱하게 과대평가된 낙후함에 불과했다. 그리고 그들이 자신들에게도 개인적인 삶이 있다고 스스로를 기만하고 서로의 성격과 의지에 질문을 던지는 동안, 온갖 가능한 불쾌함으로 뒤덮인 그들의 비현실적인 충돌 사이로 고통스러운 난관이 끼어들었다.

레오 피셸이 카드게임을 할 줄도, 예쁜 여자를 꾀어낼 줄도 모르는데다 사무에 지치고, 가정생활을 향한 열망에 고통당한다는 사실은 그의 불운이었다. 반면 밤낮 단란한 가정 외에는 관심이 없던 그의 부인은 이제 가정에 더이상 어떤 낭만적인 환상도 품지 않았다. 종종 레오 피셸은 도저히 알 수 없는 이유로 사방에서 그를 공격해오는 호흡곤란을 경험했다. 그는 사회 속에서 정직하게 임무를 완수하는 하나의 유능하고 작은 세포였지만 도처에서 독이 든 액체를 빨아들였다. 또한 철학의 요구를 한참 넘어서는 일이긴 하지만, 평생의 반려자 때문에 곤경에 처했으며 젊은 시절의 이성적인 성향을 버려야 할 아무 이유도 찾지 못한 채 나이를 먹어가던 그는 끊임없이 형체를 바꾸는 형체 없음과, 천천히 그러나 끊임없이 모든 것을 끌어들이는 전복으로 특징지어지는 영혼의 삶에 깊은 공허를 느끼기 시작했다.

피셸이 가정문제 때문에 골머리를 앓다가 백작의 초대에 응하지 못한 일도 바로 그런 아침에 일어난 일이었으며, 이후 수많은 아침마다 그는 투치 국장 부인의 모임에서 무슨 일이 일어나는지에 대해 들어야만 했는데 그때마다 게르다가 그런 최고의 사교모임에 들어갈 기회를 잡지 못했다는 사실은 가장 유감스러운 것이 되었다. 자신의 상관뿐 아니라 국립은행의 수장까지 그 모임에 참석했기 때문에 피셸의 양심은 갈피를 잡지 못했다. 하지만 누구나 알듯이 인간은 죄와 순결함 사이에서 더 강하게 파괴될수록 더 강렬하게 비난에 맞서 스스로를 방어하는 법이다. 그러나 실용적인 사람이 지닌 우월함으로 피셸이 그 애국운동의 진행을 조롱할 때마다 그는 파울 아른하임처럼 시대에 뒤떨어지지 않은 금융가는 분명히 다르게 사유한다는 충고를 들었다. 클레멘티네뿐 아니라 게르다—보통은 당연히 엄마와는 반대편을 택하는—조차도 이 남자에 대해 얼마나 많은 것을 아는지 놀라운 일이었다. 또한 증권거래소 사람들도 이 사람에 대해 이러저러한 놀라운 일들을 언급했기에 피셸은 수세에 몰리는 느낌을 받았고 그래서 그저 그들의 의견을 따라갈 수도, 그렇다고 그런 저명한 사업가를 심각하게 받아들일 필요가 없다고 함부로 주장할 수도 없었다.

하지만 수세에 몰려 있는 중에도 피셸은 적당히 방어자세를 취하고 투치의 집, 아른하임, 평행운동과 자신의 실패에 대해 짐짓 모르는 체하면서 불가해한 침묵을 유지했다. 그러고는 아른하임이 얼마나 오래, 어디서 체류할지를 알아내려고 했으며 그 모든 텅 빈 가식을 한방에 폭로하고 한창 높아진 그 가족의 주가를 무너뜨릴 사건을 비밀스레 기다리고 있었다.

52.
투치 국장은 자기의 부서업무에서
한가지 결점을 찾아낸다

아른하임 박사의 뒤를 캐봐야겠다고 결심한 후, 투치 국장은 곧 자기의 각별한 관심분야인 외교와 황실업무에서 아주 큰 결점 하나를 찾아내고는 만족해했다. 그 업무는 아른하임 같은 사람을 위해 계획된 것이 아니었다. 회고록류를 제외하고 투치 국장이 읽는 교양서적은 성경과 호머, 로제거의 책뿐이고 이런 책들이 마음이 산란해지는 것을 막아준다는 점에서 그는 매우 뿌듯해했다. 그러나 전체 외교부서에서 아른하임의 책을 읽은 자가 하나도 없다는 사실은 그에게 오류로 다가왔다.

투치 국장에겐 다른 부서의 장들을 모두 불러모을 정도의 권한이 있었다. 그러나 지난밤 부인의 울음소리 때문에 잠을 설친 탓에 그는 공보부서의 책임자에게만 찾아갔는데, 다른 한편으로는 자기가 말하려고 한 내용이 모든 부서의 인정을 받기는 어려울 수도 있다는 느낌이 들어서이기도 했다. 그 공보부 국장은 투치 국장이 아른하임의 세세한 인간적인 면모까지 알고 있는 데 놀라워하면서 그의 이름을 자주 들어왔다고 덧붙였다. 그러나 그는 이 사람이 공보부의 서류에 기록으로 남아 있지는 않을 거라고 했는데, 자신의 기억으로는 아른하임이 한번도 정부보고의 대상이 된 적이 없으며 언론 담당부서도 그런 인물의 사생활까지 관심을 두지 않을 게 확실하기 때문이라고 이유를 전했다. 투치는 그의 말을 인정하면서도 사람의 공적이고 사적인 상태와 일어난 사건 사이의 경계는 오늘날 뚜렷하지 않다고 지적했다. 언론 담당부서에서 날카롭게 상황을 파악하고 있음에도 불구하고, 두 국장은 시스템상의 매우 흥미로운 결점이 있다는 데 의견을 같이했다.

그날은 유럽이 다소 안정을 찾은 평온한 아침임에 분명했다. 두 국장이 총무부장까지 불러다가 파울 아른하임 박사라는 제목이 붙은 문서를―내용이 하나도 없더라도―모아놓으라고 시켰으니 말이다. 총무부장이 돌아간 후에는 바로 즉석에서 얼굴이 벌게질 정도로 유용한 정보들을 쏟아내는 문서실장과 자료실장이 들어와서는 자신들의 보관소에는 아른하임에 대한 기록이 없다고 보고했다. 마지막으로, 매일 신문을 검토하고 각 국장들에게 내용을 발췌해주는 언론 담당관들이 불려왔다. 그들은 아른하임에 관한 질문을 받고는 굉장히 심각한 얼굴로, 그가 언론에서 아주 호의적으로 다뤄지는 것은 맞지만 그가 쓴 글에서 보고할 것은 거의 없었는데, 왜냐하면 그가 한 일들이―이점에 그들은 모두 곧장 동의했다―관청에서 관심을 가질 만한 것이 아니었기 때문이다. 외무부의 정확한 일처리는 마치 단추 하나를 누르면 작동하는 기계 같았으며 모든 직원들은 상사에게 충분한 신뢰를 보여주었다는 자부심에 사로잡힌 채 방을 나갔다. "내가 말한 대로," 공보국장은 만족한 채 투치에게 말했다. "아무도 아는 사람이 없다네."

두 국장은 근엄한 미소를 지으며 보고를 듣는 동안—마치 호박 속에 박힌 파리처럼 그 분위기에 영원히 박제될 것처럼 보이기도 했다—보드라운 붉은 양탄자에 덮인 매우 아름다운 가죽의자에 앉아 있었다. 그 의자는 마리아 테레지아 시대로부터 내려온 밝은 황금빛 방안에 자줏빛으로 높게 걸린 커튼 앞에 놓여 있었다. 그들은 이제 겨우 알아낸 그 시스템상의 결함이 해결되기 어렵다는 사실을 깨달았다. "우리 부서에서는," 공보국장이 자랑스럽게 말했다. "모든 공적인 발언을 취급하네. 하지만 그 공적이라는 말에는 어느 정도 선이 있어야겠지. 어떤 의원이 주의회에서 한해 동안 한 의사진행 발언을 우리 서류철에서는 10분 안에 다 찾아낼 수 있네. 또한 지난 10년간의 그 같은 발언은, 만약 공적인 정치현장에서 말한 것이라면 30분만에 다 찾아낸다네. 정치잡지에 실린 글들도 마찬가지야. 그만큼 우리 직원들은 성실하게 일하지. 하지만 그런 것들은 구체적인 것으로, 말하자면 권력과 의미 사이에 확실한 연관성을 지니는 책임있는 행위라고 할 수 있지. 그러나 만약 보고서와 카탈로그를 작성하는 직원이 어떤 사람의 감정적인 토로가 담긴 에세이에 무슨 제목이 달려 있는지 순전히 사무적으로 알아내야 한다면—이봐, 자네는 누구로 한번 시험해보면 좋겠나?"

투치 국장은 디오티마의 살롱에 드나드는 가장 젊은 축에 속하는 작가의 이름을 친절하게 일러주었다.

공보국장은 잘 못 알아듣겠다는 듯 찌푸리면서 그를 향해 시선을 돌렸다. "그럼 그에 대해 알아보지. 그러나 우리가 목격한 것과 그냥 흘려버린 것 사이의 경계선은 과연 어디일까? 그런 것에는 정치시까지 있지. 우리가 모든 것을 알아야만 하는 걸까? 아니면 동네극단의 작가 정도면 되는 것일까?"

두 사람은 웃었다.

"그런 사람들의 심중을 어떻게 알아낼 수 있을까? 괴테나 실러라면 가능할까? 물론 거기에는 늘 고상한 의미가 들어 있지. 하지만 실용적인 목적에 관해서라면 두 마디도 못하고 말이 흐트러지거든."

이때쯤 되자 뭔가 '불가능한' 일을 하기 위해 힘을 쏟으면서 위험을 감수했다는 사실이 두 사람에게 분명해졌다. '불가능한'이란 말은 사회적으로 조롱거리가 되기에 딱 좋은 것이었는데, 특히 외교관들 사이에서는 아주 민감하게 받아들여지는 단어였다. "책이나 연극비평에 종사하는 사람들을 내각에 앉힐 수는 없는 노릇이지." 투치는 웃으면서 말했다. "그러나 다른 한편으로 그런 것에 정통한 그 사람들이 세계를 주도하는 견해에 영향력이 없다고는 할 수 없으며 정치에도 지속적으로 영향을 끼친다고 봐야 하겠지."

"세상의 어떤 외교부도 그런 일을 한 적이 없을 거야." 공보국장이 거들었다.

"맞아. 하지만 물방울이 모여 바위에 구멍을 내는 법이지." 투치는 이 인용이 어떤 위험을 잘 표현해준다고 생각했다. "어떤 조직을 만들 필요는 없을까?"

"글쎄, 난 좀 거부감이 드는걸." 공보국장이 말했다.

"나도 그렇긴 하지!" 투치가 끼어들었다. 이 대화가 끝나갈 무렵 투치는 혀가 뭔가에 눌리는 듯한 고통스러운 경험을 했다. 그는 자신이 말한 것이 엉터리에 불과한 것인지, 아니면 그가 자랑하는 통찰력이 다시 한번 발휘된 것으로 봐야 하는지를 구별할 수 없었다. 그 공보국장도 이것을 확신할 수 없기는 마찬가지여서 두 사람은 그 문제를 나중에 다시 한번 논의하기로 약속했다.

공보국장은 확실한 마무리를 위해 아른하임의 모든 저작물을 관청도서관에 비치하도록 청구서를 발행했고 투치는 정치부서에 들러 아른하임이라는 인물에 대한 좀더 자세한 정보를 보내달라고 베를린의 대사관에 요청했다. 그것이 당시 투치가 할 수 있는 일의 전부였다. 이 정보가 도착하기 전까지 아른하임에 대해 알 수 있는 유일한 통로는 그의 부인이었는데, 그녀에게서 얻은 것들은 그를 극도로 불쾌하게 만들었다. 그는 볼테르의 말을 기억했다. '사람들은 생각을 감추기 위해서만 말을 사용하며, 자신의 불의를 정당화하기 위해서만 생각을 사용한다.' 확실히 이 말은 외교계에서 늘 통하는 말이었다. 그러나 자신의 의도를 말 뒤에 감추기 위해 그렇게 많이 쓰고 말하는 아른하임 같은 사람이 있다는 사실은 뭔가 새로운 현상이었고, 그래서 혹시 그 밑으로 들어가야 하는 게 아닌가 하는 생각으로 투치는 불안해졌던 것이다.

53.
모오스브루거가 다른 감옥으로 이송되다

그를 향해 들끓었던 소송보도가 중지된 후 며칠 되지 않아 창녀살인자 크리스티안 모오스브루거는 잊혀버리고 말았다. 공공의 관심은 더 흥미로운 대상을 좇아 움직여갔다. 단지 몇몇 전문 지식인들만이 그의 주변에 머물러 있을 뿐이었다. 그의 변호사는 항고를 신청하고 새로운 정신감정을 요청하는 한편 이런저런 절차들을 더 진행했다. 사형집행은 미정인 채로 더 연기되었고, 모오스브루거는 다른 곳으로 이감되었다.

당시 행해진 예방조처들은 모오스브루거를 우쭐하게 했다. 장전된 총, 많은 구경꾼들, 팔과 다리에 채워진 수갑이나 족쇄 따위들. 사람들은 그에게 관심을 기울였고 두려움을 가졌는데 모오스브루거는 이런 것들을 좋아했다. 호송차에 오를 때, 그는 경탄하는 눈빛을 갈망하면서 지나가는 행인들의 놀란 시선에 눈길을 던졌다. 거리를 휩쓸고 지나가는 차가운 바람이 그의 곱슬머리를 흔들었고 공기는 그를 지치게 했다. 2초 정도 시간이 흐르자 사법부 소속 군인이 그를 호송차 안으로 떠밀었다.

모오스브루거는 자존심에 셌다. 그래서 그는 그렇게 다뤄지는 것을 싫어했다. 그는 경비병들이 자기를 때리고 소리지르고 조롱할까봐 두려워했다. 사슬에 묶인 거인은 호송자를 감히 쳐다보지도 못한 채 스스로 차의 맨 앞쪽으로 미끄러져 들어갔다.

그러나 그는 죽음을 두려워하지는 않았다. 견뎌내야 할 것으로 가득 찬 삶이 아마도 교수대에 오르는 것보다 더 고통스러울 것 같았고 한 몇년을 더 살거나 덜 산다고 해서 달라질 것은 없어 보였다. 너무나도 유폐된 채 방치된 그 남자의 수동적인 자존심은 형벌에 대한 두려움을 빼앗아버렸다. 그러나 어쨌든 그는 삶에 목을 매지는 않았다. 그는 무엇을 좋아해야 했을까? 봄바람이나 너른 시골길 또는 태양은 아니지 않았을까? 그것은 지루하고 덥고 먼지투성이일 뿐이다. 확실히 아는 것을 좋아하는 사람은 아무도 없다. '말할 수 있지.' 모오스브루거는 생각에 잠겼다. '내가 어제 식당 구석에서 상한 돼지고기를 먹었다고 말이야!' 그런 이야기들은 아주 많았다. 그러나 사람들에게는 아무 상관도 없는 일이었다. 그가 기뻐하는 일은 늘 어리석은 모욕을 당하고 마는 그의 명예심을 충족시키는 것이었다. 혼동스런 덜컹거림이 바퀴를 타고 의자에 전해지더니 그의 육체를 파고들었다. 문에 달린 격자 창 뒤로 도로의 자갈들이 멀어져갔다. 커다란 마차가 뒤에 있었고 이따금 남자들, 여인들, 아이들이 창밖으로 이리저리 가로질러 지나쳤다. 저 멀리서는 삯마차 한대가 가까이 다가오더니 마치 모루에서 반짝임이 일어나듯이 삶을 빛나게 했고 그 말은 문을 뚫고 들어올 듯하더니 이내 말굽이 타닥거리는 소리와 부드러운 고무바퀴 소리가 마차의 뒤로 울려퍼졌다. 모오스브루거는 천천히 고개를 돌려 전면 측면의 마차 천장을 바라보았다. 밖의 소음은 팽팽하게 당겨진 천 위에서 마치 어떤 일들의 그림자가 여기저기서 휙 스쳐지나가는 것처럼 들렸다. 모오스브루거는 이감의 의미에 대해서는 심각하게 생각하지 않았고, 다만 하나의 변화로 느끼고 있었다. 두개의 어둡고 중지된 시간 사이로 15분간의 불투명하고 하얗고 거품이 이는 시간이 지나가고 있었던 것이다. 그리 아름답지는 않았지만 그렇듯 그 역시 자유를 느끼고 있었던 것이다. '마지막 식사시간에 관해서라면,' 그는 생각했다. '군목에게나 사행집행인에게나 모든 것이 끝나기 전 15분이란 그리 다를 것도 없지. 그때 역시 바퀴가 굴러가는 대로 흔들릴 것이고 지금처럼 의자에서 미끄러지지 않으려고 주의를 기울일 것이며 시끄러운 사람들이 둘러싸고 있으므로 잘 듣거나 보지 못하겠지. 모든 것에서 벗어나 마침내 평화를 얻는 것은 지상 최고의 일이 될 거야!'

삶에서 해방되고 싶은 사람이 느끼는 우월함은 굉장히 크다. 모오스브루거는 경찰에서 그를 맨 처음 심문한 검사를 기억했다. 그 친절한 검사가 낮은 목소리로 말했다. "이봐요 모오스브루거 씨, 뭐 하나 간청합시다. 제발 내가 성공하도록 좀 도와줘요." 그러자 모오스브루거는 대답했다. "좋아요, 성공을 원하다면 이제 진술서를 쓰도록 하죠." 나중에 재판관은 그 진술서를 믿으려 하지 않았으나, 그 검사가 재판에 출석해 사실임을 증언했다. "당신이 양심을 속일 사람이 아니라는 것을 잘 알지만, 날 위해 증언함으로써 만족을 줄 수 있겠소?" 그 검사는 배석판사가 싱긋싱긋 웃는 가운데서도 모든 재판 전에 이 말을 반복했고, 모오스브루거는 자리에서 일어나서 대답했다. "검사 나리의 진술에 깊은 존경을 바칩니다." 그는 크게 선언하고 나서는 우아하게 몸을 숙이면서 덧붙였다. "검사 나리께서 '우린 다시 볼일이 없을 겁니다'라고 마지막 인사를 남겨주셨지만 이렇게 오늘 다시 뵙게 되어 영광이자 기쁨입니다."

모든 것을 인정하는 미소가 모오스브루거의 얼굴에 피어올랐고 차가 기울어질 때마다 그처럼 이리저리 흔들리고 있을 앞자리의 경비병 따위는 이제 잊어버렸다.

54.
울리히는 대화에서 발터, 클라리세에게 반발했다

울리히에게 클라리세는 말했다. "모오스브루거를 위해 뭔가를 해야 해. 이 살인자는 음악적이거든!"

울리히는 마침내 감옥에 갇히는 바람에 이 자리에 올 수 없는 그자를 대신해 어느 한가한 오후에 그들을 방문했다.

클라리세는 그의 외투의 접은 옷깃을 매만졌다. 발터는 그리 심각하지 않은 표정으로 그 옆에 서 있었다.

"음악적이라니, 무슨 말이지?" 울리히가 웃으며 물었다.

클라리세는 쾌활하면서도 수줍은 표정을 지었다. 마치 모든 구멍에서 솟아나는 수줍음을 다시 집어넣으려는 듯 그녀는 쾌활하게 활짝 웃었다. 그녀는 옷깃을 놓았다. "어 별거 아니야." 그녀가 말했다. "넌 아주 굉장한 사람이 됐더구나!" 그녀에게서 뭘 끌어내는 일이 쉽지는 않았다.

다시 시작된 겨울이 또 한번 끝나가고 있었다. 이곳 같은 교외에는 아직 눈이 남아 있었다. 흰 들판과 마치 어두운 물처럼 그 사이에 있는 검은 대지. 태양은 모든 것을 고루 비추었다. 클라리세는 오렌지색 재킷을 입고 푸른 양털모자를 썼다. 그 셋은 산책에 나섰고 울리히는 황량하게 드러난 자연 속에서 그녀에게 아른하임의 글에 대해 설명해야 했다. 그 글에는 대수학의 급소, 벤졸반지, 보편적·유물론적 역사인식, 다리 지지대, 음악의 발전, 자동차의 정신, 하타606, 상대성이론, 보어의 원자론, 자생결합, 히말라야의 식물, 정신분석, 개별심리학, 실험심리학, 심리적 심리학, 사회심리학, 그리고 그 안에서 풍부해진 시대와 선하고 전체적이며 완전한 인간을 만들어내지 못하게끔 방해하는 그 모든 다른 성취들이 들어 있었다. 하지만 아른하임은 이 모든 것들을 아주 쉽게 이해되도록 썼는데, 그것은 독자들이 이해하지 못하는 책은 쓸모없는 이성의 힘에 의한 방종에 불과하다고 생각했기 때문이다. 반면에 인간이 소박하게, 그리고 별과 함께 살 때 누구나 얻을 수 있는 초월적 진실을 향한 인간의 존엄과 본성처럼, 진실은 늘 단순한 것이라고 했다. "많은 사람들이 요즘 그런 주장들을 하지만," 울리히가 설명했다. "사람들은 아른하임이 위대한 부자라고 보기 때문에 그를 신뢰하는 거야. 그는 자신이 한 말에 관한 모든 것을 정확히 알고, 히말라야에도 가봤으며, 자동차도 있는데다가 벤졸반지까지 원하는 만큼 끼고 있으니 말이야."

홍옥수반지를 어렴풋이 떠올린 클라리세는 벤졸반지가 어떤 모양인지를 알고 싶어했다.

"너도 보석에는 별수없군." 울리히가 말했다.

"그 모든 화학식을 이해할 필요는 없으니 그나마 다행이네." 발터가 그녀를 대신해 나섰다. 그러고는 자신이 읽은 아른하임의 글을 변호하기 시작했다. 그는 아른하임이 정말 최고라고 말하고 싶지는 않았다. 그러나 어쨌든 현재의 한계 속에서는 최고였고 하나의 새로운 정신이었다. 진짜 이론의 여지가 없는 학자이면서 단순한 학문을 뛰어넘은 정신! 그렇게 산책은 끝났다. 결국 모두 발이 젖었고 화가 나 있었는데 그것은 마치 가늘고 헐벗은 나뭇가지 하나가 겨울빛에 반짝이면서 망막 안에 꽂힌 파편처럼 변해가는 것 같았다. 뜨거운 커피가 마시고 싶었고 어떤 쓸쓸함이 밀려왔다.

눈에 젖은 신발에서 김이 피어올랐고 클라리세는 그들 때문에 방이 더러워지는 것을 재미있어 했다. 발터는 여자처럼 매력적인 입을 늘 삐죽거리고 있었는데 그건 논쟁을 하고 싶어서였다. 울리히는 평행운동에 관해 설명했다. 아른하임 때문에 다시 논쟁이 시작되었다.

"난 아른하임과는 생각이 달라." 울리히가 다시 말을 꺼냈다. "학문적인 인간은 오늘날 어쩔 수 없이 필요하게 돼 있어. 알지 않고는 못 배기는 세상이니 말이야! 전문가와 비전문가 사이의 틈이 오늘날처럼 벌어진 적은 없었을 거야. 마사지사와 피아노연주자의 능력을 비교해보면 알 수 있지. 경마장을 세세히 준비해놓지 않은 채로는 말을 내보내지도 않아. 분명히 인간 존재에 대한 질문에서 여전히 사람들은 예정된 결정을 위해 부름받았다는 것을 믿으며, 인간은 인간으로 태어나고 죽는다는 오래된 편견도 여전하지. 하지만 5천년 전의 여인이 애인에게 보내는 편지가 오늘날의 연애편지와 글자 하나 틀리지 않다고 하더라도, 나는 언제나 그 편지가 언젠가는 변하지 않을까 하는 의심에 사로잡히곤 해."

클라리세가 동의한다는 듯 끄덕였다. 그러나 마치 자기 볼에 모자핀을 꽂아도 눈썹 하나 까닥하지 않을 듯 발터는 수도승처럼 태연히 웃고 있었다.

"그러니까 너는 한 인간이 되기를 더이상 원하지 않는다는 말이지!" 발터가 끼어들었다.

"어느 정도는. 거기에는 퇴폐주의의 기분 나쁜 느낌이 들러붙어 있거든."

"좀 색다른 것을 더 이야기해볼게." 생각을 좀더 가다듬더니 울리히가 말을 이었다. "전문가들은 한번도 일을 완수한 적이 없어. 오늘날 그들은 일을 마치지 못했을 뿐 아니라 임무완성을 생각할 능력조차 없지. 아마 그걸 바랄 수조차 없을 거야. 영혼이라는 것을 생물학이나 심리학으로 이해하고 취급하는 친구가 진정 영혼을 소유했다고 상상할 수 있을까? 하지만 우리는 지금 그렇게 되려고 노력하고 있잖아! 그런 거야. 지식이란 하나의 행동양식이며 욕망인 것이지. 근본적으로는 용납될 수 없는 욕망인데, 왜냐하면 마시고자 하는 욕망이나 성욕, 권력욕처럼 알아야겠다는 욕망 역시 균형을 잃어버린다는 특성이 있기 때문이지. 연구자가 진리를 추구한다거나 진리가 연구자를 떠받든다는 말은 다 사실이 아니야. 연구자는 진리에서 고통을 느낄 뿐이지. 진실한 것은 진실한 채로 있고, 사건은 연구자와는 상관없이 일어나게 마련이니 말이야. 그가 추구하는 욕망은 분명히 마치 술취한 사람이 사건에 덤벼드는 것과 비슷하거든. 그것이 바로 그의 특성이야. 그는 자신의 이론에서 인간적인 것이 나오든, 완벽한 것이 나오든, 별것도 아닌 것이 나오든 저주를 퍼붓지는 않거든. 그런 존재는 모순에 차 있으면서도 불쌍한, 그렇지만 무시무시한 에너지를 지닌 존재이기도 하지."

"그리고?" 발터가 물었다.

"그리고, 라니?"

"너도 이렇게 끝내려고 한 건 아닐 거 아냐?"

"난 이렇게 끝내고 싶어." 울리히가 조용히 말했다. "우리의 주변이나 심지어는 우리 자신에 대한 생각도 날마다 변해. 우리는 통과하는 시대를 살고 있지. 만약 우리의 뿌리깊은 과제를 지금보다 더 잘 처리하지 못한다면, 그 시대는 이 행성의 종말까지 이어질 거야. 이렇듯 우리가 어둠에 처해 있더라도 두려움에 울어버리는 아이처럼 있어서는 안되겠지. 만약 우리가 현세에서 어떻게 처신해야 할지 안다는 듯 행동한다면 그것 역시 어둠 속에서 두려움에 떨며 부르는 노래에 불과할 거야. 너는 땅에 엎드려 울부짖을 수도 있겠지만 그건 두려움일 뿐이야! 내가 확실히 아는 건 우리가 내달린다는 거야. 우리는 목표에서 너무 멀리 떨어졌을 뿐 아니라 목표는 점점 더 멀어져가고만 있어. 목표가 보이지도 않고 이제 우리는 잘못된 방향에서 말을 바꿔 타야 할지도 몰라. 하지만 언젠가는 —모레가 될지 2천년 후가 될지 모르지만— 지평선이 떠오르기 시작하고 우리에게 소리치면서 그 지평선이 달려올 때가 있을 거야!"

날이 어둑어둑해졌다. '이젠 아무도 내 얼굴을 알아볼 수 없겠군.' 울리히는 생각했다. '내가 거짓말을 하는 건지 나조차도 모르겠어.' 그는 마치 10년 동안이나 확신했던 것이 순간 불확실한 것으로 변한 것처럼 말했다. 그가 발터에게 말한 젊은 시절의 꿈은 이미 오래전에 공허해졌다는 사실이 떠올랐다. 그는 더이상 말을 하고 싶지 않았다.

"그래서 우리는," 발터가 날카롭게 응수했다. "어떤 삶의 의미도 포기해야 한다는 말인가?"

울리히는 그에게 왜 의미가 필요한지 물었다. 그런 의미가 없어도 다를 게 없다고 생각했기 때문이다.

클라리세는 킥킥댔다. 조롱할 생각으로 그런 건 아니었다. 다만 울리히의 질문이 우습게 다가왔던 것이다.

발터는 불을 켰다. 울리히가 클라리세에 비해 어두운 남자로서 누리는 장점을 더이상 이용하게 할 이유가 없었기 때문이었다. 성난 불길이 그들 셋을 휘감았다.

울리히가 완고하게 자기주장을 전개해나갔다. "사람들이 삶에서 요구하는 것은 단지 내 일이 다른 사람들의 일보다 더 잘 나간다는 확신이지. 너의 그림, 나의 수학, 그리고 누군가의 부인과 아이들, 이 모든 것들은 각자 개인들이 결코 특별하지 않음을 확신시켜주며 또한 같은 방식으로, 특별한 존재가 된다는 게 결코 쉬운 비교대상을 가질 수 없다는 것을 보증해주지."

발터는 여전히 앉지 못하고 있었다. 그는 안절부절못했다. 승리. 그는 소리쳤다. "네가 지금 무슨 말을 하는 건지 알고나 있니? 계속 떠들어보라고! 그래봤자 너는 오스트리아인일 뿐이야. 너는 그 떠들어대는 국가철학을 배운 것일 뿐이야!"

"그게 네가 생각하는 것처럼 나쁘지 않을 수도 있어." 울리히가 대답했다. "예리함, 정확함, 또는 아름다움에 대한 정열적인 요청. 이런 것들은 새로운 시대의 모든 노력에 대해 떠들어 대는 것을 더 좋아할 거야. 네가 오스트리아의 세계적인 임무를 발견해낸 셈이지. 축하하네."

발터는 반박하고 싶었다. 그러나 그를 계속 서 있도록 하는 그 불안함은 단지 승리가 아니라—이걸 어떻게 말하는지는 모르겠으나—순간 그곳을 빠져나가고 싶은 욕망이었다. 그는 그 두가지 욕구 사이에서 갈등했다. 그러나 두 욕망은 하나가 될 수 없었고, 울리히의 눈에 머물던 그의 시선은 문 쪽을 향했다.

둘만 남게 되자 클라리세가 입을 열었다. "이 살인자는 음악적이야. 말하자면…" 그녀는 잠시 멈칫하더니 비밀스럽게 말을 이었다.

"사람들은 아무것도 할 수 없어, 하지만 너는 그를 위해 뭔가를 해야만 해."

"뭘 하라는 거지?"

"그를 풀어줘."

"무슨 엉뚱한 소리야."

"발터한테 말한 모든 걸 지킬 수는 없니?"

클라리세는 물었고, 그녀의 눈은 그가 전혀 알 수 없는 대답을 강요하는 것 같았다.

"네가 뭘 원하는지 모르겠어." 그녀는 고집스레 그의 입에 시선을 주다가 다시 말했다. "아무튼 너는 내가 말한 것을 해야만 해. 너는 변화될 거야."

울리히가 그녀를 바라보았다. 잘 이해되지 않았다. 뭔가를 빠트리고 못 들은 게 분명했다. 무슨 비유라든가 그녀가 의도하는 바를 전해줄지도 모르는 가정이 빠진 것만 같았다. 그런 의미전달 없이도 그녀의 말이 마치 일상을 전하듯 그렇게 자연스럽게 들리는 게 놀라울 뿐이었다.

그러나 그때 발터가 돌아왔다. "난 인정할 수 있어." 그가 말했다. 그가 끼어드는 바람에 대화는 무뎌졌다.

발터는 다시 피아노 의자에 앉아 구두에 묻은 흙을 만족스럽게 바라보았다. 그는 생각했다. '왜 울리히의 구두에는 흙이 묻지 않는 거지? 그 흙이야말로 유럽인들을 구원할 마지막 희망이군.'

그러나 울리히는 발터의 신발 위로 드러난 발을 보고 있었다. 그는 까만 면양말을 신었는데 다리는 부드러운 소녀의 것처럼 볼품이 없었다.

"뭔가 전체적인 것을 얻으려는 노력을 여전히 하고 있다면, 그건 평가받을 만한 것이지." 발터가 말했다.

"그런 건 이제 없어." 울리히가 반박했다. "그건 신문만 봐도 알 수 있는 일이지. 신문은 말할 수 없이 불투명한 것들로 가득 차 있거든. 거기에는 하도 많은 일들이 언급돼 있어서, 라이프니츠의 사고능력을 뛰어넘을 정도야. 하지만 우리가 알아차리지 못하는 것은 사람들이 변했다는 사실이야. 이제 더이상 전체적인 세계에 대면하는 전체적인 인간은 없어. 다만 어떤 인간적인 것들이 일반적인 유동매체 속을 떠다닐 뿐이지."

"아주 옳은 말이군." 발터가 재빨리 말했다. "괴테적인 의미에서의 전체적인 교양이란 이제 더이상 존재하지 않지. 그래서 오늘날엔 모든 생각에 반대하는 생각이 있고 모든 경향에 대척하는 경향이 있는 거야. 모든 행위와 그 반대행위는 가장 통찰력있는 근거들을 각각 가지고 있어서 자기의 행위를 변호도 하고 상대방을 공격하기도 하는 것이거든. 네가 어떻게 이런 일들을 옹호할 수 있는지 모르겠구나."

울리히는 어깨를 으쓱했다.

"우리는 완전히 되돌아가야 해." 발터가 낮게 말했다.

"아니면 그냥 가거나." 그의 친구가 대답했다. "우린 아마도 개미들의 국가 아니면 반기독교적 노동상품 국가로 나아갈지도 몰라." 울리히는 사람들이 반대할 수도, 찬성할 수도 있다고 생각했다. 그건 마치 고기 속에 든 과자처럼 격식에 벗어나는 일이라, 비난받을 것이 뻔했다. 그는 방금 한 말이 발터를 화나게 할 것임을 알았지만 단 한번이라도 의견이 일치하는 사람과 대화를 나눠보고픈 열망이 생기기 시작했다. 전에는 발터와 그런 대화를 나누기도 했다. 어떤 신비한 힘에 이끌려 가슴에서 나온 말은 단 한마디도 의도한 바를 벗어나지 않았다. 그러나 누군가 의견에 반대하면 얼음에서 연기가 피어오르듯 논쟁이 불붙곤 했다. 그는 악의없이 발터를 바라보았다. 울리히는 대화가 이어질수록 발터의 생각이 엉망진창이 될 것이며 그럼에도 그가 모든 책임을 울리히에게 떠넘기리라는 것을 발터 역시 스스로 깨닫고 있음을 확신했다. '우리가 생각하는 모든 것은, 찬성 아니면 반대로군.' 울리히는 생각했다. 순간 울리히에게는 그것이 너무도 생생한 진실로 다가와서 마치 서로 밀착된 사람들이 일순간 흔들리면서 육체적인 접촉을 가질 때의 그런 몸의 압박이 느껴지는 것만 같았다. 그는 클라리세를 돌아보았다.

그러나 클라리세는 이미 오래전부터 대화를 듣지 않고 있음에 분명했다. 언제부턴가 클라리세는 책상 위에 놓인 신문을 집어들었고, 왜 그 대화가 그렇게 즐거웠는지를 골똘히 생각하는 중이었다. 그녀는 신문을 든 채 울리히를 바라보면서 그의 말에 담긴 엄청난 모호함을 생각했다. 그녀의 팔은 어둠을 펼쳤고 그것의 문을 열었다. 그 팔은 육신의 줄기를 따라 뻗은 두 개의 십자가 각목처럼 보였고, 그 사이에 신문이 끼어 있었다. 그것은 기쁨이었지만 뭐라 표현할 말이 그녀에게는 떠오르지 않았다. 단지 자신이 신문을 읽지 않고 있다는 것, 그리고 울리히에게는 낯설지 않은 어떤 신비한 야만이 있지만 그것이 정확히 무엇인지는 알 수 없다는 사실만을 깨달았다. 그녀의 입술은 마치 웃는 것처럼 벌어졌지만 그것은 딱딱하게 굳어진 긴장이 풀어지면서 드러난 무의식적인 현상이었다.

발터가 낮게 말을 이었다. "네가 오늘날 어떤 것도 더이상 진지하거나 이성적이거나 확실하지 못하다고 말한다면 그건 옳은 말이야. 하지만 전체를 병들게 하는 이 모든 것의 책임이 점점 더 세력이 커져가는 이성에 있다는 것을 너는 왜 외면하니? 모든 사람의 머릿속은 더 합리적이 되고, 삶을 좀더 이성적으로 만들고 전문화하는 것으로 가득 차 있다고. 그리고 우리가 모든 것을 인식하고 분류하며 유형화하고 기계화하면서 표준화할 때 미래를 상상하는 우리의 능력은 점점 사라지게 될 거야."

"세상에," 울리히는 태연하게 대답했다. "수도승시대의 기독교인들은 머릿속에 오로지 구름과 하프처럼 따분한 천국밖에 없었는데도 믿음을 유지해야 했어. 그리고 우리는 학창시절의 자나 곧은 의자, 공포의 백묵을 머릿속에 그리면서 이성의 천국을 두려워하는 중이지."

"나는 고삐 풀린 환상의 과잉이 이어질 거 같아." 발터는 생각에 잠겨 덧붙였다. 이 말은 약간 소심하면서도 무슨 속임수가 있는 말이었다. 그는 클라리세에게 있는 신비한 반이성주의를 염두에 두었으며, 과도한 이성의 분출을 말할 때는 언제나 울리히를 떠올렸다. 막상 당사자인 두 사람은 이것을 알아채지 못했기 때문에 발터에게는 그들을 속였다는 죄책감과 승리감이 동시에 찾아왔다. 그는 울리히가 할 수만 있다면 이 도시에 있는 동안 클라리세를 자극하지 말고 자기의 집에도 들르지 말라고 말하고 싶었다.

두 남자는 침묵 속에서 클라리세를 바라보았다.

클라리세는 문득 그들의 논쟁이 끝났음을 깨달았고, 눈을 비비더니 울리히와 발터를 친근하게 바라보았다. 그 둘은 마치 저녁의 푸른빛을 받으며 진열대 유리에 전시된 사람들처럼 황혼 속에 머물러 있었다.

55.
졸리만과 아른하임

소녀 살해자 크리스티안 모오스브루거에게는 또하나의 여자친구가 있었다. 많은 다른 사람들에게도 그랬지만 그의 죄와 고통의 문제가 그녀의 마음에 생생하게 다가왔고 그래서 그녀는 그 사건에 대한 법적인 견해와는 다른 생각을 갖게 되었다. 크리스티안 모오스브루거라는 이름은 그녀의 마음에 들었다. 그녀는 그 이름에서 매우 건장하고 고독한, 이끼가 웃자란(모오스Moos는 독일어로 이끼라는 뜻—옮긴이) 물레방앗간에 앉아 천둥 같은 물소리를 듣는 남자를 떠올렸다. 그녀는 그에게 씌워진 혐의들이 전혀 예측하지 못한 방식으로 깨끗하게 해명될 거라고 확신했다. 부엌이나 식당에서 동료들과 일할 때면 사슬을 벗어 던진 모오스브루거가 그녀 옆으로 다가오는 거친 환상이 펼쳐지곤 했다. 그가 라헬을 제때에만 만났다면 소녀살인자로서의 이력을 포기하고 강도단의 두목으로 창창한 미래를 열었으리라는 상상도 전혀 불가능한 것은 아니었다.

　감옥에 있는 이 불쌍한 남자는 디오티마의 속옷을 수선하려고 몸을 숙일 때마다 그를 위해 고동치는 가슴이 있다는 사실을 전혀 예감하지 못했다. 투치 국장의 집과 법원 사이는 그리 멀지 않았다. 독수리에게는 몇번의 날갯짓이면 충분히 건널 수 있는 거리였지만 대양과 육지를 놀이하듯 연결하는 현대의 정신에게는 바로 옆 구석에 있는 영혼과 소통하는 것만큼 힘든 일이 없다.

　그렇듯 거대한 물결이 다시 한번 몰아친 이후, 라헬은 모오스브루거보다는 평행운동을 더 사랑하게 되었다. 비록 그들이 원하던 일이 응접실 안에서는 순조롭게 진행되지 않았지만, 곁방에서는 엄청나게 많은 일들이 진행되었다. 전에는 항상 틈만 나면 주인이 부엌으로 건네는 신문을 읽던 라헬은 평행운동의 작은 보초로서 아침부터 저녁까지 분주한 이후부터는 더이상 시간을 낼 수 없었다. 그녀는 디오티마와 투치 국장, 라인스도르프 백작과 그 대부호, 그리고 그가 이 집에서 역할을 맡기 시작한 것을 알아챈 후로는 울리히까지 좋아했다. 그것은 마치 개가 여러 자극적인 냄새를 풍기는 주인의 친구들을 한마음으로 좋아하는 것과 같았다. 그러나 라헬은 영리했다. 가령 그녀는 울리히가 항상 다른 사람들과 반대되는 입장임을 간파했고 그래서 그에게 특이하고 아직 잘 해명되지 않는 역할을 맡기는 상상에 빠지곤 했다. 울리히는 라헬을 언제나 친절하게 바라보았고 그녀는 그가 실은 아주 오래전부터 자신을 각별하게 주시해왔음을 알아챘다. 라헬은 그가 뭔가를 원한다는 사실을 확실히 느꼈다. 그리고 그것이 오도록 내버려두었다. 그녀의 흰 피부는 기대에 차서 오그라들었고 아름답고 까만 눈에서는 아주 작은 황금촉이 시시때때로 그에게 날아갔다. 울리히는, 생각해 볼 여지도 없이, 그녀가 화려한 가구와 방문자들 사이를 누비고 다니는 동안 그녀에게서 나오는 어떤 부스럭거림을 느꼈고, 그것은 약간의 혼란을 주었다.

졸리만이 그토록 라헬의 주목을 끈 것은 아른하임의 지배적인 위치에 흠집을 내는 곁방 대화 덕분이었다. 그 눈부신 부자는 자신도 모르는 사이에 울리히와 투치 외의 제3의 적, 곧 그의 작은 하인 졸리만을 갖게 되었다. 이 작은 흑인 아이야말로 라헬을 둘러싼 평행운동의 마법지대에서 불꽃 튀는 연결고리였던 것이다. 주인을 따라 신비의 나라에서 라헬의 거리로 온 이 우스꽝스런 작은 아이는 아주 쉽게 라헬을 위한 동화의 한 자리를 차지하게 되었다. 사회적으로 그 부자가 태양이고 디오티마에 속한다면, 졸리만은 라헬에 속하면서 그녀가 획득한, 태양 속에서 매력을 발산하며 빛나는 깨진 유리파편이었다. 하지만 그 소년은 그렇게 생각하지 않았다. 비록 몸은 작을지라도 그는 이미 열여섯에서 열일곱살로 넘어가는 중이었고 낭만과 적의, 그리고 개인적인 욕심으로 가득 찬 존재였다. 아른하임은 그를 원래 남부 이탈리아의 한 무용단에서 끌어내 자기 집으로 데려왔다. 원숭이의 눈빛에 슬픔을 간직한 어린것이 그의 마음을 움직였고, 그 부자는 그에게 더 나은 삶을 열어주기로 결심했다. 그것은 친밀하고 진실한 공동체를 향한 열망이었고, 외로운 사람들에게 종종 찾아오는 연약함이었는데, 그런 연약함은 점점 더 많아지는 업무 속에 섞여 있었다. 또한 그는 졸리만이 열네살이 될 때까지 무관심하게 보일 정도로 그를 공평하게 대했는데, 그것은 마치 옛날 유모를 둔 부유한 가정에서 유모의 젖이 생모의 젖에 비해서 질이 떨어지지 않을 때까지만 유모의 자식들에게 동등한 오락과 놀이를 제공한 것과 비슷했다. 졸리만은 밤낮으로 책상 곁에 있었으며, 저명한 손님들과 몇시간이나 대화가 이어지는 동안에도 주인의 등 뒤에 서 있거나 무릎 위에 앉아 있었다. 그는 책상에 스콧, 셰익스피어, 뒤마의 책이 돌아다닐 때마다 그것을 차례로 읽었고 '인문학 핸드북'을 통해 철자를 익혔다. 그는 주인의 사탕을 먹었고, 사람들이 보지 않을 땐 심지어 주인의 담배까지 피웠다. 어떤 선생이 와서는—잦은 여행 때문에 불규칙하긴 했으나—초등학교 과정을 가르쳐주기도 했다. 졸리만은 자신에게 허락된 시종으로서의 일 외에는 좋아하는 게 없었고, 엄청난 지루함을 느꼈다. 시종 일은 중요하면서도 어른스러운 일이었기 때문에 그의 일욕심을 채워주었다. 그러나 얼마전 하루는 주인이 그를 불러들이더니 자신이 원래 그에게 기대했던 바를 다 이루지 못했다고 자상하게 말했다. 이젠 그도 더이상 아이가 아니며 주인인 자신이 이 작은 시종 졸리만을 어엿한 성인으로 만들 책임이 있다는 것이다. 그래서 주인은 앞으로 졸리만을 원래 의도한 바대로 다룰 것이며, 그가 여기에 익숙해지면 좋겠다고 말했다. 많은 성공적인 사람들—아른하임도 포함되는—은 구두닦이나 접시닦이로 시작하는데, 중요한 것은 무엇을 하든 마음가짐이기 때문에 그런 일에서 비로소 능력의 근원이 자리하는 것이라고 주인은 덧붙였다.

모호하고 사치스러운 상태에서 자유로움과 약간의 봉급을 보장받던 그즈음, 졸리만은 아른하임이 알아채지 못하는 사이에 마음이 황폐해지고 있었다. 졸리만은 아른하임이 던진 말을 이해할 수는 없었으나 어렴풋이 추측할 수는 있었고 그에게 가해진 이 변화 이후로는 주인을 미워하게 되었다. 그는 책이나 사탕, 담배 따위를 절대 포기하지는 않았다. 대신 전 같으면 기쁨을 주는 만큼 당당하게 가져갈 것을 이제는 대놓고 훔쳐냈으며 그것으로도 복수심이 풀리지 않으면 아른하임의 물건을 부수거나 숨기거나 내다버리기까지 했다. 아른하임은 희미한 기억 속에 떠오르긴 하지만 다시 나타나지는 않는 그 물건들 때문에 당황해했다. 작은 악마처럼 복수를 이어가면서도 졸리만은 시종으로서 맡은 임무를 다했고 친절한 태도를 보였다. 그는 여전히 모든 요리사, 하녀, 호텔직원, 여성 방문자들에게 큰 센세이션을 일으켰고 그들의 시선과 웃음 가운데 점점 성질이 나빠졌으며 거리의 부랑아들로부터 조롱섞인 눈빛을 받았다.

이런 억압을 당할 때조차 졸리만은 자신을 매력적이고 중요한 인물이라고 느꼈다. 그의 주인 역시 때로 만족스러우면서도 격려하는 눈빛을 던졌고 친절하고 현명한 조언을 해주었으며 모든 이들이 그를 솜씨좋고 친절한 청년으로 칭송했다. 그리고 만약 자기 양심에 비춰서도 혐오할 만한 짓거리를 한 직후에 그런 칭찬을 받았다면, 졸리만은 마치 불타는 얼음을 꿀꺽 삼킨 사람처럼 친절하게 히죽거리면서 자신의 우월함을 만끽했을 것이다.

  이 집에서 전쟁이 준비되는 것 같다는 말을 그에게 건넴으로써 라헬은 이 청년에게 신뢰를 얻었다. 그리고 그후부터는 우상 아른하임에 대한 아주 나쁜 말들을 그를 통해 들어야만 했다. 그의 권태로운 태도에도 불구하고 졸리만의 환상은 검과 작은 칼이 가득 찬 바늘꽂이처럼 보였고 아른하임에 대해 라헬에게 한 모든 설명에는 천둥치는 말발굽소리와 흔들리는 횃불과 밧줄사다리가 들어 있었다. 그는 라헬을 믿었기에 아주 길고 기묘하게 울리는 자신의 본명까지 말해주었는데 그가 너무 빨리 말해버리는 바람에 그녀는 알아들을 수조차 없었다. 나중에 그는 몇가지 비밀도 알려주었는데, 그가 아프리카에서 한 왕의 아들이고 그의 아버지는 수천의 전사와 소, 노예, 보석을 소유했으며 자신은 어린 시절 납치됐다는 것이다. 원래 아른하임은 그를 왕에게 되팔아 많은 이윤을 남기려고 그를 샀던 것이지만, 그는 도망가려고 했었고 만약 아버지와 이렇듯 멀리 떨어지지만 않았어도 벌써 그랬을 것이라는 말도 했다.

라헬이 이 말을 믿을 정도로 바보는 아니었다. 그럼에도 그녀는 이 말을 믿었는데 평행운동과 연관된 것에서 못 믿을 말이란 없었기 때문이다. 그녀는 또한 졸리만이 아른하임에 대해 함부로 말하지 못하도록 하려 했다. 하지만 그의 오만한 추측에 공포 섞인 불신을 가지지는 않았는데 그녀의 의심에도 불구하고 그의 주인이 믿을 만하지 못하며 평행운동에 엄청나게 절박한, 그리고 위협적인 존재가 될 것이라는 졸리만의 말을 어느 정도 인정했기 때문이다.

그것은 폭풍우를 몰고오는 구름이었고, 그 뒤로 키큰 남자가 이끼낀 물레방아 길로 사라졌으며, 졸리만의 작고 원숭이 같은, 주름잡힌 찡그린 얼굴에 흐릿한 빛이 모여들었다.

56.
평행운동 위원회에서의 활발한 활동.
클라리세가 경애하는 백작 각하에게 편지를 보내
'니체의 해'를 제안한다

이 즈음 울리히는 매주 두세 차례 백작 각하를 방문해야 했다. 그 집에는 천장이 높고 화사하며 아주 매혹적인 방이 있었는데, 창가에는 커다란 마리아 테레지아 책상이 놓여 있었으며 벽에는 붉고 푸르고 노란 점들이 흐릿하게 빛나는 어두운 그림이 걸려 있었다. 그림 속 기병은 쓰러진 또다른 기병의 배를 찌르고 있었고 반대편 벽에 걸린 고독한 부인의 배는 조심스럽게 금으로 수놓은 코르셋으로 덮여 있었다. 이 여인이 이렇게 홀로 떨어져 걸려 있을 이유가 없을 것 같았는데, 왜냐하면 그녀는 분명 라인스도르프 가문 사람이며 그 분바른 젊은 얼굴은 마치 진흙을 밟은 발자국이 눈(雪) 위로 이어지듯이 그렇게 각하와 닮아 있었기 때문이다. 울리히에게 라인스도르프 백작을 볼 기회는 거의 없었다. 지난 회의 이래 평행운동은 눈에 띄는 변화를 겪었는데 그것은 백작이 더이상 위대한 사상에 매진할 기회가 없어진 대신 시사문제를 읽거나 손님들과의 대화와 여행으로 시간을 보낸다는 사실이었다. 그는 벌써 총리와 회담을 가졌고 주교와도 이야기를 나누었으며 궁내사무국에서의 대담도 있었고 국회에서 몇차례 귀족들과 상류 부르주아들을 모아놓고 교류하기도 했다. 울리히는 이런 모임에 초대받지 못했으므로 여러 방면에서 반대파들의 강한 정치적 저항이 있었을 것으로 추측할 뿐이었다. 그래서 평행운동이 강한 지지를 받을수록 그 안에 단합된 사람들은 더 적어지고 당분간은 감시자들이 위원회를 대표하겠구나 하고 생각했다.

다행인 것은 이 위원회가 날을 거듭해갈수록 큰 발전을 이룬다는 사실이었다. 개최회의에서 결정된바, 위원회는 세계를 종교, 교육, 상업, 농업과 같은 큰 관점으로 나눴다. 모든 위원회는 해당 정부부처의 대표자를 이미 포섭했고 각각의 위원회가 다른 위원회와 연합하면서 그들의 소망과 제안, 청원 등을 최고위원회에 제출할 수 있는 존경받는 조직의 대표를 데려오는 일에 매달리고 있었다. 이런 식으로 국가의 중요한 도덕적 역량이 질서화되고 집중되어 위원회로 밀려들 것이라 기대되었고 그러한 기대는 이미 문서교환을 통해 뿌리내렸다. 위원회들은 전에 중앙위원회에 보내진 서한들을 참조하여 짧은 기간 내에 다른 서한을 보낼 수 있었다. 또한 그 서한은 거듭될수록 중요도가 높아지는 문장으로 시작되었는데 가령 다음과 같은 단어들이 사용되었다. 'OO번의 우리 서한과 관련하여 참고번호 OO번, 이러저러한 사안에 OO번….' 그리고 이 번호들은 서한이 거듭될수록 길어졌다. 이것은 이미 그 자체로 건강한 성장으로 받아들여졌고 심지어는 외교관들조차 준외교적 차원에서 이런 표현들을 쓰기 시작했는데, 이는 오스트리아의 애국주의를 다른 나라에 강력하게 드러내는 것이기도 했다. 외국 대사들은 이미 조심스럽게 정보를 얻으려고 기회를 노렸고 예민해진 의회는 그 의도를 질문해오기 시작했다. 민영 대기업은 질문 과정에서 제안을 하거나 또는 회사를 애국주의와 확고하게 연계하기로 했다는 자신들의 견해를 드러냈다. 기구가 있었고, 기구가 있었기 때문에 그것은 작동해야 했고, 그것이 작동했기 때문에 속도를 내기 시작했다. 차가 넓은 들판에서 움직이기 시작하면 비록 운전대를 잡으려는 사람이 없어도, 차는 항상 확실하고 인상적이며 웅장한 길을 가기 시작하는 것이다.
 이런 식으로 강한 추동력이 등장했고 라인스도르프 백작은 그 힘을 느꼈다. 그는 코걸이 안경을 쓰고 전달된 서한들을 처음부터 끝까지 신중하게 읽었다. 이것들은 더이상 무명의 혈기왕성한 사람들의 개인적인 제안이나 소망이 아니었다. 처음에 그런 제안과 소망들은 일이 제 궤도에 들어서기 전에 넘쳐버렸다. 비록 이러한 청원이나 질의들이 민중의 새싹에서 터져나왔지만 그것들은 지금 산악회, 이사회라든가 자유사상연합, 여성복지연합, 산업노조, 사회연합이나 시민연합 같은 곳의 서명을 받아 들어왔다. 또한 다른 조악한 단체들까지 이 서명에 참여하는데, 이런 단체들은 마치 소용돌이치는 바람에 쓰레기조각들이 휩쓸리듯이 남들보다 먼저 개인주의에서 집단주의로 달려간 경우들이다. 그리고 경애하는 백작은 도대체 그들이 무엇을 요구하는지 제대로 이해하지 못했음에도 불구하고 전체적으로 뜻깊은 진보가 이루어졌다고 느꼈다. 그는 코걸이 안경을 벗어서 그 편지들을 정부관료나 비서에게 다시 건네고는 아무 말 없이 만족스럽게 고개를 끄덕였다. 그는 평행운동이 선하고 질서있는 길에 접어들었고 옳은 길을 이미 찾았다는 느낌에 사로잡혔다.
 그 편지를 넘겨받은 정부관료는 보통 그것을 다른 편지더미에 얹어놓았고 맨 위로 올라온 마지막 편지를 백작의 눈앞에서 읽었다. 그러면 백작은 이렇게 말하곤 했다. "훌륭하군요. 하지만 우리의 목표에 관해 아무것도 확실하지 않은 이상, 옳은지 그른지를 말해선 안될 것이오." 이런 일은 그 관료가 각하의 눈앞에서 편지를 읽을 때마다 반복되었고, 결국 관료에게는 습관처럼 되었으며 그는 전에도 그랬듯이 '미확'이라는 주문을 쓰기 위해 금박연필을 들고 대기하고 있었다. 이 '미확'이라는 주문은 카카니엔의 관원들 사이에 널리 쓰이는 용어였다. 그것은 '미확정되었다는 말'로 '나중에 결정하려고 미뤄둔다'는 뜻이었다. 또한 그것은 아무것도 잃지 않으면서 서두르지도 않는다는 신중함을 보여주는 하나의 사례였다. 가령 말단 행정직원이 아내의 출산에 따라 신청한 지원금요청을 그 아이가 성장하여 자립할 때까지로 '미확'했다면, 그것은 그 문제가 미래에 법적으로 규정될 가능성을 열어둘 뿐 아니라 부하의 청탁을 당장에 거절하고 싶지 않은 상사의 마음까지 담아내었다. 청을 거절하기 어려운 힘있는 사람이나 관료들의 청원 역시 '미확'되었는데 또다른 힘있는 자가 그 청탁에 반대하고 있는 경우조차 그러했다. 또한 관청에 처음 도착한 모든 사안들은 비슷한 사례가 접수되지 않는 한, 원칙적으로 '미확'으로 처리되었다.

하지만 관청의 이런 관습을 조롱하는 게 그리 옳지 않을 수도 있었다. 왜냐하면 관청 밖의 세계에서는 더 많은 것들이 미확정된 채로 남아 있었기 때문이다. 왕의 취임식 때마다 여전히 터져나오는, 터키나 이교도들을 쳐부수겠다는 선언은 얼마나 쓸모없는 짓이 돼버렸던가. 생각해보면 인류 역사에서 어떤 문장도 완전히 해결되거나 끝장을 본 것은 없으며 때때로 마치 황소가 날아다닌다는 속임수처럼 난데없이 엉뚱한 진보의 순간이 찾아왔을 뿐이다. 정부사무실에서는 적어도 몇몇 것들이 길을 잃었지만 세상에서는 아무것도 그렇지 않았다. 그렇게 '미확'은 우리 삶의 근간을 이루는 근본양식이 되었다. 뭔가 특별히 다급한 일이 있을 때 백작은 다른 방식을 선택해야 했다. 그럴 때 그는 친구 슈탈부르크를 통해 의회에 청원하여 말 그대로 '잠정적인 확정'을 내려줄 수 있는지를 묻는다. 어느 정도 시간이 흐른 후 매번 오는 답은 이 시점에 폐하의 의견을 당장 전달할 수는 없으며 차후에 공적인 견해가 일어날 때를 기다려 그때 그것이 어떻게 받아들여지며 당분간 어떤 다른 요구가 일어나지는 않을지를 판단하여 청원을 재고하는 절차를 밟는 것이 바람직하다는 것이다. 이런 답변에 따라 그 청원에는 또다른 청원이 덧붙여져 적당한 행정부서로 넘어가는데 그때마다 이 부서 단독으로는 문제를 처리할 수 없다는 메모가 첨부되어 돌아온다. 이때 라인스도르프 백작은 다음 실행위원회 모임에서 부서 상호간의 하부위원회를 열어 이 문제를 연구하자는 제안을 메모해둔다.

백작 각하는 오직 어떤 사회단체나 공식 종교·예술·과학 단체 명의로 온 편지가 아닌 경우에만 마음놓고 결정했다. 최근 그런 편지가 클라리세에게서 왔는데, 그녀는 울리히를 끌어들여서 오스트리아 니체 기념해 설립을 제안하고 그와 동시에 여인살해자 모오스브루거를 위해서도 뭔가를 해야 한다고 썼다. 그녀는 여성으로서 이런 제안을 해야 할 의무를 느꼈으며 니체가 정신이상자인 것처럼 모오스브루거 역시 그렇다는 뜻깊은 일치 때문에 이런 제안을 한다고 덧붙였다. 두껍게 T자로 선을 칠한데다가 밑줄까지 쳐진 이 십자가 모양의 분명히 덜떨어진 편지를 라인스도르프 백작이 보여주는 순간, 울리히는 농담으로 넘어갈 수 없는 분노를 느꼈다. 그럼에도 그가 난처해하는 모습을 감지한 백작은 친절하면서도 진지하게 말했다. "그게 흥미롭지 않은 일은 아니오. 열정적이고 에너지가 넘친다고 말해야겠지. 하지만 그런 모든 개별 제안들을 보류한다는 사실에 우리는 유감을 느껴야 하고 그렇지 않다면 우리는 아무것도 이루지 못할 것이오. 당신이 아는 사람이 쓴 편지인 만큼, 나 대신 그 사촌에게 건네줄 수 있겠지요?"

57.
거대한 도약. 디오티마는
위대한 사상들에 관해 이상한 체험을 한다

울리히는 그 편지들을 없애버리려고 가져왔지만 그 문제를 두고 디오티마와 대화를 나누기는 쉽지 않았다. 신문에 '오스트리아 해'에 대한 기사가 실린 후부터 디오티마가 어떤 무질서한 도약에 매료됐음을 느꼈기 때문이다. 울리히가 읽지도 않고 그녀에게 넘긴 라인스도르프 백작의 파일은 물론 매일 쏟아지는 각종 편지와 언론스크랩에다가 서적상의 견본책자들까지 엄청나게 밀려들어왔다. 마치 바람과 달이 서로를 잡아당길 때 바다가 부풀어오르듯이, 전화 역시 잠시도 멈추지 않았다. 만약 여주인을 끊임없이 방해할 수 없다는 것을 알아챈 라헬이 순수한 목적으로 그 통신용 기계를 맡아 대부분의 정보를 알아서 처리하지 않았다면 디오티마는 밀려오는 일 때문에 주저앉고 말았을 것이다.

디오티마에게 전에 없던 이런 신경이상 증세는 항상 떨리듯 그녀의 몸을 두드리면서 지금까지 경험하지 못했던 행복을 선사했다. 그것은 떨림이자 의미로 가득한 존재이며 세계건축의 정수리에 꽂힌 돌이 받는 압박처럼 바스락거리는 소리이고 주변이 다 내려다보이는 산꼭대기에 섰을 때의 무(無)의 느낌처럼 아찔한 것이었다. 간단히 말해서 그것은 소박한 중등학교 선생님 출신이자 중산층 부영사의 부인으로서의 위치감각이었는데, 지위가 상승함에도 지금까지 존재의 신선한 영역에 온전히 남아 있던 것이고 이따금 의식으로 떠오르는 것이었다. 그런 위치감각은 무의적인 영역에 속하면서도 존재에게는 아주 중요한 역할을 한다. 마치 지구의 자전이나 인격의 어떤 부분이 우리가 인식하지 못할지라도 여전히 중요한 것처럼 말이다. 인간은 허무를 마음에 담아두지 말라고 교육받기 때문에 그것의 대부분을 발밑에 둔 채 위대한 조국과 종교, 또는 소득세등급이라는 땅을 밟고 돌아다닌다. 그러고는 그런 위치감각을 결여한 채 허무에서 솟아오른 시간의 기둥이 도달하는 순간적인 최고점, 누구나 오를 수 있는 위치에서 적당히 만족한다. 말하자면 그것은 모든 선조들이 먼지로 돌아가고 아직 그 어떤 후손들도 오지 않은 그런 현재를 살아가는 것과 똑같다. 그러나 만약 보통 때는 의식하지 못하는 이런 허무가 어떤 이유로 갑자기 발에서 머리로 올라온다면, 그것은 세계가 둥글기 때문에 자신도 임신하게 될 거라는 처녀의 착란 같은 부드러운 착각을 일으킬 수도 있다. 이제는 투치 국장조차도 일이 어떻게 진행되는지를 예의를 갖춰 디오티마에게 물었다. 때로는 이런저런 일을 맡아달라고 그녀에게 부탁하기도 했다. 그녀가 살롱 얘기를 꺼낼 때마다 입가에 흐르던 비웃음은 이제 근엄한 진지함으로 바뀌었다. 그는 스스로 이 국제적인 평화운동의 일선에서 어느 정도의 위치를 맡아야만 폐하에게 받아들여질지를 잘 몰랐지만 어쨌든 자신과의 협의 없이는 외무부서의 어떤 작은 일에도 끼어들지 말 것을 디오티마에게 여러 차례 말해둔 터였다. 그는 그 시점에 만약 국제 평화운동에 어떤 심각한 움직임이라도 있으면 그것을 뒤따를 어떤 가능한 정치적 혼란에 즉각 관심을 기울여야 한다고 제안하기도 했다. 그런 고귀한 사상이 절대 거부되어서는 안된다고, 설사 그것을 실현할 가능성이 없더라도 거부되어서는 안된다고 그는 부인에게 말했다. 하지만 계속 나아갈지, 아니면 초기에 후퇴할지에 대해서는 여러 가능성을 열어둘 필요가 있다고 덧붙였다. 이어서 그는 무장해제, 평화협정, 정상회의 등의 차이점에서부터 헤이그의 평화궁전 벽화를 오스트리아의 화가들이 꾸민다는 이야기까지 시시콜콜하게 늘어놓았는데, 이렇게 부인과 구체적인 이야기를 나눈 것은 전에 없는 일이었다. 심지어 그는 뭔가 덧붙일 말을 잊어버렸다며 가죽가방을 들고 침실로 되돌아오곤 했다. 가령 그는 개인적으로 '세계의 오스트리아'라는 이름과 명백히 연관되는 것은 평화주의적이고 인문주의적인 사업뿐이라고 생각하며 그밖의 다른 것들은 위험하고 종잡을 수 없는 그런 것들이라고 말했다.

디오티마는 참을성있게 미소지으며 대답했다. "당신이 바라는 대로 나도 열심히 할 거예요. 하지만 외교문제의 중요성을 그렇게 과장해서는 안될 거예요. 내부에서 엄청난 해방의 분출이 있고 그것은 이름없는 민중의 깊숙한 곳에서 나오고 있어요. 날마다 얼마나 많은 요청과 청원들이 나한테 쇄도하는지 당신은 모를 거예요."

그녀는 칭송받을 만했는데, 스스로 알지 못하는 사이 엄청난 어려움과 투쟁해왔기 때문이다. 어떤 이상적인 제안도 종교, 법, 농업, 교육 등의 지도자로 조직된 중앙위원회의 냉담하고 소심하며 신중한 충고에 부딪히게 되는데, 그 신중함이란 디오티마가 남편을 통해 단련한—그가 이렇게 예민해지기 전에는—것이었다. 때때로 그녀조차 인내심이 바닥난 채 낙담하기도 했다. 그때마다 그녀는 이 타성에 젖은 세계의 저항을 깨뜨리기가 쉽지 않다는 사실을 고백하지 않을 수 없었다. 그녀에게 오스트리아 해는 명백하게 세계 오스트리아 해였고 오스트리아의 민족들은 세계 민족의 모범이 되어야 했다. 그것을 위해서는 오스트리아의 영혼이 그들 민족의 진정한 고향임을 증명하기만 하면 족했다. 또한 명백한 것은, 이해가 더딘 사람들을 위해 특별한 내용물이 필요하며, 그 내용물에는 좀더 과감하게 감각적이고 추상적이지 않은 착상이 채워져야 한다는 것이다. 그래서 디오티마는 하나의 이념, 다시 말해 주도적이면서도 독특한 방식으로 오스트리아의 이념을 상징하는 그런 이념을 찾기 위해 오랫동안 많은 책을 보았다. 디오티마는 위대한 이념의 존재에 대해 기이한 체험을 하고 있었다.

그녀는 위대한 시대에 사는 것처럼 보였다. 시대가 위대한 이념으로 가득 차 있었기 때문이다. 하지만 위대한 이념 속에서 가장 위대하고 중요한 일을 실현하기 어렵다고 한다면 사람들은 아마 믿지 않을 것이다. 왜냐하면 행동을 위한 모든 조건이 갖춰졌으나 그중 하나를 택하는 일이 일어나지 않았기 때문이다. 디오티마가 그 마지막 결정에 거의 도달할 때마다, 그녀는 그 이념과 반대되는 것 역시 위대하며 실행해볼 가치가 있음을 목격해야 했다. 매번 그런 식이었고, 그녀는 어쩔 수가 없었다. 이상에는 독특한 성질이 있는데, 그중 하나는 누군가 그 이상에 충실히 복종하려 할 때, 이상은 그 반대쪽으로 바뀌어 버린다는 것이다. 가령 당시 사람들의 입에 오르내리던 톨스토이와 베르타 주트너(Berta Suttner, 오스트리아의 소설가이자 평화주의자—옮긴이)의 경우를 보면서 디오티마는 인간이 어떻게 폭력없이 구운 통닭을 먹을 수 있을까라는 의심을 가졌다. 또한 저들의 주장처럼 인간이 살인을 해서는 안된다면, 군인들은 뭐라는 말인가? 그 병사들은 아마 황금시대를 살아가는 실업자, 가난뱅이, 범죄자들일 것이다. 그런 주장이 이미 일어나고 있고, 서명이 모아지고 있다는 소문이 돌았다. 디오티마는 영원한 진리가 없는 삶을 결코 상상할 수 없었다. 그러나 바로 지금 놀랍게도 영원한 진리는 이중적이거나 다중적이 된 것이다. 그것이 바로 이성적인 사람들이—투치 국장은 정말 명백한 변명거리를 얻은 셈인데—영원한 진리를 뿌리깊게 불신하는 이유가 되었다. 물론 그는 영원한 진리가 있어야 한다는 데 토를 달지는 않았다. 하지만 그것을 글자 그대로 받아들이는 사람은 정신병자라고 생각했다. 그의 견해에 따르면—자비롭게도 그가 매번 아내에게 전하는—이상이란 인간에게 엄청난 요구를 하는데, 만약 처음부터 그 요구를 아주 진지하게 검토하지 않으면 망하고 말 것이다. 투치가 그 증거 중 최고로 꼽는 것이 '이상'이나 '영원한 진리' 따위의 단어가 진지한 일을 다루는 정부기관 사무실에서는 제대로 먹혀들지 않는다는 것이었다. 그런 단어들을 실재에 적용해보려는 사무관은 아마 즉각 휴가를 받아 여행을 다녀오라는 정신과의사의 진단을 받을 것이다. 비록 디오티마가 이런 얘기를 고통스럽게 듣긴 했지만, 그녀는 늘 마침내는 이런 힘빠지는 순간에서 벗어나 새로운 과제로 되돌아가곤 했다.

라인스도르프 백작조차 마침내 그녀와 상의해야 할 순간이 돌아오는 것을 보고는 그녀의 정신적 에너지에 감탄하고 말았다. 백작은 민중의 한가운데서 일어나는 선언이 있기를 바랐다. 그는 민중의 의지를 알고자 했으며 그것을 위로부터의 세심한 영향력으로 정화하고 싶어했는데, 왜냐하면 그가 그 의지를 비잔티움의 독재의식이 아니라 민주주의의 소용돌이 속에서 민중의 자각을 드러낸 것으로 폐하께 제출하고자 했기 때문이다. 디오티마는 백작이 여전히 '평화의 왕'이라는 이념과 진정한 오스트리아의 빛나는 선언이라는 생각을 붙잡고 있음을 알았다. 또한 그는 세계의 오스트리아라는 이상에도 반대하지 않았는데, 단 그 안에 족장 주위로 모여든 가족 같은 민족이라는 느낌이 전달되는 한에서 그러했다. 아른하임 박사에게 어떤 유감도 없고 오히려 흥미로운 사람이라고 떠들고 다녔음에도 백작은 조용히 입장을 바꿔 이 가족에서 프로이센을 제외해 버렸다. "우리는 낡은 의미에서의 애국주의를 가지자는 게 절대 아닙니다." 그가 제안했다. "우리는 민족과 세계를 흔들어 깨워야 해요. 오스트리아 해는 아주 좋은 이상이고 그래서 나도 기자들에게 대중의 상상력이 그런 목표를 향해야 한다고 말했지요. 그러나 오스트리아 해에 동의했다면 과연 무엇을 해야 할지 생각해보셨나요? 그렇습니다. 그것이 또한 우리가 알아야 할 것입니다. 우리가 위로부터 어떤 도움을 받지 못한다면, 미성숙한 생각들이 승리하게 될 거예요. 그리고 나는 지금 어떤 것도 떠올릴 시간이 없습니다."

디오티마는 백작이 근심에 차서 격렬하게 말하는 것을 보았다. "운동은 최고의 상징이 되어야지 그렇지 않으면 아무 소용도 없어요. 그건 명백합니다. 그것은 세계의 심장을 움켜잡되 위로부터의 영향력을 또한 받아야 합니다. 그것에는 어떤 반대도 있을 수 없어요. 오스트리아 해는 탁월한 제안이지만, 제 생각에는 세계의 해가 더 좋습니다. 오스트리아 내부의 유럽정신이 진정한 고향을 깨달을 수 있는 그런 오스트리아 해 말입니다!"

"신중하게! 신중하게!" 이미 몇차례나 그의 친구가 저지른 대담함에 놀란 적이 있던 라인스도르프는 이렇게 경고했다. "당신의 이상은 항상 약간 지나친 것 같아요, 디오티마! 당신도 그런 말을 한 적이 있지만, 아무리 신중해도 지나치지 않는 법이에요. 당신은 이 세계의 해에 우리가 무엇을 해야 한다고 생각했나요?"

실은 솔직함이 담긴 이 질문으로 라인스도르프 백작은 그의 생각을 더욱 뚜렷하게 드러냈고 정확히 디오티마의 아픈 부분을 건드렸다. "각하," 그녀가 약간 고민하더니 말했다. "당신이 세상에서 제일 어려운 질문을 던지시는군요. 제 생각에는 하루 빨리 시인과 사상가들처럼 유력한 인사들의 모임을 갖는 게 좋 겠어요. 이 회합에서 어떤 말이 나오기 전까지는 아무말도 하 지 않겠습니다."

"맞아요!" 그렇게 시간을 번 백작은 소리쳤다. "맞습니다. 아 무리 신중해도 지나치지 않지요. 당신도 내가 하루종일 듣는 이 말을 이해해주면 좋겠군요!"

58.
평행운동이 의구심을 불러일으키다. 그러나 인류역사에서 자발적으로 후퇴하는 경우는 없다

한번은 백작이 울리히와 더 깊이 이야기할 시간을 가졌다. "난 아른하임 박사가 그리 편하지 않아요." 그는 허심탄회하게 말했다. "확실히 지적인 사람이고, 당신 사촌이 그렇게 깊은 인 상을 받은 것도 당연합니다. 하지만 결국은 프로이센 사람이거 든. 나한테는 그렇게 보일 뿐이에요. 당신도 알다시피 1865년 내가 아직 소년이었을 때 돌아가신 우리 부친께서 크루딤 성에 서 사냥파티를 열었는데 그중 한 손님이 꼭 그렇게 생겼었어 요. 그런데 1년 후에 밝혀지기를, 그는 프로이센의 작전참모였 는데 그를 데려온 사람은 물론이고 아무도 그 사실을 몰랐어요. 이 말은 정말 하고 싶지 않지만, 아른하임이 우리의 모든 것을 안다는 게 영 꺼림칙합니다."

"각하," 울리히가 말했다. "저한테 그 문제에 관해 말할 기회를 주시니 기쁩니다. 뭔가 조처가 취해질 때가 되었습니다. 우려스런 일이 일어나고 있고 외국 관찰자들이 이를 목격해서는 안될 것 같습니다. 결국 평행운동이란 모든 사람들을 즐겁게 일깨워야 하는 것 아닌가요? 각하가 의도하는 바도 그렇지 않나요?"

"그럼, 물론이지요."

"하지만 일은 정반대로 진행되고 있습니다." 울리히가 소리쳤다. "저는 평행운동이 모든 교양있는 자들을 눈에 띄게 회의적이고 비관적으로 만든다는 인상을 받았습니다."

백작은 기분이 어두워질 때마다 그러듯이 머리를 흔들더니 한손 엄지를 다른 손 엄지 주위로 돌렸다. 사실 그 역시 방금 울리히가 말한 것 같은 생각이 들었던 것이다.

"제가 평행운동에 관여된 일이 알려진 이후," 울리히가 말했다. "누군가와 일상적인 대화를 나누자면 3분이 채 안돼서 이런 질문을 받게 됩니다. '도대체 평행운동의 목적이 뭔가요? 요즘 같은 세상에 위대한 업적이니, 위대한 인물이니 하는 것은 다 사라졌는데요!'"

"그래요. 그들만 그런 건 아닐 겁니다." 백작이 끼어들었다. "나도 그걸 잘 알고 있으며 들어보기도 했어요. 큰 사업가들은 자신들한테 충분한 보호관세를 제공해주지 않는다고 정치가들을 욕하고, 정치가들은 선거자금을 충분히 내놓지 않는 사업가들을 욕하죠."

"바로 그렇습니다." 그는 말을 이었다. "외과의사들은 빌로트(Th. Billoth, 1881년 개복수술에 최초로 성공한 오스트리아인 의사―옮긴이) 이래 외과수술이 진보해왔다고 믿습니다. 그들이 말하기를 여타 의학이나 과학은 외과수술에 기여한 바가 없다고 합니다. 덧붙이자면, 심지어 신학자들조차도 최근의 신학이 예수 시대의 믿음보다 훌륭하다고 주장하는 실정입니다."

라인스도르프 백작은 부드럽게 손을 들어서 이 말에는 반대한다는 뜻을 표했다.

"제가 좀 부적합한 말을 하더라도 이해해주시길 바랍니다. 꼭 유용하지는 않을지라도 저는 아주 일반적인 이야기를 하고 싶을 뿐입니다. 방금 말씀드린 대로 외과의사들은 자연과학이 인류의 요구를 모두 담아내지는 못한다고 주장합니다. 그러나 반대로 자연과학자와 현대에 대해 이야기를 나누자면 그들은 생각을 좀 고양시키고 싶은데 연극은 따분한데다 요즘 소설은 재미도 없고 도움이 되지 않는다며 투덜거립니다. 시인과 이야기해보면, 그들은 또 믿음이 부족하다고 하지요. 그리고 지금 시대에 맞지 않는 신학자들을 제쳐두고 싶어서 화가와 이야기해보면 그들은 이렇듯 비참한 문학과 철학의 시대에 최고의 그림을 내놓을 수 없다고 확신할 것입니다. 한 사람이 다른 사람을 비난하는 순서는 당연히 항상 같지 않지만 그것은 언제나 수건돌리기 같은 측면이 있습니다. 그게 뭔지 잘 상상이 안되신다면 집뺏는 술래잡기를 생각하시면 될 겁니다. 저는 도대체 그 법칙이라든가 규칙을 알아낼 수가 없습니다! 각자 사람들은 스스로에게 만족하지만 전체적으로 볼 때 서로 뭔가 보편적인 이유가 있어서 뼛속 깊이 불편해하는 것이 아닌가 우려됩니다. 게다가 평행운동이 이런 상황을 폭로할 운명인 것도 같고요."

"맙소사," 백작은 이 해명이 무슨 의미인지도 모르는 채 대답했다. "그저 배은망덕일 뿐이로군요!"

"덧붙여 말씀드리자면," 울리히가 말을 이었다. "저는 서류철 두개 가득 보편적인 제안들을 써두었지만 각하께 가져올 기회가 없었습니다. 그중 하나에 저는 '뒤로 돌아가자'라는 제목을 달았습니다. 얼마나 많은 사람들이 이전 시대의 세상이 지금보다 나았다고 우리에게 말하는지 모릅니다. 평행운동이 그들을 과거로 돌려놓기를 바라는 것이지요. 저는 합당한 슬로건을 '신앙으로 돌아가자'라고 봅니다만, 여전히 바로크로, 고딕으로, 자연으로, 괴테로, 독일법으로, 도덕적 순수함으로, 그 외 많은 것들로 돌아가자는 구호가 등장합니다."

"당신 말이 맞아요. 하지만 그 속엔 진실한 생각도 담겨 있는 것 같아요. 그것까지 잘라버려서는 안되겠지요?" 라인스도르프 백작이 말했다.

"그럴 수도 있지요. 하지만 그것들을 어떻게 처리해야 할까요? '당신이 보낸 서한을 잘 살펴보니 지금 이 시대를 적당하게 받아들이지 못한 게 후회되네요'라고 할까요, 아니면 '당신 편지 잘 읽었습니다. 이 세계를 어떻게 바로크, 고딕 같은 세계로 되돌릴 것인지 좀더 구체적인 시안을 만들어보는 것이 좋겠소'라고 할까요?"

울리히는 웃었다. 그러나 라인스도르프 백작은 그가 좀 경솔하다고 생각했고 반격할 힘을 모으면서 엄지손가락 주위로 다른 엄지를 돌리고 있었다. 그의 팔자 수염은 발렌슈타인 시대의 준엄함을 연상시켰고 그는 곧 아주 의미심장한 말을 쏟아냈다.

"이 보시오 박사," 그가 말했다. "인류역사에서 자발적인 후퇴란 없었어요!"

이 말에 그 누구보다 놀란 사람은 라인스도르프 자신이었다. 그는 원래 다른 말을 하려고 했다. 보수적인 성향인 그는 울리히에게 화가 나 있었고 시민계층이 가톨릭교회의 보편적인 정신을 업신여긴 결과 지금의 고통을 겪고 있다는 점을 지적해줄 작정이었던 것이다. 또한 그는 절대적 왕권시대를 찬양하는 편이었는데, 그 시대야말로 확고한 원칙에 따른 책임감이 뭔지를 아는 사람들이 세계를 지배했기 때문이다. 하지만 그가 할말을 찾고 있을 때, 갑자기 어느날 아침 따뜻한 욕조도, 기차도 없이, 조간신문 대신 포고를 알리는 제국관원의 외침소리를 들으며 깨어난다면 얼마나 불쾌해질까 하는 생각이 떠올랐다. 그래서 라인스도르프 백작은 '한번 지나간 것은 다시는 같은 방식으로 반복되지 못한다'는 데 생각이 미쳤고 그 생각을 하는 동안 그렇게 놀랐던 것이다. 만약 역사에서 자발적인 후퇴가 없었다고 한다면, 인류는 섬뜩한 방랑여행을 계속해온 사람에 다를 바 없으며 그 사람은 돌아갈 수도, 정주할 수도 없는, 그래서 정말 주목할 만한 상태에 놓인 것이 아닌가.

서로 모순될 수 있는 생각을 다행히도 각각 나누어 보관하는 독특한 능력을 갖춘 덕분에 백작의 머릿속에서 그 생각들은 전혀 충돌하지 않았다. 그의 모든 원칙과 충돌하는 이런 생각들만큼은 피했어야 했지만 백작은 울리히에게 어떤 호감을 가졌고 두뇌가 명석한데다 그의 말을 잘 따르며 커다란 질문에서는 한발 떨어져 시민계급의 편에 서는 그에게 시간이 허락하는 한 확고한 논리로 정치적인 문제들을 설명하는 게 흡족하기도 했다. 하지만 생각이 생각에 꼬리를 물고 이어지는 논리로 말을 시작하면, 어떤 결론에 이르게 될지를 절대 알 수 없다. 그래서 라인스도르프 백작은 자신의 말을 철회하지도 못한 채 침묵하면서 울리히를 집요하게 바라보기만 했다.

두번째 서류철을 들고 있던 울리히는 잠깐의 휴식을 틈타 두가지 서류를 모두 각하에게 넘기려고 했다. "두번째 서류에는 '앞으로 나아가자'라는 제목을 달아야 했습니다." 그는 설명하기 시작했지만 백작은 정신이 번쩍 들면서 시간이 다 지나갔음을 깨달았다. 그는 그 다음 이야기는 시간이 많을 때 다시 해달라고 부탁했다. "당신 사촌은 이런 문제들을 토론하기 위해 주요 인사들의 모임을 갖는다는군요." 백작은 일어서서 말했다. "그 자리에 가주시오. 꼭 말이오. 나에게도 초대가 올지 모르지만."

울리히는 서류철을 꾸렸고 라인스도르프 백작은 열린 문 사이로 드리운 어둠 속에서 다시 돌아서며 말했다. "위대한 시도는 모든 이들을 주저하게 하지요. 하지만 우리는 그들을 흔들게 될 거요." 책임감 때문에 그는 울리히에게 위로의 말을 던지지 않고는 못 배겼던 것이다.

59.
모오스브루거는 깊이 생각한다

그사이 모오스브루거는 새 감옥에 최선을 다해 적응해갔다. 문을 닫아걸 때마다 누군가 호통을 쳤다. 그의 기억이 옳다면, 그가 저항할 때마다 그들은 폭력으로 위협했다. 독방에 수감되기도 했다. 앞뜰을 산책할 때도 손을 묶었고 늘 감시자의 시선이 따라붙었다. 아직 그에게 선고가 내려지지도 않았는데 그들은 단지 신체검사를 한다는 이유로 머리를 깎아버렸다. 그들은 전염을 예방한다는 구실을 내세우며 냄새가 고약한 비누로 피부를 거의 벗겨내다시피 했다. 나이를 먹을 만큼 먹은 인생유

전만으로 그는 이 모든 행위들이 불법임을 알았다. 하지만 감옥의 철창 안에서 존엄을 지켜낸다는 것이 간단하지는 않았다. 그들은 그를 멋대로 대했다. 그는 교도소장에게 면담을 요청했고 이의를 제기했다. 교도소 측은 이런 일들이 규정에 맞지 않는다는 사실을 인정했지만 그 행위가 처벌은 아니고 예방조치라고 말했다. 모오스브루거는 교도소 사제에게도 호소해봤다. 그러나 그 사제는 친절한 노인으로, 시대에 어울리지 않게도 성범죄에 제대로 대처하지 못했다는 이유로 다정다감한 성직 수행에서 약점을 갖게 되었다. 그는 한번도 건드려본 적이 없는 육체에 무지한 탓에 성범죄를 혐오했다. 또한 모오스브루거의 정직해 보이는 외모 안에서 인간적인 연민을 지닌 약한 면모가 드러나는 것을 보고 깜짝 놀랐다. 그는 모오스브루거를 관내 의사에게 데려갔다. 그러면서도 정작 그 자신은 늘 그랬듯이 신에게 열심히 기도를 드렸는데 그 기도는 구체적이지 못했고 세속 인간의 죄를 회개하는 그런 일반적인 것이어서 마치 자유사상가나 무신론자의 기도와도 같았다. 교도소 의사는 그에게 별일 아닌 것에 불평하지 말라면서 등을 다정하게 툭 쳤다. 그러면서 의사는 그의 일에 관여하지 않겠다고 했는데, 그것은 누가 진짜 아픈 것인지 꾀병을 부리는 것인지를 의료진이 알 수 없고 그래서 의사와는 상관없는 일이기 때문이라는 것이었다. 모오스브루거는 분개하며 추측했다. '그들 모두는 자기 입장에서 말을 하고 그렇게 한 말은 나를 마음대로 상대하게 하는 권력이 되는구나.' 그는 단순한 사람들처럼 배운 자들의 혀를 잘라버려야 한다는 생각에 이르렀다. 그는 의사의 얼굴에서 결투의 흉터를, 사제의 얼굴에서는 시들어 죽은 내면을, 교도소장의 얼굴에서는 먼지 하나 없이 깔끔하게 정리된 사무실을 목격했으며 각각의 얼굴이 자신들의 방식으로 그를 바라본다는 것, 그리고 그들 모두에게 그가 평생 적으로 여겨온 공통점들이 있으며 그것들은 자신의 범위를 벗어나 있음을 깨달았다.

세상 밖에서 사람들이 자만심을 가지고 다른 사람들 사이에 혼신을 다해 끼어들려고 하는 강한 힘이 교도소의 천장 아래서는 그 모든 훈육에도 불구하고 시들고 말았다. 그곳에서는 모든 삶이 기다림이며 인간들 사이의 생생한 관계는 비록 거칠고 폭력적일지라도 비현실이라는 그늘에 의해 허망해지고 만다. 모오스브루거는 소송투쟁 이후 이완된 정신에 그의 완벽하게 강한 육체로 대응했다. 그는 이가 흔들리는 느낌을 받았다. 피부는 가려웠다. 전염병에 걸린 것처럼 비참한 기분이었다. 이따금 그는 자기연민에 빠진, 약간은 신경과민에 가까운 그런 상태에 빠져들었다. 그럴 때마다 지금은 땅속에 묻혀 있지만 그를 이런 엉망진창인 상황으로 몰고온 그 여자가 마치 한 아이를 공격하는 잔인하고 사악한 개처럼 보일 정도였다. 하지만 모오스브루거가 모든 것에 불만인 것은 아니었다. 그는 여러모로 이곳에서 중요한 사람이라고 말할 수 있었고 그 사실에 우쭐해했다. 또한 모든 재소자들에게 균등하게 기울여지는 관심에 만족을 느꼈다. 국가는 그들을 먹이고 씻기고 입혀야 했으며 그들의 일, 건강, 책, 노래 등을 그들이 법을 어긴 그 순간부터 걱정해야 했는데, 이런 일들은 그가 전에는 한번도 겪어본 적이 없는 것이었다. 모오스브루거는 비록 엄격함 속에 이뤄지긴 하지만 이렇게 기울여지는 관심에 즐거움을 느꼈는데, 그것은 마치 어린아이가 화를 내서라도 엄마의 관심을 이끌어내는 것과도 같았다. 종신형을 선고받거나 정신병원에 수용될 수도 있다는 생각은 그에게 어떤 저항감을 불러일으켰다. 그 저항감은 우리가 삶을 피해보려고 온갖 노력을 다함에도 결국 다시 똑같이 혐오스러운 삶으로 이끌리는 순간의 느낌과도 같았다. 그는 변호사가 소송을 재개하기 위해 노력할 것이며 다시 한번 조사가 이뤄지도록 할 것임을 알았다. 하지만 그는 적당한 때에 그것을 거부하고 자신을 죽여달라고 요청하리라 마음먹었다.

마지막은 존엄해야 한다고 그는 확신했다. 그의 삶이 권리를 위한 투쟁이었기 때문이다. 혼자서 그는 권리가 무엇인지를 고민했다. 그는 그것을 알 수 없었다. 다만 그는 그것에 일생동안 속아온 것이다. 그런 생각을 하는 순간 감정이 끓어올랐다. 그가 이 단어를 고귀하게 발음하려고 할 때 그의 혀는 꼬여서 마치 마장마술에 등장하는 종마처럼 움직였다. "권리," 이 개념을 이해하기 위해 그는 아주 천천히, 그리고 마치 누군가와 대화를 나누는 것처럼 고민했다. '그러니까 그건 잘못된 일을 하지 않는 것, 뭐 그 비슷한 것이 아닐까?' 갑자기 그에게 생각이 떠올랐다. '권리는 정의로군.' 그랬다. 그의 권리는 그의 정의다! 그는 목조침대를 바라보고는 그것을 잡아당기려고 힘들게 돌아섰지만 침대가 나사로 바닥에 고정돼 있어서 그냥 우물쭈물 주저앉고 말았다. 그는 그의 정의에 속아왔다! 그는 열여섯 살 때 만난 스승의 부인을 기억해냈다. 그때 그는 뭔가 서늘한 것이 그의 배로 불어오는 꿈을 꾸었는데 그것은 그의 몸속으로 사라져버렸다. 그는 소리를 지르며 침대에서 떨어져 다음날 아침 일어나니 온몸을 얻어맞은 듯 몸이 쑤셨다. 다른 도제들은 별 저항없이 여자를 가지려면 우선 중지와 검지 사이에 엄지를 밀어넣는 것을 보여줘야 한다고 말했다. 그는 그런 짓을 어떻게 하는지 몰랐다. 그들은 모두 그런 행동을 해봤다고 했지만 그걸 생각할 때마다 그는 땅이 발밑에서 꺼져버리는 것 같았고 머리가 목에서 빠져나가는 것 같았다. 간단히 말해서 그를 자연적인 질서에서 종이 한장 차이로 벗어나게 하는 무엇인가가 그의 내면에서 일어났으며 그것은 아주 불안정한 것이었다. "부인," 그는 말했다. "저는 좀 좋은 일을 당신에게 하고 싶습니다." 그곳에서는 그 둘만 있었다. 부인은 그의 눈을 바라보더니 무언가를 발견했는지 "부엌이나 좀 치워요"라고 말했다. 그러나 그는 주먹을 들어 엄지손가락을 내밀어 보였다. 그러나 마법은 완벽하지 않았다. 그녀의 얼굴이 붉어지더니 들고 있던 나무국자로 그의 얼굴을, 너무나 빨라서 피할 겨를도 없이 후려치고 말았다. 입술 위로 피가 흐르자 그는 자기가 맞았다는 사실을 깨달았다. 그는 그 순간을 생생하게 기억해냈는데, 피가 갑자기 방향을 바꿔 그의 눈언저리 쪽으로 거꾸로 흘렀고 그는 자신을 그토록 악의적으로 모욕한 그 건장한 여인을 향해 달려들었다. 곧 스승이 들이닥쳐 그가 다리를 절면서 거리로 쫓겨나오고 소지품들이 등뒤로 나동그라지기까지의 일은 마치 커다란 붉은 타월이 갈기갈기 찢겨지는 것 같았다. 그렇게 그의 정의는 조롱당하고 얻어맞아서, 그는 다시 방황하기 시작했다. 정의는 거리에서 발견되는 것인가? 모든 여성은 이미 다른 사람의 권리였고 모든 사과나 침대도 마찬가지였다. 또한 경찰이나 재판관은 개만도 못한 자들이었다.

하지만 진짜 문제는 사람들이 그를 늘 붙잡는다는 것이고, 그들이 그를 감옥이나 정신병원에 처넣는 이유를 알 수 없다는 것이었다. 그는 감방 구석에서 오랫동안 진지하게 바닥을 응시했다. 그 모습은 마치 열쇠를 땅에 떨어뜨린 사람 같았다. 그러나 그는 그 열쇠를 찾을 수 없었다. 방금 전만 해도 말 한 마디에도 사람이나 사물이 불쑥불쑥 나타나는 초현실적인 공간이던 바닥과 구석은 다시금 대낮의 회색빛을 되찾아 멀쩡해졌다. 모오스브루거는 모든 논리력을 동원했다. 그는 일이 시작된 모든 장소를 기억할 수 있을 뿐이었다. 그 장소들을 열거하고 묘사할 수도 있었을 것이다. 그곳은 한때는 린츠(Linz)였고 다른 때는 브랄리아(Bralia)였다. 그 사이 몇년이 흘렀다. 그리고 마지막이 이 도시였다. 그는 보통 때는 그렇게 선명해 보이지 않던 돌들까지도 뚜렷하게 볼 수 있었다. 그의 정맥 속에 피 대신 독이 든 것 같은 그런 좋지 않은 기분까지도 기억했다. 가령 그는 야외에서 일했고 여자들이 그 곁을 지나쳤다. 여자들이 그를 방해했기 때문에 그는 쳐다보지 않으려고 했다. 그러나 항상 새로운 여자들이 지나갔다. 결국 혐오감에 찬 시선으로 그는 그들을 쫓았고 이리저리 천천히 움직이던 시선은 마치 역청이나 시멘트 속에서 흔들리는 듯한 느낌을 주었다. 그러고는 생각이 점점 버거워지는 것을 알아차렸다. 아무튼 그는 천천히 생각했고 언어가 그를 짓눌렀으며 충분한 어휘를 구사하지 못해서 듣는 사람이 때로는 놀라움에 그를 바라보았고 모오스브루거가 천천히 말하는 그 하나의 단어에 얼마나 많은 의미가 들어 있는지 이해하지 못했다. 그는 어린 시절에 쉽게 말하는 법을 배운 모든 사람들을 시기했다. 말은 막상 절실하게 필요할 때는 마치 껌이 입천장에 들러붙듯이 그에게 착 달라붙었고 때로는 하나의 음절을 발음하고 다시 이어가는 데까지 너무 오랜 시간이 걸리곤 했다. 그것을 해명할 도리는 없었는데 그건 자연스러운 일이 아니었기 때문이다. 하지만 그가 재판정에서 말할 때면 마치 프리메이슨이나 예수회, 사회주의자들의 조종을 받는 것 같아서 아무도 그를 이해하지 못했다. 법조인들은 물론 그보다 말을 잘했고 모든 것을 그에게 불리하게 만들

수 있었지만 정말 무슨 일이 일어난 것인지에 대해서는 하나도 알지 못했다.

이런 식으로 일이 진행되던 때, 모오스브루거는 분노에 사로잡히고 말았다. 거리에서 손을 묶인 채 사람들이 어떻게 반응할지를 기다리는 사람을 상상해보라! 그는 자신의 혀 혹은 내면 더 깊은 곳에 있는 것이 접착제로 붙여진 듯한 느낌이 들었고, 이것은 그를 비참할 정도로 불확실하게 만들어 며칠이고 숨기 위해 투쟁해야 한다는 기분으로 이끌었다. 그러나 그러다가도 어떤 날카로운, 거의 소리가 없는 경계가 찾아왔다. 갑자기 차가운 기운이 밀려들었고 공기중에 커다란 공이 떠올라 그의 가슴으로 날아들었다. 그와 동시에 그는 눈 속에, 입술에, 얼굴 근육에 무엇인가를 느꼈다. 주변의 모든 것이 희미해지고 캄캄해지더니 집들은 나무 위로 올라가고 고양이들이 숲에서 뛰어나와 재빨리 사라졌다. 그런 상황이 잠시 이어지더니 곧 끝나버렸다.

이것이 바로 그들 모두가 알기를 원하고 항상 이야기하는 그 시간의 시작이다. 그들은 쓸데없는 질문으로 그를 괴롭혔으나 그는 자신이 한 일을 그들의 의도에 따라 어렴풋이 기억할 뿐이었다. 이 기간은 정말 중요했던 것이다. 그 기간은 어떤 때는 몇분, 또다른 때는 며칠이나 계속되더니 몇달간이나 지속되는 비슷한 체험으로 바뀌기도 했다. 비교적 단순했던 마지막 체험으로 시작해보자. 모오스브루거의 생각에 이 체험은 재판관도 이해할 수 있는 수준이었다. 그는 목소리, 음악, 바람이 지나치는 소리, 윙윙거리는 소리, 쏴 하는 소리나 딸랑거리는 소리, 총소리, 천둥소리, 웃음소리, 부르는 소리, 대화하는 소리, 속삭이는 소리를 들었다. 그런 소리들은 도처에서 들려왔는데 벽이나 공기중에, 옷속이나 몸속에도 도사리고 있었다. 그 소리가 침묵하는 동안 모오스브루거는 그것이 자기 몸속에 있다는 인상을 받았다. 그리고 밖으로 나오자마자 소리는 주변으로 숨어버렸지만 그리 먼 곳은 아니었다. 그가 일할 때 그 목소리는 별 의미없는 짧은 말을 걸어왔고 욕을 하거나 비난했다. 또한 그가 뭔가를 생각할 때는 결론에 도달하기도 전에 그것이 튀어나오거나 그가 전혀 원하지 않는 냉소적인 말을 내뱉기도 했다. 이런 이유로 그를 환자로 취급하는 자들을 모오스브루거는 비웃을 수밖에 없었다. 그 자신은 이런 목소리나 형상들을 장난으로밖에 생각하지 않았다. 그들이 하는 짓을 보고 듣는 것이 즐거웠다. 그것은 그의 거칠고 무거운 생각에 비하면 훨씬 나았다. 그러나 그들이 그를 엄청 화나게 할 땐 그 역시 분노를 드러냈으며 이건 자연스러운 일이었다. 그들이 그를 두고 사용하는 용어에 항상 주의를 기울여온 덕분에 모오스브루거는 사람들이 이 증세를 '환각'이라고 부른다는 사실을 알아냈고, 다른 사람에게는 없는 증세가 자신에게 있다는 것이 기뻤다. 왜냐하면 그는 다른 사람이 못 보는 아름다운 풍경과 사나운 동물을 볼 수 있기 때문이었다. 하지만 그들이 이런 증세를 너무 과장한다는 것을 알았고 그래서 기분이 언짢은 채로 정신병동에 머물 때는 증세가 있는 척한 것일 뿐이라고 주장하기도 했다. 똑똑한 체하는 사람들은 그 소리가 얼마나 크냐고 물었지만, 그건 어리석은 질문이었다. 그 소리는 때로 천둥만큼 크다가 어떤 때는 낮은 속삭임으로 줄어들었기 때문이다. 가끔 그를 짓누르는 고통 역시, 어떤 때는 견딜 수 없을 만큼 컸고 다른 때는 꾀병이 아닌가 싶을 정도로 미미했다. 그런 것들은 중요하지 않았다. 종종 그는 보고 듣고 느끼는 것을 정확히 표현할 수 없음에도 불구하고 그것이 무엇인지 아는 때가 있었다. 그것은 때로 굉장히 모호했다. 그것의 형상은 외부에서 온 것이었지만 얼핏 보이는 빛은 그것이 진짜 그의 내부에 있다고 말하는 것이었다. 중요한 것은 그것이 내부에 있느냐 외부에 있느냐 하는 것이 아니었다. 그에게 이 상황은, 마치 맑은 물 속에 투명한 유리 한장을 넣어둔 것과 같았다.

  그리고 기분이 최고조에 있을 때 모오스브루거는 목소리나 이야기에 주의를 기울이기보다는 생각을 했다. 그는 이것을 '생각한다'라고 불렀는데, 이 말에 늘 감명을 받기 때문이었다. 그는 다른 사람보다 생각을 더 잘했는데, 그것은 그가 외부에서, 그리고 내부에서 생각하기 때문이었다. 생각은 그의 의지에 반해서 그의 안에서 일어났다. 그는 생각이 그에게 꽂혀 있다고 말했다. 또한 가슴에 젖이 돌기 시작하는 여자처럼 아주 하찮은 일에도 예민하게 반응하긴 했지만 그의 느리고 남자다운 사색을 잃어버리진 않았다. 그의 생각은 수백 개의 샘물에서 발원해 풍성한 목초지를 따라 흐르는 개울 같았다. 모오스브루거는 고개를 떨구고 손가락 사이로 나무를 내려다보았다. '여기 사람들은 다람쥐를 나무굉이(Eichkatzl)라고 부르지!' 갑자기 그런 생각이 들었다. '하지만 어떤 사람이 정색을 하고 나무고양이(Eichkatze)라고 말한다면 어떻게 될까? 그러면 마치 전술 차원에서 방귀 뀌듯 날린 공포탄이 마치 진짜 총알이라도 된 것처럼 모든 사람이 귀를 기울일 거야. 헤센 주에서는 그것을 나무여우라고 부르지. 여기저기 다녀본 사람들은 그런 것을 잘 알거든.' 또한 모오스브루거에게 다람쥐 그림을 보여주었을 때 심리치료사는 매우 흥미로운 일을 경험했다. 그가 말하기를, "그것은 여우도 될 수 있고, 토끼도 될 수 있어요. 고양이 같은 것도 가능하죠." 그러면 치료사들은 재빨리 다시 묻는다. "14 더하기 14는?" 신중하게 그가 대답했다. "대략 28에서 40쯤 되죠." 이 "대략"이라는 말 때문에 그들은 모오스브루거를 대놓고 비웃지 못했다. 그 원리는 아주 간단했다. 그 역시 14에 14를 더하면 28이 나온다는 사실을 알았다. 그렇지만 28에 머물라고 누가 말했단 말인가?! 모오스브루거의 시선은 이렇듯 항상 한발 앞서 있었는데, 그것은 하늘과 맞닿은 산등성이에서 그 너머로 그와 비슷한 또다른 산등성이를 발견하는 것과 비슷했다. 또한 만약 나무고양이가 고양이나 여우가 아니고 토끼처럼 뿔 모양의 이빨을 가졌으며 그 여우가 토끼를 잡아먹었다면 그것을 그렇게 자세히 구별할 필요도 없는 것이었다. 다만 모든 것들은 이런저런 방식으로 함께 엮여 있으며 숲속을 뛰어다닐 뿐이다. 모오스브루거의 체험이나 확신에서 사람들은 어떤 하나의 의미도 파악할 수 없었는데, 그것은 하나가 다른 하나와 연결돼 있었기 때문이다. 그리고 그것은 이미 삶에서 일어나는 일로서, 그가 한 소녀에게 "사랑스런 장미 같은 입술이여!"라고 말했다 치면 그 말은 엉망이 된 채 엄청 고통스러운 일로 바뀐다. 즉 그 얼굴은 안개에 덮인 땅처럼 회색이 되고, 긴 줄기에서 장미 한송이가 솟아오른다. 그러고는 칼을 들어 그 장미를 잘라내거나 일격을 가해 다시 원래 얼굴로 돌아오게 하려는 욕망이 무시무시하게 자라난다. 확실한 것은, 모오스브루거가 늘 칼을 들지는 않는다는 것이다. 그는 오직 그 욕망을 다른 방식으로 해결하지 못할 때만 그렇게 했다. 보통 그는 자신의 괴력을 세상을 함께 모으는 데 사용했다.

마치 얕은 개울에서 물고기들과 빛나는 돌들이 서로를 돌아보는 것처럼, 기분이 좋을 때 그는 한 사람의 얼굴을 볼 수 있었으며 그 얼굴에서 자신의 얼굴을 보았다. 하지만 기분이 나쁠 때는 한 사람의 얼굴을 스치듯 보고서도 그 얼굴의 주인공이 항상 싸움을 몰고오는 바로 그 사람임을—아무리 변장을 했다 하더라도—알아차렸다. 누가 여기에 이의를 제기하겠는가?! 우리는 언제나 똑같은 사람과 싸운다. 만약 우리가 바보처럼 집착하는 사람이 누구인지 조사해보면, 분명히 그는 우리가 열쇠를 쥐고 있는 자물쇠 같은 사람일 것이다. 사랑은 또 어떤가? 얼마나 많은 사람들이 매일 보는 연인의 얼굴을 막상 눈을 감고서는 어떻게 생겼는지 말하지 못하는가? 사랑도 미움도 없는 그런 경우라면 또 어떨까? 사물은 습관이나 기분, 관점에 따라 얼마나 끊임없이 변화하기 마련인가! 얼마나 자주 기쁨은 사그라지고 슬픔의 뽑히지 않는 싹은 다시 돋아나는가?! 얼마나 자주 사람들은 아무 문제 없이 함께 있을 수 있는 사람을 태연하게 구타하기도 하는가. 인생은 겉으로는 마땅히 흘러가야 할 길을 따라가는 것처럼 보이지만, 그 속에서는 뭔가가 충돌하며 끓어오르고 있다. 모오스브루거는 항상 두 다리를 가지런히 땅에 딛고 서서 자신을 혼란에 빠트리는 것들을 피하려고 정신을 집중했다. 그러나 때때로 한 단어가 그의 입에서 튀어나왔고 하나의 혁명이, 사물의 꿈이 나무고양이나 장미입술 같은 그런 차갑고 다 타버린 이중언어 속에서 튀어나왔다.

침대 겸 책상인 그 감옥의 널빤지에 앉아서 그는 체험을 그럴듯하게 표현하는 교육을 받지 못한 자신의 신세를 한탄했다. 이미 오랫동안 땅속에 묻혀 있으면서도 그를 이토록 괴롭히는 그 쥐눈을 한 작은 여자 때문에 화가 났던 것이다. 모든 사람들은 그녀 편이었다. 그는 느릿느릿 일어섰다. 마치 다 타버린 나무처럼 쇠약해졌음을 스스로 느꼈다. 다시 배가 고팠다. 감옥의 예산은 왕성한 남자를 충분히 먹이기에 너무 부족했고, 그 부족분을 사먹을 만한 돈이 그에겐 없었다. 그런 상황에서 사람들이 알고 싶어하는 것을 기억해낼 수는 없었다. 변화는 하루 동안, 일주일 동안, 3월이나 4월이 찾아오듯이 그렇게 일어났고 그 정점에서 그 사건이 터졌다. 그는 경찰조서에 씌어 있는 것 이상은 알지 못했고 그런 내용이 어떻게 조서에 포함되었는지조차 기억하지 못했다. 그가 기억하는 원인과 생각은 말할 것도 없이 이미 심리과정에서 다 말했다. 그러나 정말 어떤 일이 일어난 것인지는, 마치 갑자기 외국어에 유창해져서 행복해했던 사람이 그 외국어를 다시 말할 수 없게 된 것처럼 그에게 다가왔다.

"그냥 모든 게 빨리 끝나야 할 텐데." 모오스브루거는 생각했다.

60.
논리적이고 윤리적인 영토로 떠나는 소풍

모오스브루거의 경우를 법적으로는 단 하나의 문장으로 요약할 수 있다. 그것은 바로 금치산자의 경우로, 그는 법적 사건과 법의학적 사건의 경계에 있었고, 일반인들에게까지 그렇게 알려져 있었다. 이 불쌍한 금치산들의 공통된 특징은 열등한 건강과 병으로 고생하고 있다는 점이다. 자연은 그런 사람들을 많이 만들어내는 것을 특히 좋아한다. 자연은 함부로 도약하지 않는 것이다. 곧 자연은 건너뛰지 않고 점진적인 이행을 좋아하며 거대한 흐름에서 보더라도 세계를 백치 상태에서 분별력 있는 상태로 이행하는 과정으로 유지시킨다. 그러나 법학은 이것을 알아차리지 못한다. 법학은 말하길 인간은 법을 지킬 수 있든지 아니면 그럴 수 없든지 둘 중의 하나다. 이 두 상태 이외의 제3의, 혹은 중간의 것은 법학에 없기 때문이다. 이런 능력에 따라 사람은 처벌받을 수 있고, 이렇게 처벌받을 수 있다는 가능성이 사람을 법적인 인간으로 만들며, 그런 법적인 인간으로서 사람은 법이 주는 초인간적인 자비를 누리는 것이다. 누구든 이것을 이해하지 못하는 자는 기병(騎兵)을 떠올려야 한다. 어떤 말이 올라타려 할 때마다 미쳐 날뛴다면 그 말에게는 가장 부드러운 붕대, 최고의 기수, 엄선된 사료, 절제된 조련 같은 아주 각별한 보살핌이 제공된다. 그러나 기병이 뭔가 죄를 지었다 치면 벼룩이 들끓는 우리에 처넣고 수갑을 채우며 먹을 것도 주지 않는다. 이런 차이가 생기는 이유는 말은 단지 동물적인 체험의 세계에 머무는 반면, 기병은 논리적이고 도덕적인 세계에 속하기 때문이다. 그런 의미에서 인간은 동물과―더 나아가서는 정신병자와―구별되었고 지적이고 도덕적인 특성에 의해 법을 어기거나 범죄를 저지르게 된다고 이해되었다. 이처럼 처벌될 수 있다는 가능성이란 그를 도덕적 인간으로 고양시키는 것이기 때문에, 법관들은 그 가능성을 철저하게 고수해야만 했다.

그런데다가 유감스럽게도 여기에 반대할 소명을 타고났으며 직업적으로 법관보다 훨씬 소심한 사람들인 법심리학자들까지 등장했다. 법심리학자들은 금치산자들이 단지 고칠 수 없는 환자라고만 떠들고 다녔는데 그들이 다른 사람들 역시 고칠 수 없었기 때문에 이 말은 그저 좀 겸손한 과장에 불과한 것이었다. 그들은 치료 불가능한 정신병자들을 신의 도움으로 언젠가는 스스로 나을 사람들, 진정 의사가 치료할 수 없는 사람들이긴 하지만 올바른 영향과 관심이 제때 전해졌다면 병을 피할 수 있었던 사람들로 구별했다. 이 두번째 그룹의 사람들이 바로 의학의 천사들이 자신의 개인병원에서 환자로 취급하는 사람들인데, 이 의학 천사들은 법원에서만큼은 부끄러워하면서 환자들을 법의 천사들에게 넘겨주었다.

모오스브루거가 바로 그런 경우였다. 섬뜩한 살의로 저지른 범죄를 제외하고는 훌륭한 삶을 살았던 그는 종종 정신병원에 수감되었다 풀려났다 했으며, 최근 재판에서 두명의 전문적인 법심리학자들이 그가 제정신으로 돌아왔음을 증언하기 전까지만 해도 진행성마비, 과대망상, 간질, 습관성 정신착란 등의 다양한 진단을 받았다. 물론 의사를 비롯해 그 큰 법정을 가득 메운 사람들 가운데서 모오스브루거가 정상이라고 생각하는 사람은 하나도 없었다. 하지만 그것이 법적인 기준에서 비정상이라고 볼 수는 없었으며 그래서 양심에 따라서도 인정받을 수 없었다. 왜냐하면 인간이 반쯤 아프다면 나머지 반은 건강하다는 것이고, 반쯤 건강하다면 적어도 반쯤은 사리판단의 능력이 있다는 것이며, 반쯤 판단 능력이 있다는 것은 온전한 판단력을 갖춘 것이나 마찬가지기 때문이었다. 사리판단 능력이라는 것은 흔히 말해지듯이 어떤 외부의 강제적인 요구에도 상관없이 스스로의 자유의지를 달성하기 위해 노력하는 힘이라고 해석되었다. 또한 한편으로 그런 자유의지를 소유하는 동시에 다른 한편으로 결여할 수는 없다는 것이 법학의 판단이었다.

사실 법학자들도 지적하듯이 그들이 처한 상황이나 성향 때문에 '부도덕한 충동'에 저항하거나 '선한 일'을 선택하는 데 어려움을 겪는 사람들이 있다는 사실을 배제하지는 않는다. 또한 다른 사람과 전혀 접촉하지 않은 상황에서도 범죄에 대한 결단을 불러일으킬 만한 사람이 바로 모오스브루거였다. 그러나 우선 그의 지적이고 이성적인 능력이 법정의 시각으로는 충분히 온전한 상태였기 때문에 그가 이런 능력을 발휘했다면 범죄를 저지르지 않았을 수도 있으며 그래서 그를 도덕적 책임감이 없는 인간이라고 할 이유는 없었다. 또 하나는, 잘 정비된 법체계에서 '앎'과 '의지'에 의해 수행된 범죄행위는 처벌받게끔 돼 있었다. 마지막으로 법적인 논리는 불행하게도 7 곱하기 7을 물었을 때 혀를 내밀거나 제국황실의 황제가 누구냐는 질문에 '나'라고 대답하는 사람들을 제외한 모든 정신병자들에게 최소한의 분별력과 자기통제력이 있으며 그래서 행위의 범죄적 특성을 인식하고 범죄충동에 저항하기 위해 지적이고 의지적인 노력을 좀더 기울이면 충분하다고 추정한다. 그러나 그런 위험한 사람들에게 그런 노력은 거의 불가능한 것이나 마찬가지다!

법정은 와인창고와 같아서, 우리 선조들의 지혜는 병에 담겨 있다. 사람들은 이 병을 열어서 정확함을 추구하는 인류의 노력이 완벽에 이르기 직전 도달한, 최고로 잘 숙성된 등급의 와인이 얼마나 떨떠름한지를 맛보게 된다. 그러나 아직 덜 여문 그 맛에 사람들은 취한 듯이 보인다. 이것은 의학의 천사가 오랫동안 법학의 천사에게 귀를 기울일 때마다 그 자신의 임무를 잊곤 하는 아주 유명한 현상이다. 그는 달그락거리며 날개를 접더니 마치 자신이 법의 예비천사라도 된 듯이 처신하는 것이다.

61.
세가지 논문의 이상
또는 정확한 삶의 유토피아

이런 식으로 모오스브루거는 사형선고를 받았다. 또한 라인스도르프 백작의 영향력과 울리히를 향한 백작의 우정어린 믿음 덕분에 그에 대한 정신감정이 한번 더 이뤄질 예정이었다. 그러나 울리히는 모오스브루거의 운명에 더 관심을 기울일 생각이 없었다. 그런 존재가 잔인함과 인내의 우울한 혼합이라고 할 때, 울리히에게 그것은 법정이 보여준 정확함과 부주의함의 혼합이라는 특성만큼이나 역겨운 것이었다. 그는 그 사건을 분별력있게 바라볼 때 모오스브루거에 대해 무엇을 생각해야 할지, 그리고 그렇듯 감옥 안이나 밖은 물론 정신병원은 더더욱 안 어울리는 사람에게 어떤 조치가 요구되는지 정확히 알고 있었다. 그는 다른 수천의 사람들도 이것을 알고 있으며 그 각각의 관심사에 비추어 끊임없이 이런 문제들을 토론해왔음을 깨달았다. 또한 결국 이런 불완전한 상태에서는 그를 죽이는 것이 가장 알기 쉽고 값싸며 확실한 해결책이기 때문에 결국 국가가 사형을 집행할 것이라는 사실도 알고 있었다. 여기서 그만둔다는 것은 야비한 행동일지도 모른다. 그러나 인도 호랑이보다 사람을 많이 죽인 교통수단들을 우리가 참고 견디는 것처럼, 앞뒤 가리지 않고 양심도 없으며 경솔하기까지 한 마음은 다른 한편으로는 부인할 수 없는 성공을 우리에게 가져다줄 수도 있는 것이었다.

세부적인 데서는 매우 민감하고 전체적으로는 너무 맹목적인 이러한 마음 상태는 인생의 업적이라 불리며 세 편 정도의 논문으로 씌어진 어떤 이상(理想)에서 그 궁극의 표현을 발견한다. 두꺼운 책이 아니라, 작은 논문에서 아주 출중한 성취를 이루는 지적 행위가 있다. 가령 누군가 지금까지 목격되지 않은 환경에서 돌이 말을 하는 것을 발견한다면, 그런 깜짝 놀랄 현상을 묘사하고 설명하는 데 단지 몇페이지만 있으면 충분할 것이다. 그에 비해 긍정적인 사유에 대해서는 누구든 또다른 한권의 책을 쓸 수 있으며 이 책은 학문적인 관심 밖의 일일 수밖에 없는데, 왜냐하면 인생의 중요한 질문에 지적으로 명확한 결론을 도출하기는 거의 불가능하기 때문이다. 인간의 행위란 필요한 어휘의 수로 구분될 수 있을지도 모른다. 그 수가 많으면 많을수록 그 행위의 특성은 더 나빠진다. 우리 인류를 모피 착용 단계에서 하늘을 나는 단계까지 이끈 모든 지식은, 그 증명들까지 포함해봤자 손에 잡히는 책 한권의 분량에 지나지 않을 것이다. 그러나 지구만한 크기의 책장을 준다 해도 그 나머지 것들을 채우지는 못할 것이다. 펜이 아니라 칼과 사슬로 행해진 그 방대한 토론을 제외하고라도 말이다. 그것은 우리가 정확한 과학이 모범적으로 선취한 방식을 따르지 않을 때만큼은 모든 인간사를 매우 비이성적인 방법으로 수행한다는 생각을 잘 드러낸다.

그것은 또한 사실상 한 시대의—수십년까지는 아니고 수년간의—분위기이자 경향이었고 울리히 역시 이제 막 그것을 깨달을 나이가 되었다. 당시 사람들은—여기서 '사람들'이란 말은 의도적으로 불명확하게 쓰였는데 아무도 얼마나 많은 사람이 그렇게 생각하는지를 모르기 때문이다. 그냥 그렇게만 말해두자—인간이 정확하게 살 수 있다고 생각했다. 오늘날 사람들은 그게 무슨 소리냐고 물을 것이다. 그들의 대답은 아마도 인생의 업적이란 세 편의 시나 논문, 또는 행동으로 이뤄져 있으며 그 안에서 개인의 성취 능력은 최고에 달한다는 주장일 것이다. 그것은 대략 아래와 같이 요약되는데, 그것은 말할 것이 없을 때는 침묵하기, 특별히 할일이 없을 때는 필요한 일만 하기, 그리고 제일 중요한 것은 팔을 넓게 벌려 창조의 물결에 높이 고양될 만큼 형언할 수 없는 감정에 사로잡히지 않는 한 무덤덤하기이다. 사람들은 이러한 일이 우리들의 내적인 삶을 끝장내고 말 것임을, 그러나 그것조차 아주 고통스러운 손실은 아님을 목격하게 될 것이다. 비누의 매출이 엄청나게 증가하면 인간이 청결해진다는 테제를 도덕적인 삶에 적용할 필요는 없다. 도덕적인 삶에서는 씻어야 한다는 강박이 아무리 크더라도 내면까지 청결하다고는 할 수 없기 때문이다. 어떤 종류의 것이든 도덕의 소비를 최소한으로 줄여서 정말 중요하고 예외적인 경우만 도덕적으로 행동하고 그 외에는 마치 우리가 연필이나 나사를 규격화하듯이 그렇게 행동해보는 것은 유용한 실험이 될 것이다. 그러면 선한 일들은 거의 하지 않게 되겠지만 몇몇 다른 행동들은 더 나아질 것이다. 그곳에서 재능은 사라지고 천재만이 남을 것이다. 도덕적으로 행위하려는 창백한 모방에서 비롯된 맥빠진 교정지는 인생의 장막에서 사라지고, 그 자리에 신성 속에서 도덕을 도취시키는 융합이 들어선다. 한마디로, 수십 킬로그램의 도덕에서 1밀리그램 정도만이 핵심이고, 그 가운데서도 단지 백만분의 일 정도만이 매혹적인 기쁨을 주는 것이다.

그러나 그것은 유토피아일 뿐이라는 반박이 나올 것이다. 확실히 그것은 유토피아다. 유토피아는 거의 가능성과 같다. 가능성이 곧 현실이 아니라는 말은 그 가능성이 당분간은 상황과 엮여 있으며 상황 때문에 현실화될 수 없다는 말이고 이를 다른 말로 하자면 불가능한 것이나 마찬가지라는 말이다. 만약 가능성이 그러한 현실적 제약에서 풀려나와 전진을 보장받으면 유토피아가 생성되는 것이다. 그것은 과학자가 복잡한 현상 속에서 변화를 목격하고 거기서 결론을 이끌어내는 것과 비슷한 과정이다. 유토피아는 요소들의 가능한 변화와 그 작용이 관찰되는 실험을 의미하는데, 그 변화와 작용은 우리가 삶이라고 부르는 복잡한 현상에서 일어난다. 그렇게 관찰된 요소가 정확함 그 자체라면, 우리는 그것을 지적인 관습이자 삶의 방식으로 간주하면서 따로 떼어서 발전시킬 수 있을 것이고 그것과 접촉하는 모든 것에 모범적인 영향력을 끼칠 수 있을 것이다. 그럴 때 인간은 정확성과 규정 불가능성의 모순적인 결합이라는 경지에 다다르게 될 것이다. 그런 인간은 절대 부패하지 않는 냉혈한으로 정확함의 온도를 유지하는 사람이다. 그러나 이런 특성을 넘어서는 그의 모든 다른 것들은 규정할 수 없다. 도덕에 의해 보장되는 내면의 확고한 상태란 변화의 환상을 품고 있는 사람에게는 거의 가치가 없다. 궁극적으로, 가장 위대하고 정확한 업적에 대한 기대가 지적인 영역에서 열정의 영역으로 넘어가면 이미 보았듯이 열정은 사라지고 그 자리에 도덕의 원초적인 불길 같은 것이 일어날 것이다. 그것이 바로 정확성의 유토피아다. 우리는 그런 사람들이 어떻게 하루를 보낼지 알지 못한다. 그는 일정하게 창조의 행위를 지속할 수 없으며 제한된 감각의 난롯불을 상상의 대화재에다가 쏟아부을 것이기 때문이다. 그러나 이런 정확함의 인류가 이미 존재한다! 그는 과학자뿐 아니라, 사업가, 행정가, 운동선수, 기술자 속에 살아있는 또하나의 사람이다. 비록 업무시간만큼은 그들의 삶이 아니라 직업인으로 불린다 할지라도 말이다. 모든 것을 철저하고 편견없이 받아들이는 이런 사람은 그러나 자신 스스로를 철저하게 생각하는 것에는 혐오감을 드러낸다. 또한 의심할 바 없이 그는 스스로의 유토피아를 진지하게 업무에 임하는 사람들을 끌어들이는 하나의 부도덕한 시도로 여긴다.

그래서 울리히는 과연 사물들이 인간의 가장 강력한 내적 성취에 부합해야 하는지, 다시 말해 목표와 의미가 우리에게 이미 일어난 일과 일어나고 있는 일 속에서 발견될 수 있는지를 그의 전생애를 통해 늘 고독하게 궁금해했다.

62.
지구는 물론이지만,
특히 울리히가 에세이즘의 유토피아에 경의를 표한다

인간의 태도로서의 정확함은 정확한 행동과 정확한 존재를 요구한다. 그것은 최고 의미에서의 행위와 존재에 대한 요청이기도 하다. 그러나 여기에도 구별될 것들은 있다.

현실 속에는 상상의 정확성(현실에는 전혀 존재하지 않는) 뿐 아니라 현학적(pedantische) 정확성이 함께 존재한다. 이 둘의 차이는 상상의 정확성이 사실에 근거하는 반면 현학적 정확성은 오히려 상상의 형상에 집착한다는 것이다. 가령 모오스브루거의 독특한 정신을 지난 2천년간 법개념의 체계로 끌어들인 정확성은 바늘 하나로 날아가는 새를 쏘아 떨어뜨리겠다는 정신병자의 현학적 고집과 닮아 있다. 그러나 그 정확성은 사실에 대해서는 전혀 무관심하고 단지 법적 선(善)이라는 상상의 개념에만 매달린다. 그러나 모오스브루거가 사형선고를 받아야 하느냐는 중대한 질문에 관해서 정신과의사들은 완벽한 정확성을 보여주었는데, 그것은 모오스브루거의 병이 이제까지 관찰돼온 어떤 경우와도 다르다는 것 외에는 자신있게 할말이 없으며 따라서 이제부터 판단을 완전히 법원으로 넘긴다는 것이었다. 그런 경우 법원은 삶의 모범적인 이미지를 제시하는

데, 그 활기찬 이미지에 속한 사람들은 모두 다섯살 이상이 차를 운전하는 것이나 지난 10년 전까지 최고로 쳐왔던 치료법으로 환자를 치료하는 것은 거의 불가능하게 여기면서 싫든 좋든 최근의 발명품들을 홍보하기 위해 시간을 다 써버리고 정성껏 자기분야에서 모든 것을 이성화하는 데 매달리는 사람들이다. 이런 사람들은 그러나 사업상 관심사가 아닌 한 아름다움, 정의, 사랑, 믿음과 같은 인문적인 질문들을 그들의 부인이나, 그것도 마땅치 않으면 성배나 생명의 검 같은 천년 전의 문장들을 읊조리는 아류들한테 떠넘겨버리는데, 그들은 그 아류들의 말이라면 어떤 것도 믿지 않고 그것이 실현될 가능성은 전혀 없다고 생각하면서, 분별없이 짜증내고 의심에 가득 차 그들의 말에 귀기울이곤 했다. 그러니까 현실적으로는 서로 투쟁할 뿐 아니라—더욱 나쁜 것은—서로 말도 하지 않으면서 항상 함께 존재하며 각자의 자리에서 서로가 필요하다고 확신하는 두가지 지적 상태가 있는 것이다. 그중 하나는 정확함에 만족하고 사실에 집착하는 반면, 다른 하나는 항상 전체적인 것을 보고 이른바 영원하고 위대한 진실에서 생각을 이끌어낸다. 그래서 전자는 성공을, 후자는 전망과 품위를 성취한다. 가벼운 정도의 비관주의자라도 분명히 전자에서는 아무것도 얻을 게 없으며 후자는 진실성이 떨어진다고 말할 것이다. 인간의 업적이 평가받는 종말의 때에 개미산(酸)에 대한 논문 세 편이 무슨 소용이란 말인가?! 그건 종말의 때가 아니라 서른살이라고 해도 마찬가지일 것이다. 그러나 다른 한편으로는, 우리가 그때까지 개미산에서 무슨 일이 일어나는지 모른다면, 종말의 때에 대해서도 아무것도 알지 못할 것이다.

18세기에서 20세기 사이에 인류가 처음으로 세상의 끝에 그런 정신적인 법정이 있음을 알았을 때 진보의 추는 이렇듯 이것도, 저것도 아닌 것 사이에서 흔들리고 있었다. 그것은 한 방향으로의 흔들림 다음에는 언제나 반대 방향으로의 흔들림이 뒤따른다는 경험과 일치하는 것이었다. 그런 흔들림이 마치 돌릴 때마다 솟아오르는 나사처럼 진보한다는 것은 상상할 만하고 또 기대할 만한 것이었지만, 어떤 알 수 없는 이유로 진보는 선회와 파괴로 많은 것을 잃었고 그것을 만회하며 앞으로 나아가지 못하고 있었다. 그점에서 파울 아른하임 박사가 울리히에게 세계역사는 절대로 부정적인 것을 허락하지 않는다고 한 말은 절대적으로 옳았다. 즉 세계역사는 낙관적이어서, 열광적으로 한쪽을 지지하다가 시간이 좀 지나면 그 반대편을 지지한다. 결국 정확함을 꿈꾸던 몽상가들은 그 꿈을 실현시켜보지도 못한 채 기술자나 과학자의 날개 없는 용도에 내맡겨지며 다시금 더 가치있고 영향력이 큰 정신세계에 의탁하게 된다.

울리히는 불확실성이 어떻게 다시 모습을 드러내는지 똑똑히 기억할 수 있었다. 어느 정도 불확실한 분야에 종사하는 사람들에게서 불만이 점점 쌓여갔다. 시인, 평론가, 여성들, 그리고 새로운 세대의 직종에 있는 사람들은 순수한 지식이 다시 되돌릴 능력도 없으면서 인간의 고귀한 업적을 파괴하는 불길한 무엇으로 변해간다며 들고 일어났다. 그들은 인간들 사이의 새로운 신뢰와 내적 근원으로의 회귀, 영적인 각성 같은 것들을 촉구했다. 처음에 울리히에겐 그들이 마치 거친 말에 올라탔다가 절뚝거리며 내려오면서 저 말에는 영혼의 기름칠을 좀 해야 된다고 마냥 순진하게 외치는 듯 보였다. 그러나 처음에는 우습게만 보였던 이 반복된 외침이 커다란 반향을 얻는 광경을 그는 목격해야만 했다. 학문은 낡아가기 시작했고 불명료한 타입의 인간들이 현실을 지배하면서 자신을 주장하기 시작한 것이다.

그는 이런 현상을 심각하게 받아들이길 거부했으며 그 자신만의 방식으로 지적인 취향을 형성해나갔다.

자아가 형성되는 청소년 시절은 나중에 되돌아봐도 감격이고 감동인데 그의 기억에 아직까지 남아 있는 소중한 생각 중에 '가정(假定)적으로 살기'라는 것이 있다. 그것은 아무 경험도 없이 삶의 한걸음을 내딛는, 피할 수 없는 도전이자 용기를 의미했다. 또한 그것은 그가 젊은이로서 주저하면서 삶으로 뛰어들 때마다 마주치는 위대한 관계와 이 삶이 취소될 수도 있다는 가능성에 대한 욕망을 표현하는 것이기도 했다. 울리히는 그중 어떤 것도 포기할 수 없다고 생각했다. 무엇인가를 위해 선택되었다는 그 짜릿한 느낌이야말로 세상을 처음 조망하는 자에게는 최고의, 단 하나의 확실한 것이었다. 그가 자신의 감정을 관망할 때 그는 주저없이 거기에는 아무것도 없다고 말할 수 있었다. 그는 가능한 사랑을 구했지만 그것이 옳은 것인지는 알지 못했다. 그는 죽어야 할 이유를 모른 채 죽을 수도 있었다. 스스로 발전하려는 천성적인 의지 때문에 그는 완성이라는 것을 인정하지 않았다. 하지만 그 앞에 나타난 모든 것들은 마치 완성품인 것처럼 행동했다. 그는 사물의 주어진 질서가 보이는 것처럼 그렇게 견고하지 않다는 것을 예감했다. 어떤 사물도, 자아도, 형식도, 원칙도 확실하지 않았다. 모든 것은 불명확하지만 끊임없는 변화 속에 있었고 미래를 지배하는 것은 안정보다는 불안정이었으며 현재는 아직 도래하지 않은 하나의 가정에 불과했다. 성급한 결론을 내릴지 모르는 사실을 과학자가 신중하게 대하는 것을 나쁘게 보지 않는다면, 세상에서 거리를 두고 관망하는 것보다 더 좋은 일이 어디 있겠는가? 그래서 그는 스스로 무엇인가를 하지 않고 머뭇거리고 있었다. 성격, 직업, 확고한 존재방식 같은 것들은 결국 마지막에 그에게 남게 될 해골을 미리 보여주는 개념들일 뿐이었다. 그는 스스로를 내적으로 풍부하게 하는 모든 것에 흥미를 가진 사람들처럼, 사물을 다르게 이해하고 싶어했다. 그것이 아무리 도덕적으로, 또는 지적으로 금기시된 것이라도 말이다. 그는 평정을 잃지 않으면서 어느 방향으로나 자유롭게, 그러나 앞으로 내딛는 발걸음을 느꼈다. 그리고 올바른 착상이 떠오를 때는, 그 빛으로 세계를 달라 보이게 하는 물방울 하나가 반짝이며 세계로 떨어진다는 느낌을 받았다.

그후 울리히의 지적 능력이 좀더 성숙된 이후에 그것은 더 이상 '가정'과 같은 모호한 단어가 아니라 확실한 근거를 가진 고유한 개념인 '에세이'와 연결되었다. 여러 장으로 끊어진 에세이에서 사물은 총체적이 아니라 여러 측면에서 관찰되며—왜냐하면 전체적으로 파악된 사물은 한번에 전망을 잃어버리고 하나의 개념 속으로 녹아버리기 때문에—그렇게 해야 세계와 그 자신을 올바르게 바라보고 대처할 수 있다고 그는 믿었다. 행위나 특성의 가치, 그리고 그것의 참 의미와 본성은 그가 보기엔 그것들을 둘러싼 환경과 추구하는 목적에 따라 달라졌는데 한마디로 그것은 그것들이 속한 전체 세계—이렇게도 저렇게도 만들어지는—에 영향을 받는 것이었다. 살인을 범죄나 영웅적인 행위로 보는 것, 또는 사랑에 빠지는 행위를 천사 혹은 거위에서 떨어진 날개로 묘사하는 것은 사실을 지나치게 단순하게 묘사하는 것이다. 그러나 울리히는 이런 것들을 다음과 같이 보편화시켰다. 모든 도덕적 사건은 힘의 영역 속에서 일어나는데, 그 영역의 성좌(星座)는 도덕적 사건에 의미를 부과한다. 그 도덕적 사건들은 마치 원자가 어떤 화학적 결합의 가능성을 가지듯이 선과 악을 내포하고 있다. 그 사건들은 만들어지는 것인데, 말하자면 '지독한'이란 낱말이 사랑, 잔인함, 목표, 훈련처럼 서로 다른 말에 연결될 때 완전히 다른 의미를 드러내듯 그에게 모든 도덕적 사건들은 그 의미에서 다른 것들과 밀접한 기능을 갖는 것처럼 보였다. 이런 방식으로 관계의 무한한 체계가 일어나는데, 그 안에서는 일상적 삶에서 대충 행위와 특성으로 지레짐작되는 독립적인 의미망들은 더이상 존재하지 못한다. 그 체계 안에서 확고해 보이는 것은 여러 가능한 의미를 위한 구멍 뚫린 평계뿐이다. 일어나는 사건은 아마도 일어나지 않을 어떤 것의 상징이 되며 그 상징을 통해 사람에게 인식된다. 또한 가능성의 진수로서, 잠재적인 인간으로서, 존재의 씌어지지 않는 시로서의 인간은 기록된 문건, 현실, 성격으로서의 인간을 마주하게 된다. 결국 울리히는 자신이 근본적으로 모든 덕과 악을 행할 수 있다고 느꼈다. 잘 균형잡힌 사회질서 속에서는 덕뿐 아니라 악까지도 암묵적으로 똑같이 부담스럽게 여겨진다는 사실은 자연상태에서 일반적으로 무슨 일이 일어나는지를 그에게 증명해주었다. 바로 힘은 종종 중간가치와 중간상황, 타협과 관성으로 기우는 경향이 있었다. 일반적으로 울리히에게 도덕은 힘의 체계가 노화된 형식일 뿐이었는데, 힘의 체계란 원래 윤리적 힘의 상실 없이는 그 노화된 형식과 혼동될 수 없는 것이었다.

  이런 관점이 인생에 대한 불확실성을 반영한다고 할 수도 있을 것이다. 그러나 불확실성이란 종종 그저 평범한 확실성에 대한 불만족에 불과하며 인간 그 자체라 할 고도로 경험 많은 사람조차도 이런 원칙들에 따라 삶을 이어간다는 것을 기억하기만 해도 좋을 것이다. 인간은 인간이 행한 모든 것을 뭔가 다른 것으로 교체하기 위해 그것의 무효를 선언한다. 범죄로 간주되던 것은 덕으로, 반대로 덕이었던 것은 악이 되기도 하는 것이다. 인류는 모든 사건의 위대하고도 정신적인 연관을 애써 건축해놓고도, 몇세대 후엔 다시 그것을 허물어뜨린다. 그러나 이 모든 일들은 한꺼번에 일어나지 않고 순차적으로 일어나며 인류가 시도한 실험의 사슬은 전혀 고양되는 모습을 보이지 않는다. 반면, 깨어 있는 인류의 에세이즘은 세계의 무게획적인 의식상태를 하나의 의지로 변환하는 과업에 마주하게 될 것이다. 그리고 많은 개별적인 발전의 끈들이 곧 이런 과업이 이뤄질 것임을 증명하고 있다. 백옥같이 흰 가운을 입고 흰 도기 속 환자의 배설물에서 자줏빛 표본을 얻어내려고 제대로 된 색이 나올 때까지 그것을 산(酸)과 섞어 문질러대는 간호사는 그녀가 알든 모르든 길에서 배설물을 발견하고는 몸서리치는 젊은 여자보다는 훨씬 더 변화에 열려 있는 세상에서 살아가는 것이다. 오직 도덕적인 자장 내에서 행위하도록 충고받은 범죄자는 마치 급류를 헤쳐나가야 하는 수영선수처럼 행동한다. 또한 도대체 믿을 만한 구석이 없기 때문에 아무도 믿어주지 않음에도 불구하고 모든 어머니들은 자기 자식이 언젠가는 그런 급류에 휩쓸릴 것을 안다. 정신의학은 큰 기쁨으로 고무되는 것을 경조성(輕躁性) 장애라고 부르며—그 말은 마치 즐거운 고통이란 말처럼 들린다—모든 극단적인 상태들, 가령 순결이나 육욕, 꼼꼼함이나 부주의함, 잔인함이나 연민을 모두 질병으로 의심한다. 오로지 그 극단적인 양극의 중간에 있어야만 건강한 삶이라는 게 얼마나 말도 안되는 이야기인가! 정신의학의 목표가 사실은 그 목표의 과장을 부정하는 것에 다름아니라면 얼마나 시시한 일인가! 이런 인식 덕분에 우리는 도덕적 규범이 더이상 정적인 명령이 아니라 매순간 새로운 시도를 끊임없이 요구하는 동적인 균형임을 깨닫는다. 우리는, 점점 더 알아채기 어려워지긴 하지만, 어쩔 수 없이 획득한 반복의 습관을 인간의 특성 탓으로 돌리고, 반대로 그 특성은 반복 탓이라고 생각하기 시작했다. 우리는 내부와 외부 사이의 상호작용을 깨달았고, 그것은 정확히 비인간적인 요소들을 이해하는 것이었는데, 그 요소들은 우리에게 인간적인 면모들, 행위의 어떤 간단한 패턴들, 마치 둥지를 짓는 새처럼 여러 물질에서 본능적으로 자아를 건축하는 기술을 이용한 자아건축 본능 같은 새로운 힌트들을 던져주었다. 우리는 이미 특정한 영향력을 이용하여 마치 급류를 조절하듯 여러 종류의 병적인 상황을 제어할 수 있는 수준에 도달했기 때문에 우리가 범죄자를 제때에 대천사로 만들지 못한다면 그것은 단지 사회적 책임감이 모자란 결과 아니면 일을 다소 서투르게 오래 끈 결과밖에 안된다. 또한 아직도 통합되지 못한 채 산재한 주장들이 너무나 많아서 우리가 그런 주장들에서 받는 일반적인 영향이란 대충 비슷한 말들에 질려버리는 것일지도 모른다. 따라서 지난 2천년간 오로지 취향을 교환하는 데만 적합하게 발전해온 도덕을 변화하는 현실에 좀더 적합한 형식과 기반을 갖춘 새로운 것으로 바꿔야 할 필요성도 있을 것이다.

울리히가 생각하기에 단 하나 모자란 것은 형식이었다. 다시 말해 행위의 목적이 성취되기 전에 그 목적의 표현을 발견해야 한다는 것이다. 그래야지만 마지막 한바퀴를 돌 수 있는 것이다. 그런 표현은 항상 위험을 감수하는 것이고 사물의 현 상태와는 적합하지 않은 것이며 확실하면서도 불확실한, 정확성과 열정의 결합이라 할 것이다. 그러나 바로 그 시절이 그에게 뭔가 특별한 일이 일어나 그를 고무했어야 할 때였다. 그는 철학자가 아니었다. 철학자들은 명령할 군대가 없는 폭군들이어서, 세계를 하나의 체계 속에 가둠으로써 자신들에게 복종시킨다. 아마도 그런 이유로 폭군의 시대에 위대한 철학자가 나왔고, 진보적인 문명과 민주주의의 시대엔 뛰어난 철학자가 나오지 못했을—적어도 사람들의 일반적인 평을 들어보면 그 실망감을 알 수 있는데—것이다. 따라서 오늘날에는 엄청나게 많은 철학이 조각난 상태로 존재하여 구멍가게만이 세계관 없이 뭔가를 구할 수 있는 유일한 장소가 되었다. 그런 반면 그야말로 큰 규모의 철학에 대해서 사람들은 뚜렷한 불신을 드러낸다. 그런 철학은 절대 불가능하다는 취급을 받았으며 울리히조차도 그런 생각에서 자유롭지 못했다. 그는 학문적인 체험을 빌려 철학을 어느 정도 우습게 아는 경향이 있었다. 이것은 그의 태도에도 영향을 주어서, 언제나 관찰한 것을 다시금 생각해야 한다는 강박을 느꼈고 그와 동시에 어떤 부끄러움을 지닌 채 자신이 지나치게 생각에 빠진다는 부담을 갖게 되었다. 그러나 그의 태도를 결정지은 것은 여전히 다른 것이었다. 울리히의 본성 가운데는 논리적인 질서, 획일적인 의지, 어느 한 방향으로 추동된 열정 같은 것들에 대항하는, 무계획적이고 무력하게 만드는, 무장을 해제한 어떤 방식이 있었다. 또한 비록 그가 점차 무의식적으로 벗어나려는 요소들을 포함시켰음에도 불구하고 그것은 그 자신이 선택한 '에세이즘'이란 말과 연관되었다. '에세이'의 일반적인 번역으로 받아들여지는 '시도'라는 말은(에세이의 어원이 된 프랑스어 '에쎄essai'에는 시도라는 뜻이 있음—옮긴이) 그 문학적 모델에 대한 어렴풋한 본질적 암시만을 던져줄 뿐이다. 왜냐하면 에세이는 상황이 호전되면 진실이 되고 때로는 오류를 범할 수도 있는 일시적이고 부수적인 표현이 아니라(배운 사람들의 재미를 위해 학자의 연구실에서 떨어져 나온 부스러기 같은 논문과 논설들이 바로 그것이다), 인간의 내적 삶이 결정적인 사유를 통해 추론해낸 단 하나의 변할 수 없는 형식이기 때문이다. 에세이가 보기에 가장 무책임하고 덜 성숙된 사유는 다름아닌 주체성이라 불리는 것이다. 진실됨이나 거짓됨, 현명함이나 어리석음 같은 말 역시 똑같이 쓸모없는 말들이지만, 에세이는 예민하고 표현할 수 없는 것처럼 보임에도 불구하고 아주 엄격한 법칙들에 종속돼 있다. 내적으로 유동하는 삶의 대가인 그런 에세이스트들이 적지 않지만 그들을 뭐라 이름붙이는 것은 무의미하다. 그들의 영역은 종교와 학문, 실재와 이론, 지식 예찬(amor intelectualis)과 시 사이에 있다. 그들은 종교 없는 성자들이고 때로는 탐험에서 길을 잃은 사람이기도 하다.

그나저나 그런 에세이스트들을 해석하고, 그들의 살아있는 지혜 가운데서 살아갈 지식을 구하며, 그리하여 감화받은 자의 행동에서 뭔가 '내용'을 끌어내려는 지적이고 합리적인 시도를 우리가 거의 자연스럽게 체험한다는 것보다 더 흥미로운 일은 없다. 그러나 마치 바다 속에서 화려한 색을 뿜내던 해파리가 모래에 던져지면 그 색을 잃는 것처럼 이런 일은 거의 소득이 없기 마련이다. 영감을 받지 못한 자의 논리는 영감받은 자의 가르침을 부스러뜨려서 가루나 모순, 엉터리로 만들어버리지만 우리에겐 그런 가르침이 연약하다거나 실행 불가능하다고 여길 권리는 없는데, 그것은 마치 공기가 없는 곳에서 코끼리가 살지 못한다고 해서 그를 연약하다고 할 수 없는 것과 같다. 이런 말이 어떤 신비한 인상 또는 하프 소리와 탄식하는 글리산도 주법을 지배하는 음악적 인상을 불러일으킨다면 매우 유감이다. 사실은 그 반대다. 울리히에게 직관이 아니라 매우 이성적으로 다가온 질문들은 가령 다음과 같은 모습을 띠고 있었다. 진리를 원하는 사람은 학자가 된다. 자아와 자유롭게 놀이하고 싶은 사람은 작가가 된다. 그럼 그 사이에 있고 싶은 사람은 무엇이 되어야 할까? 그처럼 그 사이에 있는 것들은 모든 유명하고 단순한 도덕적 계율에서 발견될 수 있다. 가령 '살인하지 말라'를 보면 우리는 한눈에 이 계율이 하나의 외적인 사실도, 마음속의 진실도 아님을 알아챈다. 우리는 어느 면에서 이 계명에 엄격하게 집착하는 반면, 더 정확하게는 엄청나게 많은 예외를 인정한다는 것도 알고 있다. 그러나 그보다 훨씬 많은 제3의 경우들이 있는데 그것은 상상, 욕망, 드라마, 흥미로운 뉴스거리 등으로 우리는 아주 무원칙하게 그것들에 대한 혐오와 열광 사이를 왔다갔다한다. 사실도 아니고, 그렇다고 주관도 아닌 것을 가리켜 사람들은 종종 명령이라고 부른다. 우리는 이 명령을 종교와 법의 도그마에 단단하게 결합시켜 거기에 연역된 진리라는 특성을 부여한다. 그러나 소설가들은 아브라함의 번제에서 최근에 애인을 쏴죽인 어느 아름다운 여자에 이르기까지 온갖 예외를 이야기하면서 그것을 다시 주관성 속으로 녹여버린다. 따라서 우리는 그중 하나의 말뚝에 의지하거나 아니면 물결을 따라 이리저리 그들 사이를 떠다닐 수밖에 없다. 그러나 과연 어떤 느낌으로일까!? 이런 전제는 우리들에게 무조건적인 순종(나쁜 일에 대해서는 생각하는 것조차 피하면서도 알코올이나 열정에 취해 약간이라도 혼란이 일면 당장에 일을 저질러버리는 그런 건전한 유형을 포함해)과, 가능성의 큰 파도 사이를 생각없이 휩쓸려다니는 것이 뒤섞인 인상을 준다. 그러나 이런 전제가 꼭 그렇게만 받아들여져야 할까? 늘 그렇듯이, 무엇인가를 온맘을 다해 하려는 사람은 그것을 해야 하는지 아니면 하지 말아야 하는지를 모를 거라고 울리히는 생각했다. 그러면서도 울리히는 과연 전심을 다해 할 수 있는 일이 과연 있는 것인지 의심했다. 행위하려는 충동이든 금기든 그런 것은 그에게 중요하지 않았다. 그것들을 저 높은 곳의 법과 연결하거나 그의 예리한 지성과 연결하는 것 이상으로, 고귀한 혈통을 부여함으로써 자족적인 순간을 만들어내는 것은 그 가치를 깎아내린다. 이 모든 것에 울리히의 마음은 침묵했고, 오로지 그의 머리가 말했다. 그러나 그는 자신의 결정을 행복과 일치시키는 또다른 방법이 있다고 생각했다. 그는 살인을 하지 않아도 행복하고 살인을 해도 행복할 수 있었지만, 자신에게 강요된 일을 아무 생각 없이 충실히 해내는 사람은 될 수 없었다. 행복과 자신의 결정이 일치되는 순간, 그것은 규율(Gebot)이 아니라 이미 그가 들어선 지역(Gebiet)으로 느껴졌다. 이곳에선 모든 것이 이미 결정되었고 어머니의 젖처럼 마음을 누그러뜨린다는 것을 그는 알아챘다. 그러나 이런 통찰이 그에게 전해주는 것은 더이상 생각이 아니었고 평상시의 앞뒤가 맞지 않는 그런 감정도 아니었다. 그것은 '전체적인 통찰'이었고 그러면서도 바람에 의해 멀리서 날아온 것 같은 하나의 소식일 뿐이었다. 그것은 진실이나 거짓처럼 보이지 않았고 이성적이거나 비이성적으로 보이지도 않았으며 희미하고 기쁨에 찬 과장이 그의 마음속에 떨어지는 것처럼 느껴졌다.

한 에세이의 핵심적인 부분에서 진실을 끌어낼 수는 없듯이,

그런 상태에서 어떤 확신을 얻기는 불가능하다. 적어도 마치 사랑하는 사람이 연인을 떠나보내지 않고는 사랑을 표현할 수 없듯이 그런 상태를 스스로 포기하지 않고는 불가능하다. 아무런 행위도 없이 이따금 울리히를 흔들어놓는 그 무한한 감동은 무엇인가를 하려는 그의 행동 욕구와 충돌했으며, 어떤 제한과 형식을 강하게 요구했다. 지금은, 누군가 자기 느낌을 말하기 전에 먼저 알고 싶어하는 것만이 자연스럽고 옳은 일일 것이다. 그는 자신도 모르게 자신이 언젠가 찾기를 원하는 것이 비록 진리는 아니더라도 진리보다 훨씬 더 견고한 것이라고 상상했다. 그러나 그는 좀 특별한 경우로서, 마치 무엇을 하려는지도 잊은 채 장비를 서둘러 챙겨 나가는 사람처럼 보였다. 만일 그가 수학적 문제나 수학적 논리학, 또는 자연과학과 관련된 논문을 쓰고 있을 때 과연 그가 이루고자 하는 바가 무엇인지를 물었다면 그는 생각할 가치가 있는 단 하나의 질문은 바로 올바른 삶에 대한 것이라고 대답했을 것이다. 하지만 아무 결과도 없이 오랜 시간 어떤 일을 강요당하면, 마치 뭔가를 오래 들고 있던 팔이 그러하듯이 머릿속은 녹초가 돼버릴 것이다. 또한 우리의 생각은 여름날 대열에 서 있는 병사들만큼이나 그런 지속을 오래 견뎌낼 수 없다. 너무 오래 기다려야 한다면, 힘없이 쓰러져버리고 마는 것이다. 이미 스물여덟 무렵에 인생관을 세워버렸기 때문에 서른둘의 울리히에게는 그 어떤 것도 진솔하게 다가오지 않았다. 그는 더이상 사유를 확장해나가지 않았으며 마치 눈을 감은 사람처럼 모호하고 긴장된 상태로 머물러 있었다. 그 떨리던 옛 시절의 통찰이 지나간 이후, 그에게는 개인적인 감흥의 흔적이 좀처럼 보이지 않았다. 그러나 이것이 아마 학문적 업적에서 차츰 손을 떼게 하고 그가 가진 모든 의지를 꺼내지 않도록 하는 그런 숨겨진 움직임이었을 것이다. 이로써 그는 기이한 분열에 빠져들었다. 과학적인 태도는 원래부터 미학적인 것이기보다는 신앙적인 것임을 우리는 잊지 말아야 한다. 과학적 태도가 '신'을 깨닫는 일이라 전제돼 있을 때만 신은 모습을 드러내고 과학은 그 모습에 무조건 무릎을 꿇는다. 반면, 신의 현현 앞에 선 탐미주의자들은 신의 재능이 그리 독창적이지 않고, 신의 세계관 역시 정말 신이 선사한 재능이라고 하기엔 지적으로 모자란다고 생각한다. 울리히는 어떤 부류의 사람들이 흔히 그러하듯 모호한 예감에 자신을 내맡길 수는 없었지만 다른 한편으로는 그가 주도면밀한 정확성의 세계에 살던 오랜 시절 그 자신을 거스르며 살았음을 감출 수도 없었다. 그는 뭔가 예측하기 힘든 일이 일어나기를 바랐고, 그래서 그가 '삶으로부터의 휴가'라고 조롱하듯 부른 그런 시도에서 안식을 주는 아무것도 얻지 못했다.

어떤 나이에 이르면 인생은 엄청 빠르게 흘러간다고 말할 수 있을 것이다. 그러나 우리가 유산을 남기고 떠나기 전, 그 마지막 의지를 불태우기 시작할 시기는 저 멀리, 결코 연기할 수 없는 시간에 놓여 있다. 이미 아무것도 이룬 것 없이 반년이 지나버렸기 때문에 이것이 그에게는 더 뚜렷한 위협으로 다가왔다. 그는 의도적으로 아무것도 하지 않은 채 기다렸다. 스스로 대수롭지 않게 바보처럼 행동하면서 모든 것을 내버려두었고 마치 그물을 텅 빈 강물에 내던진 어부가 초조하게 인내하며 살듯이 그가 그토록 중요시하던 사람들과 관련된 아무 일도 하지 않은 채 그저 계속 떠들어대기만, 너무 많이 떠들어대기만 했다. 자아라는 것이 세계와 인생에서 형성된 인간의 한 부분을 말하는 게 맞다면, 그는 그 자아 뒤에서 기다렸다. 그리고 그 뒤에 쌓아 올린 조용한 회의는 날이 갈수록 커져갔다. 그는 인생의 최대 위기에 선 자신을 발견했고, 스스로의 태만을 경멸했다. 거대한 시련은 위대한 창조물인 인간만이 겪는 특권일까? 그는 그렇게 믿고 싶었지만 그것이 진실은 아니었는데 왜냐하면 아주 초보적인 신경생물조차 자신의 위기를 겪기 때문이다. 그가 깊은 동요 가운데 남겨둔 것은 모든 영웅과 범죄자들이 소유한 침착함의 잔여물이었다. 그것은 용기도, 의지도, 자신감도 아니었고, 마치 개에게 거의 짓이겨진 고양이의 생명을 빼앗기 어렵듯이 그렇게 제거하기 어려운 완강한 생의 집착이었다.

그런 남자가 혼자 있을 때 어떻게 생활하는지 상상해보고 싶다면, 아마도 다음과 같은 장면이 가장 설득력있을 것이다. 환한 빛이 창문을 통해 스며드는 밤 그의 방안에는 그가 쓰다남은 생각들이 마음에 들지 않은 변호사를 기다리는 대기실의 고객처럼 죽 늘어앉아 있다. 또는 이렇게도 말할 수 있다. 그런 밤

울리히는 창문을 열어 뱀처럼 부드러운 나뭇가지가 어둡게, 그리고 매끈하게 지붕을 덮은 눈과 땅 사이를 휘어져가는 모습을 보았고, 갑자기 지금 입은 잠옷 차림 그대로 정원으로 내려가야 한다는 생각이 들었다. 그는 머리에 차가운 기운을 느끼고 싶었다. 그는 불켜진 복도를 배경으로 서 있고 싶지 않아서 아래층에 내려오자마자 불을 껐다. 그 어둠 속으로 스며드는 빛은 오직 그의 서재에서 새어나오는 빛뿐이었다. 도로 하나가 길가의 육중한 격자문 쪽으로 나 있고 아주 흐릿하게 다른 교차로가 하나 더 있었다. 울리히는 천천히 그 길로 걸어갔다. 그런데 나무꼭대기 사이로 우뚝 솟은 어둠이 갑자기 환상적으로 거대한 모오스브루거의 형체를 떠올리게 하더니 그 벌거벗은 나무들이 마치 육체인 것처럼 다가왔고, 벌레처럼 흉측하고 축축하게 느껴졌음에도 불구하고 왠지 그 나무들을 끌어안고 눈물을 흘리며 그 앞에 쓰러져야 할 것만 같았다. 그러나 그는 그렇게 하지 않았다. 그런 충동을 일으켰던 감수성은 그를 감동시킴과 동시에 다시 억눌렀기 때문이다. 바로 그때 어딘가로 급히 서두르는 보행객들이 정원의 격자 앞을 스쳐 우윳빛 연무를 뚫고 지나갔고, 붉은 잠옷 차림으로 이제 막 나무에서 떨어져나온 검은 가지들 사이에 서 있는 그의 모습은 아마도 그 자체로 미치광이처럼 보였을 것이다. 그러나 그는 꿋꿋하게 발길을 내딛었고 아주 만족스럽게 집으로 돌아왔다. 무엇이든 그를 위해 마련된 것은 뭔가 아주 달라야 함을 느끼면서 말이다.

63.
보나데아가 비전을 품는다

그 밤을 보내고 다음날 아침 울리히가 마치 얻어맞은 듯한 기분으로 늦게 일어났을 때, 보나데아가 방문한다는 소식을 들었다. 이렇게 다시 만나는 것은 그들의 불화 이후 처음이었다.

떨어져 있는 동안 보나데아는 많이 울었다. 이 시간 동안 보나데아는 종종 악용당한다는 느낌이 들었다. 자주 그녀의 울음소리는 마치 검은 베일에 싸인 북소리처럼 울려퍼졌다. 그녀에게는 모험도 많았지만 실망도 많았다. 비록 울리히와의 기억은 모든 모험마다 깊은 우물로 빠지는 일이었지만 그녀는 그 모든 실망을 겪은 후에 다시 그곳을 빠져나왔다. 그때마다 그녀의 얼굴에는 버림받은 어린아이처럼 무력하고 비난에 찬 표정이 떠오르곤 했다. 보나데아는 마음속으로 이미 백번은 남자친구가 그녀 스스로 '사악한 자만'이라고 저주하는 자신의 질투를 용서해주기를 기도했으며 결국 그에게 화해를 제안하기로 결정했다.

그 앞에 앉았을 때 그녀는 매력적이고 멜랑콜리했으며 아름다웠다. 또한 그녀는 마음속이 저리는 느낌을 받았다. 그는 '마치 청년처럼' 그녀 앞에 섰다. 그의 피부는 그녀가 믿는바 그의 위대한 사업과 외교로 대리석처럼 윤이 났다. 그녀는 이처럼 강하고 결단에 차 있는 그의 표정을 본 적이 없었다. 그녀는 기꺼이 스스로를 완전히 그에게 내맡기고 투항하고 싶었지만 그렇게까지 하진 못했고 그 역시 그녀를 독려하는 어떤 표정도 짓지 않았다. 그의 차가움이 말할 수 없이 슬펐지만 마치 동상처럼 위대해 보이기도 했다. 뜻하지 않게 보나데아는 그의 축 늘어진 손을 잡아 키스하고 말았다. 울리히는 생각에 잠긴 채 그녀의 머릿결을 쓰다듬었다. 그녀의 다리는 세상에서 가장 여성스럽게 부드러워져서 무릎을 꿇으려는 것 같았다. 그는 부드럽게 그녀의 등을 끌어 의자로 안내하고 위스키와 소다를 가져온 후 담배에 불을 붙였다.

"여자들은 오전에 위스키를 마시지 않아." 보나데아가 거절했다. 순식간에 그녀는 다시 상처입을 만한 힘을 회복했고 그녀의 심장은 머릿속까지 타고 올라갔는데, 울리히가 거칠고 방탕하기까지 한 술을 권한 것은 명백히 애정없는 행위로 생각되었기 때문이었다.

그러나 울리히는 다정하게 말했다. "아마 당신에게 좋을걸. 정치에서 중요한 역할을 한 여자들은 위스키를 마셨으니까." 보나데아는 울리히를 다시 방문한 사실을 정당화하기 위해 그 위대한 애국운동에 감탄했으며 기꺼이 도움을 주고 싶다는 말을 꺼냈다.

그것이 그녀의 계획이었다. 그녀는 항상 여러 일들을 동시에 믿었으며, 반만 진실인 것들은 더욱 쉽게 거짓말을 하게 만들었다.

위스키는 옅은 황금색이었고 오월의 태양처럼 따뜻했다.

보나데아는 마치 일흔살이 되어 집 앞 정원의 벤치에 앉아 있는 듯한 기분이 들었다. 그녀는 나이를 먹었다. 아이들은 부쩍 자랐다. 첫째 아이는 벌써 열두살이었다. 그 남자에게도 창문 뒤의 다른 남자들에게처럼 바라보는 눈이 있었기 때문에, 잘 알지도 못하는 남자를 쫓아와 그의 방에까지 들어가는 일 따위는 분명 추잡한 짓이었다. 그녀가 생각하기에, 사람들은 별로 마음에 들지 않는데다 경계심을 불러일으키는 이 남자의 세부적 특징을 아주 잘 아는 것 같았다. 그래서 사람들은—그런 순간이 걸리기만 한다면—그에게 모욕을 퍼붓고 심지어는 불같이 화를 낼 수도 있을 것이다. 그러나 그런 일은 일어나지 않았기에 그는 점점 더 자기 역할에서 열정적인 성장을 이뤄냈다. 이즈음 사람들은 스스로를 마치 조명이 내리쬐는 무대 위에 선 것처럼 생각했다. 사람들이 상대방 앞에 보여주는 것은 무대에서의 눈, 무대에서의 턱수염, 단추가 풀린 무대의상이었으며 방에 들어서서 경악하여 다시 정신을 차리기 전까지, 그들의 머릿속에서는 의식에서 뚜벅뚜벅 걸어나와 환상의 벽지로 그 방의 벽을 덮어씌우는 일이 진행된다. 비록 이런 표현을 똑같이 사용하지는 않았지만—원래 단지 부분적으로만 생각을 표현할 줄 알았기에—보나데아는 그것을 생생하게 그려내고자 할 때조차 스스로 똑같은 의식의 변화에 휘둘리는 것을 느꼈다. '그걸 묘사할 수 있는 사람은 아주 위대한 예술가일 거야. 아니지, 그는 포르노 작가일 거야!' 울리히를 바라보며 그녀는 생각했다. 그런 상황에서조차 그녀는 선량한 의도와 단정함을 지키려는 의지를 절대 잃지 않았다. 그런 의도와 의지들은 바깥에 서서 기다렸지만 욕망에 의해 변화된 세계에 대해서는 단 한마디도 꺼내지 않았다. 이성이 다시 돌아올 때가 보나데아에게는 가장 큰 고통이었다. 남들은 자연적인 것으로 보고 넘어갈 성적 욕구로 의한 의식의 변화가 그녀에게는 너무나 깊고 강력한 황홀경과 죄책감을 불러일으켜 다시 가족의 평화로운 품으로 돌아오면 곧바로 그녀는 걱정에 빠져들고 말았다. 그녀는 스스로 미쳤다고 생각했다. 그녀는 타락한 시선이 해를 줄까봐서 자기 아이들을 제대로 쳐다보지도 못했다. 남편이 평소보다 더 친절하게 대하면 움찔하면서도 혼자 있을 때의 자유로움은 두려워했다. 그래서 남편과 몇주 떨어져 있을 때마다 그녀에게는 울리히 외에는 연인을 두지 말자는 계획이 자라나곤 했다. 울리히는 그녀에게 머물 곳을 줄 것이며 낯선 탈선에서도 지켜줄 것이다.

'내가 어떻게 그에게서 흠을 찾아낼 수 있단 말인가,' 그녀는 다시 그와 마주앉은 지금 생각했다. '그는 나보다는 훨씬 완벽하지.' 그녀는 그와 포옹할 때 자신이 더 나은 사람이 되었다는 인정을 받았으며, 아마도 그 순간 다음 모임 때에는 그가 새로운 조직에 자신을 초대해야만 할 것이라고 생각했을 것이다.

보나데아는 조용히 충성의 맹세를 했고 이 모든 것을 깊이 생각할 때 감동의 눈물이 터져나왔다.

그러나 울리히는 힘든 결정을 해야 하는 남자가 그러하듯 천천히 위스키를 들이켰다. 당분간 그녀를 디오티마에게 소개해 주는 것은 불가능하다고 그는 말했다.

보나데아는 그것이 왜 불가능한지를 명확히 알고 싶었고, 또한 언제 그것이 가능한지도 확실히 알고 싶었다.

울리히는 저명한 예술가나 학자, 사회사업가로 이름을 날린 적이 없는 그녀를 참여시키자고 디오티마를 설득하는 데는 시간이 한참 걸릴 것이라고 설명했다.

하지만 보나데아는 그간 디오티마를 향한 기묘한 감정에 휩싸였다. 그녀는 괜한 질투에 사로잡히는 일 없이도 이 여성에 대한 좋은 말을 많이 들었다. 더욱이 자신의 애인 울리히에게 어떤 부도덕한 양보도 하지 않고 그의 관심을 사로잡은 이 여자를 보나데아는 부러워했고 찬탄했다. 그녀는 자신이 울리히에게 목격했다고 믿은 그 조각상 같은 침착함도 이 여자에게서 비롯되었다고 생각했다. 보나데아는 스스로를 '격정적'이라고 불렀고, 이것으로 자신의 불명예스러운 상태에 대한 명예로운 변명을 삼았다. 그러나 그녀는 이 냉정한 여인을 찬미했는데, 그것은 마치 불행하게도 평생 축축한 손으로 살아야 하는 사람이 아주 보송보송하고 아름다운 손을 잡은 것과도 같은 기분이었다. '바로 그녀야!' 그녀는 생각했다. '그녀가 울리히를 그렇게 변화시켰다고!' 그녀의 마음에 뚫린 딱딱한 구멍, 또한 무릎에 뚫린 달콤한 구멍, 이 두 구멍은 양쪽에서 동시에 파고들어와 그녀가 울리히와 부딪힐 때마다 정신을 혼미하게 만들었다. 그래서 그녀는 마지막 카드를 꺼내들었는데 그것은 바로 모오스브루거였다!

아주 고통스러운 성찰 끝에 그녀는 울리히가 이 무자비한 형상에 기이한 끌림을 느끼고 있음을 깨달았다. 그녀는 모오스브루거의 살인사건 직후 스스로 표현한 바 그 '거친 육욕'을 단지 구역질이 난다는 이유로 혐오했다. 바로 이점에서 그녀의 감정은—물론 스스로는 잘 모르는 일이겠지만—아주 단순하면서, 부르주아의 감상주의에 젖어듦 없이, 강간살해범에게서 단지 직업상의 위험만을 생각하는 그런 창녀와 아주 유사한 것이었다. 하지만 그녀의 피할 수 없는 과오를 포함하여 그녀가 원하는 것은 질서있고 진실한 세상이었고, 그점에서 모오스브루거는 그런 세상의 회복에 기여한다고 여겨졌다. 울리히가 모오스브루거에게 애착을 보였고, 법관이자 그녀에게 정보를 줄 수 있는 남편이 있었기 때문에, 쓸쓸함에 젖은 보나데아는 결국 그녀의 애착과 울리히의 애착을 남편의 중개로 연결할 수 있겠다는 생각을 키워갔다. 또한 이러한 간절한 상상은 정의감에 희생된 욕망을 위로해주는 힘을 간직하고 있었다. 그러나 그녀가 이 문제를 가지고 남편에게 접근했을 때, 그녀가 인간의 모든 위대하고 선한 일에 정신을 빼앗긴다는 점을 아는 남편조차 그녀의 법률적 열정에 놀라움을 감추지 못했다. 그리고 그는 법관일 뿐 아니라 사냥꾼이었기 때문에, 해로운 동물이란 별 동정 없이 해치우는 것이 옳다며 그녀를 사근사근하게 물리쳤으며 더이상 어떤 말도 해주지 않았다. 어느 정도 시간이 지나고 두번째 시도에 나섰을 때 그녀는 애낳는 일은 여자의 일이지만 살인은 남자의 일이라는 그의 생각을 들었고, 그녀 자신도 너무 과도하게 이 위험한 질문에 빠져드는 일을 원치 않았기 때문에 당분간 법으로 가는 길은 막혀버렸다. 결국 울리히를 기쁘게 하기 위해 모오스브루거에게 할 일로 그녀에게 남은 길은 은총을 구하는 일밖에 없었는데, 이 길은 디오티마에게 연결되었고, 이것은 사람들 사이에서 결코 놀랄 만한 일이 아니라 매력적인 일로 받아들여질 것이 분명했다.

마음속에서 스스로를 디오티마의 친구라고 여기면서 보나데아는 그 숭배받는 라이벌을 즉시 만나고자 하는 자신의 소망이 당연히 이뤄져야 한다고 생각했다. 물론 그녀 스스로 찾아가기에는 자존심이 허락지 않긴 했지만 말이다. 그녀는 모오스브루거를 위해 디오티마를 얻기로 마음먹었고, 이것은 그녀가 추측하기에 울리히라면 절대 하지 못할 일이었으며, 이런 상상은 아름다운 장면으로 그녀의 마음속에 그려졌다. 키가 큰 대리석 같은 디오티마가 죄 때문에 구부러진 보나데아의 따뜻한 등에 팔을 얹고, 보나데아는 자신의 임무가 그 신처럼 무감한 마음에 몇방울의 나약함을 섞은 성유를 붓는 일이었으면 좋겠다고 기대했다. 이것이 바로 그녀가 자신을 떠난 친구에게 제안한 계획이었다.

그러나 그즈음 울리히는 무슨 수를 써도 모오스브루거를 구할 수는 없다고 생각했다. 그는 보나데아의 고귀한 생각을 알았고 또한 그녀의 아름다운 충동이 얼마나 쉽게 불타올라서 온몸을 불사르는 격렬한 공포의 불꽃이 되는지도 잘 알았다. 그는 모오스브루거의 일에 조금도 말려들고 싶지 않다고 그녀에게 이야기했다.

보나데아는 병적으로 아름다운 눈으로 그를 바라보았고, 그 눈 속에서는 마치 이른 봄과 겨울의 경계처럼 물과 얼음이 떠다니고 있었다. 울리히는 아이같이 아름다웠던 그녀와의 첫 만남에서 느낀 고마움을 한번도 잊은 적이 없었다. 그날 그는 무기력하게 포장도로에 쓰러져 있었고, 보나데아는 그의 머리맡에 쪼그리고 앉아 있었으며, 불안하고 모험에 가득 찬 세계와 젊음과 감정의 불명료함이 이 젊은 여인의 눈에서부터 그의 깨어나는 의식 위로 방울방울 떨어져내렸다. 그래서 그는 그녀의 마음을 다치지 않게 거절하려고 했고 오랜 대화로 풀어보려고 했다. "이거 봐." 그는 설득에 나섰다. "당신이 밤에 커다란 공원을 지나는데 어디서 부랑자 둘이 당신을 에워싼다고 생각해 봐. 그 상황에서 그들 역시 동정을 받을 만하며 그들이 거칠어진 데는 사회의 책임이 크다는 생각이 들겠어?"

"그렇지만 난 밤에 공원을 나다니진 않아." 보나데아는 곧장 대꾸했다.

"하지만 만약 경찰이 온다면 그 두 사람을 신고하지 않겠어?"

"경찰에게 보호해달라고는 하겠지."

"그게 체포해달라는 말 아닐까?"

"그가 체포하든 말든 그런 건 모르겠어. 하무튼 모오스브루거가 부랑자는 아니야."

"그렇다면 그가 당신 집에서 목수로 있다고 생각해봐. 집에 당신과 그밖에 없는데 그가 이리저리 눈을 굴리기 시작하는 거야."

보나데아는 강력히 저항했다. "나한테 그런 걸 상상하라니 정말 역겹군."

"그래. 맞아" 울리히는 말했다. "그렇지만 나는 그렇게 쉽게 자제력을 잃는 사람들이 실제로 얼마나 불쾌한지를 말해주고 싶었어. 그들에게 공정하다는 느낌이 드는 순간이란 남에게 얻어터지는 순간뿐이지. 그럴 땐 물론 사회질서나 운명의 희생자인 그들에게 깊은 동정심을 느끼지 않을 수 없지. 당신은 어떤 사람의 잘못도 드러난 그대로 비난받을 수 없다는 것을 인정해야 해. 막상 그 잘못을 저지른 사람의 시각에서 볼 때 그 잘못은 아무리 나쁜 경우라도 보통의 선량한 사람들이 갖는 실수나 나쁜 성격 정도로밖에 보이지 않거든. 결국 그는 완전히 옳은 것이지!"

보나데아는 스타킹을 올렸고 그 때문에 고개를 젖히고 울리히를 바라보아야만 했으며 그녀의 부주의함을 틈타 주름장식의 풍부한 대조, 부드러운 스타킹, 긴장된 손가락, 진주처럼 윤나는 부드러운 피부 등이 그녀 무릎 주위에 드러났다.

서둘러 담뱃불을 붙인 울리히가 말을 이었다. "사람은 선하지 않긴 하지만 또 언제나 선하기도 하지. 정말 엄청난 차이가 있지 않아? 이런 자기애의 현학은 좀 우습긴 하지만 여기서 우리는 인간이 정말 나쁜 일을 할 수 없다고 결론내려야 해. 인간은 나쁜 것에 영향을 받을 수 있을 뿐이야. 이런 통찰이야말로 사회적 도덕을 세우기 위한 옳은 출발점이 될 거야."

보나데아는 한숨을 내쉬며 치마를 잡아당겨 골고루 펴고 한 줌의 창백한 황금빛 불에서 안정을 찾으려고 했다.

"내가 설명할게," 울리히가 웃으면서 덧붙였다. "모오스브루거에 대해 온갖 종류의 감정을 느끼면서도 아무것도 할 수 없는 이유는 뭘까? 근본적으로 이 경우는 풀어진 실의 끝과 같아. 누군가 그걸 잡아당기면, 사회 전체의 솔기가 뜯겨나가기 시작하는 것이지. 나는 이 사건을 처음부터 완전히 이성적인 문제로 그려낼 수 있어."

보나데아는 어찌된 영문인지 신 한짝을 잃어버렸다. 울리히가 몸을 숙이자 따뜻한 발가락들이 마치 작은 아이처럼 그의 손에 들린 신을 찾아 다가왔다. "그냥 둬, 그냥. 내가 할게." 그에게 발을 내밀며 보나데아는 말했다.

"그건 우선 법-심리적 문제야." 좀 줄어든 책임감의 향기가 그녀의 다리에서 그의 코로 훅 끼쳐오는데도 울리히는 주저없이 계속 말했다. "우리가 돈만 충분히 있다면 그런 범죄의 대부분은 이미 의학적으로 예방할 수 있다는 사실을 다 알지. 그러니까 오늘날 그건 그냥 사회적인 문제일 뿐이야."

"이제 알았으니 그만해!" 그가 '사회적'이라는 말을 두번이나 했기 때문에 보나데아는 간청했다. "또 그 이야기를 하면 난 집에 가겠어. 정말 죽을 만큼이나 지겨워."

"그래, 좋아." 울리히는 동의했다. "난 그냥 우리의 기술이 이미 시체나 하수, 폐기물, 독 같은 것에서 유용한 물질을 뽑아낼 수 있다는 것을 말하고 싶었어. 정신의 기술도 마찬가지지. 하지만 세계는 이 문제를 해결하는 데 뜸을 들이고 있어. 정부는 모든 어리석음을 몰아내는 데는 돈을 쓰면서 중요한 도덕적 문제를 해결하는 데는 한푼도 쓰지 않거든. 어쩌면 그건 당연한 것인데, 정부란 가장 멍청하고 가장 악독한 개인들의 집단이기 때문이지."

그는 확신에 차서 말했지만 보나데아는 문제의 핵심으로 돌아가야 한다고 생각했다. "울리히," 그녀는 애타게 말했다. "모오스브루거를 위해서는 그의 무고함이 밝혀지는 게 가장 좋지 않을까?"

"아마도 죄 있는 여러 사람을 처형하는 게 무고한 한 사람을 사형에서 구하는 것보다 중요할걸!" 그는 그녀의 말에 반격을 가했다.

이제 그는 그녀 앞에서 서성거렸다. 보나데아는 혁명적으로 활활 타오르는 그의 모습을 보았다. 그녀는 그의 손을 잡고는 가슴으로 끌어당겼다.

"좋아," 그는 "이제부터는 감정의 문제를 말해주지."

그녀는 그의 손가락을 풀어 그녀의 가슴을 덮게 했다. 그 눈빛은 돌의 심장이라도 녹일 수 있을 것 같았다. 그 순간 울리히는 시계들이 종을 울려대는 시계방에 온 것 같은 혼란에 빠져 마치 가슴속에 심장이 두개가 있는 것처럼 느껴졌다. 그의 의지를 최대한 동원하여 마음을 진정시키고 부드럽게 말했다. "안돼, 보나데아."

거의 눈물이 쏟아질 것 같은 그녀에게 울리히가 말했다. "내가 우연히 이 사건을 말해주었다고 해서 네가 이렇게까지 흥분하는 건 좀 이상한 일 아닌가? 그렇게 매일 수없이 일어나는 부당한 일들에 대해서 너는 잘 알지도 못하잖아."

"그게 무슨 상관이란 말이야." 보나데아는 강력하게 저항했다. "나도 그 사실을 안다고. 그런 이상 가만히 있으면 나는 나쁜 사람이 될 거야."

울리히는 사람은 고요하게 머물러야 한다고 말했다. 그것도 열정적으로 고요하게,라고 그는 덧붙였다. 그는 자리를 떠나 보나데아와 거리를 두고 앉았다. "요즘 모든 일은 '그 사이에' '그러다보니' 일어나지." 그는 말을 꺼냈다. "어쩔 수 없어.

우리는 이성의 양심에 이끌려서 끔찍한 비양심으로 나아가고 있으니까." 그는 위스키 한잔을 더 따르더니 다리를 낮은 안락의자 위에 얹었다. 피곤해지기 시작한 것이다. "누구나 원래부터 총체적인 삶을 고민하는 법이지." 그가 말했다. "그러나 그가 그것을 더 정확히 고민하면 할수록 그 범위는 점점 좁아지거든. 어떤 경지에 도달하면 그는 두 다스 정도의 사람을 빼고는 어떤 특정한 사방 1밀리미터를 세계에서 가장 잘 아는 사람이 되겠지. 누군가 그의 일에 대해 안다고 끼어든다면 바보가 될 거야. 하지만 그 자리에서 1밀리미터만 벗어나면 헛소리를 할 게 분명하니까 그 역시 함부로 자리를 뜨지는 못하지." 그의 피곤은 이제 그 앞에 놓인 투명한 금색 위스키처럼 변했다. '나 역시 30분 동안 헛소리를 늘어놓고 있구나.' 그는 생각했다. 그러나 이 과소평가된 상황이 그에겐 편안했다. 그는 보나데아가 다가와 옆에 앉는 것이 가장 두려웠다. 그걸 막으려면 한가지 방법밖에 없었다. 계속 떠들어대는 것이다. 그는 손으로 머리를 받치고 마치 메디치 성당 묘지의 조각상처럼 몸을 쭉 폈다. 갑자기 그는 이런 자세를 떠올렸고 거기에서 고요 속을 떠다니면서 자신의 육체를 통과하는 웅장함을 느꼈으며, 원래보다 훨씬 강력해진 자신을 감지했다. 처음에 그는 멀리서도 이 예술작품을 이해했다고 믿었는데, 사실은 마치 낯선 물체를 바라보듯이 전에 슬쩍 본 적이 있을 뿐이었다. 그는 말하는 대신, 침묵을 지켰다. 보나데아 역시 뭔가를 감지했다. 그건 사람들이 말하듯, 뭐라 말할 수 없는 하나의 순간이었다. 어떤 극적인 장엄함이 그 둘 사이를 묶어 갑작스러운 침묵이 된 것이다.

'내게 남은 건 무엇이지?' 울리히는 씁쓸하게 생각했다. '아마도 용기있고 자신을 상품처럼 여기지 않는 사람은 자기의 내적 자유를 위해 단지 몇가지의 외적인 규칙만 인정할 거야. 하지만 이런 내적 자유는 그가 모든 것을 생각할 수 있어야 한다는 것을 의미하지. 문제는 그가 모든 상황에서 왜 그런 상황에 얽매일 필요가 없는지는 알지만, 과연 무엇에 얽매이고 싶어하는지는 모른다는 거야.' 그를 사로잡던 아주 독특하고 작은 감정의 물결이 다시 사그라지는 그 불행한 순간에 울리히는 자신이 사물의 두가지 측면을—즉 거의 모든 동시대인들을 특징지으면서 그 시대의 상황 또는 운명을 그려내는 도덕적 이중성을—찾아낼 능력밖에 없음을 받아들일 것이다. 세상과 그의 관계는 창백하고 그늘지며 부정적이 돼버렸다. 무슨 권리로 그는 보나데아를 함부로 대하는 것일까? 거의 매번 똑같이 성난 대화가 그들 사이에서 끊임없이 반복되었다. 그것은 하나의 공격이 두배로 되돌아오는, 그칠 줄 모르는 공허한 마음의 소리에서 울려나오는 것이었다. 그녀에게 이런 방식으로밖에 말할 수 없다는 사실이 그를 괴롭혔다. 그들이 함께 겪는 이 특별한 고뇌에 울리히는 재치있으면서도 매력적인 이름이 떠올랐는데, 그것은 바로 '공허의 바로크'였다. 그는 뭔가 상냥한 이야기를 해주려고 자리에서 일어섰다. "갑자기 생각이 떠올랐어."

그는 여전히 근엄한 자태로 자리에 앉은 그녀를 향해 말했다. "이건 좀 웃기는 거야. 그 둘 사이엔 큰 차이가 있지. 자기 행동을 책임질 수 있는 사람은 언제나 책임질 수 없는 짓을 할 수 있어. 반면 책임지지 못하는 사람은 절대 그럴 수 없지."

보나데아는 뭔가 아주 의미심장하게 대꾸했다. "오, 울리히!" 그녀가 말했다. 그것이 유일한 반응이었고 침묵이 다시 이어졌다.

그녀가 있을 때 울리히가 일반적인 일들에 관해 말하는 것을 그녀는 달가워하지 않았다. 많은 과실에도 불구하고 그녀는 자신을 정당하게 받아들였고 비슷한 사람들 속에 섞여 살았으며 그가 그녀를 마음이 아니라 생각으로 대하는 그 비사교적이고 과장되며 황량한 방식을 육감으로 꿰뚫어보고 있었다. 아무튼 범죄와 사랑, 그리고 슬픔이 그녀 안에서 하나의 상념으로 묶여 있었는데 그것은 아주 위험한 것이었다. 울리히는 처음 만났을 때처럼 그녀에게 겁을 주거나 완벽주의자처럼 굴지는 않았다. 그러나 그 대신 그녀의 이상주의를 자극하는 소년의 특징을 가지게 되었는데, 그 소년은 마치 엄마 품에 뛰어들기 위해서 뭔가 장애물을 발견하고 머뭇거리는 아이 같았다. 그녀는 그에게서 이미 오랫동안 뭔가 느긋하게 풀어진, 어떤 끈으로도 묶어둘 수 없는 애정을 느꼈다. 그러나 울리히가 그녀의 첫번째 힌트를 받아들이지 않자 그녀는 감정을 다시 자제하려고 무척 애를 썼다. 저번 방문 때 옷을 벗은 채 무력하게 그의 소파에 누워 있었던 기억이 아직까지도 마음을 괴롭혔고 그래서 그녀는 라이벌 디오티마처럼 자신을 통제할 수 있다는 것을 보여주기 위해서라도 해야만 한다면 끝까지 모자와 베일을 벗지 않고 의자에 앉아 있어야겠다고 결심했다. 보나데아는 연인을 통해 빠져들게 된 거대한 자극인 그 위대한 이상이라는 것을 늘 그리워했다. 불행하게도, 그것은 삶 자체, 그것도 아주 많은 흥분과 적은 지각만을 가진 삶을 뜻하는 것이었지만, 보나데아는 그것을 알지 못했고 그런 위대한 이상을 표현해보려고 애를 썼다. 울리히의 이상에는 그녀에게 필요한 품위가 모자랐고, 아마도 그녀는 뭔가 더 아름다운 것, 더 느낌으로 가득 찬 것을 찾는 듯했다. 그러나 이상적인 주저함과 천박한 끌림, 끌려도 먼저 끌린다는 끔찍한 분노, 이 모든 것이 침묵을 자극하는 요인이 되었고, 거기서 억압된 행동들이 씰룩이는 경련을 일으켰으며, 잠시 동안 그녀를 연인과 묶어주었던 그 위대한 평화의 기억과 뒤섞이기도 했다. 결국 그 상태는 마치 비가 공기에 걸려 내리지 못하는 것과 같았다. 어떤 혼미함이 그녀의 피부 전체를 덮었고 미처 알지 못하는 사이에 자제력을 잃을지도 모른다는 생각에 그녀는 공포에 사로잡혔다.

그때 갑자기 육체적인 환상이 튀어나왔는데, 그것은 바로 벼룩이었다. 보나데아는 그것이 현실인지 환영인지 분간할 수 없었다. 그녀는 머리에서 전율을 느꼈고 어떤 생각이 다른 모든 것들의 어렴풋한 묶음에서 풀려나오는 듯한 미심쩍은 인상을 받았지만, 그것은 여전히 환상일 뿐이었다. 그러고는 어떤 확실한, 아주 사실적인 전율이 피부를 훑고 지나갔다. 그녀는 숨을 멈췄다. 뭔가 계단을 타고 뚜벅뚜벅 다가오는 소리를 들었지만 거기에는 아무도 없었고 그냥 뚜벅뚜벅 하는 소리뿐이었다. 잃어버린 신발이 머뭇거리며 움직이는 것이라는 생각이 보나데아의 머릿속을 섬광처럼 스쳤다. 그것은 그녀를 위한 절망적인 탈출수단을 의미했다. 그러나 그녀가 환영을 쫓아내려는 순간 찌르는 듯한 아픔을 느꼈다. 그녀는 뺨을 붉히고 낮게 소리지르며 울리히에게 도움을 청했다. 벼룩은 연인이 좋아하는 바로 그곳을 좋아한다. 그녀의 스타킹이 신발까지 내려갔고 블라우스 앞쪽 버튼이 풀렸다. 보나데아는 벼룩이 기차나 울리히에게서 옮긴 것이라고 말했다. 하지만 벼룩은 발견되지 않았고, 아무런 흔적도 남기지 않았다.

"그게 뭐였는지 모르겠어!" 보나데아가 말했다.

울리히는 뜻밖에 친절한 미소를 지었다.

그러자 보나데아는 마치 잘못을 저지른 여자아이처럼 눈물을 쏟아내기 시작했다.

64.
슈툼 장군이 디오티마를 방문하다

슈툼 폰 보르트베어 장군이 디오티마를 예방했다. 그는 국방부가 그 위대한 회의의 개회식에 파견한 장교로 그곳에서 인상적인 연설을 한 바 있었으나, 위대한 평화 캠페인을 위한 위원회가 각 행정부서의 모범에 따라 설립될 때 국방부가 제외되는 것을—아주 명백한 이유로—막을 수는 없었다. 그는 작달만한 키에 구레나룻 대신 작은 콧수염을 단 그리 위풍당당하지 못한 장군이었다. 그의 얼굴은 둥글었고 왠지 군장교를 위해 지급되는 결혼보조금 외에는 별로 돈이 없을 것 같은 가문 출신으로 보였다. 그는 의회에서 군인에겐 그저 보잘것없는 역할이 기대될 뿐이라고 디오티마에게 말했다. 게다가 정치적인 고려에서 국방부가 위원회에 포함될 수 없다는 점은 명백한 것이었다. 그럼에도 그는 행동은 외부로 영향을 미쳐야 하며 외부로 나가는 힘은 민중의 힘이라고 과감하게 주장했다. 그는 유명한 철학자 트라이치케의 말을 반복했다. '국가란 민족간의 투쟁에서 스스로 살아남는 힘이다.' 평화시에 개진한 무력은 전쟁을 방지하거나 적어도 전쟁이 벌어졌을 때의 잔인함을 줄일 수 있다. 그는 고등학교 시절 즐겨 암송하던 고전들을 인용해가며 이런 식으로 15분이나 더 이야기를 했으며 그렇게 공부하던 때가 그의 인생에서 가장 아름다운 시절이었다고 설명했다. 그러면서 그는 자신이 디오티마를 경배하고 있으며 그녀가 위대한 회의를 주재하는 방식에 매료됐다는 인상을 주려 애썼는데 그것은 오로지 다른 큰 나라에 비해 뒤떨어진 군사력을 확장하는 것이야말로 평화의 의지를 가장 인상깊게 각인시키는 일임을 다시 한번 언급하고 싶어서였다. 그리고 그는 군대의 문제에 광범위하고 자발적인 민중의 관심이 기울여지길 진심으로 바란다고 덧붙였다.

이 쾌활한 장군은 디오티마를 엄청난 공포로 몰아넣었다. 당시 카카니엔에선 군 장교와 결혼한 딸이 있는 집안이 군과 왕래가 있던 반면, 그만한 결혼지참금이 없거나 결혼의사가 없어서 장교 사위를 두지 못한 집안은 군과 왕래가 거의 없었다. 디오티마의 집안은 두번째 이유에서 교류가 없었는데 그 결과 지적이며 아름다운 이 여인에게 군대란 요란하게 치장된 죽음 같은 이미지로 평생을 남아 있었다. 그녀는 세상에 엄청나게 많은 위대함과 선이 있기 때문에 선택이 쉽지 않다고 대답했다. 세상의 물욕이 들끓는 가운데 위대한 신호를 보낼 수 있는 것은 매우 훌륭한 일이지만 또한 어려운 임무이기도 하다. 결국 집회는 민중 자신 가운데 스스로 일어나는 것이며 그 때문에 그녀는 자신의 바람을 약간은 억눌러야 한다고 말하기도 했다. 그녀는 마치 검고 노란 실로 국장(國章)을 꿰매듯이 신중하게 대답했고 고귀한 관료의 입술로 부드러운 말의 향을 태웠다.

하지만 장군이 돌아가자 그 지고한 부인의 내면은 맥없이 허물어졌다. 그녀에게 미움과 같은 저속한 감정이 있었다면 아마 눈알을 굴리며 배에 노란 단추를 찬 땅딸한 남자에게 저주를 퍼부었을 텐데, 그럴 수가 없었기 때문에 그녀는 어렴풋이 모욕을 받았다는 느낌이 있으면서도 그 이유를 말할 수 없었다. 추운 겨울인데도 그녀는 창문을 열고 방안을 여러 차례 급히 왔다갔다했다. 창문을 다시 닫았을 때 그녀의 눈에는 눈물이 흐르고 있었다. 그녀는 몹시 놀랐다. 이렇게 이유없이 우는 게 벌써 두번째였다. 그녀는 남편과 침대에 누워 있다가 달리 설명할 도리 없이 눈물을 쏟았던 그 밤을 기억했다. 이번에는 어떤 근거도 없는 그저 심리적인 사태라고 보는 게 더 타당했다. 뚱뚱한 장군은 마치 양파가 그러하듯 별 이유도 없이 눈물을 빼놓고 가버린 것이다. 그녀에겐 걱정할 만한 타당한 이유가 있었다. 불길한 두려움이 그녀에게 말했다. 어떤 보이지 않는 늑대가 그녀의 울타리 주위를 어슬렁거리고 있으며 이제 이상(理想)의 힘으로 그 늑대를 쫓아낼 때가 되었다고. 이렇듯 디오티마는 장군의 방문 후 그녀를 도와 애국운동에 내용을 채워줄 위대한 지식인들을 빠른 시간 내에 모으기로 결심했다.

65.
아른하임과 디오티마의 대화에서

아른하임이 여행에서 돌아와 그녀의 영향권으로 들어온 덕분에 디오티마는 마음이 아주 가벼워졌다. "며칠 전 당신 사촌과 슈툼 장군에 대해 대화를 나눴어요." 그는 마치 별로 중요하게 여기고 싶지 않은 미심쩍은 것을 언급하는 듯한 태도로 지체없이 대답했다. 디오티마는 위대한 행동의 사상에는 시큰둥하던 그 모순덩어리 사촌이 장군의 말에서 풍기는 모호한 위협에는 호의적임을 감지해냈다. 아른하임이 말을 이었다.

"당신 사촌이 있는 데서 조롱하고 싶진 않았어요," 그는 새로운 주제로 말을 돌렸다. "하지만 당신에게 한참 동떨어져 있는 문제이자 당신이 거의 알 수 없는 주제를 한번 말씀드려야겠다는 생각이 들었습니다. 그건 바로 사업과 시와의 관계입니다. 물론 여기서 사업은 가장 큰 의미에서 세계사업이지요. 제가 태어날 때부터 수행할 운명이었던 그 세계사업 말입니다. 그 사업이 시와 연관이 있어요. 그것은 비이성적이고 심지어는 신비한 요소를 가지고 있죠. 정말 사업이야말로 그런 요소를 가지고 있다고까지 말하고 싶군요. 당신도 알다시피 돈은 정말 엄청나게 비정한 권력이거든요."

"사람들이 인생을 거는 모든 것들에는 아마도 어떤 비열함이 묻어 있겠지요." 아직 대화의 끝나지 않은 첫 부분에 마음을 두고 있던 디오티마는 주저하며 말했다.

"특히 돈이 그렇습니다." 아른하임이 빠르게 말했다. "어리석은 사람들은 돈을 큰 기쁨인 것처럼 생각하죠. 사실 끔찍한 책임감인데 말이에요. 나를 의지하면서 나한테 운명을 맡긴 수많은 인생들에 관해서 말하고 싶진 않아요. 그냥 라인란트의 중소도시에서 쓰레기재생업을 하셨던 내 할아버지 얘기만 하기로 하죠."

이 말을 듣는 순간 디오티마는 경제적 제국주의가 떠올라 갑작스런 전율을 느꼈지만 사실은 혼동에 불과했다. 그건 그녀 자신의 사회영역에서 비롯된 편견을 벗어나지 못했기 때문인데, 그녀가 살던 지역 방언에서 쓰레기재생이란 말은 이른바 거름수거꾼이란 말로 통용되었고 그 때문에 친구의 용기있는 고백은 그녀의 얼굴을 붉게 만들었다.

"이 쓰레기재생을 통해," 그는 고백을 계속했다. "할아버지는 아른하임 가문의 영향력을 위한 초석을 놓았습니다. 하지만 아버지 역시 자수성가한 사람이에요. 40대에 이미 회사를 세계적 규모로 키워놓으셨으니까요. 공업학교에서 2년 배운 게 전부인 아버지였지만 그 복잡한 세계시장을 한번에 꿰뚫어보셨고 그 누구보다도 먼저 무엇을 해야 할지를 깨달으셨죠. 나는 경제학과 모든 분야의 학문을 공부했지만 아버지는 그런 학문을 한번도 접해보지 못했지요. 그럼에도 그가 사업을 이뤄내고, 어떤 작은 부분도 놓치지 않았다는 것은 거의 불가사의예요. 그것이 바로 에너지가 넘치고 단순하며 위대하고 건강한 삶이 가진 비밀이지요!"

아버지에 관해 말할 때 아른하임의 목소리는 그 특유의 훈계조의 차분함이 갑자기 어떤 상승기류를 만난 듯 각별하면서도 경외감에 차 있었다. 그것은 디오티마에게 큰 충격을 주었는데, 울리히가 한번은 아른하임의 할아버지는 단신에다가 어깨가 넓은 남자로 광대뼈가 나오고 단추 같은 코를 가진, 언제나 넓게 펼쳐진 연미복을 입고 마치 체스 선수가 줄을 움직이듯이 끈질긴 신중함으로 투자를 이어나가는 사람일 거라고 말해줬기 때문이다. 짧은 침묵 뒤에 그녀의 대답을 기다리지도 않고 아른하임은 말을 이었다. "사업이 거의 유례를 찾아보기 힘든 경지까지 확장되면, 그것에 포함되지 못할 삶은 없지요. 그건 작은 우주니까요. 내가 종종 경영감독과 상의해야 하는 문제들이 얼마나 비상업적인 문제들인지—가령 예술이나 도덕, 정치와 같은—안다면 당신은 깜짝 놀랄 겁니다. 그러나 거의 영웅의 시대라고 부르고 싶은 초창기와는 달리 이제 회사도 폭풍처럼 성장하지는 못해요. 다른 생명체들이 그러하듯, 아무리 번성하더라도 사업에는 어떤 비밀스런 성장의 한계가 존재하죠. 언젠가 왜 육상동물이 코끼리 이상으로 자라지 못하느냐고 질문한 적이 있지 않나요? 그와 똑같은 신비가 예술의 역사 속에, 그리고 민중과 문화와 시대적 삶의 기묘한 관계들에 녹아 있음을 당신은 발견할 거예요."

디오티마는 그제서야 자신이 쓰레기재생사업을 꺼려했던 것을 부끄러워했고, 혼란을 느꼈다.

"삶은 신비로 가득 차 있죠. 모든 이성을 꼼짝 못하게 할 어떤 것은 항상 있게 마련입니다. 우리 아버지는 그런 신비와 가까운 분이었죠. 그런데 당신 사촌 같은 사람은," 아른하임이 말했다. "아무 경험도 없으면서 어떻게 하면 일이 좀더 색다르고 훌륭하게 진행될지로 머릿속이 꽉 찬 행동가예요."

울리히의 이름이 두번째 언급되자 디오티마는 사촌이 자신에게 영향력을 행사할 어떤 권리도 없다며 웃으면서 말했다. 매끈하고 누르스름한, 배처럼 빛이 나는 아른하임의 피부가 뺨 쪽에서부터 붉어졌다. 그는 디오티마가 오래전부터 충동하던 그 내면의 놀라운 욕구에 무릎을 꿇고 말았으며 방어벽마저 치워버리고 아주 세세한 것까지 털어놓았다. 이제 그는 다시 자신을 걸어잠그고 테이블에서 책 한권을 집어들더니 아무 생각 없이 제목을 읽다가는 갑자기 다시 내려놓고 평상시 목소리로 말했다. 그 순간 그 목소리는 디오티마의 마음을 뒤흔들어놓았는데, 그것은 마치 벌거벗은 몸을 보여줬던 남자가 다시 옷을 챙겨입는 것처럼 보였다. "제가 주제를 벗어났군요. 그 장군에 관해 제가 하고 싶은 말은, 당신이 하루 빨리 계획을 실현하고 인문주의자들과 그들과 친한 유력인사들의 도움으로 우리 운동의 단계를 높이는 것이 가장 좋은 해결책이라는 점입니다.

하지만 원칙적으로 장군을 완전히 배제할 필요는 없어요. 개인적으로는 그도 좋은 뜻을 가진 사람이고 당신도 알다시피 한 사람의 영혼을 단순한 권력의 영역에 포함시킬 그 어떤 기회도 날려버리지 않는다는 게 나의 원칙이니까요."

그의 손을 잡고 작별인사를 나누면서 디오티마는 그날의 대화를 총정리했다. "제게 솔직하게 말해줘서 고마워요."

아른하임은 우유부단하게 그 부드러운 손을 잠시 자신의 손에 올려놓더니 마치 뭔가 할말을 잃어버렸다는 듯 멍하니 그 손을 바라보았다.

66.
울리히와 아른하임 사이에서 몇가지 문제가 생기다

디오티마의 사촌은 백작 각하와 가깝게 일하면서 겪은 일을 종종 디오티마에게 이야기하는 것에 기쁨을 느꼈으며 라인스도르프 백작에게 밀려드는 제안 서류철을 보여주는 것에 큰 의미를 부여했다.

"사촌," 그는 두꺼운 서류철을 손에 들고 말했다. "나 혼자는 더이상 안되겠어요. 우리가 좀더 나아지기를 전세계가 바라는 것 같군요. 그들 중 반은 '이제 그건 그만하시고…'로 시작하며 나머지 반은 '이제부터는 이걸 하셔야…'로 시작합니다. 여기에는 '로마는 그만'에서 '이제는 채식문화'까지 온갖 요청이 담겨 있어요. 당신이라면 뭘 선택하시겠어요?"

라인스도르프에게 도착한 세상의 요구를 정리하기란 쉽지 않지만, 전체적으로 두가지 의견이 우세했다. 하나는 시대의 문제를 하나의 특정한 원인으로 돌리면서 그것의 폐지를 주장하는 것이었다. 그 특정한 원인이란 유대인이나 로마 교회, 사회주의, 자본주의, 기계적인 사유 또는 기술의 가능성 무시, 인종간 출산 또는 인종간 차별, 거대거주지 또는 거대도시, 과잉 지식화 또는 부족한 교육 등이다. 그에 반해 두번째 그룹은 도달되기만 하면 모든 것을 충족시킬 눈앞의 목표를 제시했다. 이 두번째 그룹이 내놓은 바람직한 목표들이 첫번째 그룹이 말한 절망적인 특징들과 다른 점이라고는 표현에 있어서 약간의 차이밖에 없었는데, 왜냐하면 세계 자체가 원래 비판적이거나 긍정적인 본성으로 이루어져 있기 때문이다. 그리하여 두번째 그룹의 편지에서 발견되는 다소 즐거운 부정적 의견에 따르면 인생은 삼류작가가 아니라 위대한 시인과 같기 때문에 예술의 우스꽝스러운 경향을 이젠 없애야 할 때가 왔다고 한다. 그래서 이 편지들은 법정의 문서들과 여행서들이 공히 일반에게 공개되어야 한다고 주장한다. 반면 같은 주제를 다룬 첫번째 그룹의 편지들은 즐거운 긍정에 가득 차서는 정상을 정복하는 등산의 쾌감은 예술, 철학, 종교의 모든 정신적 행복을 능가하므로 이런 것들 대신 등산 동호회를 장려해야 한다고 주장한다.

그런 이중적인 경향 속에서 대중은 마치 최고의 에세이 작품을 가리는 대회에서처럼 시대의 템포를 늦춰줄 것을 요구했다. 그 이유는 삶은 엄청나게, 그리고 아주 아름답게 짧은 것이고 인류가 정원주택, 여성해방, 춤, 스포츠를 통해서(또는 벗어나서) 자유를 얻을 필요가 있기 때문이었다. 그리고 그 밖에 수많은 벗어나야 할 것과 구해야 할 것이 있었다.

울리히는 서류철을 덮고 은밀한 얘기를 꺼냈다. "존경하는 사촌," 그는 말했다. "사람들 중 절반은 과거에서 구원을 찾고 나머지 반은 미래에서 찾는다는 것은 놀라운 일이에요. 나로서는 어떤 결과가 나올지 모르겠어요. 백작 각하는 현재에는 구원이 없다고 하셨죠."

"각하가 뭔가 종교적인 생각을 하는 것일까요?" 디오티마가 물었다.

"그는 단지 역사 속에서 인류가 자발적으로 후퇴한 적이 없다는 사실을 고심 끝에 알아낸 것 같아요. 난감한 것은 앞으로 전진할 만한 뭔가 유용한 것도 없다는 사실이죠. 이렇게 말씀드려도 된다면 현재를 견뎌낼 수 없으면서 앞으로도, 뒤로도 가지 못하는 아주 특수한 상황이라고 하겠습니다." 울리히가 이렇게 말할 때 디오티마는 마치 여행안내서에 별 세개짜리로 등록된 탑 안에 들어간 듯 자신의 큰 몸 안에 방어벽을 쳤다.

울리히는 물었다. "경애하는 부인, 당신은 어떤 일을 위해, 또는 그 일에 반대해 투쟁하던 사람이 그 다음날 기적으로 세계의 전지전능한 지배자가 된다면 그가 일생동안 추구해온 일을 바로 그날 처리할 것이라고 믿나요? 제 생각에 그는 분명히 며칠 연기할 거예요."

울리히가 잠시 멈칫거리는 사이 디오티마는 아무 대답도 없이 갑자기 그에게 돌아서서는 매섭게 물었다. "무슨 이유로 당신은 장군을 운동에 동참시키려 했나요?"

"어떤 장군을 말씀하시는지?"

"슈툼 장군 말이에요."

"첫번째 회의에 나왔다는 그 작고 뚱뚱한 장군을? 제가요? 저는 이제까지 그를 본 적조차 없는데 뭘 하라고 했다니요?"

울리히의 놀라움이 하도 커서 그녀로선 뭔가 해명이 필요했다. 아른하임 같은 남자가 없는 말을 지어냈을 리는 없기 때문에 뭔가 오해가 개입된 것 같았고 디오티마는 왜 그런 짐작을 하게 됐는지를 설명했다.

"그러니까 내가 아른하임과 슈툼 장군에 관해 그런 이야기를 했다는 것이군요. 그런 적은 없습니다!" 울리히는 부인했다. "내가 아른하임과 이야기를… 잠시만요…." 그는 곰곰이 생각하더니 웃음을 터뜨리고 말았다. "아른하임이 그렇게 내 모든 말에 의미를 두다니 이거 으쓱해지는걸요. 최근 그와는 수차례 대화를 나눴고—당신이 보기엔 의견대립일 수도 있겠군요—언젠가 장군에 대해 말한 적도 있긴 하지만 그건 별게 아니라 그저 예를 들다가 우연히 나온 말이었어요. 나는 전략적인 이유에서 죽음이 뻔히 내다보이는 사지로 자기 부대를 몰아넣는 장군은 살인자라고 주장했죠. 그들은 수많은 어머니의 아들들이니까요. 그러나 그는 가령 희생의 필요성이나 짧은 생애의 무상함과 연결시켜본다면 다른 시각도 가능하다고 말했죠. 저는 수많은 다른 사례들을 인용했어요. 잠깐 주제에서 벗어나더라도 이해해주세요. 아주 자명한 이유로 모든 세대는 겉으로 드러난 인생을 확고하게 주어진 것으로 받아들이죠. 그래서 단지 몇가지 변화만이 주목받곤 합니다. 그건 편리하긴 하지만 잘못된 일이에요. 세계는 어느 순간에나 어떤 방향으로도 변할 수 있으며, 적어도 어떤 선택을 하든 무방하지요. 그건 세계의 본성에 속하는 거예요. 저는 그래서 발전이라고 일컬어지는 버튼 몇개만 누르면 그만인 규정된 세계에서 규정된 인간으로 사는 게 아니라 변화를 위해 창조된 세계에서 변화를 위해 태어난 사람처럼, 그러니까 마치 구름 속의 물방울처럼 사는 게 독창적인 삶이라고 말하고 싶어요. 제가 모호한 말을 한다고 화가 난 것은 아니죠?"

"화가 나진 않았어요. 하지만 잘 이해할 수는 없군요." 디오티마는 간청했다. "제발 그와 나눈 대화를 모두 말해줘요!"

"글쎄요, 그건 아른하임이 먼저 시작했어요. 그는 나를 세워놓고는 딱딱하게 대화를 유도했지요." 울리히가 말을 이었다. "'우리 사업가들은,' 그는 장난기 많은 웃음을 지으며 이렇게 말을 시작하더군요. 그건 그가 평소 보이던 조용한 행동과는

특성 없는 남자 165

뭔가 어울리지 않았지만 여전히 매우 고상했어요. '우리 사업가들은 당신이 생각하듯 그렇게 계산적이지 않아요. 오히려 우리는—물론 여기서는 지도자급 인사들을 말하는 겁니다. 조무래기들은 노상 계산에만 빠져 있죠—정말 성공적인 아이디어를 떠올릴 때 계산 같은 것은 무시하죠. 그건 마치 한 정치가의 성공이 알고 보면 예술가의 성공과 비슷한 것과 같아요.' 그러면서 그는 다음 말이 좀 비이성적으로 들리더라도 이해해주길 바란다고 말하더군요. 그는 저를 처음 본 순간부터 확고한 생각을 품었다고 하더군요. 그리고 당신도 그에게 나에 대한 많은 것을 이야기했던 거 같고요. 하지만 그는 아무 이야기도 들을 필요가 없다고 확신했대요. 그는 내가 추상적이고 아무리 그쪽에 재능이 있다 하더라도 추상적이고 개념적인 직업을 선택한 것은 실수라고 하더군요. 그러면서 자기가 보기엔 저는 근본적으로 과학자이며, 깜짝 놀라겠지만 타인의 행동에 영향을 주는 쪽에 재능이 있다고 했습니다."

"그래요?" 디오티마가 말했다.

"당신이 놀랄 만해요." 울리히가 서둘러 말했다. "정말 내 자신만큼 엉망인 것은 없을 거예요."

"당신은 삶에 헌신하기보다는 그냥 즐기는 쪽이죠." 디오티마는 여전히 그 서류철 때문에 화가 난 채 말했다.

"아른하임은 정반대라고 주장하더군요. 제가 생각하는 바를 강하게 삶의 결단으로 이끄는 경향이 있다고 말이에요."

"당신은 언제나 냉소적이고 부정적이에요. 또한 불가능한 것에 뛰어들고 모든 현실적 결정을 피하죠." 디오티마가 말했다.

"이건 순전히 제 생각입니다만," 울리히가 대답했다. "생각이란 것은 저만의 세계가 있고, 실제적인 삶은 또다른 세계가 있죠. 그들 각자의 발전단계로 봤을 때 오늘날 사유와 현실의 괴리는 엄청납니다. 수천년 동안 우리의 뇌가 모든 일의 반만 제대로 처리하고 나머지 반은 잊어버렸다고 한다면, 그렇듯 뇌에 스며든 반쪽짜리 충성스런 이미지가 현실이 되는 것이죠. 인간이 할 수 있는 일은 지적인 참여를 거부하는 것밖에 없어요."

"뭐든 좀 쉽게 풀어갈 수는 없나요?" 디오티마는 전혀 책망하는 기색 없이, 마치 산이 자기 발치의 작은 시냇물을 바라보듯이 울리히에게 물었다. "아른하임 역시 이론을 좋아해요. 하지만 내가 보기에 그는 하나의 일을 모든 연관 속에서 시험해 봐야 직성이 풀리는 것 같아요. 모든 사유의 의미는 간결한 적용 능력에 있다고 생각하지 않나요?"

"그렇지 않습니다." 울리히가 대답했다.

"아른하임이 뭐라고 대답했는지 듣고 싶군요."

"그는 오늘날 정신이 삶의 위대한 의무를 저버린 탓에 현실의 발전을 바라보는 무력한 방관자가 되고 말았다고 하더군요. 그는 예술이 다루는 주제가 무엇인지, 교회는 얼마나 하찮은 것들로 가득 찼는지, 학자들의 시각은 얼마나 편협한지를 보라고 했어요. 그리고 무엇보다 지구가 말 그대로 분할돼 있다는 것을 유념해야 한다고도 했어요. 그러고는 이것이 바로 나와 함께 이야기하고 싶은 것이라고 하더군요."

"당신은 뭐라고 대답했나요?" 디오티마는 호기심에 차서 물었는데 왜냐하면 자신의 사촌이 평행운동에 시큰둥한 데 대해서 아른하임이 뭔가 책망을 했으리라는 기대 때문이었다.

"저는 이루어진 현실보다는 이루어지지 못한 현실에 더 끌린다고 했어요. 그건 미래의 일뿐 아니라 과거의 일이나 한때 놓쳐버린 일에서도 마찬가지라고도 했지요. '제가 보기에 우리의 역사는 뭔가 작은 생각을 이룬 기쁨에 젖어서 훨씬 더 큰 일들을 그냥 내버려뒀던 거 같아요. 거대한 조직이란 보통 그들의 사유가 엉망으로 뒤엉킨 설계도입니다. 거대한 인물이란 것도 마찬가지죠.' 이게 제 대답이었습니다. 말하자면 명백한 시각의 차이가 있었던 셈이죠."

"당신은 정말 논쟁을 좋아하는군요!" 디오티마는 상처받은 채 말했다.

"그는 내가 어떤 명백하고 지적인 보편적 원칙이 부족하다는 이유로 행동에 참여하지 않은 것에 대해 솔직히 이야기하더군요. 좀 들어보시겠습니까? '당신은 마치 준비된 침대를 두고 땅에 누운 사람 같군요. 그건 정력 낭비이자 육체적으로도 비도덕적인 거예요.' 그는 그렇게 덧붙이더니 위대한 목표란 오로지 오늘날 경제, 정치, 그리고 지적인 권력구조를 이용하지 않고는 달성될 수 없다는 점을 이해해야 한다고 나를 다그쳤지요. 그는 자기편을 위해서 그런 것들을 이용하는 것이 무시하는 것보다는 윤리적이라고 보았습니다. 나를 강하게 몰아세웠죠. 그는 나를 방어적인 위치에 서 있는, 그것도 아주 갑갑한 방어적인 위치에 서 있는 매우 활동적인 사람이라고 불렀어요. 그에게는 저의 존경을 받아야겠다는 뭔가 불길한 이유가 있었던 거 같아요."

"그는 도움을 주려는 거예요!" 디오티마는 책망하며 소리쳤다.

"그건 아니에요." 울리히는 말했다. "나는 아마 작은 조약돌에 불과할 것이고 그는 화려하게 우쭐대는 유리구슬이겠죠. 하지만 그가 나를 두려워한다는 인상을 받았어요."

디오티마는 아무런 대답도 하지 않았다. 울리히가 말한 것은 오만일지도 모른다. 하지만 그가 들려준 대화는 그녀가 이제까지 아른하임에게서 경험했고 그래서 그래야만 한다고 생각한 인상과 전혀 같지 않다는 생각이 들었다. 심지어 걱정이 들기까지 했다. 비록 아른하임이 모사꾼일 가능성은 거의 없다고 생각했지만 그녀는 울리히를 점점 더 신뢰했고 슈툼 장군의 문제를 어떻게 처리하면 좋을지를 그에게 물었다.

"그를 멀리하십시오!" 울리히는 그렇게 대답했고 디오티마는 그렇게 말해줘서 기쁘다는 말을 꺼낼 수밖에 없었다.

67.
디오티마와 울리히

주기적으로 서로 만나다보니 울리히와 디오티마의 관계는 요즘 아주 좋아졌다. 그들은 종종 사람들을 방문하러 함께 차를 타고 나갔으며 그는 일주일에도 몇차례씩 예고없이 아무 때나 찾아오곤 했다. 그들은 서로 친척이기에 만나기가 편했을뿐더러 엄격한 사회적 규율에서도 자유로울 수 있었다. 디오티마는 스커트 단에서 올림머리까지 중무장을 해야 하는 접견실이 아닌, 비록 아주 주의깊은 풀어짐이긴 하지만 그래도 집안에서의 풀어짐이 허용되는 곳에서 그를 만났다. 사실상 주로 공적인 교류의 형식 속에서 그들 사이에 어떤 유대감이 형성되었지만, 그런 교류는 내면에까지 영향을 미쳐, 새록새록 키워진 감정이 그들 사이에서 깨어날 수 있었다.

울리히는 때때로 디오티마가 굉장히 아름답다는 강렬한 느낌을 받았다. 그럴 때마다 디오티마는 땅에 발을 단단히 딛고 마른 풀을 깊은 시선으로 바라보는, 좋은 혈통의 젊고 훤칠하며 통통한 암소처럼 보였다. 그것은 비록 그런 느낌이 들 때조차도 동물의 이미지를 차용함으로써 그녀의 정신적 고결함에 복수를 가하겠다는, 다시 말해 그가 깊은 분노에서 비롯된 적대감과 아이러니를 가지고 그녀를 바라볼 수밖에 없음을 의미하기도 했다. 그리고 그런 분노는 이 철없는 모범생을 향한 것이 아니라, 그녀가 성공적으로 마친 학교를 향한 것이었다. '그녀는 얼마나 쾌활해졌을까,' 그는 생각했다. '그녀가 교육에서 벗어나 털털하고 선량하며 크고 따뜻한 여성의 몸을 늘 가지고 있었다면, 그리고 생각을 쥐어짜내지만 않았다면!' 소문난 투치 국장의 저명한 부인은 마치 베개와 침대와 꿈꾸는 자가 세상 속에서 부드럽게 흰 구름으로 화하는 그런 꿈에 몸을 맡기듯이 몸으로부터 증발돼버렸다.

그러나 울리히가 그런 상상력의 비상에서 돌아와 정신을 차렸을 때 그는 고귀한 이상의 교류를 열망하는 강렬한 시민정신과 조우했다. 서로 본질적으로 아주 다르면서도 육체적으로는 친족이란 것이 마음을 괴롭히긴 했지만 때로는 친족이라는 생각만으로도 만족을 주기도 했다. 이 남매는 종종 정당화할 수 없는 이유로 서로를 견디기 힘들어했다. 그것은 서로를 약간 일그러진 거울로 볼 때처럼 어느 누구도 확신을 가지지 못하기 때문이었다. 디오티마의 키가 거의 울리히와 같다는 것이 때로는 그녀가 친족임을 일깨워주기도 했지만 그녀의 육체에 반감을 느끼게도 했다. 그는 전 같으면 죽마고우 발터를 보며 가졌던 느낌, 즉 자기의 자신감을 겸허하게 짓눌러야겠다는 의무감을 좀 다르기는 하지만 이제는 디오티마에게서 느끼게 되었다. 그리고 그건 마치 썩 보기 싫은 자신의 옛 사진을 다시 볼 때 부끄러움을 느끼는 동시에 어떤 자신감에 새롭게 도전받는 것과 비슷했다. 그건 어떤 불신 가운데서도 자신이 디오티마에게 어떤 친밀감과 연대감, 한마디로 순수한 끌림을 느낀다는 것이었으며, 마치 옛 친구 발터를 신뢰하지 못하면서도 여전히 마음속 깊이 교류하는 것과도 비슷했다.

그러나 울리히는 그녀를 좋아하지 않았기 때문에 그런 끌림은 오랫동안 미궁으로 남아 그를 당혹스럽게 했다. 종종 그들은 짧은 소풍을 떠났다. 그들은 투치의 권유에 따라 연중 가장 안 좋은 때임에도 불구하고 좋은 날씨를 틈타 '빈 주변의 아름다움'—디오티마는 이 상투적인 문구 외에 다른 말은 쓰지 않았다—을 아른하임에게 보여주었다. 울리히는 그때마다 시간을 낼 수 없는 투치 국장을 대신하여 연장자로서 친척 여성을 보호하는 역할을 맡았으며, 아른하임이 떠나버리고 나면 디오티마와 단둘이 차를 몰고 나서기도 했다. 그런 소풍 때면 아른하임은 평행운동의 직접적인 홍보를 위해서뿐 아니라 각종 무기로 장식된, 백작 각하의 워낙 유명하고 눈에 띄는 마차 때문에라도 되도록이면 많은 자동차를 끌고 나왔다. 그런데 그 차들을 아른하임이 동원할 필요는 없었다. 부자들에게는 늘 자신을 만족시켜줄 사람들이 넘쳐났기 때문이다.

그런 차량행렬은 단지 즐거움을 얻기 위해서가 아니라 그 애국운동에 권력자들과 부자들을 참여시키려는 목적이 있었고 그래서 시골보다는 도시의 보호구역에서 더 자주 펼쳐졌다. 그 소풍에서 사촌 남매는 아름다운 것들을 많이 보았다. 그들이

본 것은 마리아 테레지아의 가구, 바로크식 궁정, 여전히 많은 하인들에게 삶을 의존하는 사람들, 엄청나게 방이 많은 현대 가옥들, 으리으리한 은행들, 그리고 최고위층 시민관료들의 집에 스며든 스페인식 엄격함과 중산층의 생활관습 등이었다. 대체로 귀족들에게는 수돗물도 안 나오는 집에 거대한 예절의 찌꺼기만 남았고 부유한 시민층의 집과 집무실에는 더 향상된 위생상태에 더 좋은 취향을 갖춘, 귀족생활의 창백한 복제품들이 재생산되었다. 지배계급은 언제나 약간 야만 상태에 머물기 마련이다. 귀족의 성에는 시간의 불이 미처 꺼지지 않은 상태에서 남은 재와 찌꺼기가 널려 있었다. 장대한 계단 바로 옆에 부드러운 나무로 새로 짠 마룻바닥이 있고, 흉측한 새 가구가 엄청나게 오래된 가구들 사이에서 거의 눈에 띄지 않은 채 서 있기도 했다. 반면 갑자기 출세한 계급은 선조들의 위엄있으면서도 장대한 시대를 좋아했고 본능적으로 까다롭고 세련된 것들을 선호했다. 가령 시민계급의 손에 넘어간 성(城)은 샹들리에에 전기선을 연결하는 따위의 현대적인 간편함이 추구될 뿐 아니라 덜 아름다운 장식들은 치워지고 좀더 가치있는 것들이 들어차는데, 그것은 본인의 선택일 수도 있고 전문가의 거부하기 힘든 조언에 따른 것일 수도 있다. 하여튼 이런 세련미를 가장 극단적으로 드러내는 곳은 성이 아니라 도심의 가옥들이다. 이 집들은 유행에 맞춰 대양여객선의 몰개성적이고 사치스런 내부장식으로 꾸며져 있다. 하지만 어떤 표현하기 힘든 숨결로 세련됨을 열망하는 지방에서는 거의 알아보기 힘들 정도로 가구 사이의 공간을 넓힌다든가 벽에 걸린 그림의 위치를 바꾼다든가 해서 큰 소리가 사라지면서 생기는 부드럽고 명료한 반향까지 들리도록 한다.

디오티마는 그곳의 많은 문화에 매료되었다. 그녀는 시골이 그런 보물들을 감추고 있었음을 알았지만 엄청난 양에는 놀라고 말았다. 그들은 함께 그런 지방에 초대받는 일이 있었는데 울리히는 시골에서는 흔히 과일을 깎지 않고 손으로 먹는 반면 도시 중산층들은 꼬박꼬박 칼과 포크를 사용하는 것을 목격했다. 그 비슷한 현상은 대화에서도 목격되는데, 유독 시민계급에서만 흠결없는 명확한 말을 사용하고 귀족계급에서는 오히려 마부들을 연상시키는 자유분방한 말이 널리 통용되었다. 디오티마는 이런 귀족층의 특징을 열광적으로 옹호했다. 그녀는 시민층의 거주지가 위생상 더 훌륭하고 지적으로 설계되었음은 수긍했다. 귀족의 시골 성들은 겨울에 얼어붙듯 춥다. 게다가 좁고 낡은 계단이 즐비하고 낮은 천장에 곰팡이까지 핀 방 곁에는 화려한 접견실이 있다. 거기에는 식기운반기도, 하인용 욕실도 없다. 하지만 그 모든 것은 어떤 면에서 더 영웅적이고 전통을 물려받은 것이며 숭고한 무관심을 간직하고 있다며 그녀는 도취되어 치켜세웠다.

울리히는 자신과 디오티마를 묶고 있는 느낌을 탐색해볼 요량으로 이런 소풍에 나서곤 했다. 그러나 그 과정에는 수많은 지엽적인 것들이 끼어들었기 때문에 핵심에 도달하기 위해서라도 그것들을 좀더 쫓아다닐 필요가 있었다.

그때는 여자들이 목에서 발목까지 덮는 옷을 입었다. 남자들의 옷은 그때나 지금이나 비슷하지만 여전히 세계 속의 남성을 특징짓는 흠없는 통일성과 엄격한 절제를 상징하는 생생한 외양으로 여겨졌다. 당시에는 벗은 육신을 감상하는 데 전혀 부끄러움을 느끼지 않을 만큼 편견이 없는 사람들조차도 나체 그대로를 보여주는 것에 대해서는 짐승의 상태로 되돌아가는 것으로 여겼는데, 그것은 옷을 벗었다는 것 때문이 아니라 문명화된 생활방식을 단념했다고 생각했기 때문이다. 사실상 어느 시대나 인간이 동물보다 못하다고 할 수 있는 것이, 잘 훈련된 세살짜리 말이나 뛰어노는 그레이하운드가 어떤 사람의 육체가 도달할 수 있는 나체보다 훨씬 더 멋지기 때문이다. 하지만 동물은 옷을 입을 수 없다. 동물에게는 단 하나의 피부만이 있고, 인간은 여러 피부들을 가지고 있었다. 정장 하나만 해도 장식, 어깨심, 벨모양, 폭포수무늬, 레이스, 주름까지 원래의 피부보다 약 다섯 배는 더 많은 면적을 뒤덮고 있어서 마치 여러 주름으로 장식된, 에로틱한 긴장을 자아내는 손대기 어려운 성배와 비슷하다. 또한 그 안에는 찾아내야 하며 그래서 그 자체로 무시무시하게 관능적이며 늘씬한 하얀 짐승을 숨겨두고 있다. 그것은 자연 스스로가 이용하는 처방으로 결국 어리석음의 끝까지 이른 욕망과 공포가 깃털을 부풀리고 검은 연기를 내뿜어서 일어난 그대로의 객관적 사건 자체를 가리는 행위다.

처음으로 디오티마는, 비록 아주 절제된 방식이긴 하지만, 마음 깊숙이 이 소풍놀이에 감동을 받았다. 교태를 부리는 일 따위는 원래 부인들이 사회에서 정복해야 할 일 중 하나였기 때문에 그녀에게 전혀 낯설지 않았다. 또한 그녀는 젊은 남자들이 존경을 넘어서는 시선으로 그녀를 바라보는 그 순간을 놓치지 않았다. 사실 그녀는 그런 시선을 즐겼는데, 왜냐하면 마치 황소의 뿔처럼 그녀를 향해 돌진하는 젊은 남자들의 시선을 그녀의 이상적인 기분 쪽으로 돌려놓을 때, 여성의 질책이 가진 부드러운 힘을 느끼기 때문이었다. 하지만 친족인데다가 평행운동에 대한 그의 사심없는 도움 덕분에, 또한 그에게 유리하게 작성된 유언 덕분에 울리히는 디오티마의 이상주의가 자아낸 직물 사이를 마음대로 뚫고 다녔다. 가령 한번은 그들이 교외에 차를 타고 나갔을 때 양쪽 언덕을 뒤덮은 검은 소나무가 길가까지 내려온 기막힌 계곡을 지나게 되었고, 디오티마는 그 장면을 "오, 사랑스런 숲이여 누가 저 높이 너를 심어놓았을까?"라는 시구로 화답했다. 그녀는 곡조도 알지 못한 채 아마 너무 오래되어 더이상 불리지 않은 노래라고 생각하면서 시구를 읊조렸을 것이다. 그러나 울리히는 대답하기를, "북동부 오스트리아 부동산은행이 심었죠. 이 지역의 모든 숲은 부동산은행 소유인데, 몰랐나요? 당신이 2절에서 찬양하게 될 그 장인은 바로 이 은행에 고용된 숲 지배인이죠. 여기 이 자연은 계획된 숲 산업단지인 셈이에요. 척 보면 알 수 있듯이 셀룰로오스 화합물을 만드는 데 쓰일 빽빽한 창고라고 보면 됩니다." 그의 대답은 흔히 이런 식이었다. 그녀가 아름다움을 이야기할 때 그는 피부를 떠받친 지방조직을 말했다. 그녀가 사랑을 이야기하면 연중 출생률이 등락을 거듭하는 통계곡선으로 대답했다. 또 그녀가 예술 속의 위대한 형상을 이야기하면 그는 그런 형상들을 묶는 예술적 도용의 연쇄로 화제를 이어가곤 했다. 창조의 여섯째 날에 신이 사람을 세계라는 조개 속에 진주로 만들었다고 디오티마가 말을 꺼내면 울리히는 인류는 난쟁이 지구의 가장 겉껍질에 붙은 작은 점일 뿐이라고 대답하는 그런 식이었다. 그로써 울리히가 뭘 원하는지를 파악하기란 쉽지 않았다. 확실한 것은 그녀가 위대하다고 느끼는 영역을 걸고 넘어졌다는 점인데, 디오티마에게는 그것이 무엇보다 무례한 잘난 척으로 여겨졌다. 한때는 무엇이든 자기보다 아는 것이 많아 놀라운 아이였던 사촌을 그녀는 받아들이기 힘들었고, 아무 의미도 없을뿐더러 계산과 정확성에서 비롯된 수준낮은 문화에서 끌어온 그의 물질적인 반론은 그녀를 몹시 화나게 했다. "신의 가호로," 한번은 그녀가 날카롭게 그에게 대답했다. "체험이 얼마나 위대하든지 아주 단순한 것들을 신뢰할 수 있는 이들이 여전히 남아 있군요!" "가령 당신 남편 같은 사람들이죠." 울리히는 대답했다. "오랫동안 나는 아른하임보다는 그가 훨씬 낫다고 당신에게 말하고 싶었어요."

당시 그들에게는 아른하임에 관해 이야기함으로써 의견을 주고받는 습관이 생겼다. 사랑에 빠진 모든 이들이 그렇듯이 디오티마 역시, 적어도 그녀가 믿기에는 스스로를 속이는 일 없이, 사랑하는 대상에 관해 이야기하는 것에서 즐거움을 얻었다. 반면 물러설 의도는 조금도 없는 남자들이 흔히 그렇듯이 울리히는 그것을 견딜 수 없어했으며 종종 아른하임에게 비난을 퍼붓곤 했다. 그래서 아른하임과 울리히 사이에는 독특한 관계가 형성되기 시작했다. 그들은 아른하임이 여행중이 아닐 때에는 거의 매일 만났다. 아른하임이 디오티마에게 어떤 영향을 미치는지를 첫날부터 관찰할 정도로 투치 국장은 그 이방인을 의심한다는 사실을 울리히는 알았다. 적어도 그들 연인—명백히 플라토닉한 영혼결합의 가장 숭고한 사례를 모방하고 있는—사이에 지나칠 정도로 예의범절이 넘쳐나는 것을 본 제삼자가 판단하기에 그 둘 사이에 뭔가 부적절한 일은 없었다. 하지만 아른하임은 자기 친구의—그녀는 그의 연인이 아닐까? 울리히는 의심했지만, 결국 연인 더하기 친구 나누기 2 정도가 가장 맞을 거라고 생각했다—사촌에게 강한 끌림을 드러내면서 친밀한 관계로 끌어들였다. 그는 종종 울리히에게 나이 차가 허용하는 한 오래된 친구 같은 어투로 말하곤 했는데, 그들의 지위 차이 때문에 그런 태도는 불쾌한 생색내기 정도의 효과밖에 거두지 못했다. 울리히의 대답은 언제나 냉담하고 아주 도전적이었다. 그는 마치 왕이나 수상과 친근하게 대화를 나눠온 사람처럼 아른하임과의 대화에 전혀 특별한 의미를 두지 않는 체했다. 또한 그는 아른하임에게 자주 무례하게 비꼬듯이 대들었으며, 그냥 조용한 관찰자로 즐기면 더 좋을 걸 이렇게 무례하게 구는 자신에게 화가 나기까지 했다. 그는 아른하임이 자신을 그토록 격렬하게 화나게 만드는 것에 놀랐다. 그는 아른하임에게서 그가 혐오해 마지않는, 호의적 관계로 피둥피둥 살이 오른 정신적 발전의 한 사례를 보았다. 이 저명한 저술가는 스스로의 모습을 시냇물이 아니라 지성의 날카로운 절단면에 비춰본 이래로 사람들이 흔히 빠져드는 의심스러운 상황에 처하지 않을 만큼 영리해졌다. 하지만 이 글쓰는 철강왕은 지성의 불완전함보다는 지성 자체에 책임을 돌렸다. 석탄가격과 영혼의 혼합 속에는 어떤 현기증이 일었는데 이 현기증은 동시에 아른하임이 멀쩡한 정신으로 행하는 것과 흐릿한 직관으로 말하고 쓰는 것 사이의 목적의식적인 구별을 가능케 했다. 여기에 더해서 울리히를 더 불쾌하게 자극한 것은—그로서는 새로운 경험인데—지성과 재력의 결합이다. 아른하임이 거의 전문가처럼 특별한 주제에 관해 말하다가 갑자기 특유의 손짓을 보이며 '위대한 사유'의 빛 속에 그 모든 전문가적 견해를 지워버릴 때, 그것은 아마도 그로서는 나름 이유가 있는 행동일 것이다. 하지만 이렇듯 단번에 하나의 일을 두 방향으로 마음대로 처리해버림으로써 그는 최고의 선과 최고로 비싼 것을 모두 살 수 있는 부자를 떠올리게 했다. 그는 박식한 사람이었지만 그의 지식은 항상 어느 정도는 물질적 부를 연상시켰던 것이다. 그러나 이것이 울리히가 그 남자와 갈등을 빚은 가장 큰 이유는 아니었을 것이다. 그것은 오히려 그 자체로 전통적이고 기이한 것의 대표주자라 할 수 있는 궁정생활이나 가정살림의 근엄한 양식을 추앙하는 아른하임의 경향이었다. 울리히는 그러한 쾌락주의적 식견을 거울에 되비쳐볼 때 가장한 흉측한 시대의 얼굴을 보았다. 그런 모습이란 그 안에 몇 안되는 열정과 생각을 걷어내야 드러나는 것이었다. 이 모든 것들 때문에 울리히는 아마도 수많은 업적으로 칭송받는 그 남자를 이해할 기회를 찾기 어려웠다. 물론 애초부터 아른하임에게 호의를 보일 수밖에 없는 상황에서 전개된 그의 싸움은 무의미한 것이었고 그런 이유로 중요하지도 않은 것이었다. 기껏해야 그런 의미없는 일에 자기 에너지를 다 썼다는 말을 들을 수 있을 뿐이었다. 그건 또한 가망없는 싸움이기도 했는데, 만약 울리히가 적에게 상처를 입히는 데 성공했다고 해도 그건 가짜 아른하임에 불과했다. 정신의 아른하임은 비록 패배로 쓰러져 있는 것처럼 보일 때조차도 현실의 아른하임은 관대한 미소를 머금고 마치 날개라도 달린 것처럼 그런 쓸데없는 대화에서 벗어나 바그다드나 마드리드로 홀홀 날아가버렸기 때문이다.

이렇듯 상처입지 않는 능력 덕분에 아른하임은 젊은이들의 오만불손함도 유쾌한 친밀함으로 감쌀 수 있었는데 그런 능력이 어디서 오는지 울리히로서는 도저히 찾아낼 수 없었다. 하지만 울리히는 아른하임을 쉽게 무시하지는 않았는데, 이는 그가 전에 그렇게도 많이 빠져들었던 미숙하고 창피한 모험에 다시 가담하지 않기로 결심했기 때문이다. 게다가 아른하임과 디오티마 사이에서 발전된 관계를 목격한 터라 더욱 그런 결심을 굳히게 되었다. 그래서 그는 마치 탄력있는 펜싱 창처럼 찌르는 순간 힘을 죽여서 겨우 작은 구멍 하나를 만들 정도로 부드러운 공격을 하곤 했다. 이런 대조를 처음 발견한 것은 디오티마였다. 그녀는 사촌에게서 기이하다는 느낌을 받았다. 그의 투명한 이마와 솔직한 인상, 조용히 숨쉬는 가슴, 모든 동작에서의 편안함 등은 어떤 악의적이고 음흉하며 뒤틀린 욕구도 그의 몸에 거할 수 없음을 그녀에게 확실히 보여주고 있었다. 그녀는 자기의 가족 중에서 그런 인물이 있음을 흡족해하지 않을 수 없었고 그를 처음 만났을 때부터 그를 자기의 밑에 두기로 마음먹었다. 만약 그가 검은 머리에 기우뚱한 어깨, 탁한 피부, 짧은 이마를 하고 있었다면 그녀는 그가 생긴 대로 생각한다고 했을 것이다. 그러나 실제로 그의 외모와 사유 사이에는 큰 불일치가 있었기 때문에 그녀는 깜짝 놀랐고 어떤 알지 못할 불쾌감을 느꼈다. 그녀의 뛰어난 직감에서 나온 안테나조차 그 원인을 알아내지 못했지만, 그녀에게는 이 안테나 덕분에 다른 사실을 찾아내는 즐거움도 있었다. 물론 진지하게는 아니지만, 어떤 면에서 그녀는 아른하임보다 울리히와 있을 때가 더 좋았다. 그와 있을 때 그녀의 우월감은 더 충족되었고 스스로 자신감을 느꼈으며 그를 무례하고 별난 데다가 성숙하지 못한 사람이라고 치부하는 것에 묘한 만족도 느꼈는데, 그것은 날이 갈수록 위험해지는 이상주의―그녀가 아른하임에게서 엄청나게 커가는 것을 보는―와 균형을 맞춰주었다. 영혼은 끔찍할 정도로 우울한 것인 반면, 물질은 유쾌한 것이다. 아른하임과 관계를 유지하는 것은 살롱에서처럼 큰 중압감을 주는 반면, 울리히를 질책하는 일은 삶을 좀더 유쾌하게 만들어주었다. 그녀는 이런 효과를 이해하지는 못했지만 느낄 수는 있었다. 그래서 사촌이 한 말에 화를 낼 때마다 그녀는 한편으로 눈가에 작은 미소를 지었고, 그 눈은 아무 이상적인 감흥을 느끼지 못한 채 약간 경멸까지 담은 채 똑바로 앞을 바라보곤 했다.

아무튼 무슨 이유에서였든 디오티마와 아른하임은 시시각각 변화하는 두려움 가운데 제삼자에게 스스로를 맡기는 싸움꾼처럼 울리히에게 매달렸고 그런 상황이 그에게 위험을 가져다주었는데, 그것은 디오티마를 통해 다음과 같은 질문 하나가 떠올랐기 때문이다. 사람은 육체와 일치해야 할까, 아니면 그러지 않아도 될까?

68.
하나의 여담: 인간은 육체와 일치해야만 하는가?

그들의 표정이야 어떻든간에, 그 긴 여행에서 덜컹거리는 자동차가 두 사촌지간을 가만히 두지 않았기 때문에, 옷깃이 서로 닿고 약간 겹쳐지다가는 다시 떨어지곤 했다. 이런 광경은 어깨 쪽만 조금 볼 수 있었는데, 왜냐하면 다른 곳은 나누어 덮은 담요에 가려 있었기 때문이다. 하지만 육체는 마치 달빛 아래 사물을 보듯이 아주 미세하고 부드럽게 미약해지는 이 옷의 접촉을 느꼈다. 울리히는 그리 심각하게 받아들이지 않으면서도 이 사랑의 유희를 거부하지는 않았다. 몸에서 옷깃으로, 포옹에서 장애물로, 또는 한마디로 목적에서 과정으로 욕망이 너무 정교하게 전환되는 현상은 그의 본성과 부합하는 것이었다. 그의 본성은 육욕 때문에 그 여자에게 끌려갔다. 하지만 본성의 비판적 능력은 그를 그 낯설고 마음이 맞지 않는 사람에게서 끌어내어 갑자기, 끈질긴 명료함으로 그녀를 인식하여 결국 욕망과 자제 사이의 생생한 갈등을 만들어냈다. 육체의 숭고한 아름다움, 인간적인 아름다움이 자연의 악기에서 흘러나온 영혼의 노래라거나 신비한 묘약으로 가득 찬 성배라는 말은 그에겐 평생 낯선 채로 머물러 있을 뿐이었다. 그렇게 오랫동안 그 안의 욕망을 끝장내버린 그 소령 부인의 꿈은 제쳐두고라도 말이다.

그때까지 그의 모든 여자관계는 부정한 것이었다. 상대방에 대한 선의도 너무 쉽게 사라져버리고 말았다. 처음 그런 선의에 대해 생각하는 순간부터 남자와 여자는 이미 그들을 기다리며 사로잡는 감정, 행위, 복잡한 문제들에 어떤 틀이 있음을 발견한다. 그리고 이 틀 뒤에선 반대의 과정이 일어나는데, 이제 냇물은 더이상 샘에서 기원하지 않게 된다. 일어나야 할 마지막 일이 의식 앞으로 행보를 재촉하기 시작한다. 다른 모든 것의 원천이 되는, 서로에게 끌린다는 가장 간단하고 깊은 사랑의 감정이 이 심리적 전환의 순간에 완전히 사라져버리고 마는 것이다. 그래서 종종 울리히는 디오티마와의 드라이브에서 맨 처음 그녀를 방문했을 때의 이별을 떠올렸다. 그때 그는 그녀의 부드러운 손을, 예술적이고 우아하고 완벽해서 거의 무게가 느껴지지 않는 그 손을 잡고 서로의 눈을 바라보았다. 그들은 분명 서로에 대한 거부감도 느꼈지만 그런 것은 죽을 때까지 서로 고쳐나갈 수 있을 것 같았다. 이런 종류의 희망이 그들 사이에 남아 있었다. 그래서 두 머리가 서로를 향해 엄청난 냉기를 뿜어내는 동안에도 그 아래의 육체들은 아무 저항 없이 서로에게 빛을 뿜으며 녹아들어갔다. 거기에는 마치 머리가 둘 달린 신이라든가 악마의 말발굽처럼 신화적이면서도 사악한 어떤 측면이 있었고, 젊은 시절 울리히는 상당히 자주 그런 타락에 빠져들곤 했다. 하지만 나이가 들수록 그것은 사랑의 부르주아적 흥분제에 불구하며, 단지 벗은 몸이 누드를 대신하는 것과 똑같은 현상임이 밝혀졌다. 시민계층 연인에게는 어떤 힘에 이끌린 나머지 광포한 황홀경에 빠져들고 그런 변화의 결과 거의 살인에 이르고야 마는 돋보이는 체험이야말로 가장 흥분되는 것이다. 그리고 문명화된 사람들에게 실제로 그런 변화가 있으며, 우리는 그런 효과를 만들어낼 수 있다! 이것이 바로 욕망의 섬에서 살인자이자 운명이자 신으로 외롭게 거주하는 사람들의 눈에 비친 놀라움과 의문이 아닐까? 그들은 얼마나 만족스럽게 그토록 극단적인 광기와 모험을 체험하는 것일까?

시간이 갈수록 이런 방식의 사랑에 생긴 반감은 그의 육체에까지 영향을 미치게 되었다. 그전에 그의 육체는 늘 아주 지적이고 복잡한 생각 덕분에 여성들에게 믿을 만한 남성성이 있다는 환상을 심어주었고 그로써 부적절한 관계를 순조롭게 이어갔다. 때때로 그는 마치 자신의 외모가 자신에게 값싼 속임수를 쓰는 라이벌이라도 되는 듯이 심한 질투를 느꼈는데 모순인 것은, 자신의 외모를 잘 모르는 사람 역시 그런 질투를 한다는 것이었다. 울리히는 육체를 단련하여 늘씬하게 유지하는 사람이었으며 육체에다 형상과 표현, 그리고 행동의 준비를 부여해 늘 웃는 얼굴이나 심각한 얼굴이 마음에 주는 영향만큼이나 육체가 정신에 영향을 끼치도록 했다. 이상하게도 대다수 사람들은 우연한 환경에서 만들어지거나 일그러진, 자신의 정신이나 존재와는 거의 상관없어 보이는 퇴락한 육체 아니면 스스로에게서 떠나온 휴가 같은 시간을 선사하는, 스포츠로 위장한 육체를 소유했다. 그 시간은 보통 똑똑하고 위대한 세상의 잡지들에서 뽑아낸 외모의 꿈이 연장된 그런 시간이다. 그 모든 그을린 근육질의 테니스 선수, 기수, 레이서들은 세계기록 소유자처럼 보이지만 실은 그만그만한 선수들일 뿐이다. 옷을 잘 차려입었거나 홀딱 벗은 여성들 역시 마찬가지다. 그들은 모두 백일몽을 꾸는 사람들인데 일반 사람들의 꿈과 다른 것은 그들의 꿈이 머릿속에 머무는 것이 아니라 마치 대중의 영혼이 투사되듯이 육체적이고, 극적이며, 이념과 상관없이—기이한 것을 넘어서는 불가사의한 현상이 으레 그랬듯이—공적 공간으로 자유롭게 쏟아져나온다는 점이다. 그러나 보통의 몽상가와 마찬가지로 그들의 꿈에는 그 내용으로 보나 거의 깨어 있는 상태로 보나 확실히 천박한 데가 있다. 오늘날 완전한 외모의 문제는 여전히 미지의 상태에 있다. 우리가 필적이나 목소리, 잠자리와 그 밖의 것들로부터 인간의 본성을 종종 아주 놀랄 정도로 정확히 끌어내는 방법을 안다 할지라도 육체에 대해서는 대체로 그것이 형성되는 유행 모델이나 잘해야 일종의 도덕적인 자연치유 철학 정도를 알고 있을 뿐이다.

그러나 육체는 마음이자 생각이고 예감이자 계획이며 또는—아름다운 것이 포함된—어리석음이 아닌가? 울리히가 이 어리석음을 사랑하고 여전히 어떤 면에서 어리석음을 갖고 있다는 사실조차 우둔함으로 창조된 육체에 여전히 불편함을 느끼는 것을 막지는 못했다.

69.
디오티마와 울리히, 이어서

그리고 인격의 겉과 속이 전혀 같지 않음을 새로운 방식으로 울리히에게 각인시켜준 사람은 누구보다도 디오티마였다. 그런 일은 달빛을 뚫고 지나가는 그녀와의 드라이브에서 그 젊은 여인의 아름다움이 떨어져나와 순간적으로 마치 꿈의 직물처럼 그의 눈을 가릴 때 뚜렷하게 일어났다. 그는 물론 디오티마가 그가 말한 모든 것을 그 주제와 관련된 일반적인 해석—좀 더 확실히 말하자면 더 높은 차원의 일반적인 해석—과 비교한다는 것을 알았고, 그녀는 그의 '미성숙한' 생각을 발견하는 것에 기쁨을 느꼈으며 결국 마치 그를 향해 고정된 망원경 앞에 선 것처럼 앉아 있었다. 그는 점점 더 작아졌고 그녀와 이야기할 때마다 악마의 옹호자나 유물론자의 역할을 맡고 있다고 믿었다(적어도 믿지 않았다고는 못했다). 사실 그런 역할은 학교에서 마지막 학기 그와 친구들이 역사의 모든 악당과 괴물들을 우상화했던 그 시절에 많이 들어봤던 그런 역할이었고, 당시 선생님들이 이상적인 잣대로 그들을 혐오해 마지않았기 때문에 더욱 우상화되기도 했다. 그리고 디오티마가 불쾌한 눈으로 그를 바라볼 때 그는 더 작아져서 영웅주의와 팽창욕구를 지닌 도덕에서 물러나 완고한 거짓말, 냉담함, 들쑥날쑥하고 불투명한 청년기로 쭈그러들었다. 물론 그것은 아주 상징적인 것으로, 오래전에 버렸거나 단지 꿈꾸었거나, 보았거나, 아니면 싫어했던 남들의 몸짓이나 말에서 어렴풋이 비슷한 것으로나마 발견될 수 있는 것이었다. 하여튼 이 모든 것이 그녀의 기분을 상하게 함으로써 그에게는 은근한 기쁨이 되었다. 차라리 없었더라면 더 아름다웠을 그녀의 지성은 울리히의 마음에 어떤 비인간적인 느낌을, 아마도 지성 자체에 대한 공포이자 모든 위대한 것들에 대한 혐오감이며 아주 미약하여 거의 구별할 수조차 없는 느낌을 불러일으켰다. 그리고 아마도 그 느낌이란 마치 한숨처럼 사소한 것에 대한 침소봉대일지도 모른다. 그러나 누군가 이것을 과장한다면 이런 내용이 될 것이다. 즉 그는 때때로 그 여인의 이상주의뿐 아니라 세계와 모든 지경의 이상주의를 보았는데 그것은 그리스의 정수리 바로 한뼘 위를 배회하는 형상일 뿐이었다—그것은 얼마나 악마의 뿔이 되고 싶어했는가! 그러고는 울리히는 더 작아져서—다시 한번 상징적으로 말하자면—극도로 도덕적인 어린 시절로 돌아갔는데, 그 시절의 눈에는 유혹과 공포가 마치 가젤영양의 눈에 비친 것처럼 보였다. 그 시절의 부드러운 감정들은 어떤 일을 일어나게 할 아무런 목적이나 능력이 없음에도 완전히 끝없는 불길이기 때문에 단 한순간의 양보로 전체의 여전히 작은 세계를 불꽃으로 몰아넣을 수 있다. 울리히에게 그것은 어울리지 않는 일이었지만 디오티마와 함께 있을 때 그는 어린 시절의 감정을 결국 욕망했다. 비록 그것이 성인에게는 너무나 흔치 않은 일이라 거의 상상할 수 없었음에도 불구하고 말이다.

한번은 이런 사실을 그녀에게 거의 고백할 뻔하기도 했다. 여행중에 그들은 차를 벗어나 작은 골짜기로 들어간 적이 있었다. 그곳은 숲이 우거진 가파른 둑에 목초지로 뒤덮인 하구 같았고 구부러진 삼각형 모양을 하고 있었는데 그 한가운데서 구불구불한 시냇물이 서리와 함께 반짝이고 있었다. 경사면에는 드문드문 나무가 있었는데 마치 벌거벗은 산등성이와 산꼭대기에 깃털로 된 먼지털이가 꽂힌 것 같았다. 풍경에 취해 그들은 계속 길을 걸었다. 그날은 마치 한겨울에 낡고 유행이 지난 여름옷을 보는 것처럼 마음을 움직이는, 눈이 내리지 않는 날이었다. 디오티마는 갑자기 사촌에게 물었다. "왜 아른하임은 당신을 활동가라고 부르는 거죠? 그가 말하길, 당신 머릿속은 어떻게 하면 일을 색다르고 더 나은 방식으로 처리할까 하는 생각으로 늘 가득 차 있대요." 갑자기 그녀에게는 아른하임과 나눴던 울리히와 장군에 대한 대화에서 아무런 결론도 이끌어내지 못했다는 사실이 떠올랐다. "난 이해가 되지 않아요," 그녀는 말을 이었다. "왜냐하면 당신은 웬만해선 진지한 의견을 내지 않기 때문이죠. 하지만 우리가 아주 책임감있는 일을 같이 하고 있기 때문에 물어봐야겠어요. 저번에 나눴던 이야기 혹시 기억하나요? 당신이 그때 한 이야기가 있어요. 당신은 모든 권력을 쥔 어떤 사람도 그가 원하는 것을 할 수 없다고 주장했지요. 나는 그게 무슨 말인지 알고 싶어요. 그건 무서운 생각 아닐까요?"

울리히는 잠시 침묵했다. 그리고 그녀가 그토록 무례하게 질문을 쏟아낸 후의 침묵 동안 그녀는 아른하임과 자신이 비밀스럽게 원하는 것을 과연 이루게 될까, 하는 금지된 질문에 스스로 얼마나 집착하고 있는지를 분명히 깨달았다. 갑자기 그녀는 울리히에게 모든 것을 누설하고 말았다는 생각에 사로잡혔다. 그녀는 얼굴을 붉혔고 그것을 감추려 하면 할수록 더욱 부끄러워지는 자신을 발견했으며 가능한 평온한 표정으로 그 앞의 골짜기를 바라보려고 애썼다.

울리히는 그간의 과정을 되돌아보았다. "당신이 말했듯 아른하임이 저를 활동가라고 부른 것은 투치의 집에서 저의 능력을 과대평가한 결과가 아닐까 걱정이 되는군요." 그가 대답했다. "아시다시피 당신은 저의 말에 거의 큰 의미를 두지 않잖아요. 그러나 당신의 질문을 듣는 순간 제가 어떤 영향을 끼쳐야 할지가 분명해집니다. 저를 다시 책망하지 않으신다면 한번 말씀드려도 될까요?"

말없이 고개를 끄덕이며 디오티마는 동의의 뜻을 전했고, 겉으론 관심없는 체하면서 정신을 가다듬으려 했다.

"제가 주장하기를," 울리히가 말을 시작했다. "그럴 능력이 있는 어떤 사람도 원하는 바를 이루지는 못할 거라고 했습니다. 우리의 서류철을 가득 채운 제안들을 기억하시나요? 이번에 제가 한번 묻겠습니다. 누군가 평생을 걸쳐 애타게 바라던 일이 갑자기 이뤄진다면 당황스럽지 않을까요? 가령 갑자기 가톨릭 교도들에게 하나님나라가 찾아오고, 사회주의자들에게 미래국가가 도래한다면 어떨까요? 그러나 아마도 그런 일은 일어나지 않을 겁니다. 사람들은 요구하는 일에 익숙하지만 그 일이 실현되는 것에는 큰 기대를 품지 않죠. 다수의 사람들에게는 그게 자연스런 일입니다. 말이 나온 김에 하나 더 묻겠습니다. 말할 것도 없이 음악가에게는 음악이, 화가에게는 그림이 가장 중요합니다. 아마 콘크리트공에게는 콘크리트로 짓는 집이 가장 중요하겠죠. 그렇다고 어떤 사람이 신을 철근콘크리트의 전문가로 상상한다면, 또는 그림이나 나팔소리를 실제 세계보다 더 좋아한다면 당신은 어떻겠습니까? 당신은 이 질문이 말도 안된다고 하겠지만 거기에는 우리가 이런 종류의 어리석음을 계속 원할 것이라는 심각한 진실이 숨어 있습니다! 그리고 제발 오해하지 말아야 할 것은," 그녀를 향해 몸을 돌리며 그는 진지하게 말했다. "제 말은 사람들이 실현하기 어려운 일을 열망하고 쉬운 일은 경멸한다는 뜻은 아니라는 것입니다. 단지 현실 가운데 비현실을 향한 불합리한 열망이 존재한다는 거예요."

그는 눈길 한번 주지 않고 디오티마를 작은 골짜기까지 인도했다. 경사면 깊숙이 스며든 눈 때문에 더 높이 올라갈수록 더 축축했고 중간중간 한 풀덤불에서 다른 곳으로 껑충 뛰어야 했기 때문에 대화가 끊겨 울리히는 말을 하다 말다 하면서 가는 수밖에 없었다. 또한 그가 말한 것에는 너무도 많은 자명한 반대들이 있어서 디오티마는 어디서 말을 시작해야 할지 몰랐다. 그녀는 발이 젖은 채 풀언덕 위에서 치마를 치켜 쥐고서는 길을 잃은 듯 걱정스레 서 있었다.

울리히는 그녀를 돌아보고 웃었다. "당신은 아주 위험한 일을 시작한 거예요, 위대한 사촌. 사람들은 자기들의 이상이 실현될 수 없을 때라야 큰 기쁨을 느끼거든요."

"그러면 당신은 뭘 하려고 하죠," 화가 난 디오티마가 물었다. "만약 당신이 이 세계를 하루 동안 지배한다면 말이에요."

"아마 현실을 무너뜨리는 일밖에는 할 게 없을 거 같은데요."

"왜 그런 일을 하려는지 알고 싶군요."

"나도 잘 모르겠어요. 내가 무슨 말을 하는 건지도 정확히 모르니까요. 우리는 과도하게 현재를, 현재의 느낌을, 그러니까 여기 있는 것을 과대평가하죠. 내 말은, 당신이 나와 함께 이 골짜기에 와 있는 것조차 바구니에 담아놓고 현재라는 마개를 그 위에 씌워놓은 것처럼 본다는 것이죠. 우리는 그런 현재를 너무 과대평가해요. 우리는 기억하죠. 아마 1년 후에라도 여전히 우리가 여기서 어떻게 머물렀는지를 설명할 수 있을 겁니다. 그러나 우리를 진정 감동시키는 것은, 적어도 저에게는, 신중한 말이에요. 나는 그런 말에 어떤 설명이나 이름을 구하고 싶진 않아요—항상 어느 정도는 그런 방식에 반대하는 편이죠. 그런 신중한 말이 현재에 의해 밀려나고 있어요. 따라서 그것은 현재가 되지 못하는 거예요!"

골짜기를 따라 울리히의 말이 높고 혼란스럽게 울려퍼졌다. 디오티마는 갑자기 불안해져 차로 돌아가려 했다. 그러나 울리히는 그녀를 세우고 풍경을 바라보았다. "수천년 전 저곳은 빙하였습니다. 지구조차도 현재 드러난 모습과 똑같은 영혼을 품고 있진 않아요." 그는 설명했다. "이 둥근 존재는 히스테릭한 성질을 지녔죠. 오늘날 지구는 아이들을 키우는 중산층 엄마 같은 역할을 합니다. 옛날 세계는 독한 소녀처럼 냉랭하고 차가웠어요. 수천년 전에는 따듯한 양치식물과 후끈한 습지와 사악한 맹수들로 득시글거렸죠. 과연 세계가 완벽을 향해 발전해 왔는지, 그리고 무엇이 옳은 상태인지 우리는 말할 수 없습니다. 그건 세계의 딸인 인간도 마찬가지죠. 오랜 시간 동안 인간이 입었던, 그리고 오늘날 우리가 입고 있는 옷을 한번 떠올려 보세요. 정신병원의 용어를 빌리자면 그건 오랜 기간 억압된 의식이 비정상적인 생각으로 갑작스럽게 터져나온 것입니다. 그런 과정을 거친 후에 새로운 삶의 개념이 성립되는 것이죠. 당신이 보다시피, 현실은 스스로를 지워버리거든요!"

"좀더 말씀드리고 싶은 게 있어요," 잠시 후에 울리히는 말을 이었다. "발 아래 굳건한 땅이 있다는 것, 그리고 우리가 단단한 피부로 덮여 있다는 것처럼 다른 사람들에게 자연스런 느껌들이 저한테는 거의 없었습니다. 당신이 아이였을 때를 한번 생각해보세요. 그 부드러운 홍조를요. 그리고 입술이 열망으로 타들어가는 청소년기를 생각해보세요. 적어도 제 안에서는, 이른바 성숙한 성인이 발달의 최고점에 이르렀다는 생각은 저항을 불러일으켰어요. 어떤 면에서는 그렇고 어떤 면에선 그렇지 않죠. 만약 내가 잠자리를 닮은 개미 포식자인 명주잠자리였다면, 아마 그 몇해 전 개미귀신(명주잠자리의 애벌레—옮긴이)이었을 때를 두려워했을 거예요. 그때 개미귀신은 숲속 가장자리에 깔때기 모양의 구멍을 파놓고 상대에게 모래를 끼얹어 힘을 뺀 후 허리춤에 숨겨진 집게발로 먹이를 잡아들였죠. 비록 그때 잠자리였던 제가 지금은 괴물이 되었다 하더라도, 청소년 시기가 그처럼 저를 두렵게 하는 때가 있어요." 그는 무엇을 말하고 싶어하는지 스스로도 몰랐다. 명주잠자리와 개미귀신으로 아른하임의 박식함을 조금 흉내냈는지도 모른다. '제발 그냥 사랑으로 안아주세요. 우리는 친척이고, 완전히 떨어져 있지 않으며, 확실히 남남은 아니잖아요. 아무튼 아주 형식적이거나 근엄한 사이는 절대 아니잖아요.' 이런 말이 거의 튀어나올 뻔하기도 했다.

그러나 그건 울리히의 착각이었다. 디오티마는 매우 자존감이 강한 사람이었고 그래서 지나온 시절을 아래에서 위로 향하는 계단으로 여겼다. 울리히의 말은 그녀에게 전혀 이해가 되지 않았으며 특히 그가 말하지 않고 남겨둔 것은 더욱 알지 못했다. 하지만 그들이 차로 돌아오자 그녀는 고요함을 느꼈고 그의 말을 예의 그 농담이나 분노 따위로 받아들이면서 더이상 눈짓 하나 주지 않았다. 그 순간 실제로 그는 그녀를 현실로 돌아오게 하는 것 외에는 어떤 영향도 끼치지 못했다. 그녀의 마음속 어딘가에서 일어난 편견의 얇은 구름이 메마른 허공으로 풀려나갔다. 아마도 처음으로 그녀는 아른하임과의 관계가 조만간 그녀의 전생애를 바꿀 선택을 하게 할 것이라는 사실을 강하고 분명하게 깨달았을 것이다. 아무도 바로 지금 그것이 그녀를 행복하게 해주리라고 말할 수는 없었지만, 그것은 실제 서 있는 산만큼의 무게를 지니고 있었다. 어떤 연약한 순간이 지나갔다. '누군가 원하는 것을 하지 못한다'는 것은 그녀가 더이상 이해하지 못하는 완전히 어리석은 빛을 띠었다.

"아른하임은 저와는 아주 반대인 사람이에요. 그는 언제나 자신과 바로 이 순간 마주치는 시간과 공간의 행복을 과대평가합니다." 울리히는 이야기를 마칠 때면 그렇듯이 미소를 띠며 한숨을 내쉬었다. 그러나 그는 더이상 어린 시절에 대한 이야기를 하지는 않았고 그래서 디오티마가 그의 감수성을 발견할 기회는 찾아오지 않았다.

70.
클라리세가 이야기를 나누러 울리히를 방문하다

옛 성을 새롭게 꾸미는 게 유명한 화가 판 헬몬트의 특기였고 그의 천재적인 작품이 바로 그의 딸 클라리세였으며 어느날 갑자기 그녀는 울리히를 찾아왔다.

"아버지가 나를 보냈어," 그녀는 설명했다. "너의 그 빼어난 귀족 인맥을 아버지에게도 좀 소개해줄 수 있는지 알아보라고." 그녀는 의자에 몸을 기대고 다른 의자에 모자를 올려놓은 채 호기심 많은 눈으로 방을 둘러보았다.

"네 부친이 날 과대평가하는구나." 그가 말하려고 했지만 그녀가 말을 잘랐다.

"말도 안돼! 너도 알겠지만 노인들은 돈이 필요하다고. 사업은 예전 같지가 않아!" 그녀는 웃었다. "우아한 곳에 사는군, 정말 아름다워." 그녀는 주변을 자세히 관찰하더니 다시 울리히를 바라봤다. 그녀의 모든 태도는 나쁜 양심 때문에 자꾸 털 사이를 긁어대는 강아지의 사랑스러운 불안함을 닮았다.

"아무튼, 네가 할 수 있으면 한번 해봐. 아니면 그만두고. 물론 아버지한테는 네가 할 거라고 약속했어. 여기 온 건 사실 다른 이유 때문이야. 너를 만나고 오라는 아버지 말씀이 다른 생각을 불러일으켰거든. 우리 가족에게 문제가 있어. 네가 어떻게 생각하는지 들어보고 싶어." 그녀의 눈과 입은 주저하더니 일순간 경련을 일으켰다. 그러고는 처음의 주저함을 단숨에 떨쳐버렸다. "'아름다움의 의사'라는 말에서 뭔가를 떠올릴 수 있겠니? 화가는 아름다움의 의사야."

울리히는 이해했다. 그녀 부모의 집안을 알았던 것이다.

"어둡고 뛰어나고 빼어나고 화려하고 쿠션을 넣고 깃발과 장식을 단 듯하고…" 그녀는 말을 이었다. "아버지는 화가야. 화가는 일종의 아름다움의 의사지. 우리 집에 한번 오는 것도 마치 온천여행을 온 것처럼 멋진 교류라고 생각하는 분이지. 너는 알 거야. 그리고 아버지의 주수입원은 궁전이나 성을 꾸미는 일이었지. 너도 파흐호펜 가문을 알던가?"

그 귀족 가문을 울리히는 잘 알지 못했다. 다만 그 가문의 여성을 몇해 전 클라리세의 모임에서 한번 본 적은 있었다.

"그녀는 내 친구였지." 클라리세가 말했다. "그때 그녀는 열여섯살, 나는 열다섯살이었어. 아버지는 그 성을 개조하고 꾸미기로 돼 있었어. 그래, 당연히 파흐호펜 가문의 집이었지. 우리 모두 초대받았어. 그때가 발터가 우리와 처음 함께한 때였어. 마인가스트도 있었고."

"마인가스트?" 울리히는 그가 누구인지 몰랐다.

"너도 그를 알 거야. 마인가스트는 나중에 스위스로 갔지. 그때만 해도 그는 철학자 타입은 아니었어. 딸 있는 집안에 꼭 끼는 수탉 같은 아이였지."

"개인적으로 아는 사이는 아니지만," 울리히가 말했다. "누군지는 알겠다."

"그럼 됐어." 클라리세는 뭔가를 애써 머릿속에서 계산했다. "잠깐만. 그때 발터는 스물셋이었고 마인가스트는 그보다 나이가 좀 많았을 거야. 발터는 속으로 아버지를 열렬히 추앙했지. 그는 그런 성에 처음으로 초대를 받았거든. 아버지는 종종 왕실의 외투를 걸친 것 같은 분위기를 풍겼지. 내 생각에 처음에 발터는 나보다 아버지와 있는 걸 더 좋아했어. 그리고 루시는…."

"제발 천천히 클라리세!" 울리히가 간청했다. "맥락을 놓칠 것 같아."

"루시는" 클라리세가 말했다. "우리를 초대한 파흐호펜 가의 딸이었지. 이제 알겠어? 그래, 이제 이해가 되나보군. 아버지가 루시를 긴 벨벳이나 비단으로 감싸서 말에 태우면 그녀는 아버지를 티치아노나 틴토레토 같은 화가라고 상상했었지. 그들은 서로에게 완전히 반해 있었어."

"그러니까 아버지는 루시에게, 발터는 아버지에게 말이구나?"

"내 말 좀 더 들어줄래? 그때는 인상주의가 유행이었어. 그런데 아버지는 지금도 그렇듯이 그때도 옛 방식의, 음악적인 그림을 그렸거든. 갈색 소스나 공작 꼬리 같은 거 말이야. 하지만 발터는 자유로운 분위기, 그러니까 새로우면서도 진지한 영국식 실용주의의 명확한 선을 좋아했지. 아버지는 마음속으로 마치 개신교도들이 설교를 못 견뎌하듯이 발터를 못마땅해하셨어. 아버지는 마인가스트 역시 마음에 들지 않았지만 벌어들이는 것보다 항상 더 많이 써대는 두 딸 때문에 두 청년의 영혼을 받아들이는 수밖에 없었지. 이미 말했듯이 발터는 속으로 아버지를 좋아했어. 하지만 아버지는 새로운 예술운동 때문에 그를 공공연히 비판할 수밖에 없었지. 그리고 루시는 예술이라고는 아무것도 몰랐어. 하지만 발터 앞에서 웃음거리가 되는 걸 두려워했고 발터가 옳다고 판명될 때 아버지가 그저 우스운 늙은이로 드러날까봐 걱정했어. 이제 좀 그림이 그려지니?"

울리히는 그럼 어머니는 당시 어디 계셨는지를 물었다.

"어머니도 당연히 거기 계셨지. 어머니는 맨날 그만그만하게 아버지와 다투고 있었어. 너도 알겠지만 이런 상황이다보니 발터에게 더 유리해진 거지. 그는 우리 가족 모두에게 하나의 교차점이 된 거야. 아버지는 그를 두려워했고 어머니는 그를 부추겼으며 나는 그와 사랑에 빠지기 시작했어. 루시는 발터에게 잘 보이려고 했지. 발터가 아버지에 대한 확실한 권력을 쥐게 되자 그는 조심스러운 육욕을 가지고 권력을 만끽하기 시작했어. 내 말은, 그때 발터는 자신의 소중함을 발견하게 된 거야. 아버지와 나 없이는 아무것도 아니었을 텐데 말이야. 이제 맥락이 좀 이해가 되니?"

이제야 울리히는 그녀의 질문에 그렇다고 말할 수 있었다.

"또다른 이야기도 해주지!" 클라리세는 확신에 차서 말했다. 그녀는 생각을 하느라 좀 뜸을 들이더니 말을 이었다. "그래, 나와 루시의 관계를 보자. 그건 흥분되리만큼 혼란스런 관계였지. 당연히 나는 자기의 사랑 때문에 온가족을 파멸시키려는 아버지에게 화가 났지. 그러나 이런 일들이 어떻게 벌어진 것인지 궁금하기도 했어. 그 둘은 정말 정신이 나갔거든. 내가 여전히 공손하게 '아버지'로 부르는 인물을 사랑하는 것에 루시는 내 친구로서 당연히 복잡한 심정이었지. 그녀는 꽤 자부심도 있었지만 나를 마주할 때는 부끄러워했어. 아마 그 성이 지어진 이후 그렇게 복잡한 관계를 숨기긴 아마 처음이었을 거야. 하루종일 루시는 할 수 있는 한 아버지와 함께했고 밤에는 탑으로 돌아와 나에게 고백했지. 나는 탑에 머물고 있었고 우리는 밤새 불을 밝혔어."

"루시는 너의 아버지와 무슨 관계까지 간 거야?"

"내가 알아낼 수 없었던 단 하나가 바로 그거야. 하지만 그런 여름밤을 한번 생각해봐. 부엉이는 슬피 울고 밤은 신음하며 뭔가 주변이 섬뜩해질 때 우리는 내 침대로 올라가서 더 이야기를 나눴지. 우리는 어떤 나쁜 열망에 사로잡힌 남자가 자신에게 총을 쏘는 장면을 상상할 수밖에 없었어. 정말 매일 그런 일이 일어나기를 기다리고 있었지."

"정말 인상깊은 건," 울리히가 끼어들었다. "그들 사이에 큰일이 없었다는 것이군."

"나도 그렇게 생각해. 큰일은 없었지. 하지만 일은 많았어. 너도 이제 알게 될 거야. 루시는 갑자기 성을 떠나야만 했어. 그녀의 아버지가 갑자기 스페인 여행에 데려가버렸거든. 아버지가 혼자 남겨졌을 때의 모습을 너도 봤어야 하는데! 내 생각에 그는 거의 엄마 목을 졸라 죽였을지도 몰라. 그는 안장 뒤에 이젤을 묶고 그림은 단 한장도 그리지 않은 채 새벽부터 해가 질 때까지 말을 타고 돌아다녔어. 집에 있을 때도 붓은 건드리지도 않았지. 중요한 건, 평소 로봇처럼 엄청나게 그림을 그려대던 그가 그때에는 크고 텅 빈 그의 방에서 펼치지도 않은 책을 들고 앉아만 있었다는 거야. 그는 종종 몇시간이나 생각에 몰두하다가 일어서서 다른 방이나 정원으로 가서는 또 생각에 빠져들었어. 하루종일 그럴 때도 있었어. 결국 그는 늙은 남자였고 그 젊은 여자는 그를 버려두고 떠난 것이지. 이해가 되지 않아? 내 생각에 늘 팔을 서로의 몸에 두르고 재잘대던 루시와 나의 모습이 마치 야생의 씨앗처럼 그에게 심어진 것이 아닌가 싶어. 아마 그도 루시가 항상 탑으로 나를 보러 왔던 사실을 알았나봐. 어느날 밤 11시경 성의 모든 불이 다 꺼진 후 거기 그가 왔어. 그건 놀랄 만한 일이었어!" 클라리세는 자신의 이야기 속에 격정적으로 빨려들어갔다. "아마 너는 계단에서 들리는 뚜벅거리는 소리와 부스럭거리는 소리를 듣고 누군지 몰랐을 거야. 그러고는 투박하게 문의 손잡이를 만지는 소리, 그리고 문을 여는 으스스한 소리…."

"도움을 청하지 그랬어?"

"정말 이상한 거야. 그 첫번째 소리만 듣고서도 누군지 알겠더라고. 한동안 아무 소리도 들리지 않는 것을 보니 아버지가 출입구에 꼼짝 않고 서 있었던 게 분명해. 그 역시 아마 두려웠을 거야. 그는 신중하게 문을 닫더니 내 이름을 낮게 불렀어. 나는 정신이 완전히 나갔지. 절대 그에게 대답하고 싶지 않았지만, 놀라운 일이 일어난 거야. 내 안 깊숙한 곳에 마치 무슨 방이 하나 있는 것처럼 낑낑대는 소리가 울려나왔어. 그거 알겠니?"

"몰라, 더 말해봐!"

"그게 전부야. 다음 순간 그는 절망에 빠져 나를 꽉 움켜잡더니 내 침대로 거의 쓰러졌고 내 곁의 베개에 머리를 파묻었지."

"울던가?"

"눈물 없는 경련이 일었지. 늙고 버림받은 육신! 나는 순간적으로 깨달았어. 그런 순간 느낀 것을 나중에 말하라면 그건 아마도 완전히 위대한 것이라고 할 수 있을 거야. 그는 놓쳐버린 사람 때문에 분노로 정신이 나가서 모든 정숙한 것들에 화가 치밀었는지도 몰라. 갑자기 나는 그에게 정신이 돌아오는 것을 감지했고 아주 깜깜했음에도 그가 나를 향한 막무가내의 굶주림으로 몸을 부들부들 떨고 있음을 알아챘어. 거기엔 어떤 배려나 관용도 없었지. 내 신음소리 외에는 아주 고요했어. 내 몸은 빛을 뿜으며 말라 있었고 그의 몸은 불가에 둔 한장의 종이 같았어. 그는 정말 가벼워졌어. 나는 그가 어깨 너머로 내 몸에서 팔을 슬그머니 빼는 것을 느꼈지. 너한테 물어보고 싶은 게 있어. 그래서 온 거야…."

클라리세는 말을 멈췄다.

"뭘? 넌 아무것도 묻지 않았잖아!" 잠시 뒤 울리히는 그녀가 말을 계속 하도록 했다.

"하지만, 난 먼저 말해야 할 것이 있어. 내가 꼼짝 않고 있었던 것을 그가 순응의 표시로 받아들였음에 분명하다는 사실이 너무 끔찍해. 나는 두려움으로 돌처럼 굳어서 전혀 움직이지 못한 것인데 말이야. 너는 어떻게 생각해?"

"뭐라고 해야 할지 모르겠군."

"그는 한손으로는 내 얼굴을 쓰다듬었고 다른 손으로는 몸을 더듬었어. 그의 손은 떨면서 마치 아무 위험도 없다는 듯이 키스하듯 내 가슴을 지나가더니 무슨 응답이 들리나 기다리는 거야. 그러고는 결국—너도 잘 알다시피—손이 움직이더니 그가 나를 쳐다보더군. 하지만 나는 마지막 힘을 다해서 그에게서 몸을 빼내 한쪽으로 피했지. 그리고 그때 다시 한번 내가 전에는 알지 못하던 소리가, 그 간구와 신음 사이의 어떤 소리가 가슴에서 울려나왔어. 내게는 메달 모양의 검은 점이 하나 있는데…."

"너의 아버지는 그 다음에 어떻게 했니?" 울리히는 차갑게 끼어들었다.

특성 없는 남자 203

하지만 클라리세는 그에게 끼어들 틈을 주지 않았다. "바로 여기야," 그녀는 긴장된 미소를 지으며 드레스 속 엉덩이 부근의 한 지점을 가리켰다. "그는 여기까지 왔던 거야. 바로 여기 메달 점이 있거든. 이 메달 점은 신비로운 힘을 가지고 있어. 하여튼 거기에는 뭔가 특별한 것이 있지!"

갑자기 그녀의 얼굴이 붉어졌다. 울리히의 침묵이 그녀를 일깨웠고 이제까지 사로잡혔던 생각을 흩뜨렸던 것이다. 그녀는 난처하게 웃더니 성급하게 말을 마무리했다. "아버지? 그는 곧 일어났어. 그의 표정이 어땠는지는 볼 수 없었지만 당혹스러울 거라는 생각은 했지. 아마 고마웠겠지. 아무튼 마지막 순간 내가 그를 구원해주었으니까. 늙은 남자와 젊은 여자는 그럴 힘이 있다는 걸 넌 알아야 해! 그에게는 내가 기이하게 보였음에 틀림없어. 그는 내 손을 아주 부드럽게 누르더니 다른 손으로 머리를 두번 때리더라니까. 그러고는 그는 아무말도 없이 가버렸어. 그러니 내가 그를 위해 뭘 할 수 있겠니? 결국 나는 말을 할 수밖에 없었고, 너는 알게 된 거지."

그곳으로 올 때 그녀는 간소하고 정숙한 맞춤 드레스만 걸치고 왔다. 그녀는 돌아가려고 거기에 서서, 작별의 인사로 손을 내밀었다.

71.
위원회가 황제의 70주년 기념행사와 관련한 주요 안건을 논의하기 위해 첫번째 회의를 열었다

울리히가 모오스브루거를 구해야 한다는 요청을 담아 라인스도르프 백작에게 보냈던 편지에 대해 클라리세는 아무말도 하지 않았다. 아마도 내용을 전부 잊어버린 것 같았다. 그러나 울리히조차도 그 문제를 한참 후에야 기억해냈다. 마침내 디오티마는 '황제의 70주년 기념행사와 관련해 모든 부분에서 민중의 바람을 확정하고 초안을 논의하기 위한 질의'를 뼈대로 삼아 '황제의 70주년 기념행사와 관련한 주요 안건을 논의하기 위한 위원회'로 불릴 수 있는 특별한 모임을 준비하는 데까지 이르렀고 위원회의 리더로 자신을 예약해두었다. 라인스도르프 백작이 직접 초대장을 썼고, 투치가 교정했으며 그의 교정이 최종 승인을 받기 전에 디오티마가 아른하임에게 전달해 검토됐다. 그 복잡한 과정에도 불구하고 백작의 의중은 모두 포함되었다. '우리가 이 자리에 모인 것은,' 거기엔 이렇게 씌어 있었다. '민중 가운데 힘차게 일어난 요구들이 그냥 우연으로 치부될 게 아니라 넓은 시야를 갖고 사방을 둘러볼 수 있는 위치, 즉 위로부터의 영향력을 요구한다는 것을 알기 때문이다.' 이후 '아주 드문 행사인 축복받은 황제계승 70주년' '운집해준 민중에 대한 감사' 평화의 황제, 정치적인 미성숙, 세계 오스트리아 해 등이 이어졌고 마지막으로 이 모든 것을 진정한 오스트리아 영혼의 빛나는 선언으로 장식할 '부와 문화'에 대한 권고—단, 매우 신중한 검토가 필요한—가 잇달았다. 디오티마의 명단에는 예술, 문학, 학문에 걸친 사람들이 포함돼 있었고 세밀한 엄선이 이어졌다. 한편 참석을 허락받은 사람일지라도 실제적인 부서에서 활동하리라 기대하기는 힘들었는데, 이후에도 철저한 검증과정이 있어서 아주 극소수만이 통과되기 때문이었다. 하지만 초대된 사람들은 여전히 너무 많아서 녹색 천을 깔고 하는 정식 만찬은 생각도 할 수 없고 오직 식은 뷔페를 곁들인 간단한 연회만이 가능했다. 사람들 각각의 형편대로 앉거나 서 있었고 디오티마의 방들은 빵과 파이, 와인, 브랜디와 차로 가득 찬 정신적 군대의 야영지 같았다. 이 정도나마도 남편 투치의 특별한 예산승인이 없었으면 불가능했을 것이다. 그 회의에서, 투치가 새롭고 과학적인 외교술을 사용해보자고 제안했으리라는 추측 역시 반드시 덧붙여져야 할 것이다. 그렇게 많은 사람들을 다루는 일은 디오티마에게 큰 부담을 안겨주었고, 만약 그녀의 머릿속이 할말이 계속 가장자리로 넘쳐흐르는 화려한 과일그릇 같지 않았다면 많은 일들에 화를 냈을 것이다. 그 집의 여주인으로서 그녀는 도착하는 손님들을 환영했고 그들의 최근 작품에 대한 상세한 지식으로 넋을 나가게 만들기도 했다. 그녀의 준비는 훌륭했고 이는 다 아른하임의 도움으로 가능했다. 그는 자신의 비서들을 그녀에게 보내 서류를 정리하고 가장 중요한 문건들을 추려내는 일을 하게 했다. 이 화산 같은 시도 뒤에 남은 멋진 암석은 바로 라인스도르프 백작이 평행운동 초기에 기증한 자금에다 오로지 빈 방들을 장식할 목적으로 디오티마 자신이 모은 책들을 보태 꾸며진 큰 도서관이었다. 그곳에 여전히 보이는 꽃무늬 벽지는 그곳이 원래 우아한 부인의 방이었음을 드러냈고 그래서 그 소유자에 대한 아첨을 끌어내는 뭔가가 있었다. 이 도서관에는 또다른 장점이 있음이 밝혀졌다. 초대받은 손님들이 디오티마의 극진한 인사를 받은 후에 이방저방 정처없이 돌아다니다가 이 도서관을 발견하고는 반드시 이 서가로 이끌려왔기 때문이다. 마치 꽃더미 앞의 벌처럼 책을 유심히 바라보는 뒷모습들이 오르락내리락 했다. 비록 우아한 호기심 때문이었다고는 해도 책을 직접 쓴 사람들이 그 서가에서 마침내 자기 책을 발견했을 때는 달콤한 만족이 골수까지 스며들었고 이로 인해 애국운동은 이득을 보았다.

  처음에 디오티마는 각각의 회의에 자율권을 부여해 지적으로 발전해가도록 내버려두었다. 하지만 그녀는 '관대하게 바라본다면' 비지니스의 세계에서조차도 모든 삶은 내적인 시에 의지한다면서 특별히 시인들에게 특권을 주겠다고 다짐했다. 그 말에 놀라는 사람은 없었으나 그런 신뢰를 받고 선발된 대부분의 사람들은 평행운동에 초대돼 몇마디 짧은 조언—상황에 따라 5분에서 45분 사이의—을 해야 한다는 사실이 밝혀졌다. 다음 연사가 쓸데없이 시간을 낭비하거나 주제에 어긋난 제안을 하더라도 그 조언만큼은 평행운동의 확실한 성공을 이야기해야만 했다. 이 조언을 듣고 처음에 디오티마는 감격에 겨워 거의 울 것 같은 감정에 휩싸였고, 그 이후에는 태연한 표정을 짓고 있기가 매우 어려웠는데, 이는 그들 각자가 말하는 바가 너무 달라서 그것을 한데 묶을 수 없었기 때문이다. 그녀는 그런 빼어난 영혼들이 모인 것을 거의 경험하지 못한데다가 세계적인 인물들이 한자리에 모이는 것도 쉽지 않았던 터라 그들의 말은 한걸음 한걸음 힘들게, 천천히 이해될 수밖에 없었다. 세상에는 그 하나하나의 부분과 전체의 의미가 다른 것들이 많다. 가령 물은 조금 있을 때와 많을 때에 따라 마시는 음료가 되기도 하고 익사시키는 물이 되기도 한다. 그리고 독이나 오락, 여가, 피아노 연주, 이데아 같은 것들도 그러하며 과연 세상의 모든 것들이 그렇다고 할 수 있다. 그래서 어떤 것의 의미는 그 밀도와 처해진 환경들에 달려 있다고 해도 과언이 아니다. 그것에는 확실히 천재조차도 예외는 없다는 점을 덧붙여야 하는데 그러지 않는다면 스스로를 사심없이 디오티마의 결정에 맡긴 그 위대한 인물들을 깎아내릴 수도 있을 것이다.

왜냐하면 첫번째 회의에서부터 사람들은 그 위대한 정신들이 자신들의 안전한 둥지를 떠나 땅에 내려와 사람들에게 뭔가를 이해시킨다는 것에 불안함을 느낀다는 인상을 받았기 때문이다. 그녀가 그중 하나의 영향력있는 사람과 몇마디를 나누자마자 마치 하늘 위를 걸어다니는 듯한 느낌을 주던 그 비범한 말이, 세번째, 네번째 사람을 거치면서 대화가 모순에 얽혀들자 어떤 질서도 없는 고통스러운 무능함에 도달하고 말았다. 누구든 그런 비유를 두려워하지 않는 사람은 그들의 모습에서 한껏 뽐내며 날다가 땅에 내려와서는 뒤뚱거리는 백조를 볼 수 있었다. 하지만 오래 알고 지내다보면 이것 역시 잘 이해될 수 있다. 오늘날 위대한 정신들의 삶은 '아무도 모른다'에 기반하고 있다. 그들은 50세나 100세 생일을 맞아, 또는 개교 10주년을 맞아 명예박사 학위를 수여하는 시골 대학에서, 또는 국가의 문화적 보물을 이야기해야 하는 이런저런 기회에 자신들에게 쏟아지는 숭배에 즐거워한다. 우리는 위대한 인물의 역사를 가지며 그것을 우리에게 속한 기구로 생각한다. 마치 감옥이나 군대처럼 말이다. 그것은 누군가를 그 기구 속에 잡아넣어야 한다는 것을 의미한다. 그래서 그런 사회적 요구에 따라 거의 자동적으로 다음 사람이 줄에 세워지고 그에게 나눠주기에 충분한 영예를 부여한다. 하지만 이 영예는 믿을 만한 것이 못된다. 근본적으로는 그런 영예에 값하는 인간이란 없다는 일반적인 확신이 그 사이에 입을 벌리고 있었으며 그 입이 칭송을 하는 것인지 하품을 하는 것인지는 정확히 구분하기 어려웠다. 오늘날 누군가를 천재라고 부르는 것은 실제로 그런 것은 없으며 바로 그렇듯 아무 감흥이 없기 때문에 더욱 위대한 스펙터

클에 매달리는 히스테릭한 애착을 드러낸다. 그것은 그 자체로 죽은 영예인 것이다.

그런 상황은 당연히 감각적인 사람들에게 즐거운 일이 아니었고 그래서 그들은 여러 방법으로 그런 상황을 없애보려고 노력했다. 어떤 사람들은 절망을 딛고 위대한 정신이나 거친 남자, 심오한 소설가, 부푼 마음의 연인들, 그리고 새로운 시대의 리더들을 위한 수요를 이용함으로써 부자가 되었다. 다른 사람들은 보이지 않는 왕관을 쓰고 어떤 상황에서도 그것을 벗지 않으면서 그들이 창조해낸 것이 2백년, 혹은 천년 안에는 빛을 보지 못할 것이라며 씁쓸하게 확신한다. 그들 모두는 진정으로 위대한 사람들이 시대보다 너무 앞서 있다는 이유로 살아있는 문화의 일부가 되지 못하는 현실을 독일 민족의 통렬한 비극으로 생각했다. 그러나 이제까지 중요하게 다뤄진 정신이 예술 분야에 국한돼 있다는 건 강조될 필요가 있는데, 거기에는 정신이 세계와 관련맺는 방식에서 주목할 만한 차이가 있기 때문이다. 괴테와 미켈란젤로 같은 예술계의 인물은 나폴레옹이나 루터에 상응하는 칭송을 받는 반면, 오늘날 누구도 인류에게 마취술의 놀라운 축복을 제공한 사람은 기억하지 못한다. 아무도 가우스나 오일러, 맥스웰(각각 독일, 스위스, 영국의 과학자—옮긴이)의 삶에서 슈타인 부인(괴테의 연인—옮긴이)과 같은 연인을 찾으려 하지 않으며 그 누구도 라부아지에나 카르다누스(각각 프랑스, 이탈리아의 과학자—옮긴이)가 어디서 태어났고 어디서

죽었는지 궁금해하지 않는다. 대신 우리는 똑같이 관심없는 다른 사람들이 어떻게 그들의 생각과 발명을 발전시켰는지를 배우며 그 짧은 생애를 불태운 후에 타인들에 의해 이어져온 그들의 업적에 집중한다. 사람들은 이 두가지 인간의 태도가 얼마나 날카롭게 구분되는지를 보고 처음에는 놀란다. 하지만 충분히 서로 반대되는 예들을 알고 나면 모든 차이들은 자연스럽게 받아들여진다. 그런 습관들이 바로 우리에게 개인과 일, 인간의 위대함과 사물의 위대함, 문화와 지식, 인간성과 자연 사이의 차이를 확신시키는 것이다. 일과 뛰어난 생산성이 도덕적 탁월함을 증진시키지 못하는 것처럼, 오직 정치가, 영웅, 성인, 가수, 무엇보다 영화배우들에게서만 그 예를 찾아볼 수 있는 천국의 관점으로 살아가는 인생, 분석 불가능한 삶의 가르침 따위도 도덕을 증진시킬 수는 없다. 또한 어떤 상황에서도 자신의 목소리가 내면적 삶과 피, 심장, 조국, 유럽, 그리고 인류의 목소리임을 강하게 확신하는 한에서만, 시인은 그런 위대한 비합리적 힘에 속함을 느낀다. 시인이 스스로 표현한다고 생각하는 것은 신비한 전체인 반면 다른 사람들은 그저 이해 가능한 것들을 파고들어간다. 그리고 누군가 이 사명을 보고 배우기 전에 그는 그것을 먼저 믿어야 하는 것이다! 이것이 우리에게 확신시키는 것은 말할 것도 없이 진리의 목소리다. 하지만 그 진리는 뭔가 이상하지 않은가? 왜냐하면 사람보다 사물에 더 주목하는 곳에서는 언제나 사물을 운용하는 새로운 사람이 있는 반면, 반대로 사람에 강조점을 두는 곳이면 어디서나 어느 정도의 수준에 도달했다는 느낌에 만족할 만한 사람은 더이상 없고 진정한 위대함은 과거에만 존재하는 것이다!

그 밤에 디오티마 주위에 모여든 사람들은 거대한 집단이었고 갑자기 몰려든 다수였다. 어린 오리에게 수영이 당연한 것처럼 그들에게는 글을 쓰고 생각하는 것이 자연스러웠고 직업적으로 그런 일을 했으며 실제로 다른 사람보다 훨씬 더 잘했다. 그러나 과연 무엇을 위해서였을까? 그들이 하는 것은 아름답고, 위대하며, 독특하다. 그러나 그런 풍부한 독특함은 마치 묘지의 입김이나 과거의 숨결처럼 아무 의미나 목적도 없었고 어디서 왔는지 어디로 갈 것인지도 모를 것들이었다. 수많은 체험의 기억들, 영혼이 뒤섞인 엄청난 울림들이 이들의 머릿속에 있었으며 그것들은 마치 직물 속을 누비는 양탄자 바늘처럼 경계도 가장자리도 없이 전후좌우로 마구 나아가다가 이미 다른 곳에서 보여준, 약간은 다른 무늬를 아무데서나 만들어낸다. 하지만 그렇게 작은 점 하나가 영원을 짜낸다는 게 과연 제대로 된 일일까?

디오티마가 이 모든 것을 이해했다면 아마 과장이겠지만 영혼의 들판을 건너 무덤에서 불어오는 바람을 그녀도 느꼈고 마지막 날이 가까워올수록 점점 심한 무기력에 사로잡혔다. 그때는 비록 그녀가 의미를 정확히 파악하지는 못했지만 아른하임과의 대화중에 그가 확실한 희망없음에 대해 이야기한 것이 다행히도 그녀의 머릿속에 떠올랐다. 그녀의 친구는 지금 여행중이지만 그녀는 그가 이 모임에 지나친 희망을 두지 말라고 경고했던 것을 기억했다. 그렇듯 그녀가 빠져든 것은 사실상 아른하임의 우울이었으며, 그것은 그녀에게 아름답고, 아주 슬프면서도 달콤한 기쁨을 선사했다. 그가 한 예언을 다시 떠올리며 그녀는 질문했다. '행동하는 사람이 말을 전하는 사람과 접촉할 때는 늘 마음속 깊이 비관주의에 젖는 게 아닐까?!'

72.
수염 속에서 미소짓는 과학,
또는 악과의 정식 첫 만남

이제 웃음에 대한, 특히 남자의 웃음과 웃음을 그 속으로 감추기 위해 고안된 수염에 대한 이야기를 몇마디 해야겠다. 문제는 학자들의 웃음으로 그들은 디오티마의 초대에 응했고 유명한 예술가들의 이야기에 귀를 기울였다. 비록 그들은 웃고 있었지만, 확실히 그렇게 비꼬는 투로 웃지는 않았다. 오히려, 그것은 이미 이야기한 바대로 존중이나 무능함을 표시하는 한 방법이었다. 의식적으로는 확실히 그랬다. 그러나 요즘 유행하는 말로는 무의식적으로, 또는 더 정확히 말하자면 완전히 존재론적으로, 그들 속에서는 악으로 향하는 성향이 마치 주전자

아래의 불꽃처럼 요란하게 타오르고 있었다.

그건 당연히 좀 모순적인 생각처럼 보인다. 그리고 대학 교수가 있는 자리에서 누군가 그런 말을 한다면 다른 누군가는 교수는 충실하게 진리와 진보에 종사하는 사람이며 그밖에는 아무것도 모른다면서 그의 말을 반박할 것이다. 왜냐하면 그것이 교수의 직업 이상이기 때문이다. 그러나 모든 직업 이상은 고상하며 사냥꾼을 예로 들자면, 그는 자신을 야생의 도축자가 아니라, 동물과 자연의 능숙한 친구로 불리기를 원한다. 이는 마치 장사꾼이 고귀한 이익의 원칙을 수호하는 자로 불리기를 원하는 것과 같은데, 사실 국제관계의 빼어난 추진자이기도 한 장사꾼의 신 헤르메스는 도둑들의 신이기도 하다. 그래서 직업에 종사하는 사람들의 마음속에 있는 이미지는 그리 믿을 것이 못되는 것이다.

만약 우리가 어떻게 과학이 현재의 상태에 이르렀는지를 냉정하게 질문한다면—이는 우리가 완전히 과학의 영향력 아래 있으며 수많은 과학의 생산물과 함께 살아가는 법을 배워야 하기 때문에 일자무식인 사람조차도 그 지배에서 벗어나지 못하는 점을 고려한다면 매우 중요한 질문인데—우리는 아주 색다른 그림을 얻게 될 것이다. 믿을 만한 지식에 따르면 그것은 16세기 위대한 정신적 활동의 시기에 시작되었다. 그때 사람들은 자연의 비밀을 밝히는 데 2천년간 이어져온 종교적이고 철학적인 숙고를 그만두고 그 대신 겉으로 드러난 자연의 표면을 탐험하는 것에 만족했다. 가령 이 분야에서 항상 첫번째로 꼽히는 위대한 갈릴레오 갈릴레이는 도대체 왜 물질은 허공에 머물지 않고 땅에 닿을 때까지 끊임없이 떨어지는가, 하는 자연의 깊고 본질적인 문제를 지워버리고 좀더 일반적인 확정으로 대신했다. 즉 그는 오직 물체가 얼마나 빨리 떨어지는지, 그 궤적과 시간, 그리고 가속도를 간단하게 계산해내는 데 만족한 것이다. 가톨릭 교회는 주저없이 그를 처형하는 대신 죽일 듯 위협하다가 잘못을 뉘우친다는 말만 받아냈는데, 이는 큰 실수였다. 왜냐하면 바로 그와 같이 사물을 바라보는 방식에서—전체 역사로 치자면 눈깜짝할 사이에—기차 시간표, 공업 기계, 생리학적 심리학, 그리고 교회가 더이상 어쩌지 못하는 도덕적 타락이 일어났던 것이다. 아마도 교회는 너무 영리한 나머지 이런 잘못을 저질렀는데, 그것은 갈릴레이가 낙하법칙이나 지구 자전의 발견자일 뿐 아니라 오늘날 거대자본이 관심을 가질 만한 발명가이기도 하기 때문이다. 게다가 당시의 새로운 정신에 사로잡힌 사람은 그만이 아니었다. 오히려 역사는 그에게 영감을 준 이성적 사유가 마치 전염병처럼 격렬하게 퍼져나갔음을 증언하고 있다. 오늘날 이미 너무 많은 이성을 소유했다고 믿는 우리에게 이성적 사유로 영감을 받는다는 말이 엉뚱하게 들리겠지만, 갈릴레이 시대에 형이상학에서 벗어나 갖가지 증거를 바탕으로 현실을 면밀하게 관찰한다는 것은 이성적 사유의 만끽이자 열광이 아닐 수 없었다. 그러나 누군가 이런 변화가 일어났을 때 인간이 무슨 생각을 했느냐고 묻는다면, 지각있는 아이가 너무 이른 걸음마를 시작했을 때와 다를 게 없다는 대답이 나온다. 그 아이는 그리 기품은 없지만 믿을 만한 육체의 부분을 이용하여, 즉 엉덩이로 땅에 주저앉을 것이다. 그런데 놀라운 일은 땅이 굉장히 푹신푹신해 보여서 그 접촉의 순간부터 발명, 편리함, 발견 같은 것들이 기적적으로 끌려나올 수 있게 된 것이다.

그런 이야기들은 정당하게도 우리가 한창 경험하고 있는 반그리스도의 기적을 떠올리게 할 것이다. 그도 그럴 것이 여기서 사용된 '접촉'이라는 은유에는 의지할 만한 것이라는 의미뿐 아니라 천박하고 꼴사나운 것이라는 뜻도 있기 때문이다. 또한 사실상 지식인들이 '현실'에서 즐거움을 발견하기 전까지 현실이란 오직 군인이나 사냥꾼, 장사꾼처럼 폭력적이고 약삭빠른 사람들의 소유물이었다. 생존을 위한 투쟁은 어떤 감정적인 숙고도 허용하지 않는다. 오직 적을 가장 빠르고 확실하게 제거하려는 욕망만이 있을 뿐이다. 여기서는 누구나 실증주의자다. 사업의 세계에서도 확고한 이윤을 추구하지 않고 스스로를 기만하는 것은 덕이 되지 못하는데, 이윤이야말로 주변에 들끓는 적들을 심리적으로 제압하는 궁극적인 수단이기 때문이다. 만약, 다른 한편으로 누군가 발견으로 이끄는 특성들에 주목한다면, 그는 전통적인 숙고와 억제에서 자유로워질 것이고, 진취적인 만큼 무자비하기도 한 용기를 가지고 도덕적 숙고를 배제하면서 작은 이익을 위해 끈질기게 흥정을 벌일 것이며, 필요하다면 목표를 위해 완강한 인내심을 가지고 모든 불확실성에 신랄한 불신을 던지는 측정과 숫자를 숭배할 것이다. 다시 말해서, 우리는 다름아니라 지적인 언어로 번역되고 덕으로 해석된 그 옛날의 군인과 사냥꾼, 장사꾼을 발견한 것이다. 그들이 사적이고 천박한 이득을 멀리한다고는 하지만 그런 변화에도 불구하고 개인적인 악의 요소는 사라지지 않는다. 그것은 깨질 수 없고 영원한 것처럼 보인다. 악은 적어도 인간의 모든 숭고함만큼이나 영원한 것처럼 보이는데 왜냐하면 그것이 바로 이런 숭고함을 걸어 넘어뜨리려는 욕망에 다름아니기 때문이다. 어느 누군들 아름답게 빛나는 탐스러운 화병을 보고 단 한번에 쳐서 산산조각을 내는 상상을 품어보지 않았겠는가? 이처럼 신랄한 영웅주의로 점철된 유혹은 단단히 못질해두지 않으면 삶에서 결코 숨길 수 없는데, 이는 과학의 이성주의에 내장된 기본적인 감정이기도 하다. 또한 우리가 그것을 악마라고 부르지 못할 정도로 존경심을 품고 있다 하더라도, 거기에는 타버린 말갈기의 냄새가 여전히 들러붙어 있는 것이다.

우리는 동시에 기계적이고 통계적이며 물질적인 해명―늘 그렇듯이 심장은 도려내버린―을 각별히 애호하는 과학적 사고방식에서 시작해볼 수도 있을 것이다. 그것은 선을 이기주의의 특정한 형태로 바라본다. 또한 감정은 호르몬 분비와 연관시키기고 인간은 8, 9할이 물로 돼 있다고 주장하며 잘 알려진 자유의지조차도 자유무역에 따라 자동적으로 생긴 부산물 정도로 설명한다. 소화 촉진과 적당한 지방공급을 미(美)의 요건으로 제시하며 연간 출생률과 자살률을 그래프로 보여줌으로써 인간의 가장 자유로운 결정조차 미리 계획된 것처럼 보이게 만든다. 환희와 정신병을 거의 같은 것으로 보며 항문과 입은 각각 직장과 식도에 연결된 튜브의 끝으로 본다. 인간 환상의 마술 뒤에서 속임수를 펼치는 그런 생각들은 그들의 선호가 완벽하게 과학적이라는 편견에 의존한다. 확실히 인간은 진리를 사랑한다. 그러나 이 번쩍번쩍 빛나는 사랑을 둘러싸고 환멸, 강박, 무자비, 차가운 위협과 무뚝뚝한 충고에 대한 애착, 악의적인 애착 또는 적어도 그 비슷한 것들의 무의식적인 발산 등이 벌어진다.

다른 말로 하자면, 진리의 목소리에는 잡음 같은 것이 끼어 있는데 그 곁에 있는 사람들은 아무도 그것을 들으려 하지 않는다. 요즘 심리학은 그런 억압된 잡음들을 알게 되었고 그런 잡음들의 피해를 없애기 위해서는 그것들을 제거하는 동시에 좀더 명확히할 필요가 있음을 조언하고 있다. 그것을 테스트하려 하고, 진리를 향한 인간의 이중적인 취향과 지옥의 개 같은 악의를 까발리려 하며 그것을 생활에 이용하려 한다면 과연 어떠할까? 아마 그 결과는 이미 정확한 삶의 유토피아라는 제목으로 앞서 기술했던바, 이상의 부족이자 모든 지적인 정복에 있게 마련인 전쟁 같은 철의 법칙에 종속된 시도와 철회의 태도가 될 것이다. 당연히 이렇게 삶에 접근하는 태도는 평화롭지도 성숙하지도 않다. 그것은 모든 가치있는 삶을 절대 경외의 대상으로 보지 않으며 끊임없이 내적 진실을 위한 투쟁이 벌어지는 군사분계선으로 생각한다. 또한 단순한 의심 때문이 아니라 확고하게 내딛은 발은 항상 더 아래 있다는, 등산객이나 가질 법한 신념 때문에 현대세계가 처한 신성함에 의문을 던진다. 그리고 아직 오지 않은 분의 현현을 위해 이론을 저주하고 그들의 도래할 형상을 향한 진지한 사랑의 이름으로 법과 가치들을 치워버리는 교회 급진주자들의 화염 속에서 악마는 신으로 돌아가는 길을 찾을 것이다. 좀더 쉽게 말하자면 진리는 다시금 덕의 자매가 될 것이며 더이상 뒤에 숨어서 젊은 조카가 노처녀를 희롱하듯 선에게 나쁜 장난을 치지 않아도 될 것이다.

떨어지는 돌이나 궤도를 도는 별처럼 서로 굉장히 이질적인 현상들을 하나로 묶을 수 있고, 의식 깊숙한 곳에서 나온 단순한 행동의 기원처럼 명백히 하나이며 나눠지지 않는 것을 내적인 기원이 천년이나 떨어진 여러 흐름으로 나누어버릴 수 있는 위대하고 건설적인 사고규칙들을 비롯한 앞서의 그 모든 것들은 강의실에서 다소 의식적으로 젊은이들에게 주입된다. 그러나 어떤 사람이 특정한 전문영역 밖에서 그런 접근을 이용해보려 한다면, 그는 아마도 삶의 요구는 사유의 요구와는 다르다는 것을 곧 깨닫게 될 것이다. 삶에서는 지적으로 훈련된 정신에 익숙한 것과는 다소 반대되는 일들이 일어난다. 삶은 자연의 본래 차이점과 공통점에 큰 가치를 부여한다. 그래서 존재하는 것은 무엇이든 어느 선까지는 자연적인 사물로 받아들이고 쉽게 바꾸려고 하지 않는다. 꼭 필요한 변화도 왈츠를 추듯이 지그재그로, 머뭇거리며 일어난다. 만약 누군가 완전히 채식주의자인 사람이 소를 향해 '당신'이라고 한다면―옳은 판단에서라면 '당신'이라고 부르는 존재에게 막 대하지 않을 가능성이 큰 게 사실이지만―그는 바보, 심지어는 천치 소리를 들을 텐데, 그것은 그의 채식주의 또는 동물들에 대한 존경 때문이 아니라 그가 소들을 실제 삶에 직접 끌어들였기 때문이다. 한마디로 사유와 삶 사이에는 복잡한 절충과정이 있게 마련인데, 지식인들의 주장은 기껏해야 1천개 중에 반만 제값을 치르며 나머지 반은 명예 채권이란 명목으로 꾸며진다.

그러나 최근에 밝혀진바 거대한 모습을 하고 있다는 정신이, 우리가 앞서 살펴본 대로 호전적이며 사냥꾼 같은 악덕을 가진 남성적인 성자에 불과하다면, 위와 같은 상황에서 우리는 타락을 향한 정신의 선천적인 경향성이 스스로 정체를 밝힐 수도, 현실과 접촉함으로써 자신을 정화시킬 기회를 찾을 수도 없을 것이라고 결론내릴 수 있다. 그 결과 정신은 모든 종류의 아주 기이하고 통제되지 않은 방법, 말하자면 자신의 무익한 폐쇄성을 숨기는 방법들로 나타날 것이다. 이 모든 것들이 상상의 유희에 불과한지는 아직 밝혀지지 않았다. 하지만 저 마지막 추측만은 나름 근거가 있음을 부정할 순 없을 것이다. 오늘날 형용하기 어려운 분위기가 만연해 있다. 많은 사람들이 피의 조짐을 느끼고 있고 뭔가 나쁜 일이 벌어질 거라 예감하고 있으며, 폭동이 다가오고 경외해왔던 모든 것들이 불신당하는 사태를 맞고 있다. 젊은 세대에 이념이 없다고 통탄해하는 사람들이 있지만 막상 그들이 행동해야 할 때는 이념을 불신하는 사람들과 별반 다를 바 없이 곤봉 따위를 사용해서 부드럽게 힘을 설득시키곤 한다. 이 세계에서 진지하게 받아들여지기 위해서 저급한 인간성이나 이런저런 부패에 물들 필요가 없는 경건한 목표란 과연 없는 것일까? '연합하라' '압박하라' '스크루를 잡아라' '창문을 깰 각오를 하라' '강한 방법을 택하라' 이 모두는 유쾌한 신뢰를 주는 말들이다. 가장 위대한 철학자조차 병영에 일주일간 머물면 상사의 찢어지는 듯한 목소리에 일어서 차렷 자세를 취할 거라거나 경찰관 하나와 여덟 사람이 전 세계의 국회의원들을 체포할 수 있다는 상상은 이상주의자의 목구멍에 몇 숟가락의 피마자유를 쏟아부으면 가장 근엄한 확신조차 우스꽝스럽게 변질된다는 발견에서 그 고전적인 형식을 완성한다. 그러나 그런 상상들은 분노로 추방되었음에도 불구하고 이미 오래전에 사악한 꿈처럼 흉포하게 부풀어올랐다. 오늘날 압도적인 현상에 마주한 모든 사람의 생각은, 비록 그 현상의 아름다움 때문에 압도되었을 때조차도, '너는 나를 속일 수 없어, 네 코를 납작하게 해줄 거야!'라는 것이다. 그리고 쫓길 때뿐 아니라 쫓는 시기에도 이렇듯 깔보는 전형적인 태도는 숭고한 것과 비천한 것을 가르는 삶의 자연스러움과는 더이상 아무 관련도 찾아볼 수 없다. 오히려 스스로를 고통스럽게 하는 마음이자 선함이 너무나 쉽게 파괴되고 모욕받는 장면을 향한 용납될 수 없는 욕망에 가깝다. 그것은 스스로를 속이려는 강렬한 열망과 다르지 않으며 우리가 꼬리뼈에서 생겨났으며 변화를 위해서는 창조자의 손이 반드시 필요한 시대를 믿는 것보다 더 우울한 일은 아마 없을 것이다.

 이런 종류의 일들 중 많은 것은 그것이 의식되지 않거나 전혀 생각 속에 떠오르지 않을 때조차 웃음으로 표현되며, 이것은 디오티마의 칭찬할 만한 노력에 힘을 빌려주려고 초대된 대부분의 빼어난 전문가들이 짓는 웃음이었다. 그 웃음은 어디로 향해야 할지 모르는 발을 들어올리는 짜릿한 순간에 시작되어 결국 자애로운 경탄의 표정과 함께 발을 내딛으면서 끝났다. 친한 동료나 지인들을 만나 대화를 나누면서 그들은 기쁨을 느꼈다. 누군가는 고향에 가는 듯한 기분이, 문 밖에 나서서 몇번 땅을 발로 다져보는 듯한 기분이 들었다. 그 행사는 매우 즐거웠다. 다른 모든 보편적이고 숭고한 개념들이 그렇듯이 그런 일반적인 프로젝트는 결코 적절한 내용을 발견하지 못한다. 심지어는 '개'라는 개념조차 상상할 수 없다. 그 단어는 단지 특정한 개 또는 개의 특징을 언급할 뿐이며 이런 사정은 '애국주의' 또는 가장 숭고한 애국 이념에 이르면 더욱 심각해진다. 하지만 내용은 없더라도 확실히 의미는 가진다. 또한 그것은 때때로 삶에 의미를 던져주기에 바람직하다. 이것은 비록 대부분 무의식의 침묵 속에 있긴 했지만 참석한 거의 모든 사람들이 서로 소통하는 것이었다. 그러나 여전히 주접견실에 서서 늦게 도착한 사람들에게 짧은 환영인사를 하던 디오티마는 그녀의 주변에서 보헤미안과 바이에른 맥주의 차이, 출판업자의 로열티 같은 주제로 대화가 시작되는 것을 듣고는 깜짝 놀랐다.

그녀가 거리에서 이 리셉션 장면을 볼 수 없다는 점은 너무나 아쉬울 뿐이었다. 거기서 이 장면은 굉장해 보였다. 불빛은 건물 정면에 이어진 높다란 커튼을 뚫고 창문에서 밝게 빛났고 이는 대기하던 차에서 뿜어져나오는 권위와 탁월함의 불빛, 그리고 이유도 모른 채 잠시 멈춰서서 입을 딱 벌리고 쳐다보는 보행자들에 의해 더욱 고조되었다. 아마 디오티마는 그런 광경에 흡족해했을 것이다. 사람들은 그 축제가 거리로 던져주는 반 정도의 빛 속에 끊임없이 늘어섰다. 그들의 등 뒤로, 거대한 어둠이 아주 가까운 거리에서 재빨리 두꺼워지고 있었다.

73.
레오 피셀의 딸 게르다

이런 번잡한 일에 매이다보니 울리히는 피셀 은행장의 집에 방문하기로 한 약속을 지키지 못하고 있었다. 사실 그녀의 갑작스런 방문이 있기 전까지는 전혀 짬이 없었다. 그런데 피셀의 아내 클레멘티네 부인이 그를 찾아온 것이다.

그녀는 전화로 방문을 알려왔고 울리히는 근심에 싸여 그녀를 기다렸다. 3년 전까지만 해도 그는 그들의 집을 자주 왕래했고, 그때는 몇달 이 도시에 머물 때였다. 그러나 일전의 연애사건에 다시 휘말리고 싶지 않은데다가 클레멘티네 부인의 원망을 듣기가 두려웠던 울리히는 그 이후로는 단 한번 그 집에 찾아갔을 뿐이다. 클레멘티네 피셀은 '아주 지적인 영혼'을 가진 여성으로, 남편 레오와의 소소한 다툼에서는 그런 영혼을 사용할 기회가 없었지만, 삶에서 가끔 일어나는 유감스럽고 특별한 일에 마주칠 때만큼은 그녀 특유의 영웅적인 감각을 내보이곤 했다. 하여간 다소 근심에 찬 얼굴의 이 마른 여인은 울리히와 직접 마주하자 다소 당황스러워했고 주위엔 그들밖에 없었는데도 그와 조용히 이야기할 것이 있노라고 말했다. 또한 게르다가 귀를 기울일 사람은 오직 당신뿐이라면서 자신의 요청을 오해하진 말아달라고 덧붙였다.

울리히는 피셸 가족이 처한 상황을 잘 알고 있었다. 아버지와 어머니는 끊임없이 싸웠고, 이미 스물세살이 된 게르다 역시 이상한 젊은이들과 몰려다녔는데, 그들은 레오를—막상 레오는 그들을 굉장히 싫어하는데도—자신들의 '신영혼' 운동의 후원자로 삼았다. 그건 순전히 그의 집이 제일 모이기 편하다는 점 때문이었다. 클레멘티네 부인 말에 따르면 게르다는 아주 신경이 예민하고 창백했으며, 친구들과의 교제를 막으면 불같이 화를 냈는데 그 친구들이란 예절이라고는 없는 멍청한 젊은이들일 뿐이었다. 또한 그들이 지속적으로 드러내 보이는 신비한 반유대주의는 무례할 뿐 아니라 야만성을 띠기까지 했다고 전했다. 부인은 이미 시대의 흐름이 된 반유대주의를 비난하지 않으며 그저 이제는 그런가보다 하고 체념할 뿐이라고 덧붙였다. 심지어는 많은 점에서 그 안에서 뭔가 중요한 게 있음을 인정하기까지 했다. 클레멘티네는 말을 멈추더니 베일을 쓴 채 손수건으로 눈물을 닦아냈다. 그러나 눈물이 멈추자 그녀는 작은 핸드백에서 흰 손수건을 꺼낸 것에 흡족해했다.

"당신도 알겠지만 게르다는," 그녀가 말했다. "예쁘고 재능이 많은 애죠, 하지만…."

"좀 거칠죠." 울리히가 말을 거들었다.

"그래요, 세상에, 점점 더 과격해져요."

"그러니까 여전히 독일 민족주의에 경도돼 있나요?"

클레멘티네는 부모로서의 심정을 이야기했다. 그녀는 다소 감정적으로 자신의 방문을 '엄마의 심부름'이라고 소개했는데, 이번 방문에는 평행운동에서 명성을 떨친 울리히를 다시 정기손님으로 초대하겠다는 또다른 목적이 있었다. "난 스스로 책망했어요," 그녀가 말을 이었다. "레오의 뜻과는 달리 게르다가 이 친구들과 어울리는 것을 찬성했거든요. 나는 아무것도 몰랐어요. 이 젊은이들은 그저 나름 이상주의자들이라고 생각했고, 공평무사한 사람이라면 때로는 공격적인 말도 견뎌낼 수 있어야 한다고 믿었어요. 하지만 레오는—당신도 그를 알잖아요—그게 그저 신비하건 상징적이건 반유대주의에는 화를 냈어요."

"그리고 자유로운 영혼인데다 독일식 금발을 가진 게르다는 아무런 문제점도 알려고 하지 않았겠지요?" 울리히가 거들었다.

"그점에서 게르다는 나와 비슷해요. 그나저나 당신은 한스 제프에게 미래가 있다고 보나요?"

"게르다가 그와 약혼했나요?" 울리히는 조심스럽게 물었다.

"이 젊은이에게는 게르다를 먹여살릴 아무런 생계수단도 없어요!" 클레멘티네가 탄식했다. "그러니 어찌 약혼을 할 수 있겠어요. 레오가 그를 집에서 쫓아내자 게르다는 3주 동안이나 거의 음식을 먹지 않아서 피골이 상접할 지경이에요." 부인은 갑자기 분노에 휩싸여 말했다. "글쎄 그것은 마치 최면처럼, 어떤 영혼의 전염병처럼 보였어요. 게르다는 정말 최면에 걸린 거 같았어요. 우리 집에서 그 젊은이는 끊임없이 그의 세계관을 설교했고, 아주 착하고 부모를 사랑하는 아이였음에도 게르다는 그의 말 속에 부모들을 향한 끊임없는 모욕이 들어 있음을 알아채지 못했어요. 그러나 내가 뭔가를 말하려 하면 그애는 '엄마는 너무 구식이야'라고 대답하더군요. 그래서 나는 당신이 그애에게 뭔가를 조언해줄 유일한 사람이라고 생각했고 레오도 당신에게 많은 기대를 걸고 있어요! 그러니 한번 건너오셔서 게르다가 한스와 그 친구들의 미숙함에 눈을 좀 뜨게 해줄 수 없을까요?"

그렇듯 예의바른 클레멘티네가 확신에 차서 말하는 것을 볼 때 이번에는 상당히 심각한 근심에 휩싸인 것이 분명했다. 그들 부부간의 갈등에도 불구하고 이번만큼은 남편과 확고하게 하나가 되려고 했다. 울리히는 근심으로 눈썹을 치켜떴다.

"게르다가 저한테도 구식이라고 할까 두렵군요. 새로운 젊은이들은 우리 나이든 사람의 말을 절대 듣지 않는 게 원칙이라서요."

"제가 보기에 게르다의 주의를 돌릴 가장 쉬운 방법은 사람들이 그렇게 자주 언급하는 평행운동에서 그녀가 수행할 만한 과제를 당신이 제시해주는 거예요." 클레멘티네가 제안했고 울리히는 평행운동은 아직 그런 수준에까지 미치지 못했다고 말하면서 확답을 머뭇거렸다.

며칠 후 그가 걸어들어오는 것을 보고 게르다의 뺨에는 둥근 홍조가 피어올랐다. 부끄러워하면서도 그녀는 힘차게 그의 손을 잡았다. 그녀는 더 높은 이상이 요구한다면 당장에 버스운 전사라도 될 자신이 있는, 시대의 사명감에 가득한 숙녀 중 하나였다.

울리히는 그녀가 혼자 있을 때 만나야겠다고 다짐했다. 이 시간에 그녀의 어머니는 쇼핑을 나갔고 아버지는 사무실에 있었다. 울리히가 방에 들어서자마자 그녀와 함께했던 지난날의 순간이 떠올랐다. 한해가 시작된 지 벌써 몇주가 지났다. 봄이었지만 여름이 마치 잉걸불처럼 앞서 찾아온 듯한, 계절에 적응하지 못한 몸이 견디기 어려울 정도로 뜨거운 날이었다. 게르다의 얼굴은 지치고 말라 보였다. 그녀는 흰 옷을 입었고, 목초지에서 말린 아마포처럼 하얀 냄새가 났다. 모든 방에 차양이 쳐 있었고 거실 전체는 반쯤 어두운 반항적인 빛과 온기의 화살로 가득 차 있었는데 그 화살은 굵은 회색의 벽에 부딪혀 끝이 부러진 것 같았다. 울리히는 게르다의 몸이 마치 그녀의 옷처럼 신선하게 세탁된 아마포 천으로 만들어진 것 같다는 느낌을 받았다. 이런 느낌에는 어떤 욕망도 들어 있지 않아서 아마 단 한점의 애욕도 없이 그녀의 옷을 조용히 하나하나 벗길 수도 있을 것 같았다. 그는 이번에도 비슷한 느낌을 받았다. 그것은 그들 사이에 완벽하게 자연스러운, 그러나 무의미한 친밀함이 있다는 것이었고 둘 다 그것을 두려워했다.

"왜 그렇게 오랫동안 우리 집에 오지 않았죠?" 게르다가 물었다.

울리히는 단도직입적으로 말했다. 결혼을 전제하지 않은 채 그렇게 가깝게 지내기를 부모들은 원치 않을 거라고.

"맙소사," 게르다가 말했다. "엄마는 바보 같아요. 결혼을 생각하지 않으면 친구도 될 수 없다는 건가요?! 그러나 아빠는 당신이 자주 들렀으면 하셨어요. 그 위대한 사업에서 뭔가 중요한 일을 맡았다죠?"

그녀는 나이든 사람들의 멍청함에 대해서 탁 터놓고 이야기했다. 그 둘 사이엔 당연히 그에 대한 합의가 있다고 생각한 것이었다.

"자주 올게," 울리히가 대답했다. "하지만 말해줄래, 게르다? 우리는 그럼 어떻게 되는 거지?"

핵심은 그들이 서로 사랑하지 않는다는 것이다. 그들은 종종 함께 테니스를 쳤고 모임에서 만났으며 산책을 나가기도 했고 서로에게 호감을 가졌으며 그래서 이런 방식으로 자신들도 모르는 사이에 그냥 자신의 겉모습만 보여주는 사람이 아니라 자기 내면의 혼란스러운 모습까지 보여주는 사이로 발전하고 말았다. 그들은 자신들도 모르는 사이에 가까워져서, 사랑을 공포하지 않고는 더이상 견디기 힘든 오랜 연인 같은 사이가 돼버렸다. 그들은 늘 논쟁중이어서 얼핏 서로를 좋아하지 않는 것처럼 보였지만 그것은 장애물인 동시에 결속물이기도 했다. 그들은 작은 불씨 하나만 있으면 큰 불이 지펴지리라는 것을 알았다. 나이차가 적었거나 게르다가 유부녀였다면 그는 이 기회에 강도라도 됐을 것이고 강도질은 곧 욕정으로 이끌렸을 것이다. 인간은 사랑을 이야기할 때 마치 분노할 때와 같은 몸짓으로 이야기하기 때문이다. 그러나 이 모든 것을 알았기에 그들은 그렇게 하지 않았다. 게르다는 처녀로 남았고 그것 때문에 분노하고 있었다.

울리히의 물음에 대답하는 대신 그녀는 서둘러 방을 향했고, 그가 갑자기 그녀 곁에 섰다. 그것은 무례한 행동이었는데 그런 순간 남자가 그렇게 가까이 여자 곁에 다가서서 말을 해서는 안되기 때문이다. 그들은 마치 시냇물이 장애물을 피해 목초지를 가로지르듯이 저항이 가장 적은 길을 따라갔고 울리히는 팔로 게르다의 엉덩이를 안고는 손가락 끝을 가터벨트에서 스타킹으로 이어지는 밴드 안쪽의 선까지 가져갔다. 그는 혼란에 빠져 땀을 흘리는 게르다의 얼굴을 바라보았고 그녀의 입술에 키스했다. 그러고는 그들은 떨어질지 밀착할지를 모른 채 자리에서 일어섰다. 그의 손가락은 가터벨트의 넓은 고무밴드까지 이르렀다가 몇차례 부드럽게 그녀의 다리를 건드렸다. 그는 몸을 빼더니 어깨를 으쓱해 보이며 질문을 반복했다. "우리는 어떻게 되는 거지, 게르다?"

게르다는 흥분을 억누르며 말했다. "지금처럼 돼야 하는 것 아닌가요?"

그녀는 벨을 눌러 다과를 가져오게 했다. 집에 다시 활력이 돌기 시작했다.

"한스에 대해 말해줘," 그들이 다시 자리에 앉아 대화가 시작되자 울리히는 부드럽게 물었다. 아직 평정을 되찾지 못한 게르다는 처음에는 잘 대답하지 못하다가 이윽고 입을 열었다. "당신은 자신감에 찬 사람이라 우리 같은 젊은이들을 이해 못할 거예요!"

"겁주지 말라고…" 울리히가 말을 돌렸다. "게르다, 나는 지금 과학에 몰두하고 있어. 고로 새로운 세대로 넘어가는 중이란 말이지. 너한테 지식이란 욕망과 비슷하다고 맹세한다면 충분한 것 아닌가? 그것이 번영의 추레함 아닌가? 자본주의 정신의 오만함 아닌가? 나한테는 네가 생각하는 것보다 복잡한 느낌이 있어. 하지만 그저 말에 불과한 이야기는 하고 싶지 않아."

"당신은 한스를 더 잘 알아야 해요." 게르다는 힘없이 대답하고는 갑자기 강하게 덧붙였다. "아무튼 자기자신은 전혀 생각하지 않고 공동체 속에서 하나가 될 수 있다는 걸 당신은 이해 못할 거예요!"

"한스를 여전히 자주 만나니?" 울리히는 방심하지 않고 물었다. 게르다는 어깨를 으쓱해 보였다.

그녀의 영리한 부모들은 한스 제프가 집에 오는 것을 금지하지 않았고 매달 며칠은 방문을 허락했다. 지금까지 아무 일도 하지 않았고, 앞으로도 뭔가 해볼 의사가 없는 학생인 한스 제프는 그 대신 게르다를 나쁜 행동으로 이끌지 않고 독일 신비주의 운동을 더이상 찬양하지 않기로 약속해야만 했다. 이렇게 해서 그들은 그가 금단의 열매를 따먹지 못하기를 바랐다. 그리고 나름의 순결성으로(육체적 욕망만이 소유를 원하지만 그것은 유대-자본주의적이라는) 한스 제프는 그 약속을 조용히 받아들였지만 여전히 몰래 왔다갔다하면서 자극적인 말을 하고 게르다의 손을 뜨겁게 누르거나 심지어 키스를 하기까지 했고, 그 모든 것을 영혼의 친구로서 당연한 것으로 여겼다. 다만 사제와 정부의 공인이 없는 성적 관계를 고무하지는 않았는데 그건 아직 이론적인 시험단계였기 때문이다. 그는 그의 이론들을 행동에 옮길 만큼 자신과 게르다가 영적으로 성숙하다고 느끼지 않을 때 그의 약속을 더 잘 지켰고 자신의 생각에 따라 그런 근원적인 본능의 욕망에 방어선을 세웠다.

그러나 그 두 젊은이는 자신들 스스로의 어떤 원칙을 발견하기도 전에 부여된 이런 제한들 때문에 고통을 겪었다. 특히 게르다는 만약 모든 것이 자신에게 불확실하지 않았다면, 부모의 개입을 절대 용납하지 않았을 것이다. 그런 상태는 그녀를 점점 더 분노하게 했다. 그녀는 원래 그 어린 친구를 좋아하지 않았다. 차라리 부모에 대한 저항감이 그에 대한 애착으로 변했다고 보는 편이 맞을 것이다. 만약 게르다가 몇년 늦게 태어났더라면 그녀의 아버지는 도시에서 가장 큰 부자 중 하나가 되었을 것이다. 그게 큰 명예가 되지는 못했겠지만, 아마 게르다가 부모들의 말다툼을 자기 내면의 균열로 체험할 나이가 되기 전에 어머니는 다시 아버지를 존경했을 것이다. 그랬다면 게르다는 인종적인 혼혈로 태어난 사실을 아마도 자랑스러워했을 것이다. 하지만 현실은 그렇지 않아서 그녀는 부모와 그들의 삶에 저항했고 그들의 혈통을 원하지 않았으며 마치 그들과는 아무 상관도 없다는 듯 금발의 자유롭고 독일적이며 힘센 소녀로 자라났다. 그게 겉으로는 좋아 보였지만, 한가지 단점은 그녀의 내면을 갉아먹는 벌레를 절대 쫓아내지 못했다는 점이었다. 비록 민족주의와 인종주의가 히스테릭한 성향으로 거의 유럽 절반을 뒤덮었고 피셸 집안의 모든 것이 그 사상들에 위협받고 있었음에도 그녀의 집은 마치 그런 것은 없다는 듯 무사태평이었다. 그녀가 그것에 관해 아는 것들은 모두 밖에서 들려온 음흉한 소문이자 주장이요 과장으로 떠도는 것들이었다. 다른 사람들의 이야기라면 무엇이든 강한 관심을 보이던 부모들이 유독 이 일에만 무관심한 이런 역설적인 상황이 게르다에게는 어린 시절부터 강하게 각인되었다. 또한 그 유령 같은 문제에 어떤 중요한 의미를 부여하지 않았기 때문에, 그녀는 청소년기에 그 문제를 가정 내의 모든 무뚝뚝하고 기이한 것과 연관시키곤 했다.

 어느날 게르다는 한스 제프가 소속된 독일-기독교 청년 서클을 알게 되었고 거기서 진정한 편안함을 느꼈다. 이 청년들이 도대체 무엇을 믿는 것인지를 말하긴 어려웠다. 그 서클은 인문주의적 이상이 깨어진 이후 독일 전역을 감염시킨 그런 수많은 작은 모임—'자유로운 영혼'이라고만 알려진—중 하나였다. 그들은 반유대주의자들이 아니라 '유대적 성향'에 대한 적대자들이었고 그런 입장에서 자본주의와 사회주의, 과학, 이성, 부모의 권위와 월권, 계산, 심리학, 회의주의 같은 것들을 해석했다. 그들의 주요한 이론적 도구는 '상징'이었다. 울리히가 파악할 수 있는 한 그리고 그가 가지게 된 이해에 따르면 그들의 '상징'이 의미하는 바는 은총의 위대한 형상이자, 모든 혼란스럽고 위축된 것들을 명료하고 위대하게 만들어주는 것이며 또한 감각의 혼돈을 억누르고 머리를 초월의 흐름에 담그는 것이다. 그들은 이젠하임 제단화, 이집트의 피라미드, 노발리스 등을 그런 상징이라고 불렀다. 베토벤과 슈테판 게오르게는 그 상징에 거의 근접한 것으로 여겼다. 그들은 상징이 무엇인지를 정확히 말하지 않았는데, 그것은 우선 상징이 이성적인 언어로 표현될 수 없기 때문이고 또한 말에 얽매이지 않는 아리아인들은 지난 세기 동안 상징과 비슷한 것만을 다뤄왔기 때문이며 마지막으로는 수세기 동안 초월적인 인간 가운데 은총의 초월적인 순간이 아주 드물게 있었기 때문이다.

명민한 게르다는 속으로 이런 과장된 감정을 적지 않게 불신했으며 또한 그녀 자신의 불신을 또한 불신했다. 이 과정에서 그녀는 자신이 부모들의 이성적인 유전자를 물려받았다는 사실 또한 믿게 되었다. 또한 독립심의 가면을 쓰고 고통스럽게 부모들을 거역하려고 해보았지만 결국 그녀의 핏줄이 한스의 생각을 받아들이지 못하게 할 것이라는 두려움에 시달렸다. 그녀는 이른바 훌륭한 가정이라 불리는 끈에 묶인 도덕적 금기들에 반항했으며 그녀의 사적인 영역을 위협하며 침입하는 지나친 부모의 권위 또한 싫어했다. 반면 어머니의 말마따나 "가정이라고는 없는" 한스에게는 그녀가 느끼는 이러한 고통이 거의 없었다. 그는 동료 그룹 내에서 게르다의 '영적인 가이드'로 부상했으며 키스와 함께 엄청난 논쟁을 퍼부어 그녀를 '무조건적인 영역'으로 데려오려고 했다. 그러나 실제로 그는 '원칙적으로' 그것에 반대하는 것만 허락된다면 피셀 집안의 '조건에 맞는' 상황을 받아들이는 일에 익숙했고 그것은 아버지 레오와 끊임없는 다툼이 되었다.

"게르다," 울리히는 잠시 후 말을 이었다. "네 친구들은 아버지를 이용해 너를 괴롭히고 있어. 그들은 정말 가장 나쁜 협박자들이야."

게르다의 얼굴은 창백해지더니 다시 붉어졌다. "당신은 더 이상 젊지 않군요!" 그녀는 대답했다. "당신은 우리와 생각이 달라요." 그녀는 울리히의 공허함을 제대로 찔렀다고 생각했고 화해하듯 덧붙였다. "나는 사랑에 큰 기대를 품지 않아요. 당신 말대로 한스와 함께하면서 시간을 낭비하고 있는지도 몰라요. 생각, 감정, 일, 꿈을 포함한 내 영혼의 모든 틈을 보여줄 만큼 누군가를 절대 사랑하지 못할 거란 생각 때문에 다 포기해야 할지도 모르죠. 심지어 나는 그런 것을 두려워하지도 않아요."

"네 친구처럼 말할 때, 너는 정말 조숙해 보이는구나, 게르다." 울리히가 끼어들었다.

게르다는 화가 났다. "내가 친구와 이야기할 때," 그녀는 목소리를 높였다. "우리 생각은 서로를 흘러가지요. 그리고 우리는 민족과 하나가 되어 살고 이야기한다는 것을 알아요. 이게 무슨 말인지 아나요? 우리는 우리 자신 같은 수많은 타인들과 함께하고 있어요. 우리는 그들의 존재를 느껴요. 그것은 육체적인 유대감 같은 것이죠. 아니, 당신은 아마 한번도 상상해볼 수 없었을 거예요. 언제나 당신은 하나의 개인에만 매달리니까요. 당신은 육식동물 같은 사람이에요!"

왜 육식동물이란 것일까? 그녀의 말은 마치 허공에 걸린 듯 뭔가 엉뚱했고 그녀 자신에게조차 이상했으며 부끄러움을 느낀 그녀의 눈은 두려움으로 커져서 울리히를 응시하고 있었다.

"그 말은 하고 싶지 않아." 울리히는 부드럽게 말했다. "대신 이야기를 하나 해주지. 그거 아니?" 그러면서 그가 그녀를 끌어당겼는데, 그녀의 손목은 마치 산속 바위에서 모습을 감추는 아이들처럼 금세 사라져버렸다. "달을 사로잡았다는 그 시끌벅적한 이야기 말이야. 너도 알겠지만 우리 지구는 옛날에 여러 달들을 거느리고 있었대. 그리고 유력한 이론에 의하면 그런 달들은 지구처럼 냉각된 천체가 아니라 우주를 가로질러온 거대한 얼음덩어리들이 너무 가까이 접근해서 지구에 붙들려 있던 것이라는군! 그중 마지막 하나가 달이라는 것이지. 이리 와서 한번 봐!" 게르다는 그를 따라 창가로 가서 환한 하늘에 창백하게 걸린 달을 바라보았다. "꼭 얼음조각 같지 않니?" 울리히가 물었다. "저게 자체로 빛을 내는 것은 아니지. 왜 달에 있는 저 남자가 늘 같은 얼굴만 보여주는지 생각해본 적이 있어? 그건 우리의 마지막 달이 더이상 궤도를 벗어나지 않기 때문이야. 그건 완전히 붙들려 있거든! 그런데 달이 지구의 중력 안으로 들어올 경우 그건 회전할 뿐 아니라 점점 더 지구에 근접하게 된대. 그 회전반경이 줄어드는 시간이 수천년 또는 그 이상이기 때문에 우리는 거의 눈치챌 수 없지. 하지만 그것을 피할 수는 없고, 아마 수십억년 지구 역사에서 이전에 달들이 지구에 아주 가까이 끌려와서 엄청난 속도로 지구에 충돌한 적이 분명히 있었을 거야. 지금의 달이 조류를 1, 2미터 가량 끌어들이듯이, 옛날 달은 물과 진흙을 산 높이까지 끌어들여서 지구 전체에 뿌려놓았을 거야. 우리는 몇세대를 거듭해 그런 미친 지구에 살아오면서 겪어야 했던 그 공포가 얼마나 큰지 상상할 수 없을 거야."

"그때 벌써 사람이 살았을까요?" 게르다가 물었다.

"당연하지. 결국 그런 얼음 달은 부서져서 마치 거대한 우박처럼 쏟아져내리고, 산 같은 홍수를 일으켜서 전지구를 엄청난 물결로 뒤덮어 붕괴시키고 말지. 다시 잠잠해지기 전까지 말이야. 그게 바로 엄청난 범람을 일으켰다는, 성서에 나오는 그 홍수야! 그런 일을 겪지 않았다면 어떻게 모든 신화들이 똑같은 말을 할 수 있겠니! 이제 하나의 달이 더 남았으니 또 그런 시대가 다가오겠지. 정말 이상한 건….”

게르다는 숨을 죽이고 창밖의 달을 바라보았다. 그녀는 자기의 손을 여전히 그의 손에 올려놓았고 달은 창백하고 못생긴 점으로 하늘에 걸려 있었다. 또한 이 환상적인 우주의 모험을—그녀 자신은 그 모험에서 어떤 희생자처럼 느껴지는—평범하고 일상적인 현실처럼 만드는 것은 확실히 저 수수한 달이었다.

“하지만 이 이야기는 전혀 진실이 아니야,” 울리히는 말했다. “전문가들은 그걸 정신나간 이론이라고 하지. 그리고 사실 달은 지구로 다가오지 않고 내 기억이 맞다면 오히려 원래 궤도보다 32km나 지구에서 멀어져 있다는군.”

“그러면 왜 나한테 이 이야기를 해준 거죠?” 게르다는 이렇게 물으면서 손을 빼내려고 했다. 그러나 그녀의 저항은 곧 수그러들었다. 한스보다 전혀 지적으로 뒤지지 않고 과장된 의도도 없으며 손톱을 청결하게 유지하며 머리도 꼭 빗고 다니는 이 남자에게만큼은 늘 그랬다. 울리히는 게르다의 금빛 피부에 어울리지 않게 가늘고 검은 솜털이 난 것을 보았다. 그녀의 몸에서 움튼 그 작은 털들은 마치 불쌍한 현대인의 다종다양한 특성을 보여주는 것 같았다. “잘 모르겠는데.” 그는 대답했다.

"내가 한번 더 와야겠지?"

게르다는 아무 대답도 하지 않고 이제 자유로워진 손의 흥분을 이리저리 작은 물건들을 건드리면서 삭히고 있었다.

"곧 다시 올게." 울리히는 이곳에 오기 전에는 전혀 생각지 않았던 약속을 하고 말았다.

74.
기원전 4세기 vs 1797년.
울리히가 아버지에게서 또 한통의 편지를 받는다

디오티마의 회합이 대성공을 거두었다는 소문은 빠르게 퍼져나갔다. 또한 울리히는 팸플릿과 인쇄물이 동봉된 엄청나게 긴 편지를 아버지에게서 받았다. 그 편지의 내용은 대충 이런 것이었다.

아들에게. 정말 오랫동안 답장이 없구나 (…) 하지만 대신 나는 친절한 벗 슈탈부르크 백작, 라인스도르프 백작, 우리의 친척 되는 투치 국장 부인 등을 통해서 기쁘게 네 소식을 듣곤 했단다. 그래서 네가 새로운 모임에서 영향력을 끼치도록 힘써야 할 것들을 아래 적으려고 한다.

만약 진리라고 생각되는 모든 것들이 실제 진리로 인정받고 갖가지 의지가 서로 맞다고 생각하는 쪽으로 나아간다면 세계는 부서지고 말 거다. 그러니까 하나의 올바른 진리와 목표를 세우는 것이 우리 모두의 임무이지. 또한 우리가 지금까지 잘 해온 바대로, 그것이 명확한 과학적 시각에서 수행돼야 함을 끊임없이 의식 속에 되새길 필요가 있다. 내가 무슨 말을 하는지는 세속 사람들을 보면 아마 알 수 있을 거다. 하지만 유감스럽게도 혼란스런 시대의 유혹에 민감한 과학 영역에서조차도 그런 세속적인 현상이 벌어지는데, 가령 우리 형법 분야에서는 법을 새롭게 해석하여 명백히 추상적인 개선이나 완화를 추구하려는 아주 위험한 운동이 이미 오래전부터 진행중이다. 먼저 말해둘 것은 수년 전부터 법무부 장관으로부터 그런 새로운 해석의 임무를 부여받은 저명한 전문가들이 활동하는 위원회가 만들어졌다는 점이다. 그 위원회에는 나도 명예위원으로 가입돼 있고 슈붕 교수라고, 내 가장 친한 친구였으며 내가 그를 잘 알기도 전에 너도 언젠가 만난 적이 있는 그 사람 역시 명예위원이란다. 내가 앞서 말한 형법의 완화 같은 경우, 소문을 듣자하니—유감스럽게도 그건 거의 사실이라는데—경애하고 자비로운 우리 폐하의 기념일에 모든 관대함을 이용해 그 법을 거의 재앙에 가깝게 거세하기 위한 노력이 있을 것이라고 하더구나. 이 일을 미연에 방지하고자 슈붕 교수는 물론 나 또한 단단히 각오하고 있다.

　네가 법률 문제에 정통하진 않겠지만 너도 알다시피 우리의 방어를 깨트리는 가장 선호되는 방식은 법적인 모호함으로, 그것은 거짓으로 인도주의를 가장하고, 정신적 장애의 개념을 확장시키며, 결국 한정책임능력(정신장애를 이유로 범죄행위의 책임을 면해준다는 법률용어—옮긴이)이라는 모호한 형식 가운데 처벌이 제대로 이뤄지지 못하게 하여 심지어 정신은 멀쩡한데 도덕적으로는 비정상적인 사람들에게까지 관대한 결정을 내리게 한단다. 그렇듯 열등하고 도덕적으로 박약한 사람들의 무리는 불행하게도 우리 문명의 점점 거대해지는 병을 만들어내고 있지. 너도 이 한정책임능력이라는 개념이—도대체 내가 부정하는 이 개념이 있을 수 있다면!—완전책임능력이니 완전무책임능력이니 하는 개념에 어떤 면에서 아주 가깝게 연결돼 있음을 알 것이다. 또한 이것 때문에 내가 이 편지를 쓰고 있는 것이기도 하지.

이미 판례에서 드러난 소송절차와 앞서 언급한 상황들을 고려해서 나는 예의 그 위원회에 출석해서 우리 형법 318절을 아래와 같이 바꿔보자고 제안했단다.

"가해자가 범죄를 저지를 당시 의식이 없는 상태, 또는 병적인 정신혼란을 겪는 상태였다면 유죄를 선고할 수 없다. 왜냐하면…" 그리고 슈붕 교수 역시 나와 똑같은 말로 시작되는 제안을 제출했지.

그런데 그의 제안은 이렇게 이어졌단다. "왜냐하면 가해자는 그의 자유의지를 수행할 수 없었기 때문이다." 반면 내 제안은 이러했지. "왜냐하면 가해자는 행위의 오류를 인식할 능력이 없었기 때문이다." 나는 이 모순에 숨어 있는 교활한 의도를 처음에는 잘 알아차리지 못했다고 인정할 수밖에 없구나. 나는 개인적으로 항상 지적이고 이성적인 능력이 발전할수록 거기에서 비롯된 사유와 결정에 힘입은 의지가 욕망이나 본능을 지배하게 된다는 의견이었다. 그러니까 의지에 따라 행해진 일은 생각의 결과이지 본능적인 행동의 결과가 아니라는 거였어. 누군가 의지에 따라 행동을 선택할 수 있다면, 그는 자유로운 인간이지. 반면 누군가 생각을 방해하는 감각 본능에서 비롯된 열망에 영향을 받는다면, 그는 부자유한 인간이란다. 자유의지는 우연히 생기는 것이 아니라 인간 안에서 필연적으로 일어나게 마련인 자아확립의 행동이거든. 또한 그런 의지는 사유에 의해 지배되며 사유과정이 방해받을 때, 의지는 더이상 의지가 아니게 되고 행위는 오직 본능적인 열망에 지배받는다. 나는 또한 문학에서는 반대되는 의견이, 즉 사유가 의지에 의해 규정된다는 의견이 지지를 받는다는 사실도 알고 있단다. 현대 법학에서 그런 견해는 1797년 이후에나 지지자가 나오기 시작했지만, 나의 견해는 기원전 4세기부터 채택되었고 또 지금껏 많은 반대를 물리친 바 있다. 하지만 내 동료에게 선의를 보여주기 위해서 나는 양쪽의 제안을 다 수용하는 안을 다음과 같이 제시했다.

"가해자가 범죄를 저지를 당시 의식이 없는 상태, 또는 병적인 정신혼란을 겪는 상태였다면 유죄를 선고할 수 없다. 왜냐하면 가해자는 행위의 오류를 인식할 능력이 없기 때문이고 또한 자유의지를 수행할 능력이 없기 때문이다."

그러나 슈붕 교수는 곧장 자신의 본성을 드러내더구나! 그는 내 선의를 전혀 알아차리지 못하고 이 문장에서 '또한'이라는 단어를 '또는'으로 고쳐야 한다고 거칠게 주장했다. 너도 그 의도를 알겠지? 사상가라면 당연히 '또는'이라는 말을 써야 하며, 세속인들이나 '또한'이라는 말을 쓴다는 것이야. 슈붕 교수는 '또한'이라는 말로 내가 양쪽 안을 수용하여 타협안을 마련해보고자 하는 의도를 드러냈고 또 모든 암시에도 불구하고 그 사이의 차이점에 담긴 중요성을 파악하는 데 실패했다는 혐의를 드러냄으로써 내게 피상적인 학자라는 오명을 씌우려 한 셈이지.

말할 필요도 없이 그때부터 나는 사사건건 그의 의견에 격렬히 반대해오고 있단다. 나는 곧장 내 타협안을 거둬들였고 어떤 양보도 없이 내 첫번째 문안이 받아들여져야 한다고 주장했지. 그러나 슈붕은 간교한 술책으로 나를 곤경에 빠뜨리려고 했단다. 가령 그는 주장하기를, 인간이 범죄행위를 인식할 수 있다는 내 제안을 따르자면, 만약 어떤 사람이 특정한 때에만 정신병이 발병하고 보통 때는 정상일 경우 그의 범죄행위는 병이 있다는 이유로, 그러니까 그가 망상에 빠졌다는 것이 증명될 수만 있다면 모두 무죄가 될 수 있는 것이라고 하더구나. 그런 상황이라면 잘못된 생각으로 행동했을지라도 여전히 나쁜 행동을 한 것은 아니기 때문에 그는 법으로 처벌되거나 정당화되거나 할 수 없다는 것이지. 하지만 그건 공허한 반론일 뿐이야. 왜냐하면 경험적인 논리에서는 반은 건강하고 반은 아프다는 게 성립될지라도 법적인 논리로는 도저히 두 상태가 함께 존재하는 걸 인정할 수 없거든. 법에서 인간은 자기 행위에 책임능력이 있거나 아니면 없거나 둘 중의 하나란 말이야. 그리고 우리는 어떤 정신병을 앓는 사람이라도 옳고 그름을 구분하는 능력은 있다고 추정할 수 있지. 만약 어떤 특정한 순간에 이 능력이 정신병에 의해 방해받는다면, 이성이 그 정신병을 나머지 인간성과 조화를 이루도록 각별한 노력을 기울이면 되는 것이고 따라서 거기에 어떤 문제가 있다고 볼 이유가 없는 것이지.

그래서 나는 곧장 슈붕 교수에 반박했단다. 행위에 책임을 질 수 있는 상태와 그럴 수 없는 상태가 동시에 존재한다는 것이 논리적으로 불가능하다면, 이 두 상태는 빠르게 교차하며 전환되는 것이 분명할 것이다. 이런 사실은 특히 그의 이론에 문제를 제기하는데 과연 이런 변환 가운데 어떤 것이 문제가 되는 행위를 야기하느냐는 것이야. 이것을 확정하기 위해서는 아마도 관련자가 태어나서부터 받은 모든 영향과 그에게 단점과 장점들을 물려준 모든 조상들의 행위들까지 언급해야 할 것이다.

너는 믿기 어렵겠지만 실제로 슈붕 교수는 나에게 뻔뻔스레 대답하기를 법의 논리가 동시에 두개의 상태를 허용하는 혼란을 결코 인정하지 못하겠지만 어떤 특정한 자유의지의 행위임에도 범죄자가 그의 의지를 통제하려 했는지 그렇지 않았는지를 심리적인 맥락 가운데 추적해내는 것은 필요하다고 하더구나. 우리는 모든 사건이 원인을 가진다는 사실보다 훨씬 더 명백하게 자유의지를 알고 있고, 우리가 근원적으로 자유로운 한 어떤 특정한 원인에 대해서도 자유의지를 가진다는 주장이지. 그래서 우리는 무심코 발생하는 범죄의 욕망에 저항하려는 각별한 의지만 있으면 된다고 그는 확신하더구나.

그 부분에서 울리히는 아버지의 계획들을 더이상 읽기를 그만두고 여백까지 빽빽하게 기록된 편지들을 손에 쥐고 깊은 생각에 잠겼다. 그 편지의 결론을 먼저 힐끗 훑어보고 그는 아버지가 '객관적인 영향력'을 라인스도르프 백작과 슈탈부르크에게 행사해주었으면 한다는 것을, 그리고 기념해에 그렇게 중요한 문제제기가 잘못된 이해와 해결책을 낳는다면 평행운동의 위원회는 어느 순간 전체 정부의 정신에 위협이 될 수도 있다는 강한 충고를 담고 있음을 깨닫게 되었다.

75.
슈툼 폰 보르트베어는 디오티마에게 찾아간 것을 그의 직무에서 하나의 기쁜 전환이라고 생각했다

그 작고 뚱뚱한 장군은 또 한번 디오티마를 찾아갔다. 회담장에서처럼 군인에게 주어진 역할이란 보잘것없는 것이었음에도 불구하고 그는 군사력이 국가가 민족간의 투쟁에서 승리하는 힘이며 그것을 평화시에 육성해놓는다면 전쟁을 방지할 것이라는 예언적 소신을 밝히는 것으로 말을 시작했다. 하지만 디오티마는 즉각 그의 말을 가로막았다.

"장군!" 그녀는 분노에 떨며 말했다. "모든 삶은 평화의 힘에 의지하는 거예요. 심지어는 사업조차도 제대로 따져보자면 시의 일종이죠." 장군은 당황하여 한동안 그녀를 바라보다가 이내 곧 안정을 되찾았다. "역시 각하께서는⋯." 그는 머뭇거리며 동의했다. 이런 종류의 존칭을 이해하려면 먼저 디오티마의 남편이 내각의 국장이며 카카니엔에서 내각 국장은 단독으로 '각하'라는 존칭을 부여받을 수 있는 사단장과 같은 위치의 직급임을 알아야 한다. 단, 그런 호칭은 업무중일 때로 제한된다. 하지만 군인이란 직업에는 기사도 같은 면이 있어서 어떤 군인도 근무중이 아니란 이유로 그런 존칭을 생략하고는 출세길에 나서기 어렵다고 생각하며 그런 기사도적 정신에 따라서 근무중인지의 여부는 깊이 생각하지도 않고 국장의 부인에게까지도 '각하'라는 존칭을 붙인 것이다. 그런 복잡한 생각이 그 땅딸막한 장군의 마음속을 스치듯 지나갔고 그의 무한한 동의와 겸손한 헌신을 담은 이 첫 호칭으로 디오티마를 즉각 안심시키기 위해 그는 다음과 같이 말을 꺼냈다. "각하께서는 제가 하고 싶은 말을 대신 해주시는군요. 물론 정치적인 이유에서라도 위원회에 국방부가 포함될 수는 없겠지요. 하지만 우리가 듣기로 그 위대한 운동은 평화주의를 목적으로 한다고 알고 있습니다―누군가는 국제 평화운동이라고 하고 또 누군가는 헤이그 궁전에 우리 벽화를 기증하는 것이라고도 하더군요. 저는 각하께 우리가 그 목적에 완전히 동의한다고 말씀드릴 수 있습니다. 사람들은 보통 군대에 어떤 오해를 품는 경향이 있어요. 물론 젊은 장교들이 전쟁을 하고 싶어한다는 사실을 부인하는 건 아닙니다. 하지만 책임있는 군 간부들은 우리가 유감스럽게 말한 바 있는 그 힘의 영역이 인간 영혼의 축복과 밀접하게 연관돼 있음을 아주 깊이 인식하고 있습니다. 각하께서 방금 말씀하신 바로 그 부분이죠."

그는 바지주머니에서 작은 솔을 끄집어내더니 몇번이나 짧은 콧수염을 훑어내렸다. 그건 사관생도 시절부터 이어져온 그의 나쁜 습관이었는데, 당시 콧수염은 조마조마하게 기다려온 인생의 원대한 희망을 상징했지만 그는 그런 의미를 전혀 몰랐다. 그의 커다란 갈색 눈은 자기가 한 말이 어떤 효과를 낳을지를 살피며 디오티마의 얼굴을 뚫어지게 쳐다보았다. 디오티마는 그가 있을 때는 한번도 편안하지 않았지만 이번에는 많이 누그러진 것처럼 보였고 첫 회의 이후 진행된 일들을 장군에게 직접 설명해주기까지 했다. 장군은 그 위대한 위원회에 큰 감명을 받았고 아른하임에게 존경을 표했으며 그런 회합이 반드시 복된 결실을 맺을 것이라는 믿음을 피력했다. "지금이 정신적으로 얼마나 규칙이 없는 세상인지를 모르는 사람들이 너무나 많습니다." 그가 말했다. "각하께서 저한테 말할 기회를 주신다면 저는 확실히 말할 수 있습니다. 대부분의 사람들이 매일 사물의 규칙 가운데 어떤 진보가 있음을 체험한다고 믿는다는 것을요. 그들은 모든 것에서 규칙을 목격합니다. 공장, 사무실, 철도시간표, 학교―저는 자부심을 가지고 우리 병영에 대해 말할 수 있습니다. 그곳은 여전히 소박한 방식을 가지고 있어서 마치 좋은 오케스트라를 훈련시키는 것 같죠. 그리고 사람들은 어디서든 통행규칙, 운전규칙, 과세규칙, 교회규칙, 사업규칙, 서열규칙, 예절규칙, 도덕규칙 같은 것을 목격하지요. 그래서 저는 모든 사람들이 우리 시대를 역사상 가장 규칙있는 시대로 생각하리라고 확신합니다. 각하께서도 마음속 깊이 이런 느낌을 가지지 않으시나요? 적어도 저는 그렇습니다. 만약 제가 잘 살펴보지 못했다면 현대의 정신이 이 거대한 규칙 안에 들어 있으며 니네베(고대 아시리아의 수도―옮긴이)나 로마 제국은 무질서 때문에 망했으리라고 추측했을 겁니다. 제 생각에는 대다수 사람들은 그렇게 느낄 거예요. 과거는 무질서 때문에 벌을 받고 사라져버렸다는 게 사람들이 암묵적으로 동의하는 바지요. 하지만 이것은 교양있는 사람이라면 넘어가서는 안될 속임수예요. 유감스럽게도 그것이 바로 무력과 군대가 필요한 이유이지요."

장군은 이 영민한 젊은 여성과 이야기를 나누는 것에 깊은 만족을 느꼈다. 언제 직무에서 벗어나 이런 괜찮은 변화를 가져보겠는가. 그러나 디오티마는 무슨 대답을 해야 할지 몰라 하는 수 없이 하던 말로 되돌아갔다. "우리는 정말 가장 명망있는 사람들을 모으고 싶어요. 하지만 그조차 쉬운 것은 아니죠. 당신은 얼마나 많은 제안들이 쏟아지는지 모를 거예요. 또한 우리는 가장 좋은 것을 선택하려고 하죠. 그런데 당신은 규칙을 이야기하셨죠, 장군. 우리는 절대 규칙을 통해서는 목적에 도달하지 못할 거예요. 신중한 생각이나 비교, 검토를 통해서도 마찬가지지요. 해결책은 번개, 불, 직관, 종합이 돼야 해요! 인류의 역사를 가만 살펴보면 논리적인 발전을 해왔던 것이 아니에요. 역사는 그 뜻이 나중에야 밝혀지는 갑작스런 착상, 곧 시를 떠올리게 하죠."

"이렇게 말해도 좋다면 각하," 장군이 대답했다. "군인은 시에 대해서는 잘 모릅니다. 하지만 누군가 번개와 불을 움직일 수 있다면, 그건 바로 각하일 겁니다. 늙은 군인도 그건 알 수 있습니다."

76.
라인스도르프 백작이 의심을 품다

비록 초대받지도 않고 불쑥 찾아오긴 했지만 그 작고 뚱뚱한 장군은 아주 점잖은 사람이었고 디오티마는 원래 생각했던 것보다 훨씬 더 그에게 마음을 털어놓았다. 그녀를 두렵게 만들고 그녀가 보낸 친근함을 나중에 후회하게 했던 남자는, 디오티마 스스로 털어놓았듯이 장군이 아니라 그녀의 나이든 친구 라인스도르프 백작이었다. 백작이 질투심이 많았는가? 그렇다면 언제, 누구에게였을까? 그가 회의에 짧게나마 참석하긴 했지만 디오티마가 기대한 만큼 호의적이지는 않았다. 백작은 스스로 '그저 문학'이라고 부르는 것에 큰 반감을 갖고 있었다. 그에게 문학은 유대인, 신문, 센세이셔널한 출판업자, 자유주의자들, 대안없이 떠들어대면서 오직 돈만을 위해 봉사하는 시민계급의 정신 같은 것들과 연결된 표상이었고 그래서 '그저 문학'이라는 단어는 그를 설명하는 대표적인 표현이 되었다. 울리히가 세계를 앞으로 또는 뒤로 움직이자는 모든 주장을 담은 편지들을 읽어줄 때마다 그는 자기 의견뿐 아니라 다른 모든 사람의 의견까지 들어야 하는 사람들이 사용하는 말로 그를 제지했다. "아니, 아니, 나는 오늘 급한 일이 있어. 그리고 그건 그저 소설이라니까!" 그가 소설 대신 생각한 것은 들판, 농부, 작은 시골교회, 그리고 마치 수확을 마친 들의 곡식단처럼 신이 묶어둔 사물의 질서였다. 또한 그 질서는 비록 시대에 맞추기 위해 이따금 술 제조장을 허가하기도 하지만 대체로 아름답고 건강하며 보람찬 것이었다. 이런 고요하고 광활한 풍경 속에서라면, 아무리 중심에서 멀리 떨어진 총기동호회나 낙농협동조합이라 하더라도 그 강고한 질서와 공동체의 일부로 드러날 것이다. 그리고 그런 사람들에게 과연 어떤 세계관에 영향을 받는지를 묻는다면 그들은 어떤 특정한 개인의 정신적 도전에 의존하지 않고 적절하게 모아진 공동체의 정신에서 도전을 받는다고 말할 것이다. 그래서 디오티마가 위대한 정신으로부터 경험한 것을 그에게 신중하게 말하려 할 때마다 라인스도르프 백작은 어떤 얼간이들 다섯이 보내온 제안서를 주머니에서 꺼내 손에 쥐고는 실제 세계의 근심을 담은 이 종이가 천재들의 번뜩이는 생각보다 더 무겁다고 주장했던 것이다.

그건 위원회의 존재는 공식적으로 배제하면서 아주 작은 마을의 벼룩 같은 청원서 한장에 마치 피가 철철 나는 듯이 호들갑을 떨어대는 데는 극찬을 보내는 투치 국장의 태도와도 비슷한 것이었다. 그런 어려움에 처한 디오티마에게 신뢰할 수 있는 사람은 아른하임뿐이었다. 하지만 아른하임은 막상 백작 편을 들었다. 그녀가 명사수와 축산협동조합을 좋아하는 라인스도르프 백작에 대해 하소연할 때 그 잘난 양반의 고요하고 광대한 시야를 이야기한 것이 바로 아른하임이었던 것이다. "백작은 땅과 시간에서 우리의 방향성을 찾아야 한다고 믿죠." 그는 진지하게 설명했다. "저를 믿어보세요. 토지소유의 시대가 올 거예요. 흙은 마치 물을 정화시키듯 삶을 단순하게 만들어 줍니다. 저조차도 보잘것없는 작은 농장에 머물 때마다 이런 느낌을 갖지요. 진실한 삶은 모든 것을 단순하게 하거든요." 그리고 짧은 머뭇거림 후에 그는 덧붙였다. "백작 각하의 삶이 거하는 그 거대한 형상은 그를 굉장히 참을성있게 했고 무모하리만치 관대하게 만들었어요…." 디오티마로서는 존경하는 후원자의 이런 모습은 처음 보는 것이라 생기를 띠며 그를 쳐다보았다. "확신한다고 말하고 싶지는 않지만," 아른하임은 자신 없어하면서도 말을 이었다. "라인스도르프 백작은 당신 사촌이 비서로 있으면서 고귀한 계획에 냉소를 보내고 조롱을 섞어가며 방해함으로써—말하자면 대체적으로 그렇다는 겁니다만—얼마나 그의 신뢰를 배반했는지를 알 겁니다. 저는 백작에게 끼치는 좋지 않은 영향을 걱정하는 편입니다. 만약 이 진실한 귀족이 현실적인 삶에 바탕을 두고 위대하게 계승된 사상과 감정에 견고하게 자리잡으면서 그에 대한 신뢰를 이어가는 게 아니라면 말이죠."

그것은 울리히에 대한 강력한 표현이었고, 또 그럴 만한 말이었다. 그러나 디오티마는 그에 대해 별로 신경을 쓰지 않았는데 그건 그녀가 아른하임의 또다른 면에 깊은 인상을 받았기 때문이다. 바로 아른하임이 농장의 소유주이면서도 단순히 땅을 소유한 것이 아니라 그곳에서 영혼의 안식을 찾는다는 면이었다. 그녀는 그것이 굉장하다고 느꼈고 마음속으로 그런 농장주의 부인이 된 자신을 그려보았다. "저는 놀라곤 해요." 그녀가 말했다. "당신은 라인스도르프 백작에게 얼마나 관대한지요! 하지만 그건 결국 사라져가는 역사의 한 장 아닌가요?" "그래요, 물론입니다." 아른하임이 대답했다. "그러나 용기의 단순한 미덕, 기사도, 자기훈련처럼 그의 계급이 모범적으로 발전시켜온 것들은 언제나 가치를 가질 거예요. 한마디로 '주인님!'이죠. 저는 그런 '주인'의 요소에서 사업에 적용할 부분이 점점 더 많아진다는 것을 늘 배워왔습니다."

"그러면 주인이란 결국 시와 비슷한 것이 아닐까요?" 디오티마는 생각에 잠겨 물었다.

"정말 놀라운 말이군요!" 그녀의 친구는 확신에 차서 말했다. "그것이 바로 힘이 넘치는 삶의 비밀이죠. 인간은 이성만으로는 도덕적이 되거나 정치를 수행할 수 없어요. 이성은 언제나 부족하고 진짜 중요한 것들은 이성을 넘어 존재하죠. 위대한 인간들은 언제나 음악과 시, 형식, 교육, 종교, 그리고 기사도를 사랑했습니다. 그래요, 사실 그것을 사랑하는 자만이 성공할 수 있으리라고 말하고 싶습니다. 주인을 만드는 것, 남자를 만드는 것은 이른바 가늠하기 힘든 것들이고 거기에는 대중이 배우에 열광하는 것과 비슷한 어떤 이해하기 힘든 부분이 있어요. 하지만 이제 당신 사촌 이야기로 돌아와야겠어요. 인간이 쾌락을 싫어하지 않는 한 보수적이 되는 것이 당연히 쉬운 일은 아니죠. 그러나 비록 우리 모두가 혁명가로 태어났다 할지라도 어느날 아주 단순하고 선한 사람—그가 어떤 지식을 가졌는지와는 별개로—즉 믿을 만하고, 밝고, 용감하며 진실한 사람, 그러니까 삶 가운데 신선한 기쁨만이 아니라 진정한 토양이 있는 그런 사람을 만나게 됩니다. 그런 지혜는 아주 오래 전부터 쌓여온 것이지만 취향은 쉽게 변화하는 것이어서 우리 젊은이들은 당연히 성숙한 남자의 취향보다는 이국적인 것을 선호하지요. 저는 많은 점에서 당신 사촌을 존경하고, 일단 말을 많이 해놓고 보면 책임질 것도 적어진다고 할 때 저는 거의 그를 사랑한다고 말하고 싶습니다. 그는 본성이 매우 자유롭고 독립적인데 내면적으로는 엄격하고 기이하기 때문입니다. 그야말로 이처럼 자유와 내면의 엄격함이 혼합돼 있다는 게 바로 그의 각별한 매력이죠. 하지만 그는 어린아이 같은 도덕적 이국취향과, 정확히 어디로 갈지 모르면서 항상 모험으로 이끄는 그의 뛰어난 지성 때문에 위험한 인물입니다."

77.
언론의 친구 아른하임

디오티마는 아른하임의 태도에 스며든 불가해한 면을 자꾸 관찰해볼 필요가 있었다.

가령 그의 충고에 따라 주요 신문사의 대표들이 종종 회의에 참석했는데―투치 국장이 냉소적으로 "황제폐하 통치 70주년과 연관해 앞선 해법을 끌어내려는 위원회"로 부른 그 회의―아른하임은 아무 공식직함이 없는 손님이었음에도 불구하고 다른 유명인사들을 제치고 언론사 대표들에게 각별한 주목을 받았다. 어떤 알 수 없는 이유로 신문은 공공의 복지를 위한 정신의 실험실이 되지 못한 채 그저 오락 아니면 증권소식지가 되어가고 있었다. 만약 플라톤이 아직 살아있다면―그를 예로 드는 것은 다른 누구보다도 위대한 사상가이기 때문이다―매일같이 새로운 이념을 생산하고 교환하며 발전시키는 언론 산업을 보고는 황홀해했을 것이다. 거기서는 세상 끝에서부터 온 정보가 전혀 경험해보지 못한 속도로 퍼져나가며 그 세계창조자의 한 직원은 정보들을 곧장 영혼과 현실의 내용으로 써먹을 준비를 한다. 아마도 플라톤은 신문사를 당연히 토포스 우라누스(topos uranus), 즉 '하늘의 이념'으로 여겼을 것이다. 그는 오늘날 더 뛰어난 사람들은 아이들이나 피고용인들에게 말할 때 여전히 그런 이상주의자들이 된다고 말한 적이 있었다. 그리고 만약 그가 한 언론사 사무실에 들어가 자신이 2천년도 더 전에 죽은 위대한 문필가라고 선언하고 증명한다면 당연히 엄청난 주목을 끌면서 최고연봉으로 계약하자는 제안을 받을 것이다. 또한 그가 3주 안에 철학적 여행을 담은 편지를 책으로 묶어낼 수 있다면, 그리고 유명한 그의 짧은 이야기를 몇천 건 더 쓸 수 있다면, 더 나아가 그의 옛날 작품들이 영화로 만들어진다면 그는 틀림없이 오랫동안 잘나가는 인물이 될 것이다. 그러나 그의 귀환이 몰고온 열풍이 가라앉고, 마침내 플라톤 씨가 스스로 한번도 완성해보지 못한 그 유명한 이데아를 실현시켜보려 하면, 신문사 편집장은 레저 지면에 그저그런 주제로 작은 칼럼이나 하나(그것도 독자들의 수준을 고려해서 빡빡하지 않고 세련되며 너무 어렵지 않은 문체로) 써보라고 제안할 것이다. 그리고 담당편집자는 유감스럽게도 이런 글은 한 달에 한번 정도 실을 수 있는데 글을 잘 쓰는 사람들이 너무 많아서라고 덧붙일 것이다. 그리고 이 신문사의 신사들은 그가 진정 유럽 출판계의 현명한 노장임에는 분명하지만, 지금은 좀 유행이 지났고 확실히 파울 아른하임과 견줄 만한 가치가 없으며 자신들이 그를 위해 너무 많은 일을 했다는 느낌에 사로잡힐 것이다.

아른하임 자신은 아마도 이런 일에 동의하지 않을 텐데, 그것은 위대한 것에 대한 그의 경외감에 상처를 받기 때문이다.

그러나 그는 여러 면에서 그것이 이해할 만하다고는 생각할 것이다. 오늘날 이야기되어지는 것들은 모두 뒤죽박죽이어서 예언자와 사기꾼이 같은 말을 쓰고 바쁜 사람들은 그 작은 차이를 포착할 시간도 없을뿐더러 기자들은 여기저기서 어떤 사람이 천재일지도 모른다는 소식에 방해를 받는 통에 과연 어떤 인물이나 사상의 참된 가치를 알아내기 힘들게 되었다. 자기 목소리를 인정해달라는 투덜거림과 중얼거림, 긁어대는 소리가 편집자의 문 밖에서 크게 들려올 때는 그저 귀를 한껏 열어놓는 방법밖에 없다. 하지만 그 순간에, 천재는 새로운 상태로 들어간다. 독자가 신문에서 바라는 것은 마치 어린 애들 말만큼이나 믿을 수 없는 모순덩어리의 서평이나 연극평이 아니라 현실이고 그 현실이 가져온 중요한 결과인 것이다.

어리석은 열광자들은 그 현실 뒤에 이상주의를 향한 절대적인 요청이 숨어 있는 것을 보지 못한다. 뭔가를 쓰는 사람들과 써야만 하는 사람들의 세계는 대상을 잃어버린 거대한 말과 개념으로 가득하다. 위대한 인물과 영감의 속성은 그것을 만들어낸 원인보다 오래 살아남고 그래서 그렇게 많은 속성들이 남겨지는 것이다. 그 속성들은 한 뛰어난 사람에게서 다른 뛰어난 사람에게로 각인되지만 결국 이 사람들은 죽고 살아남은 개념들만이 다시 이용된다. 그 때문에 항상 문필가들은 말에 필요한 사람을 찾는다. 셰익스피어의 '강력한 풍부함', 괴테의 '보편성', 도스토예프스키의 '심리적 깊이'처럼 오랫동안 문학적으로 발전해온 개념들을 머릿속에 줄줄 매달고 다니는 문필가들은 순전히 떠오르는 게 너무 많다는 이유로 그 개념들을 심오한 전략을 구사하는 테니스 선수나 유행이나 따라다니는 작가들을 칭송하는 데 써먹는다. 그들은 자신들의 차고 넘치는 사례를 아무 평가절하 없이 써먹을 수 있는 기회에 감사했을 것이다. 그러나 그 중요성이 이미 현실에서 입증되어서 어디서든 그에 대한 말 또한 확고하게 자리를 잡은 경우도 있었다. 그런 경우가 바로 아른하임이었다. 왜냐하면 아른하임은 그의 아버지의 상속자로서의 탄생 자체가 하나의 사건이었고, 그가 말한 어떤 것의 시사성에도 의심할 여지가 없었기 때문이다. 그가 조금만 애써서 말을 하면 사람들은 선의를 가지고 중요하게 받아들였다. 아른하임은 나름대로 규칙으로 정해놓은 것이 있었다. "인간의 진정한 의미 중 대부분은 그가 동시대인들에게 얼마나 이해받을 수 있느냐 하는 것이다"라고 그는 입버릇처럼 말하곤 했던 것이다.

그는 자신을 쫓아다니는 신문과 여전히 아주 좋은 관계를 맺고 있었다. 그는 모든 신문의 숲을 사들이려고 하는 야심에 찬 사업가들과 정치가들을 비웃었다. 그런 식으로 공중의 견해에 영향을 끼치려는 시도는 그에게 매우 꼴사납고 소심해 보였는데, 그것은 마치 환상을 선물함으로써 싸게 얻을 수 있는 여자의 사랑을 돈으로 얻으려는 것과 같았기 때문이다. 그는 위원회에 대해 물어보는 기자들에게 그들이 모인 것 자체가 위원회의 필요성을 심각하게 입증하는데 그것은 세계역사에서 어떤 일도 합리적 이유 없이 일어나지 않기 때문이라고 대답했다. 이런 언급은 워낙 기자들의 취향에 잘 맞아떨어졌기 때문에 수많은 신문에 그대로 인용되었다. 그 말을 잘 뜯어보면 사실 정말 좋은 말이었다. 왜냐하면 모든 사건을 심각하게 받아들이는 사람이 세상일에는 다 이유가 있다고 생각하지 않는다면 욕지기가 치밀 것이기 때문이다. 그러나 다른 한편으로 그들은 어떤 일도 너무 심각하게 받아들이느니 차라리 혀를 깨물고 만다. 아주 중요한 일조차 그렇다. 아른하임의 말 속에 들어 있는 한줌의 가벼운 회의주의는 그의 사업에 확고한 품위를 선사했으며 그가 외국인이라는 사실은 전세계가 오스트리아에서 일어나는 이 엄청나게 흥미로운 정신적 운동에 사로잡혀 있다는 표지로 받아들여졌다.

 위원회에 참석한 다른 유명인사들은 언론을 만족시키는 본능적 재주를 보여주진 못했지만 그 효과만큼은 알고 있었다. 그 유명인사들은 마치 영원으로 향한 기차에 함께 타고서도 식당칸에서만 눈길을 주고받는 사람들처럼 서로를 잘 몰랐으므로 아른하임이 받는 각별한 언론의 주목은 그들에게도 은연중에 영향을 끼쳤다. 또한 모든 개별위원회 모임에 참여하지 않고 있었음에도 불구하고 아른하임에게는 전체 위원회의 중심 역할이 돌아왔다. 비록 아른하임은 유명인사들과의 대화에서 허심탄회한 비관주의, 즉 그 위원회가 아무것도 성취하지 못할 수도 있다는, 그러나 다른 한편으로 그런 고귀한 임무는 우리가 모을 수 있는 모든 믿을 만한 헌신이라는 입장표명 정도만 했을 뿐인데도 이 정신적 회합이 거듭될수록 그가 위원회의 선언적인 인물이라는 점은 점점 더 명확해졌다. 그런 온화한 회의주의는 위대한 인물들에게조차 믿음을 주었다. 왜냐하면 오늘날의 지성인들이 사실 별로 성취할 것이 없다는 생각이 다른 동료 지성인들이 뭔가를 성취할 수도 있다는 생각보다는 받아들일 만했기 때문이고 또한 위원회를 향한 아른하임의 머뭇거리는 판단에서 뭔가 부정적인 쪽으로 사태가 기우는 느낌을 받을 수 있었기 때문이다.

78.
디오티마의 변신

디오티마의 기분은 아른하임의 성공과 똑같은 상승곡선을 그리지는 않았다.

모든 방을 깨끗이 비운 개조된 집에서 모임을 갖는 중에 그녀는 이따금 마치 꿈나라에서 깨어난 것 같다는 느낌이 들었다. 그녀는 공간과 사람들로 둘러싸여 서 있었고 샹들리에 불빛은 그녀의 머릿결과 어깨, 그리고 엉덩이로 흘러내려와 그 밝음의 홍수를 느끼게 해주었다. 무엇보다 그녀는 세계의 중심에서도 한가운데 서 있는, 가장 고귀한 정신적 기품에 흠뻑 젖은, 분수대의 동상이었다. 그녀는 자신이 살아오면서 가장 중요하고 아주 위대하다고 생각해온 모든 것들을 이룰 수 있는 일생일대의 기회가 바로 지금이라고 생각했고 확고한 무엇인가가 없다는 생각은 더이상 하지 않기로 했다. 사람들이 모여 있는 모든 방들, 그리고 모든 밤들이 마치 노란 천으로 안감을 댄 옷처럼 그녀를 에워쌌다. 그녀는 그 옷이 피부에 닿는 느낌을 받았지만 보지는 못했다. 이따금 그녀는 평소처럼 다른 무리 속에서 말하고 있는 아른하임을 바라봤다. 그러나 그녀는 자신의 눈길이 온종일 그에게 머물고 있음을 알아차렸다. 그를 이따금 쳐다봤다는 것은 자기의 생각일 뿐이었던 것이다. 그를 바라보지 않을 때조차, 그녀의 영혼의 날개는 항상 그의 얼굴을 향했고 그의 얼굴에서 무슨 일이 일어나는지를 말해주었다.

깃털에 관해서라면 덧붙여야 할 것이, 그의 모습에는 환상적인 면이 있어서 마치 황금빛 천사의 날개를 가진 상인이 군중 속으로 내려앉은 것 같았다. 특급 호화열차의 덜컹거림, 자동차의 응웅거림, 사냥터의 평화로움, 요트 돛의 펄럭거림 같은 이 보이지 않게 접힌 깃털은 그가 팔을 들어 제스처를 취할 때마다 부드럽게 바스락거렸고 그녀의 기분은 그를 이 깃털들로 장식하고 있었다. 언제나 그렇듯 아른하임이 여행을 떠날 때 그의 존재감은 현재의 한순간과 지역 이벤트를 넘어선 곳에까지 파급되었고 이것은 디오티마에게 중요한 의미를 지녔다.

그녀는 그가 이 도시에 머물 때 사업과 연관된 전보와 방문객, 사절들이 끊임없이 왔다갔다한다는 것을 알았다. 그녀는 점차, 아마도 과장된 생각이었겠지만, 세계적 이해관계를 가지고 위대한 세계적 사업에 참여하는 기업을 떠올리게 되었다. 아른하임은 이따금 국제자본의 관계, 세계무역, 그리고 정치적 상관관계에 대해서 손에 땀을 쥐게 할 정도로 흥미진진한 이야기를 들려주었다. 그것은 아주 새로운 지평, 정말 디오티마에게는 처음 열린 지평들이었다. 사람들은 그를 한번만 만나도 프랑스-독일의 대립에 관해 들을 수 있었는데 그 주제에 대해 디오티마가 아는 것이라곤 주위의 거의 모든 사람들은 독일에 약간의 반감을—물론 형제국이라는 부담이 없진 않았지만—가지고 있다는 것뿐이었다. 아른하임에 따르면 그것은 골-켈틱-서유럽-알프스북쪽의 문제가 로렌지방의 석탄광산, 멕시코의 유전뿐 아니라 북미와 남미 사이의 대립과 복잡하게 얽힌 결과였다. 그런 관계에 대해 투치 국장은 아무런 생각도, 어떤 견해도 말한 적이 없었다. 투치는 아른하임이 디오티마의 집에 찾아와 호감을 보이는 것에는 어떤 숨겨진 의도가 있을 것이라면서 이따금 디오티마에게 주의를 주는 것으로 만족했는데 그러면서도 그 숨겨진 의도가 무엇인지에 대해서는 침묵했고 아무것도 알지 못했다.

따라서 그의 아내는 구태의연한 옛날 외교를 뛰어넘는 새로운 외교의 우월성을 강렬하게 체험했다. 그녀는 아른하임을 평행운동의 최고책임자로 데려올 결심을 하던 순간을 잊지 못했다. 그것은 그녀의 삶에서 첫번째 위대한 생각이었고 마치 꿈처럼 무엇이 녹는 듯한 놀라운 상태가 찾아오면서 생각은 엄청나게 폭이 넓어졌고 이제까지 디오티마의 삶을 형성해온 모든 것들은 그 생각 안에서 녹아버렸다. 그 상황을 제대로 표현할 수 있는 말은 거의 없었다. 섬광이나, 반짝임, 기이한 공허나 생각의 비상 정도라고 할까. 그리고—디오티마가 생각하기에—아른하임을 획기적인 애국운동의 최고책임자로, 그 생각의 핵심에 데려오는 일이 아마도 불가능할 거라는 데는 이의가 없었다. 아른하임이 외국인이라는 사실은 분명했다. 그러니 그녀가 라인스도르프 백작과 남편에게 말한 대로 처음부터 책임을 맡길 수는 없었다. 그럼에도 불구하고, 모든 것은 이런 상황 속에서 그녀가 예상한 바대로 진행되었다. 위원회에 진정으로 고무된 내용을 주입하려는 그녀의 노력은 지금까지 아무 소득도 거두지 못했다. 위원회가 마련한 첫번째 집회, 아른하임이 어떤 운명의 낯선 아이러니 때문에 그녀에게 경고했던 그 특별자문회의가 지금까지 가져온 결과라고는 늘 주변을 가득 채우고 끊임없이 이야기하며 모든 희망의 비밀스런 핵심이 된 그, 바로 아른하임뿐이었다. 그는 운명적으로 구시대의 힘을 교체할 소명을 받은 새로운 인간이었다. 그녀는 자신이 그를 발견했고 권력의 장에 새로운 인간이 도래했음을 그와 함께 이야기했으며 그의 길을 가로막는 모든 반대세력에 맞서 그를 도왔다며 스스로를 칭찬했다. 설령 투치 국장이 추측하듯이 아른하임이 몰래 뭔가 일을 꾸민다고 할지라도 디오티마는 모든 수단을 동원해서라도 아른하임을 지지하기로 결심했다. 위대한 시간이란 작은 시험 따위는 견디는 것이며 그녀는 스스로 인생의 정점에 섰다는 확신을 느꼈다.

아주 불운한 사람이나 행운아를 제외하고는 사람들은 모두 비슷비슷하게 나쁜 생을 영위하지만 그들이 살아가는 계층은 다 다르다. 오늘날 인생의 의미를 잘 알지 못하는 사람들에게 자신의 계층을 자각한다는 것은 한번 가져볼 만한 대용품이라고 하겠다. 어떤 경우 그런 자각은 높은 곳의 권력을 향한 도취에까지 이를 수 있는데, 그런 사람들은 방 한가운데서 창문을 닫고 있음에도 불구하고 건물 꼭대기에 오른 것처럼 현기증을 느끼게 된다. 디오티마가 유럽에서 가장 영향력있는 남자와 함께 권력의 근거지에 영혼을 주입하는 일을 한다고 생각할 때, 그리고 운명의 끈이 그 둘을 어떻게 묶어주었는지를 생각할 때, 또한 비록 세계적 오스트리아의 인문적 작업이라는 이 높은 층에서 실제로 일어나는 일이라곤 아무것도 없음에도 불구하고 과연 무엇이 일어날지를 생각할 때, 그녀의 머릿속은 마치 고리 모양으로 느슨해진 매듭들처럼 복잡해졌다. 그런 생각의 고리들을 맺는 일이 특이한 기쁨과 성공을 동반하며 점점 더 수월해지고 빨라지면서 그녀조차도 놀랄 통찰의 빛을 던져주었다. 그녀의 자의식은 고양되었다. 그녀가 한번도 꿈꾸지 않았던 성공이 손에 잡힐 듯이 가까워졌고, 원래보다 훨씬 밝아졌으며 때로는 대담한 농담까지 터져나올 정도였다. 그녀가 평생 한번도 보지 못한 어떤 것, 즉 기쁨의 물결, 생기발랄함이 그녀에게 찾아온 것이다. 그녀는 마치 창문이 여럿인 높은 탑의 방 안에 있는 것 같았다. 하지만 뭔가 섬뜩한 기분이 들기도 했다. 그녀는 자신에게 뭔가를 하기를 강요하는, 그러나 그것이 무엇인지는 알 수 없는, 모호하고 보편적이며 설명하기 어려운 쾌감 때문에 괴로워했다. 마치 그녀의 발밑에서 갑작스럽게 지구의 자전이 느껴지는 것을 떨쳐내지 못하는 것 같았다. 또는 뚜렷한 이유도 없이 일어난 이 강렬한 사건이 너무 압도적이어서 마치 발밑에서 높이 뛰어오르는 개 앞에 선 사람—막상 그 개가 왜 뛰어오르는지는 아무도 모르는—처럼 느껴지기도 했다. 그래서 디오티마는 이따금 자신의 허락도 없이 겪은 이 변화들을 걱정했고 그녀의 상태는 점차 무더위가 기승을 부릴 무렵의 완전히 절망적인 흐릿한 하늘빛 같은, 그 예민한 밝은 회색처럼 되었다.

이상을 향한 디오티마의 노력은 당시 중요한 변화를 겪었다. 이런 노력은 위대한 일에 대한 경외감과 거의 구분할 수 없었다. 그것은 품위있는 고결함이자 고귀한 이상주의로, 지금처럼 타락한 시대에는 우리가 그것을 더이상 알아볼 수 없기 때문에 다시 한번 쉽게 제시돼야 했다. 이러한 이상주의는 현실적이지 않은데, 현실이란 일과 연관돼 있고 일이란 언제나 불결하기 때문이다. 그것은 꽃이야말로 유일한 인생의 모델이 되었던 대공비가 그린 꽃과 같았고 그래서 이상주의의 전형적인 용어는 문화였으며, 이상주의 스스로도 문화로 가득 차 있다고 생각했다. 또한 이상주의는 조화로운 것이라고 묘사될 수 있었는데 왜냐하면 그것이 모든 불균형을 혐오한데다 세상에 존재하는 거친 대립을 화해시키는 것을 교양의 임무로 생각했기 때문이다. 한마디로, 그것은 우리가 여전히—물론 오직 위대한 시민 전통이 지지받는 곳에서만—건전하고 순수한 이상주의라고 말하는 것과 그리 다르지 않다. 그런 이상주의는 고려할 가치가 있는 충돌과 그렇지 않은 것들을 신중하게 구별하며 고결한 인문주의에 대한 믿음 덕분에 (의사나 엔지니어는 물론) 성인(聖人)들의 생각까지도 신뢰하지 않으며 그래서 도덕의 쓰레기에서조차 덜 쓰고 남은 신묘한 연료를 찾아낼 정도다. 예전에 잠에서 깨자마자 원하는 것이 무엇이냐는 질문을 받았다면 디오티마는 주저없이 살아있는 영혼의 사랑이 세계와 교류하는 느낌이라고 말했을 것이다. 그러나 잠에서 깨어 정신을 차린 후에는 견해를 좀 누그러뜨려서, 오늘날 문명과 이성이 넘쳐나는 세상에서는 최고에 달한 감각을 사랑의 힘과 거의 비슷하게 보는 게 좋겠다고 조심스럽게 말했을 것이다. 그녀가 진짜로 하고 싶은 말은 사랑의 힘이었을 것이다. 오늘날에도 사랑의 힘의 전파자들은 여전히 수도 없이 존재한다. 디오티마가 책을 읽으려 앉아 있을 때 그녀는 아름다운 머리카락을 이마

뒤로 올렸는데 그런 모습 때문에 그녀는 좀더 합리적으로 보였다. 그녀는 의무감을 가지고 책을 읽었고 결코 쉽지 않은 사회적 위치에 이르는 데 도움을 준, 이른바 문화라는 것에서 벗어나기 위해 애썼다. 그녀는 그렇듯 모든 가치있는 것들 중에서도 아주 세밀한 사랑의 물방울에 헌신하면서, 또한 스스로를 멀리하고 그것들에게 숨을 불어넣으며 살았고 그 결과 그녀에게 남은 것은 투치 국장의 가재도구로서의 빈병 같은 육체뿐이었다. 아른하임을 만나기 전, 그녀 홀로 평행운동이라는 위대하고 빛을 내뿜는 삶과 남편 사이에 있었을 때 이 같은 상황은 그녀를 심한 우울에 빠져들게 했다. 그러나 그때부터 그녀의 상태는 아주 자연스레 새롭게 정리되었다. 사랑의 힘은 확고하게 결합하여 그녀의 몸으로 돌아왔고 그와 '유사한' 힘은 아주 이기적이고 명백한 것이 되었다. 그녀의 사촌이 처음 불러일으킨바, 그녀가 모종의 행동을 취할 것이라는, 그리고 그녀 자신과 아른하임 사이에서 뭔가 전혀 상상할 수 없는 일이 벌어지리라는 느낌은 지금까지 그녀가 알아온 어떤 것보다 더 집중력을 던져주어서 그녀는 마치 꿈에서 깨어나 현실로 넘어온 것 같은 기분을 느꼈다. 또한 그 깨어남의 첫번째 특징인 공허가 디오티마를 뚫고 지나갔고 그녀는 위대한 열정의 시작을 알리던 글들을 기억할 수 있을 것 같았다. 그녀는 최근 아른하임이 말한 것 중 많은 것을 명확하게 이해할 수 있었다. 그가 말하는 자신의 지위, 자신에게 요청되는 자질과 지워진 의무 같은 것들은 뭔가 피할 수 없는 어떤 것을 준비하기 위함이었다. 그리고 디오티마는 지금까지 그녀의 이상이 되었던 모든 것을 숙고하다가 마치 모든 짐을 다 싸놓고 자신이 몇년간 머물던, 지금은 거의 영혼이 빠져나간 방을 마지막으로 둘러보는 사람처럼 그 모든 행동에 회의를 느꼈다. 그에 따른 전혀 예상치 못한 결과는, 일시적으로 더 높은 힘의 감독을 받지 않게 된 디오티마의 영혼이, 마치 아무 의미 없는 자유가 주는 슬픔에서 벗어나기까지 오랫동안 떠들며 돌아다닌 명랑한 소년 같은 태도를 취하게 된 것이다. 그리고 이런 기묘한 상황 덕분에, 점점 멀어지는 사이에도 불구하고 그녀와 남편 사이의 관계에 뭔가가 들어왔는데, 그것은 늦게 찾아온 사랑의 봄까지는 아니더라도 모든 사랑의 계절을 뒤섞은 것과 비슷해 보였다.

갈색의 건조한 피부에서 기분 좋은 냄새를 풍기는 키작은 국장은 무슨 일이 벌어지는지 이해할 수 없었다. 손님들이 있을 때 그의 아내는 꿈을 꾸듯이 몽롱했고 내면으로 몰입한 낯선 사람 같았으며 정말 예민했고 곁에 없는 사람 같았다. 하지만 둘만 남겨지고 뭔가 위축된 데다 당황스러워진 그가 그 이유를 물으러 그녀에게 다가서면 그녀는 아무 이유도 없이 쾌활해져서는 갑자기 그의 목을 끌어안고 엄청나게 뜨거운 입술을 그의 이마에 대었는데 그건 마치 이발소에서 수염을 말아주는 인두가 살에 닿는 것 같았다. 그런 예상치 못한 애정표현이 거슬렸던 그는 디오티마가 보이지 않을 때 그 자국을 몰래 닦아냈다.

그러나 그가 그녀를 품에 안고 싶을 때, 또는 실제로 안을 때 불쾌감은 더욱 심해졌는데, 이럴 때마다 그녀는 그가 사랑도 없이 그저 짐승처럼 덮칠 뿐이라고 그를 비난했다. 하지만 청년 시절부터 그는 어느 정도의 감성과 변덕은 여성으로서 바람직할뿐더러 남성의 본성을 보충해주는 것이라는 생각을 품고 있었고 디오티마가 아주 기품있는 태도로 한잔의 차를 권하거나 새로운 책을 집어들거나 그녀가 전혀 이해할 수 없을 것 같은 문제들에 대해 질문하는 것이 언제나 완벽한 형식으로 그를 기쁘게 했던 것이다. 그것은 마치 그가 엄청 좋아하는 자연스러운 식사음악 같았다. 투치는 또한, 비록 그런 말을 함부로 하고 다니는 사람은 없었지만, 식사시간에(또는 교회 예배에서)는 음악을 멀리하고 그것을 개인적으로 즐기려는 것이 시민계층의 허영심에서 비롯된 것이라고 확신했다. 아무튼 이런 생각들은 그가 전 같으면 전혀 고민하지 않았을 것들이었다. 하지만 한편으론 디오티마가 그를 껴안으면서 다른 한편으론 그 때문에 영혼이 충만한 사람이 진정한 자아를 성취할 자유를 얻기 어렵다고 화를 낸다면 어떠하겠는가? 이처럼 그녀의 육체가 아닌, 아름다운 바다와 같은 내면의 깊이에 더 주목하라는 요구에 한 남자는 어떻게 대답하겠는가? 그는 사랑의 정신이 욕망에 지배받지 않고 자유롭게 요동하는 에로스와 그저 섹스에만 집착하는 것을 구별해야 할 것이다. 그건 명백히 사람들의 비웃음을 살 만한 그런 책에 나오는 내용들이었다. 그러나 한 여자가 어떤 남자 앞에서 옷을 하나하나 벗어가면서 그런 이야기를 가르치려 든다면—투치의 생각엔 그랬다—그건 엄청난 모욕이었다. 왜냐하면 디오티마의 속옷이 사치스런 경박함 쪽으로 나아간다는 것을 그가 모르지 않았기 때문이다. 그녀는 자신의 사회적 지위에 넘치지 않도록 항상 신중하게 숙고하면서 우아하게 차려입었다. 그러나 이제 그녀는 존경스런 내구성과 속이 비치는 도발 사이에서, 이전 같으면 지적인 여성에게는 필요없다고 생각했을 아름다움의 편을 들었다. 그러나, 지오반니(투치의 이름은 원래 한스였지만 성에 어울리게 개명되었다)가 그걸 알아챘을 때 그녀는 어깨까지 붉어질 정도로 부끄러워하면서 괴테를 무시하는(!) 슈타인 부인 이야기를 꺼냈다. 투치 국장은 사적 영역이라고는 없는 막중한 국가업무에서 벗어나 가정의 성역 안에서 긴장을 풀 만한 시간이 이제 없었다. 그 대신 그는 디오티마에게 맡겨져 있다는, 그러니까 정신적 긴장과 육체적 완화 사이에 확실히 존재했던 구별 대신에 몹시 힘든데다가 약간 우스꽝스럽기까지 한 신혼시절 같은 정신과 육체의 결합에 마주쳤는데, 이는 마치 구애에 나선 꿩이나 사랑에 빠져 시를 쓰는 청년 같았다.

그가 이런 시대상황을 매우 혐오했으며 그의 아내가 최근에 거둔 대외적인 성공 때문에 거의 고통에 빠졌다는 주장은 과장이 아니었다. 디오티마에게는 공적인 견해가 있었고 투치 국장은 무조건 그것을 존중했다. 그는 권위적인 말이나 날카로운 비웃음으로 디오티마의 이해하기 어려운 기분을 해치는 몰상식한 사람으로 보일까봐 두려웠던 것이다. 뛰어난 여인의 남편이라는 사실은 마치 갑작스런 사고로 거세당한 것처럼 고통스러운 일이며 조심스럽게 감춰야 할 일이라는 게 점점 분명해졌다. 디오티마가 손님들을 만나고 이따금 유용한 제안을 하거나 재치있는 말로 사람들을 만족시킬 때마다 그는 아무것도 드러낼 것이 없어서 고통스러웠고 언제나 친절하고 사무적인 불가해함에 쌓여 조용히 눈에 띄지도 않게 왔다갔다했다. 또한 겉으로 보기에는 언제나 디오티마의 의견에 찬동하면서 이따금 그녀에게 작은 임무를 부여하고 아른하임을 집으로 초대하라고까지 하면서 독립적이지만 우호적으로 연결된 세계에서 사는 것처럼 보였다. 그러나 과중한 업무에서 벗어나 짬이 나기만 하면 그는 아른하임의 책들을 연구했고 자신을 고통에 빠트리는 그런 책을 쓴 인간을 미워했다.

그 때문에 왜 아른하임이 그의 집에 오는가,라는 주된 질문은 좀더 날카로워져서 이제는 왜 아른하임은 쓰는가,라는 질문이 되었다. 글이란 수다의 한 종류라고 생각하는 투치는 수다떠는 사람들을 참아내지 못했다. 그들을 보면 마친 선원들이 그러는 것처럼 턱을 꽉 다물고 이빨 사이로 침을 뱉고 싶어졌다. 거기에는 그가 인정하는 예외도 물론 있었다. 그는 은퇴 후에 자신의 기억을 글로 쓰고 이따금 신문에 기고하는 고위관료를 알고 있었다. 투치에게는 오직 불만에 차 있는 관료들 아니면 유대인들만 글을 쓰는 것처럼 보였다. 유대인은 야망이 넘치고 만족이 없기 때문이다. 물론 성공한 사람들이 자신의 체험을 쓰는 경우도 있었지만 그건 이미 지난 이야기거나 미국 아니면 영국에서의 이야기들이었다. 게다가 당연히 문학적인 교양이 있었던 투치는 다른 외교관들이 그렇듯이 재치있는 말과 인간의 마음을 배울 수 있는 그런 회고록을 선호했다. 그러나 오늘날 그런 종류의 책이 더이상 씌어지지 않는다는 사실은 새로운 실용성의 시대를 그의 취향이 따라가지 못한다는 것을 의미했다. 결국 글을 쓰는 것은 그것이 직업이기 때문이었다. 투치는 글을 쓰는 일로 돈을 충분히 벌거나 시인 정도의 칭호를 받아야지만 주저없이 그 직업을 인정할 수 있었다. 심지어 그는 이 직업을 이끌고 있는 사람들을 영접하는 일에 큰 영광을 느끼기도 했는데, 그들 가운데는 '파충류 구호기금을 위한 외교부'의 지원을 받는 작가들도 있었다. 그러나 별 생각도 없이 그는 자신이 확실히 존경해 마지않는 『일리아드』나 산상수훈까지 우리가 직업으로 여길 가치가 있는 업적에—자발적으로 행해졌든지 또는 보조금이 지급됐든지—포함시켰다. 하지만 왜 전혀 쓸 필요가 없는 아른하임 같은 사람이 그렇게 많은 것을 써야 하는지는 여전히 전혀 이해될 수 없는 문제로 여겨질 뿐이었다.

79.
졸리만이 사랑에 빠지다

흑인 노예이자 아프리카의 왕자인 졸리만은 디오티마의 작은 하녀이자 최근에는 친구로 떠오른 라헬에게 하나의 확신을 심어주었다. 아른하임의 음흉한 계획을 미리 알아내기 위해서는 이 집에서 일어나는 일을 면밀히 감시해야 한다는 것이다. 정확히 말하자면 그가 그녀를 완전히 확신시키지는 못했지만 어쨌든 그들은 마치 모반자들처럼 사람들을 감시했고 손님들의 말을 늘 엿들었다. 졸리만은 주인의 호텔을 들락거리는 이상한 사람들과 급사들에 대해 엄청 떠들어댔고 아프리카의 왕자로서 맹세하기를 그들의 비밀을 밝혀내겠다고 장담했다. 아프리카 왕자의 맹세의식에 따르면 그가 말을 할 때 상대편은 그의 재킷과 셔츠 단추 사이로 손을 넣고 상대편 역시 같은 동작을 해야 했는데 라헬은 이런 의식을 거부했다. 여전히 이 작은 라헬은 여주인의 옷을 늘 갈아입혔고 전화를 대신 받아주었으며 밤낮으로 여주인의 입에서 나온 황금 같은 말들이 그녀의 귀를 쓰다듬을 때 자신도 디오티마의 검은 머리를 쓰다듬어 주었다. 평행운동이 시작된 이래 그 신전기둥 꼭대기에서 매일 섬기는 여신을 우러러보며 경외의 감격에 몸을 떨던 이 야심에 찬 작은 소녀는, 언제부턴가 간편하고 쉽게 그 여인을 감시한다는 사실에 새삼 기쁨을 느꼈다.

　옆방으로 열린 문, 또는 서서히 닫히는 문틈, 아니면 그녀가 조용히 그들 곁에서 시중드는 바로 그 틈을 타서 라헬은 디오티마와 아른하임, 투치, 울리히의 말을 엿들었고 그들의 시선, 한숨, 손키스, 말, 웃음, 행동을 수집했는데, 그것들은 다시 짜맞출 수 없는 찢어진 문서조각들 같았다. 그러나 그녀가 순결을 잃었던 오래전 일을 떠올리게 한 것은 무엇보다도 그들을 향해 뚫린 작은 열쇠구멍이었다. 그 작은 구멍으로 방안을 볼 수 있었는데, 그곳에는 여러 그룹으로 나눠진 사람들이 이리저리 옮겨다녔고 그들의 목소리는 하나의 단어로 모아지지 못하고 의미없는 울림으로 무성하게 퍼져나갔다. 그러자 라헬이 이들에게 가졌던 공경과 경외, 숭배는 급격하게 무너졌는데 그것은 마치 한 연인이 전존재를 걸고 갑자기 상대방에게 뛰어든 나머지 모든 것이 눈앞에서 어두워지고 피부의 닫힌 커튼 뒤로 불길이 타오르는 흥분 속으로 들어간 것 같았다. 작은 라헬이 열쇠구멍 앞에 웅크려 앉으면 그녀의 검은 옷이 무릎과 목, 어깨까지 팽팽하게 당겨졌고 하인 제복을 걸친 졸리만은 마치 초록 접시에 담긴 뜨거운 초콜릿 잔처럼 그녀 곁에 쭈그려 앉았다. 그리고 그가 어쩌다 중심을 잃을 때면 라헬의 어깨나 무릎, 치마 같은 데 손을 얹었는데 중심을 잡고 난 후에도 그의 손끝은 그녀의 몸에 머물다가 아주 천천히 부드럽게 빠져나왔다. 그는 터져나오는 웃음을 잘 참지 못했고 그때마다 라헬은 작고 흰 손을 그의 두툼한 입술에 갖다댔다.

    라헬과 달리, 졸리만은 위원회에 흥미를 느끼지 못했고 할 수만 있으면 손님 시중드는 일을 피했다. 그는 아른하임 혼자 방문할 때를 더 좋아했다. 그럴 때면 라헬이 자유로워질 때까지 식당에서 기다려야만 했는데 첫날 즐겁게 이야기를 나눴던 여자 요리사는 그가 입을 꽉 다물고 있는 바람에 화를 내기도 했다. 하지만 식당에 오래 머물 시간이 없던 라헬이 다시 가버리고 나면 한 서른쯤 돼 보이는 그 처녀 요리사는 어머니처럼 따듯한 시선으로 그를 바라보았다. 그는 초콜릿 같은 얼굴에 한동안 아주 우쭐한 표정을 지어 보이며 그 순간을 견디다가 다음에는 일어서서 뭔가를 잃어버린, 또는 뭔가를 찾는 사람처럼 눈을 굴려 천장을 바라보다가는 등을 문에 기대고 마치 천장을 더 잘 보려는 듯 뒷걸음질치는 시늉을 했다. 그 요리사는 그가 일어서서 흰자위를 드러낸 채 눈을 굴리자마자 서툰 쇼가 시작됨을 알아차렸다. 하지만 분노와 질투에 휩싸인 그녀는 알아보는 체조차 하지 않았고 마침내 졸리만은 이미 판에 박힌 행동으로 쪼그라든 짓을 멈추고 밝은 식당의 문지방에 서서 애써 순진한 표정을 지으면서 머뭇거렸다. 요리사는 그 쪽을 쳐다보지도 않았다. 졸리만은 검은 물 속에 검은 그림이 스며들듯이 어두운 대기실로 들어가 몇분 동안 쓸데없이 염탐하더니 갑자기 그 낯선 집에 환상적으로 뛰어올라 라헬의 흔적을 쫓기 시작했다.

투치 국장은 한번도 집에 없었고 아른하임과 디오티마가 서로에게만 집중했기 때문에 졸리만은 그들을 두려워하진 않았다. 심지어 그는 몇몇 물건을 넘어뜨리는 실험을 해보기도 했는데 그들은 전혀 알아차리지 못했다. 그는 숲속의 사슴처럼 모든 방들을 지배했다. 그의 피는 마치 18개의 분출구를 가진 사슴뿔처럼 그의 머리로 솟구쳐올랐다. 그 사슴뿔의 꼭대기가 벽과 천장을 스치고 지나갔다. 쓰지 않는 방에 있는 가구들이 햇볕에 색이 바래지지 않도록 보통 커튼을 쳐두었는데 졸리만은 그 희뿌연 세상을 마치 덤불숲을 헤치듯이 헤엄쳐나갔다. 그는 그렇듯 과장된 행동을 하는 것을 좋아했다. 그는 폭력에 빠져 있었다. 여자들의 호기심 때문에 버릇을 망쳐놓은 청년이지만 그는 사실상 여성과의 접촉은 없었고 단지 유럽 소년들의 모든 악행을 습득했을 뿐이었다. 또한 한번도 체험으로 채워지지 않았고 억제될 수도 없으며 사방으로 들끓는 그의 열망이 라헬의 피나 키스 같은 것으로, 또는 그녀와 눈을 마주치기만 해도 모두 얼어버리는 정맥 같은 것으로 진정될 수 있을 것인지 그조차 알지 못했다.

그는 라헬이 숨어 있는 곳에서는 어디서나 갑자기 나타나서 교활함을 뽐내며 웃어댔다. 또한 그녀가 가는 길목을 가로막았고, 주인의 집무실이나 디오티마의 침실 같은 곳도 서슴지 않고 드나들었다. 그는 커튼이나 책상, 장, 침대 뒤에서 갑자기 나타나서는 그런 뻔뻔함과 위협으로 매번 심장이 멎을 만큼 라헬을 놀라게 했는데 그때마다 어둑한 곳에서 검은 얼굴이 점점 짙어지더니 두개의 하얀 치열이 밝게 빛났다. 하지만 라헬과 실제로 마주치는 순간, 그는 곧장 예의에 굴복했다. 이 처녀는 그보다 나이도 한참 많은데다 매우 아름다워서 마치 방금 세탁을 마쳐 함부로 더럽힐 수 없는 주인의 깨끗한 셔츠 같았고 무엇보다 너무나 현실적이어서 그의 모든 환상은 그녀와 마주치는 순간 식어버리고 말았다. 그녀는 그의 막돼먹은 행동에는 비난을 퍼부은 반면 디오티마와 아른하임, 그리고 평행운동에 관여된 고관들은 찬양했다. 하지만 졸리만은 항상 그녀를 위한 작은 선물을 준비했는데 그것은 주인이 디오티마에게 선사한 꽃다발에서 집어온 꽃이거나 숙소에서 훔쳐온 담배, 또는 사탕그릇에서 꺼내온 한줌의 사탕 같은 것들이었다. 선물을 건넬 때 그는 오직 라헬의 손을 꼭 잡아서 자기의 가슴에 올려둘 뿐이었는데 그 가슴은 마치 어둔 밤 속의 횃불처럼 검은 몸 속에서 타오르고 있었다. 한번은 졸리만이 곧장 라헬의 방에까지 들어온 적이 있었다. 그때는 마침 며칠 전 아른하임이 방문했을 때 그녀의 바느질 소리 때문에 방해를 받았다며 접견실에서 바느질조차 하지 못하도록 디오티마에게 엄한 명령을 받은 때였다. 집에 들어가기 전에 그녀는 그가 있을까봐 재빨리 주변을 돌아보았으나 그는 없었다. 하지만 그녀의 작은 방에 슬프게 발을 들여놓았을 때 그가 환한 표정으로 침대에서 그녀를 바라보고 있었다. 라헬이 머뭇거리며 문을 닫으려 하자 졸리만이 황급히 일어나서 대신 닫아주었다. 그러고는 주머니를 뒤지더니 뭔가를 꺼내서 입으로 훅 불어 깨끗이 닦아 마치 뜨거운 인두라도 되듯이 그녀에게 건넸다.

"손 좀 줘봐!" 그가 명령했다.

라헬이 그에게 손을 내밀었다. 그는 한쌍의 알록달록한 셔츠 단추를 그녀의 소맷동에 끼워맞추려 했다. 라헬은 그게 유리라고 생각했다.

"다이아몬드야!" 그가 자랑스레 말했다.

뭔가 잘못된 것을 직감한 그녀는 재빨리 손을 빼냈다. 구체적으로 의심이 드는 바는 아니었다. 무어왕국의 왕자라면 비록 납치됐더라도 셔츠 속에 다이아몬드 몇개쯤은 몰래 숨기고 왔을지 누가 알겠는가. 하지만 자신도 모르게 그녀는 마치 졸리만에게서 건네받은 단추들이 독이라도 되듯이 두려워졌고 지금까지 그에게서 선물받은 모든 꽃과 사탕까지도 불길하게 느껴졌다. 그녀는 손으로 몸을 진정시키면서 멍하니 그를 바라보았다. 그보다 나이도 많고 선량한 주인을 섬기는 자신이 진지하게 말을 해야만 할 것 같았다. 그러나 순간 그녀에게 떠오르는 말이라고는 '진실은 영원하다'느니 '항상 정직하고 충실하라' 같은 뻔한 경구들뿐이었다. 그녀는 창백해졌다. 그런 말로는 충분해 보이지 않았다. 그녀는 부모님 집에서 삶의 지혜를 익혔고 그것은 오래된 가재도구처럼 아름답고 단순하며 강력한 지혜였다. 하지만 그것으로는 아무것도 행할 수 없었다. 그런 경구들은 늘 한 문장일 뿐이었고 그 끝에는 곧장 마침표가 찍히기 때문이었다. 순간 그녀는 마치 오래되고 닳아빠진 물건이라도 되는 듯 자신의 유치한 경구들을 부끄러워했다. 가난한 사람들의 집에 놓여 있던 낡은 옷궤가 백년 후에는 부자들의 살롱을 장식하는 물건이 된다는 사실을 그녀는 몰랐고 충직하고 단순한 사람들이 그러하듯 등나무로 만든 최신식 의자를 숭배할 뿐이었다. 그녀는 새로운 삶의 방식에서 뭔가를 얻어내려고 애썼다. 그러나 그녀가 디오티마에게서 빌려 읽은 책들에 실린 전율 넘치는 사랑과 두려움의 장면들은 어느것 하나 현실에 들어맞지 않았다. 그 모든 좋은 말들과 감정들은 그때의 상황에 꽉 짜여 있어서 이곳에서는 마치 잘못된 자물쇠에 들어간 열쇠처럼 아귀가 맞지 않았다. 그건 디오티마에게서 받은 위대한 말이나 교훈도 마찬가지였다. 라헬은 타는 듯한 연무가 주변으로 몰려드는 것 같았고 눈물이 떨어질 것 같았다. 마침내 그녀는 열정적으로 말했다. "난 주인 것을 훔치지 못하겠어!"

"왜 못해?" 졸리만의 이빨이 순간 드러났다.

"난 못해!"

"나도 훔친 게 아니야. 그건 내 것이야." 졸리만이 소리쳤다.

라헬은 선한 주인이 우리 불쌍한 것들을 돌보고 있음을 느꼈다. 디오티마에게 향하는 사랑과 아른하임을 향한 무한한 존경도 느꼈다. 너무 나서는데다 반항적인 사람들, 그래서 착한 경찰들이 전복적인 세력이라고 부르는 사람들에게는 깊은 혐오감을 가졌다. 하지만 그녀는 그 모든 것을 어떤 말로 표현해야 할지 몰랐다. 마치 건초와 과일을 잔뜩 실은 거대한 마차가 제동장치가 고장난 채 굴러오는 것처럼, 이 모든 감정의 덩어리가 그녀 안에서 구르고 있었던 것이다.

"그건 내 거야! 이리 달라고!" 졸리만은 다시 말하면서 라헬에게 손을 뻗었다. 라헬은 팔을 뿌리쳤고 그는 다시 붙잡으려 했다. 온힘을 다해 자신에게서 벗어나려는 라헬의 저항을 남성으로서도 도저히 당해내기 어려워 팔을 놔줄 수밖에 없게 되자 그는 화가 머리끝까지 치밀어 올라 이성을 잃고 짐승처럼 그녀의 팔을 물었다.

라헬은 소리를 질렀고 큰소리가 나지 않아야 했기 때문에 졸리만의 얼굴을 때렸다.

그러나 바로 그 순간 그는 이미 눈물을 쏟았고 무릎을 꿇고 입술을 라헬의 옷에 대고는 슬프게 울었다. 뜨듯하고 축축한 것이 라헬의 허벅지에까지 느껴졌다.

그녀는 자신의 치마를 붙잡고 머리를 깊숙이 박고서 무릎을 꿇은 사내 앞에서 꼼짝없이 서 있었다. 지금까지 한번도 그런 감정을 가져보지 못한 라헬은 그저 졸리만의 푹신푹신한 철사 같은 머리뭉치를 손가락으로 낮게 두드리고 있었다.

80.
갑자기 위원회에 들이닥친 슈툼 장군을 알게 되다

그사이 위원회는 눈에 띄게 영역이 확장되었다. 참석자들을 엄격하게 선별함에도 불구하고 어느날 밤 장군이 나타서는 그녀의 초청에 과장된 사의를 표하기도 했다. 군인에게는 단지 보잘것없는 역할만 주어질 뿐이지만, 그저 조용한 관중으로라도 이렇게 탁월한 모임에 참석하는 것은 어린 시절부터 자신이 소망하던 바라고 그는 말했다. 디오티마는 입을 다문 채 그의 머리 너머로 이 남자를 초청했을 사람을 찾아보았다. 아른하임은 마치 정부관료들처럼 백작과 이야기를 나누고 있었고 울리히는 대화상대도 없이 무료하게 뷔페 테이블 앞에 서서 마치 케이크가 몇개인지 세려는 것처럼 테이블을 노려보고 있었는데 그런 외양은 이 흔치 않은 의혹의 침입에 어떤 틈도 내주지 않을 만큼이나 자연스러웠다. 디오티마 스스로 장군을 초대하지 않았다는 확신도 서지 않아서 그녀는 몽유병이나 기억상실증이 있는 것은 아닐지 의심해봐야 할 지경이었다. 그건 뭔가 섬뜩한 일이었다. 거기에는 물망초색 군복 상의 주머니에 틀림없이 초대장을 꽂고 있을 작은 장군이 서 있었다. 아마도 그런 정도 위치에 있는 자가 초대장도 없이 그 자리에 나타난다는 것은 감히 상상하기 어려운 일이기 때문이다. 한편 디오티마의 우아한 책상이 있는 서재 안에는 인쇄하고 남은 초청장이 오직 디오티마만이 열 수 있는 상장에 담겨 보관돼 있었다. 투치일까? 그런 생각이 머리를 스쳐지나갔지만 그 또한 가능성이 낮았다. 어떻게 초대장과 장군이 함께 와 있는지는 영적인 수수께끼로 남았고 디오티마가 사사로운 일에서 초자연적인 힘을 믿는 편이었기 때문에 이번에도 머리끝에서 발끝까지 전율이 돋는 것을 느꼈다. 어쨌거나 그녀는 장군을 환영한다고 말하는 것 외에는 다른 방법이 없었다.

아무튼 그 역시 이번 초대에는 어느 정도 놀라지 않을 수 없었다. 지난 방문 때 조금도 그럴 기미가 보이지 않던 디오티마가 이렇게 뒤늦게나마 초대한 것이 그를 놀라게 한 것이다. 또한 그는 대필된 것이 분명한 그 편지에서 주소와 자신의 지위와 부서가 잘못 적힌 것을 눈치챘는데 이는 디오티마와 같은 사회적 지위에 있는 사람들에게는 어울리지 않는 일이었다. 하지만 장군은 낙천적인 사람이어서 비정상적인 일에 관해서는 깊게 생각하지 않았고 그런 비현실적인 것들은 아무렇게나 되도록 내버려두었다. 그는 자신의 성공을 만끽하는 일을 막지 못할 작은 실수가 있었거니 하고 여길 뿐이었다.

국방부 내의 군사교양과 교육부서의 수장인 슈툼 폰 보르트베어 장군은 이곳에 올 때 부여받은 공식적인 임무를 대단히 기쁘게 생각했다. 평행운동의 개회식 전야에 국방부의 수장은 직접 그를 불러 말했다. "슈툼 장군, 당신은 진정한 인텔리요.

우리가 소개장을 써줄 테니 그들에게로 가시오. 그걸 보여주고 도대체 그들이 무엇을 하려는 것인지를 우리에게 알려주시오." 그러나 어떤 노력도 헛수고였다. 그가 평행운동에 발을 들여놓지 못한다는 사실은 디오티마를 방문했을 당시 헛되이 지우려고 한 어떤 오점이 그의 파일 안에 여전히 남아 있다는 것을 뜻했다. 그래서 그 초대장이 왔을 때 그는 득달같이 국방부로 달려가서 짐짓 무례하고 거만하게 다리를 꼬고서는—여전히 숨을 헐떡대면서—잘 준비한 덕분에 그가 기대했던 결과가 나온 것이라고 보고했다.

"그렇소," 프로스트 폰 아우프브루크 중장이 말했다. "당신이 잘 해낼 줄 알았소." 그는 슈툼에게 의자와 담배를 권하고 '회의중, 출입금지'라고 적힌 문앞의 형광등을 키고는 주로 정찰과 보고에 해당하는 그의 임무를 알려주었다. "당신도 알겠지만 우리가 특별히 원하는 건 없소. 당신은 그저 가능한 한 자주 그곳에 참석하고 우리도 시야 안에 있다는 것을 보여주기만 하면 돼요. 우리가 어떤 위원회에도 참석하지 않는 것이 순리겠지만, 우리의 최고 주권자의 생신을 맞아 어떤 정신적인 선물을 준비하자는 자리에 굳이 참석하지 말아야 할 이유는 없소. 그래서 나는 각하께 당신을 장관으로 추천했고 누구도 반대할 수는 없을 거요. 그러니 행운을 비오. 임무를 잘 완수하시오!" 프로스트 폰 아우프브루크 중장은 이제 가보라는 뜻으로 다정하게 고개를 끄덕였고, 슈툼 폰 보르트베어 장군은 군인이라면 원래 감정을 내보여서는 안된다는 것도 잊고 가슴 깊은 곳에서부터 차오르는 동작으로 뒤꿈치를 부딪치며 말했다.
"존경하는 각하, 감사합니다!"

전쟁을 흠모하는 시민들이 존재한다면, 왜 평화의 기술을 좋아하는 군인이라고 없겠는가? 카카니엔에도 그런 군인들은 넘쳐났다. 그들은 딱정벌레를 수집해 그렸으며 우표 앨범을 만들거나 세계사를 공부했다. 많은 분대들로 나눠진 고립상태와 규율상 상부의 허락 없이 어떤 지적인 작업도 공적으로 발표해서는 안된다는 사실은 그들의 노력을 뭔가 아주 개인적인 것처럼 보이도록 만들었다. 슈툼 장군 또한 젊은 시절 그런 취미에 몰두하곤 했다. 그는 원래 기병대에 근무했었는데 그의 짧은 팔다리로는 제멋대로 날뛰는 말 같은 동물을 붙잡고 통제하기가 어려웠다. 또한 군대식 명령을 내리는 능력이 현저하게 떨어져서 그의 고참들은 만약 말이 평소처럼 꼬리가 아니라 머리를 축사 벽 쪽으로 향하고 도열해 있으면 그가 말들을 축사에서 꺼내지도 못할 거라고 비꼬곤 했다. 왜소한 슈툼은 보복으로 짙은 갈색의 둥근 턱수염을 길렀다. 황제의 기병대에서 그는 유일하게 턱수염을 완전히 기른 간부였는데 그것은 규칙상 엄격히 금지되는 일은 아니었다. 또한 그는 과학적인 의도에서 주머니칼을 수집하기 시작했다. 그의 수입으로 군사용 무기를 모으기는 어려웠지만 코르크마개 따기나 손톱깎이가 있느냐의 여부, 쇠의 품질, 생산지, 케이스의 소재, 겉모양 등에 따라 여러 종류로 구별되는 주머니칼은 짧은 시간 안에 엄청난 양을 모을 수 있었다. 그의 집에는 작은 서랍이 여럿 달려 그 위에 라벨을 붙여놓은 커다란 서랍장이 있는데 이것 덕분에 그가 유식하다는 소문이 나기도 했다. 슈툼 장군은 시를 지을 수도 있었고 군사학교의 생도시절에 종교와 작문 과목에는 늘 최고 등급을 받았으며 한번은 대령이 그를 사무실로 부르기도 했다. "자네는 절대 괜찮은 기마부대 장교가 될 수 없을 거야." 대령이 그에게 말했다. "내가 젖먹이 아이를 말에다 앉히고 앞으로 가게 하면 거의 자네와 같은 동작이 나올 걸세. 하지만 연대에는 아직 군사학교 출신이 하나도 없네. 한번 지원해보지 않겠나, 슈툼?"

그래서 슈툼은 두 해 동안 수도에 자리한 간부양성학교에 다니게 되었다. 그곳에서 슈툼은 말을 타기에 필요한 지적인 순발력이 없음을 다시금 깨달았지만 모든 콘서트에 참석했고 박물관에 다녔으며 극장 프로그램을 모았다. 그는 시민계급으로 도약할 계획을 세웠지만 과연 무엇을 해야 할지는 몰랐다. 그 결과 그는 장군직에 아주 부합하지도, 그렇다고 완전히 안 어울리지도 않는 어정쩡한 상태가 되었다. 그는 재능이 없는데다 야망도 없는 사람으로 간주되었지만 뭔가 철학자 같은 사람으로 보이기도 해서 다음 2년 동안 잠정적으로 보병 파트를 지휘하는 작전참모로 부름받았고 그후에는 작전참모를 지원하면서 웬만한 사태가 일어나지 않는 이상은 부대를 떠나지 않는 기병대 대위로 복무했다. 기병 대위 슈툼은 다른 연대에서 군사학 전문가로 인정받아 활동하기도 했지만 그가 이론을 적용하는 데서는 거의 젖먹이와도 다름없다는 사실이 드러나기까지는 시간이 많이 걸리지 않았다. 중령까지 이르는 동안 슈툼의 길은 가시밭길이었다. 심지어 소령 시절에도 슈툼은 군복과 명예 외에 아무 연금도 받지 못한 채 대령으로 예편할 때까지 급료의 반만 받는다는 유급 여행만을 꿈꾸었다. 그는 군대에서 마치 엄청나게 느린 시계처럼 차례대로 돌아오는 승진에는 관심도 없었다. 또한 해가 아직 다 뜨기도 전 막사에서 나와 온통 욕지거리에다 먼지가 잔뜩 묻은 승마용 장화를 신고 장교 식당으로 들어가 아직도 길게 남은 하루의 공허함에 와인 한잔을 추가하는 그런 생활에도 관심이 없었다. 그는 더이상 이른바 사회생활이라는 것에도, 부대의 이야기에도, 제복을 차려입은 남편 곁에 붙어서 남편의 계급을 읊어대는, 그것도 겨우 들릴 정도로 아주 부드럽게 읊어대는 부인들에게도 신경을 쓰지 않았다. 또한 먼지와 와인, 권태, 광활한 연병장이 말 등을 타고 넘어가며 말에 대해 무작정 이어지는 끊임없는 대화가 급기야는 총각이며 기혼자를 가리지 않고 모든 장교들이 커튼 뒤로 달려가 일렬로 선 여인들의 치마 속으로 샴페인을 쏟아붓게 만드는 그런 밤 따위에는 관심을 끊었다. 그 장교들에게는 따분한 작은 갈리시아 주둔지 마을이라면 꼭 있게 마련인 유대인이 있는데 그는 사랑에서부터 가죽 닦는 비누까지—심지어 두려움과 경외, 호기심으로 몸을 떠는 여자들을 알선해주는 일까지—이자를 받고 마련해주는, 시골의 닳고닳은 작은 가게 같은 1인 상점이었다. 아무튼 그 시절 슈툼의 단 하나의 위안거리라면 엄청 풍부하게 모인 칼과 코르크 마개따기였는데 이것들의 대부분 역시 그 마을의 유대인에게서 이 광적인 중령에게 넘어온 것으로, 유대인이 물건을 책상에 올려놓기 전 소매로 닦을 때의 그 표정은 마치 선사시대의 유물이라도 찾아낸 듯 경외감에 휩싸였다.

군사학교 동문 중 하나가 슈툼을 기억하고 때마침 문명세계에 관한 탁월한 이해를 갖춘 사람을 찾고 있던 국방부 교육부서로 보직 변경을 제안해왔을 때 그의 생애에는 뜻밖의 전환점이 찾아왔다. 2년후 이미 대령이 된 슈툼은 그 부서의 수장으로 발탁되었다. 기병대에서 신성시되던 짐승 대신 쿠션 의자에 앉게 되자 그는 전혀 딴사람이 되었다. 그는 소장이 되었고 언젠가 대장이 되리라 확신했다. 당연하다는 듯이 구레나룻을 밀어버렸고 나이가 먹어갈수록 앞머리가 벗겨졌으며 약간 통통한 외모는 모든 분야에 박식하다는 인상을 주었다. 그는 행복해졌고 그 행복 덕분에 업무 능력이 몇배나 좋아졌다. 모든 분야에서 엄청난 관계를 맺었다. 멋지게 차려입은 여인, 최근 빈 건축의 대담한 무취향 스타일, 대형 채소시장의 알록달록한 모습, 회갈색 아스팔트 거리의 독한 냄새와 순식간에 어떤 특이한 소리로 깨어지는 소음들, 문명세계의 끝없는 다양성, 하나같이 똑같아 보이지만 각각 엄청난 개성을 가진 레스토랑의 흰 찻잔들, 그는 이 모든 것에서 즐거움을 누렸고 그것들은 마치 머릿속의 자명종처럼 울렸다. 그것은 문명인들이 교외로 떠나는 기차 안에서만 누릴 수 있는 행복 같은 것이었다. 그들은 푸르고 행복하며 뭔가 색다른 것이 아치를 그리며 지나가리라는 것을 예감한다. 이런 느낌 가운데는 국방부나 교양, 타자들의 의미 같은 것들의 중요성이 포함되었고 그 중요성은 너무나 강렬해서 슈툼은 여기에 온 이후로 아직 한번도 미술관이나 극장에 가볼 생각을 못했을 정도였다. 그것은 장군의 장식끈에서부터 편종 소리까지 모든 사물을 꿰뚫고 있으면서도 완전히 알아차리기 힘든 느낌이었고, 그 자체로 그것 없이는 인생의 춤이 한번에 딱 멈춰버릴지도 모르는 음악 같은 면이 있었다.

악마는 이제 물러갔구나! 슈툼은 혼자 그렇게 생각했고 더욱이 그렇게 유명하다는 지식인들이 모이는 이 방에서는 그 생각이 더 뚜렷해졌다. 마침내 내가 여기에 있다니! 그 많은 지식인들 중에 그 혼자만 군복을 입고 있었다. 그리고 그를 놀라게 할 일이 더 있었다. 지구본의 하늘빛을 떠올려보라. 슈툼의 물망초색 군복상의보다 약간 더 밝고 완전한 행복과 의미로 가득 찼으며 내적 광휘로 빛나는, 신비한 두뇌의 인광으로 반짝이는 그 푸른 하늘빛을 말이다. 그 지구의 한가운데 장군의 마음이 있었고 그 마음속에, 마치 성모 마리아가 뱀의 머리 위에 자리하듯이 한 여신 같은 여인이, 모든 것에 얽혀 있으면서 사실상 모든 것을 끌어당기는 신비한 미소를 짓고 있었다. 아마도 사람들은 그의 천천히 움직이는 눈에 그녀의 모습이 들어차기가 무섭게 슈툼 폰 보르트베어에게 강한 인상을 심어주었음을 느낄 수 있었을 것이다. 슈툼 장군은 원래 말만큼이나 여자를 좋아하지 않았다. 그의 짧고 휜 다리는 안장 위에서 하염없이 떠도는 것 같았고 근무가 없는 날이라도 말에 대해 이야기를 해야 했던 날이면 뼈가 아플 때까지 말을 타다가 내려오지 못하는 꿈을 꾸곤 했다. 또한 편안한 것을 좋아하는 그의 기질상 늘 성적인 활동을 멀리했으며 이미 하루 일과에 녹초가 되어 더이상 밤에 정기를 빼앗길 여력이 없었다. 확실히 그가 흥을 깨버리는 사람은 아니었지만 밤에 칼 모음집이 아니라 동료들과 시간을 보낼 때면 현명한 방편에 의지하곤 했다. 즉 육체적 균형감이 곧 그를 술에 취하게 만들어 소란한 상태를 거쳐 졸린 상태에 이르도록 만들어버리는데 그런 상태는 섹스를 감행할 때의 위험과 낙심보다는 훨씬 편안했던 것이다. 결혼을 하고 두 아이를 열정적으로 보살피는 아내를 얻고 나서야 그는 결혼 전 그의 습관들이 얼마나 이성적이었는지를 깨닫게 되었다. 그는 결혼생활에 굴복했고, 확실히 결혼한 전사들에 합당한 그런 비전투적인 성향에 끌리고 말았다. 그때부터 슈툼은 결혼 밖에서 생생한 여성의 이상을 발전시켰고 그런 이상은 자신도 모르는 사이에 오래전부터 내면에 싹튼 것이었다. 그것은 그를 너무 위협하는 바람에 어떤 구애도 소용없을 것 같은 여성에 대한 부드러운 열광이었다. 총각 시절 대중잡지에서 오려낸 여자들의 사진을—그의 수집품 목록에서는 그저 일부에 불과한—보았을 때 비록 당시에는 알아채지 못했지만 그녀들은 모두 그런 위협적인 모습을 하고 있었다. 그리고 디오티마를 처음 만나기 전까지 그런 강력한 열광에 빠진 적은 없었다. 그녀의 미모는 별도로 치더라도 슈툼은 그녀가 제2의 디오티마라는 말을 듣는 순간 곧장 백과사전에서 도대체 디오티마가 무슨 뜻을 지닌 이름인지를 찾아보아야 했다. 그가 여전히 디오티마의 뜻을 잘 파악하지는 못했지만 그것이 자신의 업무에도 불구하고 여전히 아는 게 별로 없는 문명화된 교양과 위대한 연관성을 갖고 있으며 그 세계적인 지적 탁월함이 이 여인의 우아한 자태에 녹아 있다는 사실 정도는 알아챘다. 남녀간의 교류가 많이 간편해진 오늘날, 한 남자가 할 수 있는 가장 최고의 경험이 그런 교제라는 점이 강조될 필요성이 생겼다. 슈툼 장군은 자신의 팔이 너무 짧아서 디오티마의 풍만한 몸을 채 안지 못할 거라고 생각했다. 또한 그 풍부한 세계와 문화도 마찬가지일 거라는 생각이 들었다. 그는 다가오는 모든 것들을 부드럽게 퍼지는 사랑의 열병으로 경험했으며 그것은 마치 자신의 둥근 몸 속에 지구본의 둥근 모양이 들어 있는 것 같은 느낌이었다.

디오티마가 슈툼 폰 보르트베어를 떨쳐냄에도 그가 곧 다시 돌아오게 하는 힘은 바로 이런 열정이었다. 그는 숭배하는 여인 곁에 바싹 붙어 서서 아는 사람 하나 없는데도 그들의 대화를 엿들었다. 그녀가 그런 지적인 재산가들을 마치 진주귀고리 한짝을 만지듯 웃으며 다루는 것이 거의 믿겨지지 않았고 여러 분야의 저명인사들을 맞아들이는 그 기술을 증언하고 싶었기 때문에 슈툼은 거의 노트를 하고 싶은 기분이었을 것이다. 디오티마가 못땅한 듯 수차례나 그에게 돌아서며 눈치를 주고 나서야 그는 장군이 그런 식으로 남의 말을 엿듣는 게 얼마나 꼴불견인지를 깨닫고 자리에서 물러났다. 슈툼은 혼자서 북적대는 집안을 거닐다가 와인 한잔을 마시고 기대 서 있을 만한, 장식이 잘된 곳을 찾다가 울리히를 알아보았다. 딱 보자마자 그는 울리히를 어디선가 본 적이 있다는 기억이 되살아났다. 울리히는 그가 중령으로 조용하게 이끌던 두 중대 중 한곳에서 소령으로 근무하던 영민하고 불온한 소위였던 것이다. '나와 비슷한 유형의 친구였는데' 슈툼은 생각했다. '젊은 나이에 저 친구는 이렇게 높은 지위에 올랐다니!' 그는 울리히에게 곧장 다가갔고 사람들이 작별인사를 하고 서로 의견을 교환한 후에 둘러선 사람들에게 말했다. "나에겐 문명세계의 가장 중요한 문제들을 배우게 된 소중한 기회였소!"

"놀라셨겠군요, 장군." 울리히가 말했다.

인맥이 필요했던 장군은 따듯하게 그와 악수를 나눴다. "당신은 9연대의 소위였죠." 슈툼은 크게 말했다. "또한 다른 사람들은 아직 잘 모르겠지만 그게 우리에게는 큰 영예가 될 날이 올 거요."

81.
라인스도르프 백작이 현실정치를 표방하다.
울리히는 협회를 조성하다

위원회가 아직 이렇다 할 작은 결과물도 내놓지 못한 반면 평행운동은 라인스도르프의 저택에서 커다란 진보를 이뤄내고 있었다. 그곳에선 현실의 가닥이 잡혀갔고 울리히는 일주일에 두번 저택으로 찾아갔다.

울리히는 그렇게 많은 협회들이 있는 줄은 꿈에도 몰랐다. 육상 및 수상 스포츠협회, 금주협회에다 음주협회 등등 한마디로 협회에다 그 반대 협회까지 온갖 협회들이 모여들었다. 이 협회들은 자신들의 이익은 관철시키려 했고 상대편 협회의 이익은 저해하려고 했다. 모든 사람이 적어도 하나의 협회에는 참여하는 것 같았다. 울리히는 놀란 나머지 말했다. "백작 각하, 이건 우리가 상식적으로 인정할 수 있는 협회의 범위를 훨씬 벗어나 있습니다. 규율국가의 외양을 하고 있으나 모든 사람은 여전히 강도떼에 속한 그런 공포스러운 상태에 불과합니다…."

하지만 라인스도르프 백작은 협회를 좋아했다. "명심하시오," 백작이 말했다. "이데올로기정치에서는 어떤 좋은 것도 나온 적이 없어요. 우리는 현실정치를 해야 합니다. 나는 당신 사촌이 속한 모임의 지나치게 지적인 추구가 위험한 지경임을 부인하고 싶지 않아요."

"저에게 뭔가 방법을 좀 알려주시겠습니까?" 울리히가 요청했다.

라인스도르프 백작이 그를 바라봤다. 백작은 저렇게 경험없는 젊은이에게 뭔가를 알려주는 게 너무 위험한 것은 아닌지 고민하더니 이윽고 위험을 감수하기로 결정했다. "알겠소." 그는 조심스레 입을 열었다. "아직 젊은 당신이 아마도 모르고 있을 이야기를 이제부터 해주겠소. 현실정치란 사람들이 원하는 바로 그것을 하는 것이 아니에요. 하지만 사람들의 하찮은 소망을 충족시켜줌으로써 인심을 얻을 수는 있지요."

상대방은 놀란 눈으로 멍하니 라인스도르프 백작을 바라보았다. 백작은 우쭐함에 젖어 웃고 있었다.

"그러니까," 백작은 설명했다. "내가 강조하는 것은 현실정치가 이념의 힘에 이끌려선 안되고 실용적인 요구에 부응해야 한다는 말입니다. 물론 누구나 위대한 이념이 현실로 이뤄지길 바라지요. 그건 말할 것도 없어요. 그러니까 절대 사람들이 원하는 것을 해서는 안되는 것입니다. 이건 이미 칸트가 말한 것이에요!"

"그렇군요!" 듣고 있던 학생은 깜짝 놀라 외쳤다. "하지만 뭔가 목표는 있어야 하지 않을까요?"

"목표라고요? 비스마르크는 프로이센 왕이 위대해지기를

원했습니다. 그게 그의 목표였지요. 그 목표 때문에 오스트리아, 프랑스와 전쟁을 해야만 할지를 처음부터 알진 못했습니다. 그리고 독일 제국을 건설할게 될지도 몰랐지요."

"각하는 그러니까 우리 오스트리아가 오직 위대하고 강해져야 한다는 말씀이군요. 그렇지 않나요?"

"우리에겐 아직 4년이 남아 있어요. 4년 안에 어떤 일이든 일어날 수 있지요. 한 민족을 무릎 꿇릴 수도 있고 아니면 그 민족 스스로 무릎을 꿇을 수도 있을 겁니다. 이해하겠소? 무릎을 꿇게 하는 것. 그것이 우리가 해야 할 일입니다. 하지만 그 민족 위에 있어야 할 것들은 확고한 제도, 정치정당, 행정기구 같은 것들이지 수다 따위가 아니에요!"

"각하, 정확히는 잘 모르겠지만 방금 하신 말씀은 정말 민주적인 생각 같습니다!"

"글쎄, 막상 내 귀족 동료들은 잘 이해하지 못하지만 아마 귀족적인 면도 있을 겁니다. 헨넨슈타인이나 튀르크하임의 상속자들은 이런 일에서 더러운 쓰레기밖에는 나올 것이 없을 거라고 하더군요. 그러니 우리는 신중하게 나아가야 합니다. 작은 것부터 하나하나 이뤄가되, 우리에게 오는 사람들에게 친절해야 해요."

그래서 울리히는 그 다음부터는 누구도 물리치지 않았다. 한번은 어떤 남자가 오더니 우표수집에 관해 오랫동안 이야기를 한 적이 있었다. 그가 말하길 우표수집은 우선 국제적인 이해가 필요하며, 사회의 근본이 되는 재산과 가치를 충족시켜야 함은 물론, 지식과 함께 예술적 감식력까지 요청한다는 것이었다. 울리히는 그 남자를 자세히 봤다. 그는 가난한데다 불쌍해 보였다. 그러나 그 남자는 울리히의 이런 의심스런 눈초리를 알아채고는 우표 역시 가치있는 장사수단이라 함부로 무시하면 안된다고 항변했다. 큰 우표거래 시장에는 세계 각처의 장사꾼과 수집가들이 모여든다는 것이다. 그게 부자가 되는 길일 수도 있을 것이다. 하지만 그 남자는 그저 이상주의자일 뿐이다. 그는 아직 어떤 상업적 이윤도 없는 특별한 우표만을 모으고 있었다. 그가 원하는 것은 기념해에 큰 우표전시회를 열어서 그의 각별한 수집품으로 사람들의 시선을 끌게 해달라는 것뿐이었다.

또다른 사람은 다음과 같은 이야기를 했다. 그는 거리를 따라 걸어가다가—이것이 전차를 타는 것보다 더 흥미롭다고 했다—지난 수년간 상점 간판에 있는 대문자의 획수(가령 A에는 3개, M은 4개의 획이 있다)를 세고 전체 철자수의 합을 그 획수로 나누는 일을 해왔다고 한다. 지금까지 해서 얻은 결과로는 그 값이 평균 2.5 정도였는데 거리마다 값이 변하기 때문에 고정된 것은 아니라고 했다. 그래서 그 사람은 결과가 빗나가면 크게 실망하고 옳게 나오면 엄청 기뻐했는데 그건 마치 고전 비극에서 체험하는 환희과도 비견할 만했다. 그러나 문자 자체로만 본다면—아마 누구라도 납득할 텐데—3으로 나누게 되는 경우는 상당한 행운이며 대부분의 경우 아주 심한 좌절을 느끼게 된다. 단지 4개의 획으로 이뤄진 글자들, 가령 W, E, M 같은 경우는 다른 어떤 경우보다도 행복한 느낌을 준다고 한다. 그래서 뭘 어쩌라는 말이냐고? 방문객은 자문했다. 그건 다름아니라 보건행정부에서 명령을 내려 가급적 4획으로 된 글자를 쓰게 하고 매출이 떨어져서 참담한 결과를 가져올 게 분명한 1획짜리 철자들, 가령 O, S, I, C 같은 철자들은 쓰지 말도록 규제하자는 것이다.

　울리히는 그 사람과 충분한 거리를 두고 찬찬히 그를 살폈다. 하지만 그는 전혀 정신이상자 같지 않았고 잘 갖춰입은 30대의 남자로 지적이고 친절해 보이는 사람이었다. 그는 조용히 설명하기를, 암산은 모든 직업영역에서 필수불가결한 요소가 되었고, 놀이를 통한 학습은 현대 교육의 방법론과도 일치하며, 통계학은 학문이 제대로 성립되기도 전에 이미 사물의 깊은 연관성을 밝혀낸 바 있고, 모두가 알다시피 책에 의지하는 교육은 큰 손실을 입혔으며, 결과적으로 자신의 실험을 반복하기로 작정한 많은 사람들 사이에서 일어난 열광 자체가 이런 사실들을 증명해준다는 것이다. 또한 그는 보건행정부에서 그의 발견을 적용한다면, 아마 다른 나라도 곧 따라할 것이며 기념해는 전인류를 향한 축복으로 자리잡을 것이라고 덧붙였다.

　울리히는 그런 사람들에게 충고를 해주었다. "협회를 만들도록 하세요. 아직 4년이나 남았습니다. 만약 성공한다면, 각하는 반드시 당신을 위해 모든 영향력을 동원할 것입니다."

그러나 그들 중 대부분은 이미 협회를 갖추고 있었으며 그것 때문에 사정은 더욱 복잡해졌다. 차라리 현대의 육체적 문화를 증진시키기 위하여 라이트윙 선수 하나를 명예교수로 위촉해 달라는 축구협회의 부탁은 간단한 편이었다. 그건 늘 신중하게 고려해보자고 약속하면 그만이기 때문이다. 정작 어려운 것은 자신을 정부의 고위관료라고 주장하는 오십줄의 남자가 들어설 때이다. 그는 자신을 욀(Öhl) 속기사협회의 설립자이자 회장이라고 소개했다. 위대한 애국운동의 실무자가 속기에 관심을 가졌으면 좋겠다는 바람에서 찾아왔다고 설명할 때 그의 이마는 순교자처럼 빛나고 있었다.

그는 왜 욀 속기가 널리 활용되지 못했는지를 이해하기 위해 무엇보다 알아둬야 할 것은 그것이 오스트리아의 발명품이라는 점이라고 설명을 이어나갔다. 그는 울리히에게 속기를 해본 적이 있느냐고 물었다. 만약 안해봤다면 아마 속기의 장점들, 즉 시간과 정신적 에너지를 절약할 수 있다는 장점을 몰라서일 거라고 했다. 그 구불구불하고 장황하며 부정확한데다 똑같은 부분을 어지럽게 반복해야 하며, 표현적이고 의미가 있는 문자적 요소와 그저 상투적이고 자의적인 요소가 뒤범벅이 된 글자를 쓰다보면 얼마나 정신적 낭비가 심한지를 울리히가 어떻게 알겠는가?

울리히는 명백히 아무 해도 없는 일상문자를 참을 수 없는 적의를 가지고 근절시키려는 이 남자를 보고 경악했다. 정신적 노고를 줄이자는 취지에서라면, 일을 빨리 처리하는 쪽으로 급속하게 발전해가는 세상에서 속기는 꼭 필요한 것이 될 것이다. 하지만 도덕적 관점에서도 짧은 문자냐 또는 긴 문자냐의 문제는 중요한 의미를 갖는다고 그는 말했다. 긴 문자의 경우 고위관료들이 흔히 불평하듯 의미없는 고리들로 가득 차 있어서 부정확하고 자의적이며 낭비가 심한 쪽—특히 시간의 낭비—으로 유도하는 반면 속기는 정확함, 의지, 남자다움 같은 덕성을 키워준다는 것이다. 속기는 필요한 것을 하도록, 또한 불필요하고 목적에 상관없는 일은 하지 않도록 가르쳐준다. 특히 오스트리아인에게 굉장히 중요한 실용적인 도덕에 대한 교훈이 속기 안에 들어 있지 않은가? 미적인 관점에서도 문제제기가 가능했다. 장황함은 흔히 나쁜 속성으로 간주되지 않는가? 위대한 고전 작가들은 의미의 절약이 미의 핵심적 요소라고 주장하지 않았나? 최고 행정관료들이 말하듯 국민 건강의 관점에서도 책상에 구부리고 앉아 있는 시간을 줄이는 것이 중요하다고 하지 않는가. 또한 속기의 주제를 여러 학문적 입장에서 조명한 끝에 놀라움을 이끌어내자 그 사람은 욀 속기가 다른 어떤 속기 방식보다 뛰어나다는 점을 강조하기 시작했다. 그는 생각할 수 있는 모든 관점을 동원해볼 때 다른 모든 속기 방식은 그저 속기의 원칙을 배반하는 것에 불과하다고 말했다. 그러고는 자기가 겪은 속기 이야기를 해주었다. 예전에는 물질적 이해관계에 집착하는 더 오래되고 강력한 방식들이 있었다. 모든 상업학교에서는 포겔바우흐(Vogelbauch)라는 속기방식을 가르치면서 상업계의 관성에 따라 어떤 변화도 용납하지 않았다. 상업학교의 광고를 수주해서 많은 돈을 버는 신문들 역시 어떤 개혁요구도 받아들이지 않았다. 교육 당국은? 욀 씨 말로는 완전 무시만 당했다고 한다. 5년 전, 속기가 처음으로 중등학교의 교과목으로 지정되었을 때, 교육부는 속기방식을 선택하기 위한 추천위원회를 구성했는데 그 위원회는 자연스럽게 상업학교와 상업계의 대표자들, 그리고 언론과 유착된 정부 속기사들로 채워졌다. 다 거기서 거기였던 것이다! 포겔바우흐 방식이 채택된 것은 불을 보듯 뻔한 일이었다. 욀 속기연합회는 소중한 국민의 이익에 가해진 이 범죄행위를 규탄하고 항의했다고 한다. 그러나 교육부는 포겔바우흐 측 외에 다른 어떤 대표자들도 선임하지 않았다.

울리히는 그런 사례를 백작에게 보고했다. "욀이라고요?"라인스도르프가 물었다. "게다가 그가 관료라고요?" 백작은 오랫동안 코를 문지르더니 아무런 결론도 내리지 않았다. "그렇다면 그 부서의 수장을 만나서 뭔가 해결책이 있나 물어봐야 하지 않을까요?…." 그는 한동안 골똘히 생각하더니 뭔가 새로운 생각이 떠오른 듯 갑자기 그 말을 취소했다. "아니, 차라리 제안서를 하나 만드는 게 낫겠소. 그들 스스로 제안을 하게 합시다!" 그러고는 뭔가 깊은 뜻을 전달하려는 듯 신중하게 덧붙였다. "하여튼 그들이 엉터리인지 아닌지를 당장 구별할 수는 없을 거예요." 그가 말했다. "당신도 보다시피 많은 사람들이 중요하다고 생각하는 것에서 진짜 중요한 것이 나오게 마련입니다. 신문이 추앙하는 아른하임을 한번 보세요. 물론 신문들은 다른 사람을 쫓아다닐 수도 있지요. 하지만 신문이 아른하임 박사를 따라다닌다면, 그가 중요해지는 것입니다. 이 월이라는 사람이 배후에 조직을 가졌다고 하지 않았나요? 물론 그게 뭘 보장하는 것은 아니지요. 하지만 이미 말했듯이, 한편으로 우리는 현대적으로 생각해야 합니다. 많은 사람들이 뭔가를 추구한다면, 결국 거기서 뭔가가 나올 것이라고 기대할 수 있는 것이죠."

82.
클라리세가 울리히의 해를 요청하다

울리히가 클라리세를 만난다면 그 이유는 아마 십중팔구 그녀가 라인스도르프 백작에게 쓴 편지에 대해 쓴소리를 하기 위해서였을 것이다. 그런데 막상 며칠 전 클라리세가 울리히를 찾아왔을 때 그는 모든 것을 잊어버렸다. 그녀를 만나러 가는 중에 울리히에게는 자신이 클라리세를 찾아간 사실을 발터가 알면 질투심에 화를 낼지도 모른다는 생각이 떠올랐다. 하지만 발터가 할 수 있는 일은 아무것도 없었다. 그리고 대부분의 남자들이 알듯이 질투라는 상태는 좀 우스꽝스러운 것이었다. 아무리 질투에 차 있더라도 근무시간이 끝날 때까지는 자기 부인을 감시할 수 없기 때문이다.

울리히가 그녀의 집으로 가기로 한 때는 발터가 집에 없는 이른 오후였다. 울리히는 미리 간다고 전화를 걸었다. 눈덮인 바깥 풍경이 하얗게 창유리를 뚫고 들어오는 바람에 마치 창문에 커튼이 하나도 달려 있지 않은 것 같았다. 모든 사물을 삼켜버리는 이 무자비한 빛 한가운데 클라리세가 웃으며 친구를 바라보고 있었다. 창문 쪽으로 그녀의 마른 몸이 뿜어내는 평평한 활 같은 선이 강렬한 색으로 빛났으며 그늘진 쪽에서는 그녀의 이마와 코, 턱에서 나온 푸른 갈색의 기운이 마치 가장자리가 바람과 태양으로 뒤섞인 눈덮인 산등성이처럼 뿜어져 나오고 있었다. 그녀는 사람이 아니라 유령이 나올 듯이 적막한 한겨울 고산지대에서 만난 눈과 얼음 같았다. 울리히는 때때로 발터가 사로잡혔을 그 마법에 사로잡혔고 그의 유년시절 친구를 향한 이중적인 감정은 곧 그가 그들의 삶을 전혀 알지 못하는 두 사람이 서로에게 내뿜는 이미지에 대한 통찰에 자리를 넘겨주었다.

"네가 라인스도르프 백작에게 쓴 편지에 관해 발터에게 말을 했는지는 모르겠지만," 울리히가 입을 열었다. "이렇게 나 혼자 온 이유는 앞으로 이런 일은 절대 하지 말라고 경고하기 위해서야." 클라리세는 의자 두개를 가져오더니 앉으라고 했다. "발터에게는 말하지 말아줘." 그녀는 요청했다. "하지만 뭐가 그렇게 맘에 안 들었니? 니체의 해를 말하는 건가? 백작이 뭐라고 그러던?"

"그가 뭐라고 했을 거 같아? 그걸 모오스브루거와 연관시킨 건 정말 완전히 미친 짓이야. 그리고 그게 아니더라도 백작은 아마 네 편지를 던져버렸을 거야."

"그래?" 클라리세는 실망하는 기색이 역력했다. 그러곤 말했다. "그래도 너만큼은 뭔가 할 말이 있으니 다행이구나!"

"이미 말했지만 너는 제정신이 아니야!"

클라리세는 이 말이 칭찬이겠거니 하고 웃었다. 그러곤 손을 남자친구의 팔에 얹고 물었다. "그렇지만 오스트리아의 해라는 것은 엉터리 아닐까?"

"물론 그렇지."

"하지만 니체의 해는 좋은 거잖아. 우리가 어떤 사상을 좋아한다는 이유로 그걸 포기해야 하나?"

"도대체 니체의 해라는 게 뭔데?"

"그건 네가 고민할 문제지."

"웃기는군."

"그렇지 않아. 네가 심각하게 고민한 것을 실천하는 게 뭐가 우습다는 말이지?"

"나도 그러고 싶어." 울리히는 그녀의 손에서 팔을 떼어내면서 대답했다. "하지만 그 대상은 니체가 아니야. 그리스도 혹은 붓다 정도는 돼야겠지."

"아니면 너 자신이거나. 울리히의 해를 한번 생각해보지 그 래!" 클라리세는 이 말을 마치 모오스브루거를 풀어주라고 말했던 그때처럼 아무렇지도 않게 내뱉었다. 하지만 이번에 울리히는 멍하니 있지 않았고 그녀의 얼굴을 뚫어지게 바라보았다. 그 얼굴에 드러나는 건 클라리세의 평범한 미소였다. 마음의 움직임에 따라서 무의식적으로 드러나는, 희미하고 익살맞게 찡그린 인상이 그 미소 속에 들어 있었다.

'아무튼,' 그는 생각했다. '악의가 있는 거 같진 않군.'

클라리세가 다시 그에게 다가왔다. "왜 너의 해를 만들지 않지? 너라면 지금 그걸 할 만한 위치에 있잖아. 이미 말했듯이 발터에게는 아무말도 하지 말아줘. 내가 쓴 모오스브루거 편지에 관해서도. 특히 내가 너한테 말한 것은 절대 안돼! 하지만 내 말을 믿어줘. 그 살인자는 음악적이야. 비록 아무 곡도 쓰지 못하지만 말이야. 모든 인간이 우주의 중심에 있다고 생각해본 적 없니? 그 사람이 움직이면, 우주도 그와 같이 움직이는 거야. 음악은 그렇게 만드는 거야. 아무 생각 없이, 마치 발밑의 우주와도 같이 간단하게!…."

"네가 말한 울리히의 해를 위해 내가 뭔가를 생각해내야 할까?"

"아니." 클라리세는 신중하게 대답했다. 그녀의 가는 입술은 뭔가 말하고 싶은 것을 참고 있었고 눈에서는 조용하게 불꽃이 일었다. 그 순간 그녀에게서 어떤 것이 발산될지 상상하기는 어려웠다. 마치 뭔가 불타는 것에 바싹 다가가는 것 같은 기분이었다. 이제 그녀는 웃고 있었지만, 그 미소는 눈 속의 불꽃이 다 타버린 후 남은 재처럼 그녀의 입가에서 물결치고 있었다.

"해야만 한다면 아직 할 수 있는 일이 있겠지." 울리히는 말을 이었다. "하지만 설마 나한테 쿠데타를 일으키라는 말은 아니겠지?"

클라리세는 생각에 몰두했다. "그렇다면 붓다의 해라고 해두지." 그녀는 그의 말을 무시하면서 말했다. "붓다가 뭐라고 했는지는 잘 모르지만 추상적으로 말하자면, 우리가 어떤 것을 받아들이고, 그것을 중요하게 생각하면, 실제로 그런 일이 일어난다는 것이지! 그게 믿을 만하든 그렇지 않든 말이야."

"좋아. 그래… 넌 니체의 해에 대해서 말했잖아. 그런데 도대체 니체는 뭘 요구한 걸까?"

클라리세는 생각에 빠졌다. "글쎄 내 생각은 당연히 니체 기념비나 니체 거리 같은 건 아니었어." 그녀는 당황해서 말했다. "그러니까 사람들은 그런 삶을 살아야 한다는…."

"니체가 요구하는 삶?" 울리히가 끼어들었다. "하지만 그가 뭘 요구했다는 거야?"

클라리세는 답을 찾다가 머뭇거렸고 이윽고 입을 열었다. "뭐야, 너도 잘 알면서…."

"난 아무것도 몰라." 울리히가 장난치듯 말했다. "하지만 하나는 말해주지. 사람들은 황제 요제프 수프 진흥원을 차릴 수도 있고 집고양이 보호를 위한 연대를 만들 수도 있지만 위대한 사상으로는 현실을 하나도 바꿀 수 없어. 마치 음악이 그럴 수 없는 것처럼 말이야. 나도 잘 모르겠지만 아무튼 현실은 그런 것 같아."

울리히는 마침내 작은 테이블 뒤에 쉴 만한 소파가 있음을 발견했다. 이곳이 의자보다는 방어하기가 쉬울 것이다. 마치 건너편 물가까지 테이블의 잔영이 어른거리듯이 그녀는 텅 빈 방 한가운데 여전히 선 채로 말하고 있었다. 그 마른 육체 역시 말하고 생각했다. 클라리세는 자신의 육체로 무엇을 말하고 싶어한다는 것을 느꼈고 그 육체로 뭔가를 해야 한다는 욕구가 있었다. 울리히는 늘 여자친구의 몸이 단단한 소년 같다고 여겼다. 하지만 지금 그 몸통이 다리에 꽉 맞물려 부드럽게 움직일 때의 클라리세는 자바 섬의 댄서들을 떠올리게 했다. 그리고 갑자기 그에게는 클라리세가 최면에 빠진다고 해도 별로 놀라지 않을 거라는 생각이 들었다. 아니면 울리히 자신이 최면에 빠진 걸까? 그는 말을 이어갔다. "너는 너의 이상에 따라서 살고 싶어하지." 그는 길게 말하기 시작했다. "그리고 어떻게 그것이 가능한지를 알고 싶어해. 하지만 이상이란 세상에서 가장 역설적인 것이야. 마치 숭배의 대상처럼 육체는 이상에 집착하지. 이상이 육체에 따라붙는 것은 정말 알지 못할 현상이야. 명예를 지키기 위해, 또는 벌을 주기 위해 무심코 날린 따귀

한대는 사람을 죽일 수 있을 만큼 치명적이지. 하지만 가장 강력한 순간의 이상은 결코 그 순간을 계속 유지할 수 없거든. 그런 이상들은 마치 공기에 노출되면 천천히 더 형편없는 성질로 변해버리는 물질 같아. 그런 체험은 너에게도 일어나지. 왜냐하면 어떤 순간에 이상이야말로 바로 네가 되니까. 너는 무언가의 입김에 사로잡히고, 그건 마치 현악기들의 합주 가운데 갑자기 하나의 음이 두드러지는 것 같을 거야. 네 앞에 신기루 같은 것이 보이고 네 영혼의 혼돈 속에서 끝없는 행렬이 모습을 갖추더니 세상의 모든 아름다움이 길가로 늘어서지. 그것이 하나의 이상이 주는 효과야. 하지만 다음 순간 그 이상은 네가 전에 가졌던 이상과 다를 것이 없어지지. 하나의 이상은 그전의 이상들에 승복하고 너의 관점, 성격, 원칙이나 생각의 일부가 돼버려. 결국 날개를 잃고 평범한 확고함을 얻게 되는 거야."

클라리세가 대답했다. "발터는 너를 질투하고 있어. 나 때문은 아니야. 그가 하고 싶어하는 것을 네가 실현할 수 있을 것처럼 보이기 때문이야. 무슨 말인지 알겠니? 그에게 부족한 무언가가 너한테는 있는 거야. 그걸 뭐라고 해야 좋을지 모르겠네."

그녀는 뭔가를 캐묻듯 울리히를 쳐다보았다.

둘의 대화는 서로 얽혀갔다.

발터는 늘 무릎에 올려놓고 싶을 정도로 부드럽고 사랑스런 아이였다. 또한 자신에게 일어나는 일은 무엇이든 부드러운 생기로 바꿔놓았다. 그는 늘 점점 더 경험이 풍족해지는 사람이었다. '하지만 경험이 많다는 것은 그 사람이 평범할 거라는 가장 최초의, 그리고 가장 미묘한 증표지.' 울리히는 생각했다. '관계를 맺어갈수록 경험은 개인적인 독과 달콤함을 잃어버리거든!' 그건 대략 맞는 말이기도 했다. 비록 관계야말로 중요하고 관계 없이는 어떤 환영이나 작별의 인사도 없음이 확실할지라도 말이다. 아무튼 발터가 그를 질투한다고? 울리히는 기분이 나쁘지는 않았다.

"너를 죽여야 할 거라고 발터에게 말했어." 클라리세가 이야기했다.

"뭐라고?"

"너를 제거해버리라고 말했다니까. 네가 너답다고 생각하는 모든 것이 진실이 아니라면, 또한 발터가 더 나은 남자인데 그것 말고는 마음의 평화를 얻을 다른 방법이 없다면, 그것도 말이 되지 않겠니? 게다가 너는 언제든 저항할 수 있으니 말이야."

"그리 나쁘지는 않겠구나…!" 울리히는 뜨뜻미지근하게 대답했다.

"글쎄 우리는 말만 그렇게 했지. 하여튼 듣고 난 소감이 어때? 발터는 그런 생각을 한다는 것조차 나쁘다고 하던데."

"그래도 나쁘지 않은 생각이야." 울리히는 우물쭈물 대답하더니 클라리세를 똑바로 쳐다보았다. 그녀에게는 독특한 매력이 있었다. 그녀가 자신 스스로와 함께 있다고 할 수 있을까?

그녀는 없는 존재이자 있는 존재였고 그 둘은 아주 가까웠다.

"나쁘지 않은 생각이라니!" 그녀가 끼어들었다. 그가 앉아 있는 바로 앞쪽 벽을 향해 말했기 때문에 그녀의 눈은 마치 그 사이의 한점을 응시하는 것 같았다. "너는 발터만큼이나 소심해." 이 말 역시 그들 사이 어느 중간에 떨어져, 모욕 같기도 하고 달래는 것 같기도 한 거리감을 주었는데 그건 다음과 같은 은밀한 암시가 친근하게 이어졌기 때문이다. "내가 말하는 건, 너는 꼭 할 수 있는 일만을 생각해낸다는 거야." 그녀는 무미건조하게 덧붙였다.

그러고는 자리를 떠나 창가로 가서 손을 등뒤로 모았다. 울리히는 재빨리 따라 일어나 그녀 곁으로 가서 어깨에 팔을 얹었다. "클라리세 양," 그가 말했다. "오늘따라 좀 이상한걸? 그렇지? 하지만 내 이야기도 좀 해야겠어. 아무튼 너는 나에 대해서는 아무 관심도 없는 거지?"

클라리세는 창밖을 응시했다. 이번에는 날카로운 눈빛이었다. 그녀는 뭔가 의지할 만한 것을 찾기라도 하듯 한곳을 뚫어지게 바라보았다. 자신의 생각이 밖으로 나갔다가 다시 들어온 듯한 느낌이었다. 방금 문이 닫힌 어떤 방에 와 있는 듯한 그 느낌은 전혀 낯설지 않았다. 이따금 그녀에게는 자신을 둘러싼 모든 것들이 전에 없이 밝고 가벼워져서 며칠, 또는 몇주라도 자유롭게 세상을 산책하는 데 아무 어려움이 없었다. 그러고 나면 마치 감옥에 갇힌 것처럼 나쁜 시기가 다시 찾아오는데 이 시기가 짧긴 하지만 모든 것이 갑갑하고 슬퍼지기 때문에 그녀는 형벌을 받듯 두려워했다. 명료하고 맑은 평온함이 지배하는 이 순간이 그녀에겐 불안했다. 그녀는 얼마 전 무엇을 하고 싶어했는지를 제대로 기억하지 못했고 이런 나른한 명료함과 뚜렷하게 고요한 침착함은 종종 형벌의 시기로 이어졌다. 그녀는 긴장했고 이 대화를 설득력있게 이어나간다면 스스로 안정감을 찾을 수 있으리라 생각했다.

"클라리세 양이라고 부르지 마." 그녀가 토라져서 말했다. "안 그러면 내가 너를 끝장내버릴 수도 있어." 그 말은 장난처럼 터져나왔고 그렇게 받아들여질 것 같았다. 그녀는 그를 관찰하기 위해 고개를 돌렸다. "말이 그렇게 나왔을 뿐이야," 그녀는 말을 이었다. "하지만 난 진지하다는 걸 알아야 해. 우리는 무얼 하고 있었지? 너도 생각으로는 살 수 없다고 말했잖아. 너나 발터나 둘 다 진정한 힘이 없어."

"넌 나를 수동주의자라고 지겹게도 말하는구나. 하지만 거기에도 두 종류가 있지. 발터처럼 수동적 수동주의가 있고, 적극적인 수동주의도 있다고!"

"적극적인 수동주의가 뭔데?" 클라리세가 궁금한 듯 물었다.

"탈옥할 때를 기다리는 죄수의 수동주의지!"

"흥," 클라리세가 말했다. "핑계를 만들어내는군."

"그래," 그는 인정했다. "아마 그럴 수도 있겠지."

클라리세는 여전히 손을 등 뒤로 쥐고 있었고 마치 승마용

부츠를 신은 것처럼 다리를 벌리고 있었다. "니체가 뭐라고 했는지 알아? 확실한 지식을 소유하려는 사람은 눈앞에 뭐가 있는지 확실해야만 앞으로 나아가는 사람과 마찬가지로 겁쟁이에 불과하다고 했어. 어느 순간에는 말만 하지 말고 행동에 나서야 한다는 거지! 나는 네가 언젠가는 뛰어난 일을 할 거라고 기대했어!"

갑자기 그녀는 울리히의 조끼 단추 하나를 잡고 돌리기 시작하더니 얼굴을 울리히 쪽으로 쳐들었다. 그는 단추를 빼앗기지 않으려고 무심코 자기 손을 그녀의 손에 얹었다.

"오랫동안 고민해봤어," 그녀는 머뭇거리며 말했다. "오늘날 정말 비열한 일들은 사람들이 행하는 일 때문이 아니라 내버려두는 일 때문에 일어나고 있어. 그런 비열한 일들이 점점 자라서 공허의 구멍을 채워주고 있지." 이 말을 한 후에 그녀는 그를 뚫어지게 바라보았다. 그러더니 성급히 말을 꺼냈다. "어떤 것을 내버려두는 것은 어떤 것을 행하는 것보다 열배나 위험해! 알겠니?" 그녀는 자신을 좀더 정확히 표현해보려고 애썼다. 그러나 이렇게 덧붙이는 것에 그쳤다. "너는 내 말을 정확히 이해해, 그렇지? 비록 네가 항상 모든 일을 되는 대로 내버려둬야 한다고 하긴 하지만 말이야. 하지만 난 네가 무슨 말을 하는지 알아. 여러번이나 나는 그런 생각이 들었어. 너는 악마 그 자체야!" 이 말은 마치 도마뱀처럼 그녀의 입에서 미끄러져 나갔다. 그녀는 놀랐다. 원래 생각했던 것은 아이를 가지고 싶다는 발터의 요구뿐이었다. 울리히는 그녀의 눈에서 자신을 열망하는 흔들림을 읽었다. 그러나 그녀의 쳐든 얼굴에는 아름다운 기운보다는 뭔가 추하지만 슬픈 기운이 흘러넘쳤다. 땀이 엄청 흘러나와 얼굴의 형체를 지운 것 같은 모습이었다. 그러나 그것은 실제의 육체에서 벌어진 일이 아니라 순전히 상상해 본 것이었다. 그는 의지와는 다르게 그녀의 분위기에 전염되었고 잠시 멍한 상태를 지난 후에야 제정신을 차렸다. 클라리세의 괴이한 말에 더이상 제대로 대응할 수 없었던 울리히는 그녀의 손을 붙잡고 소파에 앉히고 자신도 곁에 앉았다.

"내가 왜 아무것도 못하는지 말해줄게." 그는 말을 꺼내더니 이내 침묵했다.

울리히의 손길이 느껴지자 마음이 가라앉은 클라리세는 그를 재촉했다.

"우리가 할 수 있는 일은 없어, 왜냐하면… 넌 아마 아직 이해 못할 거야." 그는 말을 꺼내더니 이내 담배 한개비를 뽑아 불을 붙였다.

"말해봐," 클라리세는 독촉했다. "그게 무슨 말인데?" 하지만 울리히는 다시 입을 다물었다. 그녀는 그의 등에 팔을 대더니 마치 자기의 힘을 보여주려는 아이처럼 그를 흔들어대기 시작했다. 그러나 그녀에게는 굳이 대답이 필요하지 않았다. 잠시 일상을 벗어난 것만으로도 그녀의 상상력을 자극하기에 충분했기 때문이다. "너는 위대한 악마야!" 그녀는 그렇게 소리치고는 그가 상처받기를 헛되이 바랐다.
 때마침 발터가 돌아오는 바람에 그들의 대화는 어색하게 중단되었다.

83.
그렇고 그런 일이 벌어지다.
또는 왜 우리는 역사를 고안하지 못하는가?

 울리히는 클라리세에게 뭐라고 말할 수 있었을까?
 그는 이 말을 감추고 있었는데 왜냐하면 그녀는 그가 '신'이라는 말을 하게끔 충동했기 때문이다. 그가 하려는 말은 이랬다. 신은 세계를 절대 문자 그대로 이야기하지 않는다. 세계는 신이 이런저런 이유로 사용할 수밖에 없는 은유이고 비유이며 숙어이기 때문에 항상 당연히 신을 만족시키지 못한다. 따라서 우리는 신을 언어로 파악하지 못하며 신이 낸 수수께끼를 우리 스스로 풀어내야만 한다. 울리히는 클라리세가 인디언영화나 강도영화를 이해하듯이 이것을 받아들일 수 있을까 궁금했다. 확실히 그럴 것이다. 누군가 앞서나가면, 그녀는 마치 암컷 늑대처럼 그의 곁을 바싹 따라붙어서 유심히 지켜볼 것이기 때문이다.
 하지만 울리히에게는 하고 싶은 말이 더 있었다. 그것은 결코 일반적인 해결책에 도달할 수는 없지만 개별적인 해결책들을 결합함으로써 일반적인 해결 근처로 가까이 다가갈 수 있는 그런 수학적 문제에 관한 것이었다. 그는 인생 역시 그런 종류의 문제임을 덧붙이고 싶었다. 우리가 시대라고 부르는 것은—그것이 백년인지 천년인지 아니면 학창시절에서 노년까지의 기간인지를 특정하지 않은 채—여러 조건들이 불규칙적으로 흘러가는 것이다. 때문에 그것은 뭔가 불만족스럽고 개별적으로 선택된 잘못된 해법들의 무질서한 이어짐이며 인류가 그 모든 조각들을 맞추는 법을 알아야만 완전하고 올바른 해결책이 나올 수 있는 것이다.

이런 생각들은 집으로 가는 전차 안에서 떠올랐다. 그는 도심으로 가는 사람들과 함께 있는 자리에서 이런 생각에 빠져드는 것이 다소 부끄러웠다. 그 사람들이 어떤 일을 마치고 돌아가는지, 또는 어떤 즐거움을 찾으러 가는지 우리는 짐작할 수 있다. 옷만 살펴봐도 그들이 어디에서 왔는지 어디로 가는지 알 수 있는 것이다. 그는 근처의 한 사람을 관찰해보았다. 그녀는 마흔 무렵의 주부이자 어머니일 것이 틀림없었다. 또한 아마도 학구적인 관료의 아내일 것이며 지금 오페라 글라스를 품속에 넣고 있을 것이다. 이런 생각을 하자니 그녀 옆에 앉은 자신이 마치 놀이에 빠진 아이 같았다. 그것도 약간은 단정치 못한 놀이에 말이다.

왜냐하면 실용적인 목적이 없는 생각은 정말 단정치 못하고 비밀스런 것이기 때문이다. 특히 커다란 죽마를 타거나 작은 발바닥만으로 체험을 더듬는 생각은 난삽하다는 의혹을 불러일으킨다. 사람들이 자신이 빠진 공상에 대해 이야기하던 때가 있었다. 실러(F. Schiller, 18세기 독일의 작가—옮긴이)의 시대만 해도 그런 지적 의문을 가슴에 품은 사람은 매우 흔했다. 하지만 오늘날 그런 사람이 있다면, 만약 그의 직업이 그렇든가 그걸로 돈을 벌지 않는 한, 아마도 이상한 사람 취급을 받을 것이다. 인간은 사태를 확실히 다르게 보기 시작했다. 사람들의 마음에서 어떤 의문이 끌려나오기 시작했다. 사람들은 한껏 부푼 생각들을 위해 철학이나 신학, 문학이라고 불리는 일종의 큰 새장을 만들어주었는데 그 안에서 생각들은 각자 점점 더 알 수 없는 자신들만의 방식으로 번성해나갔고 그것은 아주 당연하게 받아들여졌다. 왜냐하면 그렇듯 번성중인 그들이 타인에게 개인적으로 관심을 쏟을 수 없다고 죄책감을 가질 필요는 없었기 때문이다. 전문성과 숙련성을 존중해온 울리히는 그런 식의 노동의 분리에 원칙적으로 반대하고 싶은 마음은 없었다. 그러나 비록 자신이 전문적인 철학자는 아니었지만 그는 여전히 생각하는 일에 몰두했고, 그러다보면 어느 순간 벌집처럼 생긴 국가를 선명하게 떠올리게 되었다. 그 나라에서 여왕벌은 알을 낳을 것이고 수벌은 육욕과 정신에 삶을 바칠 것이며 전문가들은 일을 할 것이다. 결국 총생산은 증가하는 그런 방식으로 세계가 조직되었을 수도 있다. 오늘날 모든 인간은 여전히 모든 인간성을 간직하고 있다. 하지만 그 모든 인간성은 더이상 작동하지 않을 정도로 너무 많아져서 인간성은 이제 명백한 속임수가 돼버리고 말았다. 새로운 노동이 분리되기 위해서는 아마도 정신의 종합을 이뤄낼 특별한 노동자 집단이 필요할지도 모른다. 그러나 정신이 존재하지 않는다면?… 울리히는 아마도 그런 상황을 반기지는 않을 것이다. 그러나 이 역시 편견에 불과하다. 우리는 정신이 어디에서 연유하는지 모른다. 그는 갑자기 자리를 벗어나 유리창에 비친 자신의 얼굴을 들여다보면서 뭔가 다른 생각이 떠오르기를 기대했다. 그러나 뭔가 완벽한 것을 추구하다가 엄청나게 강렬해진 그의 머리는 내부와 외부 사이에서 유동하는 유리창을 떠다니고 있었다.

발칸에는 과연 전쟁이 실제로 일어난 것일까, 아닐까? 이런저런 간섭은 분명히 있었지만 그것이 전쟁인지 그는 확실히 알지 못했다. 너무 많은 일들이 요동치며 일어났다. 자랑스럽게도 최고도(最高度) 비행기록이 갱신되었다. 그의 기억이 정확하다면 그 기록은 3,700미터이고 기록을 세운 이는 주우(Jouhoux)였다. 한 흑인 권투선수가 백인 챔피언을 때려눕혔는데 새 챔피언의 이름은 존슨(Johnson)이라고 했다. 프랑스 대통령은 러시아를 예방했다. 사람들은 세계평화가 위기에 처해 있다고 떠들어댔다. 새로 발굴된 테너는 북미에서조차 유례가 없는 수입을 남미에서 올리고 있었다. 끔찍한 지진이 일본에서 발생했다. 불쌍한 일본인들. 한마디로 1913년이 끝나고 1914년이 시작될 무렵은 격앙된 시기였고 곳곳에서 많은 일이 일어났다. 하지만 2년, 5년 전에도 격앙된 사건들은 있었고 매일매일에 각각의 흥분이 있었지만 도대체 정확히 무슨 일이 있었는지를 기억하기란 쉽지 않거나 거의 불가능하다. 간략하게 정리해볼 수는 있다. 가령 새로운 매독 치료제가 개발되었다, 식물의 신진대사에 관한 연구가 진행중이다, 남극 정복은 어떻게 될 것이다, 슈타이나크 교수의 실험이 흥분을 불러일으켰다 등등. 이런 식으로 상세한 일의 반 정도는 생략해버릴 수 있었으며 그렇다고 큰 티도 나지 않았다. 역사란 얼마나 기묘한 사업이란 말인가! 우리는 이런저런 사건이 역사에서 이미 자리를 잡았다거나 앞으로 일어날 것이라는 확신을 가진다. 그러나 이런 사건이 실제로 일어난 것인지는 확신하지 못한다. 왜냐하면 일어난 일이란 어느 특정한 시기에 일어나야 하며 다른 시기에 속하거나 아무런 시기가 없으면 안되기 때문이다. 또한 일어난 일은 그 자체로 명백한 것이어야 하며 뭔가 그저 비슷한 일이거나 유사한 일이어서도 안된다. 하지만 사람들은 마치 신문이 그렇듯이 일어난 일을 그때그때 적어두거나, 그 일이 자신의 직업이나 재산 문제에 관련된다는 확신이 없으면 역사에 대해 뭐라고 주장할 수 없게 되었다. 왜냐하면 은퇴까지는 얼마의 시간이 남았는지, 어느 때가 되면 얼마를 벌고 얼마를 쓰는지 같은 것이 더없이 중요해진데다 전쟁조차도 그런 맥락 속에서야 기념할 만한 사건이 될 수 있기 때문이다. 역사란, 가까이

서 관찰하면 마치 반만 밟고 다닐 만한 진흙길처럼 불명확하고 복잡해 보인다. 하지만 아주 이상하게도 결국에는 역사를 가로지르는 길이 보이는데 그 '역사의 길'이 어디서 시작되었는지는 아무도 알지 못한다. 이처럼 '사건의 소재'로서 기능하는 역사에 대해 울리히는 분노를 느꼈다. 그가 타고 있는 빛나고 흔들리는 상자 같은 전차는 수백 킬로그램의 사람들을 미래로 밀어내기 위해 이러저리 덜컹거리는 기계처럼 보였다. 백년 전에 사람들은 똑같은 표정을 짓고 역마차에 타고 있었으며 백년 후에 과연 어떻게 될지는 아무도 모르지만, 사람들은 새로운 인류로서 새로운 탈것을 타고 똑같이 앉아 있을 것이다. 울리히는 이같은 변화의 상황을, 대책없는 동시대성을, 수세기 동안 아무 계획 없이 이뤄진 정말 비인간적인 참여를 아무 저항도 못하고 받아들여야 한다는 사실에 화가 났다. 그런 분노는 마치 기묘한 듯 잘 어울리게 머리에 얹혀 있던 모자를 향해 갑자기 반역을 일으키는 것과 비슷했다.

그는 무의식적으로 일어나서 이곳저곳을 걸어다녔다. 이제 도시의 더 넓은 지역으로 나아오게 되자 언짢았던 기분이 다시 쾌활해졌다. 정신의 해를 만들겠다는 클라리세의 착상은 정말 미친 생각이었다. 그는 이 문제에 주의를 집중했다. 그 착상은 왜 그렇게 어리석은가? 디오티마의 애국운동에 대해서도 사람들은 똑같은 질문을 할 수 있을 것이다.

첫번째 해답. 세계역사 역시 반드시 다른 역사들처럼 되기 때문이다. 저자들은 절대 새로운 것을 생각해낼 수 없으며 오로지 서로의 이야기를 베껴댈 뿐이다. 이것이 바로 모든 정치가들이 생물학이나 그 비슷한 것들 대신 역사를 배우는 이유다.

두번째 대답. 대부분의 경우 역사에는 저자가 없다. 역사는 중심에서 나오는 것이 아니라 주변에서 만들어진다. 사소한 원인들에서 말이다. 고딕 시대의 인간 또는 고대 그리스인으로부터 현대의 문명화된 인간이 만들어졌다고 믿는 사람은 아마 거의 없을 것이다. 인간은 식인종이 될 수도 있고 『순수이성비판』을 쓸 수도 있다. 또한 처한 상황에 따라 똑같은 신념과 특성을 가지고도 서로 다른 선택을 할 수 있으며 이때 드러나는 외면상의 큰 차이는 아주 작은 내면의 차이에서 비롯된 것이다.

여담 하나. 울리히는 군대에서의 비슷한 체험을 떠올렸다. 기병대는 2열로 말을 타는데, '명령 전달'을 연습할 때 각각은 낮게 속삭이며 전달받은 명령을 다음 사람에게 똑같은 방식으로 전달하게 돼 있었다. 그래서 '상사가 대열 앞으로 간다'는 첫 말이 나중에는 '여덟명의 기병대원이 즉각 사살될 것이다' 같은 말로 바뀌곤 했다. 세계역사는 바로 이런 식으로 진행되는 것이다.

세번째 대답. 그래서 오늘날 유럽을 인류의 어린 시절인 기원전 5천년 이집트로 돌려놓고 세계역사를 그때부터 다시 시작한다면, 한동안은 같은 역사를 되풀이하다가 아무도 예측하지 못한 이유로 원래 예정된 길을 점차로 벗어나게 될 것이다.

여담 둘. 세계역사의 법칙이라는 것은—방금 그에게 떠오른 생각으로는—옛 카카니엔 정부의 '어떻게든 계속 나아간다'는 원칙과 같다. 카카니엔은 놀랍도록 영리한 국가였다.

여담 셋 또는 네번째 대답? 그래서 역사의 길은 한번 치면 예정된 경로를 가게 돼 있는 당구공 같지 않고 오히려 구름이 가는 길, 또는 여기서는 그림자에, 저기서는 사람들 또는 기이하게 생긴 건물에 의해 가는 방향이 바뀌어 결국에는 알지도 못하고 가고 싶지도 않은 곳에 도착한 나그네의 길과 비슷하다. 역사의 길에는 길을 잃게 하는 어떤 것이 분명히 있다. 현재는 마치 도시의 맨 끝에 있어서 더이상 도시에 속하지 못하는 마지막 집 같다. 모든 세대는 놀라서 묻는다. 나는 누구이며 내 조상은 도대체 누구입니까? 차라리 '나는 어디에 있습니까?'라고 묻고 조상들이 우리와 다른 족속이 아니라 그저 다른 장소에 있었다고 추정하는 것이 더 나을 것이다. 그는 그게 더 이로울 것이라고 생각했다.

울리히는 그때까지 대답과 여담에 번호를 매기며 걸어왔고 생각이 완전히 달아나버리지 않도록 쇼윈도에 순간적으로 지나치는 얼굴을 바라보았다. 하지만 지금 그는 길을 약간 벗어났고 그래서 지금 어디에 있는지, 집으로 가는 길은 어디인지를 파악하기 위해 잠시 멈춰야 했다. 다시 길을 찾기 전에 그는 스스로의 질문을 다시 한번 정확히 펼쳐보려고 했다. 우리가 역사를 만들어내야 하고 발견해야 한다는 미친 클라리세의 말은 완전히 옳았다. 비록 그가 이 문제를 두고 그녀와 다투기는 했지만 말이다. 그런데 왜 그녀의 말처럼 하지 못할까? 그에게 떠오른 단 하나의 해답이란 몇년 전 한여름 카페에 앉아 이따금 함께 차를 마시던 로이트 은행의 은행장이자 자신의 친구인 레오 피셀이었다. 왜냐하면 울리히가 혼자 중얼거리는 대신 이런 대화를 그와 나누고 있자면, 그가 이렇게 대답하곤 했기 때문이다. "자네의 고민이 바로 내 고민이군!" 이런 고무적인 대답에 울리히는 고마워했다. '경애하는 피셀 씨,' 그는 곧장 마음속으로 대답했다. '그건 간단하지 않아요. 당신이 기억하겠지만 제가 역사라고 할 때 그것은 우리의 삶입니다. 또한 저는 처음부터 다음과 같은 질문을 매우 불쾌한 것으로 받아들였어요. 왜 사람들은 역사를 만들어내지 못하는가? 그러니까 왜 인간은 마치 동물이 부상을 당했을 때나 옷에 불이 붙었을 때처럼, 한마디로 위기에 처했을 때만 역사를 공격하는가? 왜 이 질문이 불쾌한 것일까요? 그 질문이 의미하는 바가 인간은 그저 삶을 흘러가는 대로 내버려둬서는 안된다는 것이라면 우리는 그것에 거슬러서 무엇을 하게 될까요?'

'그래도 인간은 대답을 알고 있어.' 피셀 박사라면 이의를 제기했을 것이다. '아무것도 하는 게 없는 정치가나 성직자, 거물급 인사들 그리고 하나로 고정된 사상으로 날뛰는 사람들이 우리의 일상에 간섭하지 않는다는 사실은 분명 기뻐해야 할 일이지. 게다가 우리는 교양있는 사람들이잖아. 그렇게 많은 사람들이 교양이라도 없었으면 좋았을 텐데!' 당연히 피셀 박사는 옳았다. 사람들은 대부나 증권에 정통할수록, 그리고 다른 사람들이 역사를 많이 만들어내지 않을수록 기뻐하는데, 그것은 스스로 역사를 잘 안다고 믿기 때문이다. 우리는 절대로 사상들 없이는 살 수 없다. 그러나 사상들 사이에는 어떤 평형이, 힘의 균형이, 무장한 채로 평화를 이루는 순간들이 있어야 하며 그래서 어떤 사상들도 너무 많이 현실화되어서는 안된다. 피셀에게 교양은 진정제였다. 교양은 다름아닌 문명의 근본감각이었다. 그러나 오늘날 스스로를 더욱 생생하게 주장하는 반대감각이 생겨났는데 그에 따라 우연에 의해, 그리고 전사들에 의해 만들어진 영웅적이고 정치적인 역사는 거의 구식이 돼버렸고 모든 문제에, 모든 관계자들이 참여하는 어떤 계획된 해결책으로 대체되어야 했다.

    그러나 울리히가 집에 도착할 때가 되자 울리히의 해는 종말을 맞았다.   (3권에서 계속)

| 옮긴이의 말 |

영혼과 정신의 신음

안병률

 1999년 독일 뮌헨 문학의 집과 베르텔스만 출판사는 99명의 저명한 독일 작가, 비평가, 학자들에게 20세기의 가장 위대한 독일어 소설을 선정해달라는 부탁을 한다. 33명씩 세 그룹으로 나뉜 전문가들이 각각 세 편의 소설을 선정한 결과는 다소 충격적이었다. 독일문학뿐 아니라 세계문학에서도 손꼽히는 작품인 프란츠 카프카의 『소송』, 토마스 만의 『마의 산』을 제치고 오스트리아 작가 로베르트 무질의 『특성 없는 남자』가 가장 많은 표를 얻어 1위를 차지한 것이다. 2002년 노르웨이 북클럽이 전세계 100명의 작가들에게 세계의 문명사에 결정적인 영향을 준 책 100권을 설문한 결과를 발표했는데 여기에도 무질의 『특성 없는 남자』가 선정되었다. 무질과 동시대를 살았던 작가들 중에는 제임스 조이스, 버지니아 울프, DH 로렌스, 마르셀 프루스트, 카프카, 토마스 만, 루쉰, 톨스토이 같은 대문호들만 그 명단에 들어갈 수 있었다.
 이처럼 로베르트 무질이 20세기 세계문학에서 차지하는 비중은 매우 크다. 특히 『특성 없는 남자』는 조이스의 『율리시즈』

와 프루스트의 『잃어버린 시간을 찾아서』와 함께 20세기 현대문학의 걸작으로 일컬어진다. 그러나 무질은 생전에 이러한 명성을 한번도 누려보지 못했다. 오히려 그의 생애는 안타까울 정도의 궁핍과 불운으로 점철된 것이었다. 그런 불행은 이미 태어나기 전부터 예정된 것인지도 몰랐다. 그가 태어나기 4년 전 단 하나의 누이가 될 뻔한 엘자(Elsa)가 한살도 못 돼 사망한다. 이 사건은 무질에게 깊은 정신적 상처가 되어 평생을 따라다녔으며 여러 작품의 모티브가 되기도 했다. 가정사의 불행은 그것에 그치지 않았다. 무질의 어머니는 매우 복잡하고 예민한 성격의 소유자였다. 게다가 아버지의 묵인하에 다른 남자와 부적절한 관계를 평생 유지했는데 이는 무질의 유년과 청년기를 지배한 또하나의 깊은 그늘이 되었다.

매우 역설적이지만 무질의 생애에 닥친 최대의 불운은 『특성 없는 남자』 때문이라고 해도 과언이 아닐 것이다. 첫 소설 『생도 퇴를레스의 혼란』을 발표할 때만 해도 그는 평단의 주목을 받는 유망한 젊은 작가였다. 고등군사학교 기숙사 생활의 체험을 소재로 삼은 이 소설에서 무질은 당시로서는 드문 소재인 동성애를 다룸으로써 깊은 인상을 남겼다. 그는 이후 소설을 집필하면서 베를린대학에서 에른스트 마흐(Ernst Mach)에 관한 논문으로 박사학위를 받았고 몇차례 교수직을 제의받는다. 그러나 교수직을 거절하고 1차세계대전 직후인 1919년부터 『특성 없는 남자』의 집필을 시작해 죽을 때까지 이 미완성

대작에 매달린다. 1930년 베를린 로볼트 출판사에서 1권(1·2부, 1~123장), 1932년 2권(3부, 1~38장)이 연이어 출간되었고 언론과 평단의 뜨거운 반응을 이끌어냈지만 이번에는 시대가 발목을 잡았다. 때마침 정권을 잡은 나치가 그의 작품을 독일과 오스트리아에서 판매금지시킨 것이다. 그나마 평단에서 나오던 반응마저 시들해졌고 그의 작품은 대중에게 잊혀져갔다. 이후 무질은 급격한 경제적 어려움에 빠졌고 나치를 피해 스위스로 거처를 옮긴 후에도 소설을 완성하지 못하고 결국 1942년 뇌졸중으로 제네바에서 숨을 거둔다.『특성 없는 남자』가 세상에 알려지기 시작한 것은 1950년대 생전의 유고를 수합한 전집이 편집자 아돌프 프리제(Adolf Frisé)에 의해 출간되면서부터였고, 이후 세계 각국어로 번역되면서 세계문학의 반열에 올랐다. 그러나 무질의 유고가 워낙 방대하기 때문에 현재까지도 오직 디지털 상태로만 그 전부가 정리돼 있다고 한다.

사유와 소설

무질은 오스트리아 작가지만, 그가 태어날 당시 소속된 나라는 오스트리아-헝가리 제국(1867~1918)이었다. 이 나라는 '카카니엔'(Kakanien)이라는 이상한 이름으로 불렸다.『특성 없는 남자』를 이해하는 데 카카니엔은 각별한 의미를 지니기 때문에 잠깐 짚고 넘어가기로 한다. 무질이 이 소설 도입부(8장)에서 언급하듯이 카카니엔에는 '황제-왕실의'(kaiserlich-königlich)

또는 '황제의 그리고 왕실의'(kaiserlich und königlich)라는 수식어가 따라다녔다. 독일어에서 k는 '카'로 발음되는데 말하자면 이 나라는 두개의 k(카)로 돼 있어 카카니엔으로 불리게 된 것이다. 이는 오스트리아-헝가리 제국의 독특한 역사 때문인데 이 제국은 오스트리아 황제와 헝가리 귀족이 타협한 결과 오스트리아 황제가 헝가리의 국왕을 겸임했던 것이다. 흔히 이 제국이 이중제국이라고 불리는 것은 바로 이런 역사적 배경 때문이다. 그러니까 『특성 없는 남자』는 단순히 오스트리아를 배경으로 한 소설이 아니라, 헝가리와 체코, 세르비아, 보스니아 등지를 아우르는 중부유럽의 거대한 제국이 1차세계대전으로 몰락하기 직전의 마지막 몇년을 그린 소설인 것이다.

실로 이 제국은 다양한 사상과 이데올로기로 들끓는 용광로 같았다. 특히 소설의 주무대인 제국의 수도 빈(Wien)은 봉건적 귀족주의와 시민계급의 자유주의, 한창 대두되던 사회주의와 민족주의, 독일식 군국주의와 반유대주의가 도시 전체를 감싼 사상의 집합소와 같은 곳이었다. 또한 이 수도를 중심으로 타오른 학문과 문학예술의 불길은 세계적인 영향력을 보여주었다. 우선 맑스와 쌍벽을 이루는 현대사상가 프로이트가 빈에서 활동했으며 언어철학자 비트겐슈타인, 과학철학자 에른스트 마흐, 클림트와 실레 같은 화가들, 쇤베르크를 필두로 한 음악가들, 마르틴 부버와 같은 신비주의자들까지 이 도시는 당대 최고의 지성인과 예술인들을 배출한 장소이기도 했다. 이른바 세기의 천재들이 모인 도시 한가운데 바로 무질이 있었고 사방에서 터져나오는 실험적이고 현대적인 시도들은 무질의 문학에도 큰 영향을 끼쳤다.

『특성 없는 남자』를 말할 때 가장 먼저 언급해야 마땅한 '사유(思惟) 소설'이라는 특징 역시 이러한 빈의 들끓는 사상적 풍경과 어느 정도의 연관성을 가지고 있을 것이다. 그러나 이런 특징은 그저 사상에 대한 소설의 대응이 아니라, 철저하게 의도된 하나의 실험적 시도로 보아야 하다. 무질의 소설에는 당대의 사유들, 즉 과학철학과 심리학, 생철학, 군국주의, 민족주의, 사회주의, 반유대주의에 대한 성찰이 끊임없이 이어진다. 특히 주인공 울리히는 이 모든 사상들에 맞서는 '사유의 영웅'이라 할 만한데, 이는 전시대의 주인공들을 특징짓는 '행위의 영웅'에 비하면 매우 낯설고 독특한 캐릭터였다. 무질의 지지자이자 체코 태생의 현대작가 밀란 쿤데라(Milan Kundera)는『특성 없는 남자』의 새로운 시도를 다음과 같이 설명한다.

소설의 역사에서 사유가 그렇게 중요한 자리를 차지한 작품은 없었다. 무질은 소설가인 동시에 위대한 사상가였다.『특성 없는 남자』에서 그의 사유는 당대의 인물, 사회적 조건과 밀접하게 연관돼 있다. 그의 사유는 여러 학문을 답사해 나온 그런 답답한 지식이 아니라, 현실의 실존적 측면에 집중한 결과였다. 한마디로 독특한 소설적 사유였던 것이다.(「나의 20세기 책」,『차이트』1999년 1월 21일자)

여러 학문과 사상을 다루고 있는 이 소설이 그저 박식함에 그쳤다면 아마 이렇게까지 세계적인 명성을 얻지는 못했을 것이다. 그런 명성은 무질이 어떤 사상이든 그것을 당시의 인물과 그들이 처한 사회적 조건 속에서 매우 생생하게 그려낸 덕분이었다. 이런 소설적 특징을 일컬어 무질 스스로는 '에세이즘'(Essayismus)이라고 불렀는데 여기서 에세이의 참된 의미는 "학자의 연구실에서 떨어져나온 부스러기 같은 논문과 논설들"이 아니라 "인간의 내적 삶이 결정적인 사유를 통해 추론해낸 단 하나의 변할 수 없는 형식"(2부 62장)이다. 무질의 작품 도처에서 우리는 이런 '결정적 사유'의 흔적을 발견한다. 가령 역사에 대한 다음과 같은 사유를 보자.

우리는 이런저런 사건이 역사에서 이미 자리를 잡았다거나 앞으로 일어날 것이라는 확신을 가진다. 그러나 이런 사건이 실제로 일어난 것인지는 확신하지 못한다. (…) 사람들은 마치 신문이 그렇듯이 일어난 일을 그때마다 적어두거나, 그 일이 자신의 직업이나 재산 문제에 관련된다는 확신이 없으면 역사에 대해 뭐라고 주장할 수 없게 되었다. 왜냐하면 은퇴까지는 얼마의 시간이 남았는지, 어느 때가 되면 얼마를 벌고 얼마를 쓰는지 같은 것이 더없이 중요한데다 전쟁조차도 그런 맥락 속에서야 기념할 만한 사건이 될 수 있기 때문이다.(2부 38장)

무질의 사유가 놀라운 것은, 그것이 학술논문의 엄정함을 간직해서가 아니라 삶 속의 매순간에서 현대사회의 특징을 날카롭게 간파하기 때문이다. 위의 인용은 현대세계의 추상적인 특징을 잘 보여주고 있다. 현대는 모든 것들을 빨아들여 개인과 집단의 실제 삶과 상관없는 무시무시한 추상체계로 바꿔놓는다. 가령 이제는 전쟁조차도 한 집단의 의지가 아니라, 증권시장의 그래프에서 더 큰 의미를 갖는다. 무질은 역사의 이런 추상적 진행을 '그렇고 그런 일이 벌어지다'(Seinesgleichen geschieht)라는 2부의 제목으로 압축했는데, 이는 어떤 사건도 구체적인 삶으로 체험하지 못하는 동시대에 대한 통렬한 비판을 담고 있다. 더욱 놀라운 것은 무질의 이런 사유가 이미 모더니즘 시대를 넘어서 후기자본주의 사상가들의 사유를 선취했다는 점이다. 인용된 부분은 아마도 기든스(A. Giddens) 같은 사회학자의 '추상체계'라는 개념과 잘 어울릴 것이다. 모오스브루거라는 살인범을 통해 법과 제도의 규율적 측면을 비판하고 광기의 인간적인 면모를 옹호한 무질의 사유는 푸코(M. Foucault)의 문제의식을 선취한 것이라 해도 과언이 아니다. 또한 '현실 인간'에 대립되는 '가능성 인간'에 대한 추구, 그리고 '다른 도덕'을 향한 무질의 실존적 모험은 들뢰즈(G. Deleuze)의 '분열된 주체'와 '탈주를 향한 욕망'에 앞서 나온 것이었다.

영혼과 정신의 불완전성

현대소설사에서 『특성 없는 남자』가 차지하는 장르적 위치를 '에세이적 소설', 즉 하나의 독창적인 '사유 소설'로 볼 수 있다면, 주제적 측면에서 주목해야 할 것은 '영혼과 정신의 불완전성'이 될 것이다. 거대 제국 카카니엔의 시대적 운명은 두 방향으로 나아갔는데, 그 하나는 민족주의의 발호에 따른 1차 세계대전이었고 다른 하나는 인종주의, 군국주의가 결합된 파시즘이었다. 1차세계대전은 카카니엔의 황태자 페르디난트가 세르비아 민족주의자에게 피살되면서 시작됐으며, 나치 총통 히틀러 역시 카카니엔 출신이었던 것이다. 그런데 왜 세계 지성과 문화의 집합소라는 제국의 수도 빈이 이러한 파국을 막지 못했던 것일까? 남아공 출신 노벨문학상 수상작가인 존 쿠체(John Coetzee)는 『특성 없는 남자』가 유럽 자유주의의 몰락을 파헤치면서 파시즘의 대두를 예견했다고 평했다. 다시 말해 이 작품은 그렇게 많은 사상과 문화에도 불구하고 왜 유럽이 야만 상태로 빠져들었는지를 말해준다는 것이다. 파시즘에 관한 수많은 연구들과 구별되는 무질의 독특한 관점은 바로 '영혼과 정신의 불완전성'을 날카롭게 지적해낸 데 있다.

이 소설의 1, 2부의 핵심에는 '평행운동'이라는 애국주의운동이 자리잡고 있다. 카카니엔 황제 즉위 70주년을 기념하여 주변국에 평화의 의지를 알리자는 취지의 이 운동은 물질의 세계의 맞서 구질서를 회복하자는 영혼회복운동의 성격을 띠고 있다. 그러나 시간이 지날수록 원래 취지는 사라지고 운동의 주위로 하나둘 모여든 엘리트들의 서로 다른 입장만이 남게 된다. 시민계급 출신이자 고위관료의 아내인 디오티마에게 평행운동은 '위대한 오스트리아의 문화'를 통해 물질문명의 나락으로 떨어진 세계에 영혼의 숨결을 불어넣는 것이었다. 그러나 그녀의 살롱에 모여든 다종다양한 사람들은 그저 전문가들일 뿐이었고, 현실세계에 대처할 아무런 구체적인 대안도 없는 사람들이었다. 평행운동의 창시자 라인스도르프 백작은 민중의 제안이 황제에게 전달되는 민주적이고 시민적인 군주국을 꿈꾼다. 그러나 그렇게 쏟아져나온 제안들은 자기집단의 이익을 대변하는 것뿐이었으며, 결국 모든 제안들은 관료의 서류더미 속에서 방치되고 만다. 또한 그의 머릿속에는 언제나 프로이센에 대한 적대적 감정이 스며들어 있는데, 이는 언제라도 평행운동의 방향을 군국주의로 전환할 수 있는 폭탄 같은 것이었다. 세계역사에는 어떤 오류도 있을 수 없음을 주장하는 이성주의자이자 거대기업을 소유한 자유주의의 화신 아른하임은 또 어떠한가? 프로인센 출신인 그에게 평행운동은 분명히 어리석은 짓이지만, 그는 사유를 권력의 장에 끌어들이려는 야심을 품고 이 모임에 합류한다.

울리히에게는 이 모든 영혼과 정신의 움직임들은 그저 불완전한 것으로밖에 보이지 않는다. 비록 아름다운 영혼과 정신의 외양을 걸치긴 했으나 평행운동은 '불충분한 근거의 원리'

에서 나온 것이며, 그래서 역사진행의 과정을 촉진시키는 촉매의 작용은 할지언정 전쟁이 될지 평화가 될지는 알 수 없기 때문이다. 울리히는 영혼과 정신이 모자란 것이 문제가 아니라, 과잉이 문제라는 점을 확실히 알고 있다. 또한 이러한 문제의식은 계몽주의를 거쳐 정신의 우월함을 주장했고 그것을 문명의 우위로 입증한 유럽인들에게는 하나의 충격으로 받아들여지기에 충분한 것이었다. 울리히는 당대의 정신이 처한 상황을 아래와 같이 웅변한다.

> 그러던 어느날 울리히는 그 희망을 포기하게 되었다. 그때는 이미 축구장이나 권투 링에서의 천재들이 이야기되기 시작했고, 단 하나의 하프 백이나 테니스 선수가 잘 보도되지도 않는 열명의 발명가나 테너, 작가들보다 더 나은 시절이 돼버렸다. 그 새로운 정신은 자기 자신을 확실히 느끼지 못했다. 그러나 그때 울리히는 어디선가 '천재적인 경주마'라는 기사를 읽었는데, 그 말은 마치 익기도 전에 떨어져버린 과일 같다는 느낌을 주었다.(1부 13장)

무질이 보기에 바로 이런 것이 현대가 처한 상황이었다. 디오티마가 말끝마다 주장하는 '위대한 이상'은 새롭고 천재적인 사상이나 예술을 수용하고자 하지만, 이미 경주마 한마리가 '천재'로 대접받는 시대에 그런 사상과 예술은 끊임없이 '소비되는 전율' 이상이 되지 못하는 것이다. 이런 정신의 불완전한 과잉상태는 모오스브루거라는 살인범을 처분하는 사회적 시스템에서도 엿볼 수 있다. 이 끔찍한 살인범은 우선 언론에 의해 집중적인 관심을 받다가 대중적인 관심이 흐려지면 전문가들의 손에 넘어간다. 그 결과 법학자들과 심리학자들이 이 살인범을 놓고 자기영역의 우수함을 다투지만 그 어느 영역도 모오스브루거의 내면에 자리한 광기의 의미와 범죄의 사회적 의미를 제대로 밝혀내지 못한다.

결국 이 딱딱한 전문가 사회에서 정신의 과잉은 오히려 대중의 의식을 무감각하게 만들고 말았다. 무질은 이들 전문가 집단을 향해 끊임없이 신랄한 야유를 퍼붓는다. 그 야유는 무엇보다 '특성'을 향한 비판이었다. 서구 역사에서 '신'을 대체한 이 특성은 '자아' 또는 '주체'라는 이름으로 불려왔다. 그러나 우리는 이 '주체'들이 인류역사상 가장 야만적인 전쟁과 학살에 참여한 것을 기억하고 있다. 그리고 모든 재앙은 무질이 살았던 카카니엔에서의 짧은 자유주의 시대가 끝나고 곧바로 찾아왔다. 그리고 지금 우리는 신자유주의의 한복판을 지나 누구도 예상치 못할 역사의 길로 나아가고 있다. 그렇다면 미래는 또 어떤 재앙을 준비하고 있을까? 무질이 지금 살아서 백년 전이나 다름없이 대책없는 질주를 거듭하는 인류를 본다면 무슨 말을 할 것인가? 지금이야말로 정신과 영혼의 신음에 귀를 기울이고 좀더 정확한 영혼에 다가서려는 무질 같은 사람들, '특성 없는 사람'들이 필요한 시기가 아닐까?

20대 후반 대학원 시절 무질을 처음 접하고 그 소설적 깊이에 압도된 역자는 그때부터 공부삼아 이 소설을 조금씩 번역하기 시작했다. 하지만 인생의 기로에서 번역자나 연구자가 아니라 편집자라는 직업을 선택했기 때문에 번역은 계속 늦어질 수밖에 없었다. 그럼에도 늦게나마 작은 결실을 맺게 돼 흥분되는 한편 독자들을 향한 두려움도 앞선다.

이번에 독자들께 선보이는 『특성 없는 남자』 1차분 1, 2권은 1932년 처음 발간된 소설 1권의 83장까지를 번역한 것이다. 사실 이런 형태의 두권짜리 번역본을 내기까지는 고민이 많았다. 우선 1차분을 먼저 내게 된 계기는 전체 소설의 분량이 워낙 방대하기 때문이다. 전집의 유고를 빼더라도 거의 1천여 페이지(번역원고로는 2천여 페이지)에 이르는 소설을 한꺼번에 내기는 아무래도 역부족이었고, 사실상 미완성 소설인데다 스토리보다는 한장 한장의 사유가 더욱 돋보이는 소설을 꼭 한꺼번에 낼 필요는 없겠다는 판단도 있었다. 개인적으로는 이 정도에서 중간결산을 해야지 앞으로의 번역작업을 이어나갈 힘과 용기가 생기겠다는 생각도 들었다. 1차분을 굳이 두권으로 나눈 것은 좀더 많은 대중들에게 다가가고 싶어서였다. 많은 분량을 한권으로 낼 경우 독자들의 심적 부담이 크기 때문에 가급적 각권의 분량을 가볍게 하여 누구라도 쉽게 독파하는 책으로 만들고 싶었다. 두권이 힘들다면, 단 한권만 읽어도 큰 울림을 줄 수 있겠다는 희망섞인 기대도 있었다.

번역 원서로는 아돌프 프리제가 편집한 로베르트 무질 전집 (Gesammelte Werke, Rowohlt 1978)을 사용했다. 워낙 묘사와 서술이 치밀한 작품인데다 무질의 사유를 하나하나 따라가기에도 벅 찼기 때문에 작품에 스며든 작은 숨결까지 잡아내기에는 실력이 모자랐음을 고백한다. 미국에서 먼저 나온 훌륭한 번역본인 The Man without Qualities(Sophie Wilkins 번역, Vintage 1995)에도 많은 신세를 졌음을 밝혀둔다. 초판에서 부족한 부분은 끊임없이 수정해나가면서 좀더 나은 번역본이 되도록 노력하겠다.

아울러 10여년 전 어리숙한 대학원생에 불과했던 역자에게 용기를 주시고 번역 초반작업에도 많은 도움을 주셨던 안소현 선생님께 감사드린다. 또 이 책의 가치를 인정해주고 번역작업 내내 격려해주면서 원고를 처음부터 끝까지 다듬어준 소설가 김조을해에게도 깊은 감사를 전한다. 늘 친구 같은 성건이는 아빠의 첫 번역소설 『곰스크로 가는 기차』(2010)의 팬이 돼주었는데 이번 소설도 좋아해주었으면 좋겠다.

부디 이번 번역으로 한국에서 로베르트 무질이 그 명성에 걸맞은 평가를 받기를 기대한다. 또한 한국 독자들에게 사랑받는 작품이 되기를 소원하며, 2차분도 최선을 다해 곧 찾아뵙도록 하겠다.

특성 없는 남자 2

초판 1쇄 발행 2013년 4월 25일
초판 3쇄 발행 2020년 4월 20일

지은이 로베르트 무질
펴낸이 안병률
펴낸곳 북인더갭
등록 제396-2010-000040호
주소 10364 경기도 고양시 일산동구 고봉로 20-31 617호
전화 031-901-8268
팩스 031-901-8280
홈페이지 www.bookinthegap.com
이메일 mokdong70@paran.com

ⓒ 북인더갭 2013

ISBN 978-89-964420-9-7 03850
     978-89-964420-7-3 (세트)

* 이 책의 전부 또는 일부를 다시 사용하려면
  반드시 저작권자와 북인더갭 모두의 동의를 받아야 합니다.
* 책값은 표지 뒷면에 표시되어 있습니다.